2018中国年度作品

短篇小说

付秀莹——主编

中国出版集团
现代出版社

图书在版编目（CIP）数据
2018中国年度作品．短篇小说 / 付秀莹主编．—北京：现代出版社，2019.2
ISBN 978-7-5143-7530-5

Ⅰ．①2…　Ⅱ．①付…　Ⅲ．①短篇小说—小说集—中国—当代　Ⅳ．①I217.1
中国版本图书馆CIP数据核字（2018）第261142号

2018中国年度作品．短篇小说

主　　编：付秀莹
组稿编辑：庞俭克
责任编辑：申　晶
出版发行：现代出版社
通信地址：北京市安定门外安华里504号
邮政编码：100011
电　　话：010-64267325　010-64245264（兼传真）
网　　址：www.1980xd.com
电子邮箱：xiandai@vip.sina.com
印　　刷：三河市宏盛印务有限公司

开　　本：710mm×1000mm　1/16　　印　　张：21.25
版　　次：2019年2月第1版　　印　　次：2019年9月第2次印刷
字　　数：352千字
书　　号：ISBN 978-7-5143-7530-5
定　　价：39.80元

目　　录

紫竹提盒

肖克凡①

祖母迈着小脚颠儿颠儿跑回家来，进门便说你表叔剧团转回来了，说罢猫腰生炉子点火，好像接了圣旨。

其实等于接了圣旨。赵大铁经常在表叔剧团里扮演太监，大街上他遇见祖母，说我们北方越剧团转回南市燕升戏园了。那模样等于就是太监传旨。天津人把太监叫“老公”。天热时祖母带我看《狸猫换太子》那出戏，老太监陈琳手持拂尘出场，她扭脸告诉我：“这是个老公，好人。”

赵大铁扮演老陈琳，他又是单身汉，平时见面我就叫他“老公”，这家伙揪住我耳朵说：“老公好哇，老公没有生活作风问题！”

这话我就不懂了。我只懂得红领巾是五星红旗一角，是革命烈士鲜血染成的。我还知道全国开展社会主义教育运动，提倡移风易俗，破旧立新，还号召无职业有家乡的市民返回原籍落户。我们胡同里贴着大标语：我们也有

---

① **肖克凡** 作家，现居天津。上世纪八十年代开始写作。著有长篇小说《鼠年》《原址》《尴尬英雄》《天津大码头》《旧租界》等八部，小说集《黑色部落》《赌者》《你为谁守身如玉》《爱情刀》《唇边童话》《蟋蟀本纪》等十六部，散文随笔集《我的少年王朝》《一个人的野史》等四部。中篇小说《都是人间城郭》《最后一个工人》分别获《中国作家》《中篇小说选刊》奖。长篇小说《机器》获中宣部第十届“五个一”工程奖、首届中国出版政府奖，并入围第七届茅盾文学奖。长篇小说《生铁开花》获北京市文学艺术奖。为张艺谋电影《山楂树之恋》编剧。天津市作家协会副主席，中国作协全委会委员。

两只手，不在城市吃闲饭。

大杂院里的田婶无职业有原籍，街委会来人动员了。她哭着说老家没房子没地没牲口没人，寡妇失业没法过活。

天色暗下来。祖母生炉子弄得满院子烟雾，好像埋伏着西游记里的妖怪。烟雾笼罩呛得邻居们咳嗽，引来冷嘲热讽："奶奶！都这晚儿啦您还生火点炉子，这是要半夜迎财神啊。"

祖母不搭理。她跟我说过，自打年轻守寡谁说风凉话都不应声，只当听蝲蝲蛄叫唤。就这样，大杂院里到处是蝲蝲蛄。

煤球炉子，起火慢。祖母擀面条了。我家的擀面杖，绛紫色枣木，拎在手里想起花果山的齐天大圣。祖母说当年家住三条石塘子胡同，半夜里用这擀面杖吓跑了盗贼。我想象着手持擀面杖的祖母，那形象就是女将樊梨花。

擀好的面条，披头散发摊在盖板上，白灿灿等着挨煮。祖母准备炒菜："不凑手啊不凑手，这大联又打了我个措手不及。"

表叔大号郝专，大联是他乳名。祖母倚仗长辈身份，张口叫表叔乳名，似乎在行使特权。

表叔的北方越剧团到处巡回演出，在南市演几天，转到鸟市，从鸟市转到谦德庄，从谦德庄转到西关街……让我想起语文课本里草原牧民转场。这次表叔的北方越剧团突然转回我们南市，一下打乱了祖母的阵脚。

唱戏的不吃晚饭，散了戏吃夜宵。梅兰芳剧团这样，表叔小剧团也这样，都是循着"饱吹饿唱"的道理。

祖母临时给表叔准备捞面，不炸酱，不打卤，而是"四碟菜"拌面。她说"不凑手"是指临时难以凑齐"四碟菜"。

天津卫近河靠海水陆码头，吃捞面讲究"四碟菜"，正儿八经的四碟菜通常是"清炒虾仁、软溜鱼片、桂花扇贝、银针面筋"。寻常百姓家庭讲究不起，依然弄出家常"四碟菜"，减成色不减规模。

我说不凑手您就炸酱吧。祖母冲我瞪眼睛："那是北京人！"

听祖母说话语气，好像瞧不起首都。她经常跟我表扬天津，说九河下梢天津卫，华洋杂处大码头，吃尽穿绝。

我又说不凑手您就打卤吧。她老人家急了："你怯勺？没有虾仁木耳，打卤就是一锅糨子！"

祖母为表叔筹办夜宵，赛过给皇上办膳。城市里鱼肉蛋菜凭票供应，要想吃好喝好难度不小。

“糖醋面筋丝，小葱炒鸡蛋，咸肉燋香干……”祖母念叨着夜宵菜谱，一跺脚去找邻居田婶借来两个鸡蛋，寻思着“第四碟”。

巧妇难为无米之炊。她急得骂我：“这节骨眼儿你也帮不了我！”

我从小听相声，学会说话逗哏：“我愿意帮您哪，第四碟菜是红烧小孩儿！”

祖母笑了：“你还真把自己摆菜碟里啦。”

筹措不出“第四碟”，祖母只得先筹办面码，她举起竹竿从房檐底下摘得一捆晾干的豆角，使大碗用温水泡开。她猛地拍响大腿说：“有啦有啦，第四碟是虾杆炝白菜！”

我听了咽下一团口水。素常家里吃捞面，天热是过水麻酱面，外加花椒油，天凉呢就“锅挑儿”，弄个热菜拌拌得了，从来没有如此隆重。祖母疼表叔，邻居们说赛过亲娘。

“没错，大联是我娘家亲侄子，我是他亲姑妈！”祖母毫不掩饰对娘家人的偏袒。我想起天津卫俗语：姑妈亲，砸断骨头连着筋。

我知道不论牛筋羊筋，即使卤煮也特别结实，确实很难砸断。姑妈亲，没错。

煤球炉火旺了。祖母下厨炒菜。这四碟菜，投料足，菜量小，炒得香气扑面，分别盛在四只盖碗里。这种蓝花盖碗是薄胎江西瓷，即便盛着滚开的水，端着也不烫手。

干豆角泡开了，热水焯过切成细丝，这深绿色面码也盛在盖碗里。五只盖碗，趁热放进紫竹提盒的底层。

祖母抹去满脸汗水，嘴角那颗红痣越发鲜亮。铁锅里雪白的面条煮得翻滚，好似微型哪吒闹海。祖母拿筷子夹起一根面条，嘘嘘吹凉，顺进嘴里咬了咬，说你表叔爱吃有嚼头儿的，不能煮过火。

捞面出锅，过了遍热水，祖母把面条挑进大海碗，随即扣上碟子。雪白的手巾裹着红木筷子和白瓷调羹，一同放进紫竹提盒顶层，啪地扣严了盒盖。祖母真是细致入微，只等表叔张嘴吃了。

我手痒眼馋，再次咽下口水。祖母看了眼座钟：“马上就散戏，你趁热送去吧，紧走几步别让面条坨了。”

为了调动我的积极性，祖母随即补了一句：“回头儿也给你做顿好吃的。”

我挎起紫竹提盒跑出家门，身后追来祖母的声音：“别颠！洒啦。”

沿着东兴大街，我跑过什锦斋饭庄，跑过华明理发馆，跑过白傻子布铺，一直跑向著名的“三不管”。

北京有天桥，天津有南市“三不管”，从前都是打把式卖艺的地方，由地痞流氓掌管。社会主义新中国，这里变成了劳动人民的娱乐场所。

远远望见东兴市场圆形拱门，我拐进右手小胡同，胡同正冲燕升戏园后门。祖母几次带我到后台看望表叔，我已然记住门道。

进了戏园后门，没灯黢黑。后台角落里有个人影儿，我咳了两声。平时祖母教导我，走进黑灯瞎火的地方，要响咳两声免得冲撞神明。

我两声响咳，那人影儿倏地分成两个，一闪便掩进黑暗深处，没了痕迹。一个人影儿怎么分成两个呢？我想起刘立福的评书《聊斋》，心头发紧，两腿发沉。

听见胡琴响了，台前传来掌声。这是主角登场了。我挪动脚步走近侧幕条。今晚唱连本大戏，看来拖场了。

北方越剧团女主角祁玉仙，白白嫩嫩很受看。她戏台上拿腔作调柔声软语，戏台下满嘴天津话，显得精明强干。那次我跟随祖母看戏，可巧祁玉仙扮演娘娘出场。这出戏祖母不熟悉，小声嘟哝着：“她扮的是正宫吗？”

旁边观众主动答话：“她扮的西宫。”

天津戏迷就是这样热情，只要搭话就跟亲戚似的。

祖母笑脸谢过，然后低声告诉我：“鸭子唱得不错，头牌角儿呢。”

祖母知道祁玉仙外号“鸭子”，观众们不晓得。“不晓得”是南方话，这是北方越剧里的戏文。

侧幕条旁边是伴奏乐队。我感觉责任重大就把紫竹提盒抱在怀里。弹月琴的侧脸问我找谁，我说找郝专。他摇晃着脑袋说：“好砖？还烂瓦呢！”

这时祁玉仙唱过大段戏文，载着身段踩着碎步，轻轻盈盈返回后台。一瞬间她便褪尽满脸表情，变成涂着油彩的面具。

我吃惊地望着这个毫无表情的大美人，忘了“四碟菜”捞面。

“你是郝大姑派来送夜宵的吧？”她变得满脸笑容，语气亲切。

“我给表叔郝专送夜宵，弹月琴的说没有郝专只有烂瓦。”

“吃不着葡萄说葡萄酸，你别搭理那狗食！”她撇了撇嘴。

狗食是天津话。骂人是狗已然贬损，狗食就更甚了。

我望着这位凤冠霞帔的皇后——柳叶眉，丹凤眼，笔管鼻梁，鲜红嘴唇，两腮隐隐约约酒窝儿，确实好看。

她这么好看怎么外号叫“鸭子”呢？我寻思叫凤凰才对。

赵大铁提着拂尘来了，看见紫竹提盒笑了：“好啊，我这就去请皇上用膳！”这老公趁机拍了拍皇后屁股。

皇后骂了声“死鬼”，把太监骂走了，她抬手撩开侧幕条，带着身段上台了。

我感觉身后有人来了，转身果然看见皇上驾到：身披明黄缎的龙袍，头戴明黄纱的帽盔，灰白色的髯口……他没勾“三块瓦”脸谱，看来不是昏君。

皇上伸手摸了摸我头顶。我认出他是表叔郝专，就使劲儿笑了。

表叔身材端正，有文化。他崇拜焦菊隐与谢添。我不知道这俩人是谁，只记得表叔说他喜欢谢添的话剧《柔软体操》。

这时表叔郝专猫腰接过紫竹提盒，变戏法似的塞给我伍分钱纸钞，说明天买冰棍吃吧。这是天津卫习惯，大人见了孩子给零花钱。

少先队员receipt受皇帝赏钱，这没让我产生幻觉，因为我知道他不是真命天子，他是表叔郝专。

身穿龙袍的表叔把紫竹提盒放到后台黄漆条案上，打开盒盖取出盖碗们，规规矩矩摆放整齐。这情形不像夜宵倒像供品，就差焚香了。

这时家伙点响起，表叔正了正帽盔，捋了捋髯口，连忙迈开四方步，上了场。

我躲在侧幕条后边，盯着表叔演戏。记得祖母跟大杂院邻居夸奖她的娘家侄子：“大联扮相俊，唱腔好，还会编戏写唱词，那些看戏的女眷迷他呢。”

我偷偷伸出目光望着台下，不知迷恋表叔的女眷坐在哪里。台口灯光明亮，难以看清台下观众，便想象着女眷的模样，应当就像电影里的阔太太吧。

戏台上表叔身穿龙袍端坐案前。一个紫袍文官跪地陈情，不紧不慢唱着。皇上微微点头，表示听禀了。

天津独创的北方越剧，全中国没有第二份。它是绍兴戏的腔调，北方话的发音，让天津人听得清清楚楚明明白白，很受本埠戏迷们欢迎。表叔的北方越剧团，常年全市巡演票房很好。

紫袍文官的拖腔引来台下观众喝彩。我有些失望，觉得表叔扮演皇上只是个摆设，等于他坐在台上看戏，不用花钱买票。

紫袍文官再次引发戏迷们的叫好。这时娘娘出场了，还是祁玉仙扮的。不知为什么，她张口开唱走了板，引来台下几声倒彩。娘娘朝皇上行了礼，咿咿呀呀继续演唱。

北方越剧的腔调，柔和婉转，软声细语，很是好听。我猛然想起“四碟菜”捞面，扭身跑到黄漆条案前边，登时傻了眼。

五只盖碗全部打开，好像螃蟹被揭开盖子。四碟菜光了，面码没了，大海碗里不见了面条。

我慌了神。祖母精心筹办的夜宵没能吃到表叔嘴里，她老人家肯定大发雷霆的。

这是哪张大嘴把紫竹提盒吃得干干净净？难道后台老鼠成了精？我不知道如何查对，只得慌忙收拾碗筷，挎起紫竹提盒溜出戏园后门，抬腿撒丫子就跑。拐上东兴大街我被绊了脚，差点儿摔倒。

“这孩子抢孝帽子去啊？”黑暗里不知是谁大声损我。有些天津人就这样，不占别人便宜浑身难受。

我跑进家门哇地哭了起来，惊动了大杂院邻居们，纷纷跑出来询问谁家死了人。

祖母出屋扯开嗓子解释：“小孩子睡觉做噩梦，梦见那些看热闹的人掉粪坑里淹死了，一个个转世变成屎壳郎，小孩子就吓哭了呗。”

这叫骂人不吐核儿。邻居们被祖母损得无话可说，全都缩脖子回去了。

进屋闭门关窗，祖母压低嗓音：“你这是卧龙吊孝——进门就哭。你表叔出事儿啦？”

我止住哭声，抽泣着。祖母从抽屉里取出两粒冰糖，径直递给我。想起小人书里日本鬼子拿糖果收买儿童团员的故事，我忍不住咧嘴笑了。

祖母很像秘密审问犯人：“归其出了什么事儿？你不添油不加醋，一五一十说给奶奶听。”

我如实讲了在戏园后台的遭遇。祖母仿佛听了神话故事，不相信。“好宝儿，你再给奶奶说一遍。”

我从头到尾又说一遍，不差样。祖母眉头紧皱，连声思忖着：“一眨眼工夫就没啦？这是聊斋啊。”

我说是后台老鼠成了精。祖母说不是后台老鼠成了精，是后台有坏人成了精。

“挨千刀的！这夜宵你表叔没吃到嘴里……”祖母又气恼又惋惜，寻思着如何补救，“好吧，明儿我亲自访访坏人精！”

我想起遗漏了重大情节，马上补充说：“后台角落里有个人影儿，我一咳嗽那人影儿变成两个，唰地就没了。”

祖母问我今晚唱的哪出戏。我说表叔扮皇上，坐在台上没张嘴。祁玉仙扮皇后，一张嘴有人叫了倒彩。

“叫她的倒彩？这不能够啊。”祖母催我洗脸漱口上床睡觉，说明儿起早上学不要迟到。

关灯睡觉。黑暗里我听到祖母自言自语：“大联哇，你在家媳妇笨手笨脚，你外出演戏不得吃不得喝，真是苦命人哪……”

我没见过表叔的媳妇，小毛孩子想象不出女人笨手笨脚的模样。

第二天傍晚时分，我跟祖母上街遇见赵大铁，他满嘴酒气说剧团今晚转到西关街戏园演出。祖母登时就急了：“合着你们成了游击队！这屁股没坐热就颠儿啦？”

邋邋遢遢的赵大铁伸手摸出烟卷点燃：“您真疼郝专啊，我看赛过他亲娘啦！”

我也没见过表叔的亲娘，听说她家住西关外的白骨塔。

祖母很是自得：“亲娘我比不了，郝专是我娘家亲侄子！”

赵大铁呵呵地笑了，似乎从老陈琳变成高力士。“我们新编历史剧《胆剑篇》，西关街戏园是我们主场，今晚给兄弟剧团观摩演出。这大老远的送不成夜宵了吧？”

祖母豪气不减：“我爹当年赶西大营，八千里地都不怕远！”

我听祖母讲过天津杨柳青人赶西大营的故事，他们挑担提篮跟随左宗棠军队远走新疆。乌鲁木齐以前叫迪化，迪化以前叫红庙子。

趁着黄门副食店没关门，祖母进去买了虾皮和茴香，说给表叔包饺子。我好奇：“奶奶，您不做四碟菜捞面啊？”

“道儿太远，面条送到西关街戏园成了面坨子。这饺子不粘，热水烫过照样吃！”祖母好像夜宵专家，万事通。

祖母又跑去找邻居田婶借鸡蛋。天津市每月供应居民家庭半斤鸡蛋，祖母总给表叔送夜宵，鸡蛋自然不够用场，只好向邻居求援。

田婶好不乐意地说：“您上次借的还没还，怎么还张口呢。”

祖母赔着笑脸说过两天保准还。平时祖母极好面子，竟然舍了脸。田婶回屋取出两个鸡蛋，满脸不悦递给祖母。

和好了面团，饧着。祖母开始调馅：虾皮、茴香、鸡蛋。没有肉，所以叫“素三鲜”饺子。

祖母包的饺子，看着就是工艺品。一只饺子捏出八个褶儿，好比给饺子镶了花边。镶了花边的饺子，银灿灿摆满盖板，让人想起银库里的元宝。

饺子是表叔的。我和祖母晚饭是油渣炒雪里蕻，籼米蒸干饭。我望着摆满盖板的饺子不说话。奶奶啊，我就是家里养的小狗，您也该给我弄根骨头啃啃吧？

吃过令人憋闷的晚饭，我埋头写作业。祖母端坐镜前，手里捻搓两根预白线，不声不响给自己“开脸儿”。天津卫的家庭妇女，每逢重大外出活动便梳洗打扮，这“开脸儿”就是捻搓滚动两根预白线，唰唰唰绞掉两侧脸颊的汗毛，面庞便光鲜了。

祖母五十九岁，脸庞皱纹不多。她开了脸儿，嘴角那颗红痣越发鲜亮。我认为挺好看的。

这时，邻家电匣子报出北京时间二十一点整，晚上九点钟了。

祖母一边煮饺子一边教育我：“你给我记着，吃饺子不能一口吞，那叫粗人吃野食，让人家笑话没家教。不论个头儿多小的饺子，也要先咬一口再吃。”

我嫉妒祖母偏爱表叔，马上抱怨说：“奶奶，您这饺子不是给我吃的，这句话您说给表叔听吧。”

“你小子真是刀子嘴，明儿送你跟高英培学说相声去。”她把盛满饺子的大海碗放进紫竹提盒，说了声“走吧”。

“我作业没写完，您自己去吧。”

“啊？”祖母惊异地看着我，连连咂嘴，“你真是个白眼狼……”

我再次摇头拒绝。我印象里除去找田婶借鸡蛋，祖母从不求人。她二话不说弯起胳膊挎上紫竹提盒，迈着小脚走出家门。

以往给表叔送夜宵，都是北方越剧团转回南市燕升戏园，离我家不远。这次祖母跑去西关街戏园送夜宵，天黑路远要是崴了脚呢？我后悔了。

我追出家门跑到南门东电车站，看见路灯下祖母瘦小的身影。这时白牌电车来了。我知道祖母的脾气，悄悄尾随上车。

祖母淹没在车厢人群里。白牌电车叮叮当当朝前驶去。猛然想起衣兜里没钱，我只好矮着身子，逃票。

我听见祖母买了贰分钱车票，大声告诉售票员去西关街戏园给娘家侄子送夜宵。祖母爱聊天，见面就熟。

她果然赢得乘客们夸奖：“您这当姑妈的疼娘家侄子，真是不辞辛苦。”

白牌电车围城转，拐过西南城角到了西门脸。祖母热情地跟乘客们道别，挎着紫竹提盒迈着小脚从前门下车。我从后门蹦下电车，逃票成功。

沿着西关街走近戏园子，我保持距离跟随着祖母。戏园门前很热闹。一张广告牌上大字写着：新编大型历史剧——胆剑篇，编剧：郝专，导演：郝专，主演：祁玉仙……

“嚯嚯，这是哪阵风把你给刮来啦？”一个又高又瘦的老太婆昂首挺胸迎在祖母面前，显得祖母更矮了。

祖母表情不大自然。如果要求现场写作文，我会用“神色紧张”来形容她老人家。

“我给你儿子送夜宵来了……”祖母显了显紫竹提盒。

哦，原来这老太婆是表叔的妈妈，她眨着老鹰样的眼睛盯着紫竹提盒，表情刁蛮地笑了：“你还用这紫竹提盒呢？今儿是四碟菜捞面还是包饺子？”

祖母如实回答：“茴香虾皮鸡蛋，素三鲜。”

“嚯嚯，郝专他爸最爱吃这口儿！临咽气还念叨素三鲜饺子呢。”表叔的妈妈说着拿过紫竹提盒。我觉得她的动作有些像抢。

她掂了掂紫竹提盒说：“你就别动弹了，我给郝专送到后台去。”

祖母只能接受：“那就依你吧，这提盒先让郝专收着，等到他剧团转回南市演戏，让我孙伙计去取。”

祖母习惯把我说成“孙伙计”。她说完这句话转身就走，好像打了败仗。

我暗暗寻思：既然祖母是表叔的姑妈，那么表叔的妈妈就是祖母的嫂子。俩人见面就像铁板遇见烙铁，看来姑嫂关系很不和睦。我动了好奇心。

这时散了戏，戏迷们涌出戏园子。卖糖墩儿的卖崩豆的卖青萝卜的……做小买卖属于黑市，他们鬼鬼祟祟吆喝起来。

表叔的妈妈拎着我家的紫竹提盒，走进戏园后身小胡同，我悄悄跟随过去。

西关街戏园外墙很薄，俗称“篱笆灯”。后台灯光从墙缝儿泄漏出来，一片片光线投射到小胡同地上。几个男人把脑袋贴近墙缝儿，偷偷观看后台。他们扭头见我来了，张嘴驱赶。

“这后台里头都是大人的事儿，小孩子看了长针眼儿！”

“倒霉孩子凑什么热闹？赶快回家找你妈妈吃奶去！”

一个男人突然起兴：“你们快看呀！那女主角换衣裳呢，敢情又白又肥哪……”

这几个男人立即贴近“篱笆灯”，透过墙缝儿观看“小电影”。

“就是娘儿们！黑了灯偷偷跟男的亲嘴儿，浑身冒骚气。”

“怎么来了个老太婆？哎哟！她把那碗饺子拽到脏土筐里啦。”

我贴近“篱笆灯”，翘起脚尖伸长脖子，眯起眼睛对准窟窿眼儿。

后台灯光明亮。表叔郝专从脏土筐里找出紫竹提盒，大声说话："妈妈，您这是多大仇恨啊！"

表叔的妈妈气哼哼："我就不让她称心如意！"

祁玉仙身穿便装跑过来，满脸油彩打圆盘说："她大老远跑来给侄子送夜宵，这也是替您疼儿子……"

表叔的妈妈不睬祁玉仙，继续对表叔说："她去南市戏园送夜宵，我管不了。今儿跑到西关街地盘，她这是跨过灶台上炕！"

小小窟窿眼儿盛着这多人物，比唱戏还热闹。我听不出子丑寅卯，只觉得表叔的妈妈脾气暴躁，好像对祖母充满怨恨。

表叔用白手巾擦净紫竹提盒，扭脸递给祁玉仙。她抱在怀里转身走了。

后台啪地黑了灯。"小电影"结束了。那几个男人没有过足眼瘾，开始犒赏嘴巴。

他们说的话，有的我能听懂，有的听不懂。悄悄离开小胡同，我不敢再蹭电车，径直跑回家去。

我溜进大杂院，家家户户都黑着灯。祖母也睡下了。我隔着门窗听到家里有响动，好像是哭泣。祖母性格刚强从不落泪。我估摸屋里有别人。

我不敢进屋。想起祖母"免得冲撞神明"的教导，轻轻咳了两声。屋里祖母说了话："你大半夜不进家，不怕外边老马猴吃了你。"

祖母语调轻松，根本不像哭泣的人。我推门进屋，伸手摸灯。

"你开灯要惊动财神啊？下学期不给你交杂费。"祖母并不问我去了哪里，"你赶紧脱衣服睡吧。"

"财神被我给气哭啦？"我试探问道。祖母不应声。我摸黑躺下，睡不着。表叔的妈妈把紫竹提盒拽进脏土筐里，要是祖母知道了肯定伤心的。

我努力睡着了。梦见田婶召来街委会干部，当面批评祖母找邻居借鸡蛋的行为。祖母高声辩解，说我好借好还没有赖账。

几个街委会干部轮番批评祖母，说她找邻居借鸡蛋的行为，是影射国家鱼肉蛋菜供给不足，不光给社会主义抹了黑，还给美帝苏修帮了腔。祖母很不服气，气得面红耳赤。

清早醒来是星期天，我寻思着梦境，催促祖母把鸡蛋还给田婶。

她惊奇地打量着我："一睁眼你变成小家庭妇女啦？"

我说在梦里变的。祖母让我把梦境说给她听。我如实说了。

"哦……"她寻思着，不说话了。吃了烧饼馃子的早点，稳稳妥妥喝了碗热茶。祖母抬屁股去了田婶家。很快便迈着小脚回来了。

“办妥啦！”祖母满脸轻松表情，“国家凭票供应鸡蛋，五毛五一斤，要是偷偷去黑市买一斤八毛钱。四个鸡蛋在黑市买顶多六毛钱，我给了田婶八毛钱，把她嘴堵了。”

为了给表叔做夜宵，祖母宁可舍脸求人借鸡蛋，宁可还账多花钱。

“小子你记着，凡是花钱能办的事儿，就都不是事儿。凡是花钱办不到的事儿，兴许就是大事儿了。”

我请祖母给举个大事儿的例子。她脱口说道：“比如说你表叔家里头……”

她及时刹车止住话头，改嘴催我写作业。“只要你好好学习，我就给你包素三鲜饺子吃！”

星期天大杂院里很热闹。田婶从煤店叫了二百斤煤末，掺土加水搅拌均匀，自家抟制煤饼。机制煤球一块四一百斤，煤末八毛钱。二百斤煤末节省一块二。田婶是寡妇过日子精打细算。她去副食店买二两白糖拎回来，还要唆了唆手指头把甜味搁进嘴里。

赵大铁迈着太监台步走进大杂院。我喊了声“老公来啦”，他不搭腔径直走到田婶近前，不言不语抄起铁锨。

“你别沾手！”田婶当场拒绝，她守寡多年不近男人。

赵大铁嘿嘿笑了：“我学雷锋你还不让？”

祖母走出屋来召唤赵大铁，其实是给田婶解围：“你到我这儿来学雷锋吧，我有块儿云年的臭豆腐你把它吃了吧。”

赵大铁放下铁锨满脸堆笑：“去年的臭豆腐？那您得给我烙张清朝的热饼啊。”

“赵大铁我问你！”祖母声调不高语气严厉，“我让孙伙计给郝专送的四碟菜捞面，都让你给偷吃了？”

赵大铁涎脸说：“您把我也当成娘家亲侄子吧，反正一只羊也是赶两只羊也是轰……”

“你胡吣！你再敢偷吃我割了你舌头。”

赵大铁吧嗒沉下脸色：“郝专都不敢跟我急，您倒跟我叫板啦！”

“你跟我浑不论是不是？”为了捍卫表叔的夜宵，祖母跨步上前，举起炒菜铲子。

赵大铁噔噔退了两步，好像害怕了：“您疼娘家亲侄子也不至于跟我玩命啊。”

我没见过祖母如此凶狠，上前拉住她老人家：“奶奶，您都快成红色娘子军了。”

田婶出面解围：“赵大铁，你快过来帮我抟煤饼吧！”

祖母得胜，进屋里去了。赵大铁阴差阳错获得接近田婶的机会，兴高采烈抟起煤饼。

星期天的大杂院暂时太平了。祖母突然犯了心思：“咱家的紫竹提盒还在外头呢……”

临近正午。赵大铁两只黑手抟出三十个煤饼，啪啪贴满大杂院空闲的墙壁，看着好像一朵朵黑色梅花。

田婶端来大茶缸子，小溜浇水给赵大铁洗手：“谢谢老赵，我就不给您沏茶了。”

赵大铁豪爽起来：“有事儿召唤我，一眨眼工夫就到，比孙悟空还快呢。”

“我听说你唱戏总扮演太监？”寡妇终于小声问了。

赵大铁连连摇头：“我也扮演过家丁和员外。你想看戏不用买票，去后台找我吧。”

田婶连忙表示：“我才不去那种地方呢……”

大杂院深处，一只大公鸡莫名其妙打起鸣来。紧接着就是母鸡下蛋“咯咯哒”的叫唤。这顿时煞了风景。

踏着公鸡打鸣母鸡下蛋的叫声，表叔郝专走进大杂院，身后跟着祁玉仙。她花布衫灰裤子，红润的脸蛋漆黑的头发。

赵大铁拎着两只洗白的湿手，太监似的笑了。

“皇上跟娘娘，你俩这是从哪儿来？满面春风的。”

祁玉仙嘴快，当头嗔怪赵大铁：“哎哟，今儿我没做好梦，怎么撞见你这块臭肉堵心丸呢。”说罢咯咯笑了。

祁玉仙在戏台上多演苦戏，有时还哭哭啼啼的。这是我第一次听到她的笑声，笑得清脆爽利，笑得开门见山。怪不得戏迷们喜欢她呢。

表叔望着赵大铁：“我们趁着星期天看望金老前辈去了，请您给我的‘胆剑篇’把把脉归归宗……”

赵大铁甩着双手水珠儿，嘿嘿笑着。

祖母听见表叔说话，满脸欢喜迎出屋来。表叔当头解释说：“姑妈，我俩外出办事路过您家，赶上饭口就进来了。”

祖母扭脸瞅见祁玉仙，飞快地扭身返回屋里，这动作麻利得好似武侠评书里的“影子婆娘”。

祖母既讲究礼貌又讲究体面。只要家里来了客人，她就要换上“压箱底”的衣裳。不到喝杯茶的工夫，她容光焕发走出屋来：花白头发梳得光亮，一身鸭蛋青色绸衣绸裤，脚穿“老美华”的软皮鞋。

她矜矜笑着：“您是贵客登门，快请进屋喝茶……”

祁玉仙打量着祖母：“哎哟，您年轻时是个大美人啊！”

表叔说：“我姑妈年轻时比你漂亮多了……”

祖母好像不愿回忆青春时光，话归正传：“你俩饿了吧？我这就给你们做饭吃！”

祁玉仙毫不见外：“姑妈！我想吃您做的四碟菜捞面，还想吃您做的素三鲜饺子。”

祖母得意地笑了：“又是四碟菜捞面又是素三鲜饺子，你多大肚子呢。”

祁玉仙羞得扭过脸去：“您瞎说什么呀，人家还没结婚大什么肚子啊。”

“你误会啦！我是说你一顿饭的肚子，装不下两顿饭的东西。”祖母说罢犯了愁，“这大晌午的，四碟菜不凑手，素三鲜饺子也不凑手啊……”

“不碍的！郝专说您炸的排叉特别好吃……”祁玉仙真是爽快，就跟下饭馆点菜似的，张口点了祖母的拿手好戏——油炸排叉。

“这倒是个好主意，有油有面就凑手了……”祖母反而乐了。

大杂院里不见赵大铁的身影，他悄无声响走了。

表叔陪祁玉仙进屋喝茶。祖母拿出家里最好的香片，沏得屋里充满花茶的香气。祁玉仙小声说：“哎哟，这花茶真好喝。”

不知这是什么习惯，祁玉仙说话爱用“哎哟”开头，就跟戏台上叫弦儿似的。

祖母双手粘着面粉大声问娘家侄子：“赵大铁偷吃你夜宵，你怎么不骂他呢？”

表叔郝专踱出屋来：“他是粗人，我不跟他一般见识。”

祁玉仙也出屋解释：“郝专特别厚道，总是宽待别人委屈自己。”

“吃亏常在，能忍自安。”祖母揉着面团说，“大联，你记着把紫竹提盒拿回来，咱家用它十几年了。”

乳名大联的表叔连连点头说：“这十几年您多不容易啊。”

祁玉仙动手系上围裙，抄起擀面杖跟祖母学习擀面剂子。祖母打量着她又白又嫩的小手，禁不住叹了口气：“你多年轻啊，真好。”

“我也有老的时候，还不如您哪。”祁玉仙善解人意，揣测出祖母的心思。

我想起祁玉仙外号“鸭子”，无论横看竖看怎么看，她都不像家禽。

油炸排叉的面剂子，必须擀得薄如蝉翼，之后叠出花样，粘上芝麻，下锅炸成又香又脆的金黄色。祁玉仙将面剂子擀成茶杯垫，扭脸冲表叔郝专咯咯笑着。

浓眉大眼的表叔不苟言笑，掏出自来水笔在手心里写字：“我想出了勾践的唱词——西施你本是那鸟中凤凰，只落得姑苏城暂栖身量……”

“这词儿好！你凑成三条腿一折边，就成了。”祁玉仙终于把面剂子擀薄了，兴奋得像个又白又嫩的大女孩。

我帮着祖母把油锅坐在炉子上。她拎来盛满菜籽油的大瓶子。市民食油凭票供应，一季度半斤。这大瓶子菜籽油是祖母日积月累从牙缝里省出来的。

文火下锅。一只只排叉在油锅里炸着，渐渐从纯白炸出浅黄，吱吱发出悦耳声响。祁玉仙咧嘴笑了：“排叉们在锅里唱越剧呢。”

表叔郝专小声更正：“唱北方越剧呢。”

“是啊，唱北方越剧呢。”祁玉仙语调委婉柔和，特像北方越剧的腔调。

祖母抬头看看娘家侄子，扭脸看看祁玉仙，之后满意地看看油锅：“你俩真是啊……”

一只只排叉出锅了。祁玉仙急不可待，伸手捏过来就吃，嘎吱嘎吱顾不得说话。

祖母打量着吃得满脸是嘴的祁玉仙：“你像我年轻时候……”

表叔吃相斯文，双手捧着排叉，好像担心蝴蝶飞了。

表叔和祁玉仙进屋去了，低声说着什么，我听不懂。

“你给田婶送几个排叉去，我总找人家借鸡蛋……”祖母捡出五个排叉拿油布包好，让我送到田婶门前。

“我不要！你快拿回去吧。”不知碰了哪根筋，田婶犯了犟脾气。

祖母还不得人情，抄起抹布擦手说：“都怪赵大铁跑来献殷勤，搅乱了寡妇心。”

我小声探索说：“您不也是寡妇嘛？”

“你放屁！”祖母气得笑了，“你小子就是我的堵嘴罐儿！”

“真香！”祁玉仙吃得五官现形，走出屋来给祖母道了万福。

祖母乐了：“你跑我这儿唱戏来啦！”说着拿粉帘纸包起六个排叉，“六六大顺，你想吃就再来。”

祁玉仙跟随表叔告辞，扭摆着腰肢走了。

“这祁玉仙胃口真大，往后谁娶了她都喂不饱。”我觉得祖母不是说祁玉仙的饭量大。

没出几天光景，祖母满脸愁容对我说：“你表叔出事了……”

我没往心里去，埋头写着算数作业。

果然，两个陌生男子走进大杂院，说是来调查的。祖母迎上前去，连声请两位公差进屋喝茶。他们不搭理祖母，大声召唤“李苏巧”。

寡妇田婶听见召唤自己名字，快步迎出屋来。

“我们找你核实北方越剧团郝专的生活作风问题……”一个男子讯问，另一个男子记录，俩人配合得像双胞胎。

田婶脸色煞白。“这动员还乡的事儿你们管吗？我老家无亲无故，我要求留城不动窝儿！”

“你必须如实回答我们的提问！”两个男子几乎异口同声。

“真的？”田婶脸上露出惊喜，立即张口做证。

“那天郝专跟祁玉仙来到我们大杂院，成双成对又说又笑，光天化日毫不避讳！后来俩人躲到屋里吃排叉，嘀嘀咕咕的。吃完排叉走了，我看就差手拉手了。”

田婶在证明材料上按了手印儿，追着两位公差说：“你们给我做主哇，不能让我寡妇还乡！”

看到没闹出大漏子，大杂院邻居们纷纷缩回屋去，没了动静。

“李苏巧！你怎么满嘴食火呢？什么就差俩人手拉手了？”祖母好似母老虎下山，直扑到田婶门前。“你胡编滥造诬赖好人，不怕天上打雷劈了你啊？”

田婶理亏心虚，低头说了实话：“我不是怕他们让我还乡嘛……”

“好啊，那我检举你跟赵大铁搞瞎扒！你俩手里抟着煤饼子，脚底下勾勾搭搭。”

“奶奶！咱寡妇面前不说假话。”田婶破罐破摔了，“这张嘴咬人谁不会呀？我看你屁股底下也不干净！”

“你当然干净哟！”祖母说脏话了，“你早就把屁股给卖了，你没地方脏啦！”

“我卖屁股？我卖屁股也比你倒贴男人强多啦！”

大杂院里妇女斗嘴骂街，小孩子是听不懂的。祖母兴许意识到满嘴脏话丢人现眼，主动收兵回屋了。

祖母干枯地坐在桌前。不沏茶不做饭，好像“把斋”了。

我冲了碗油茶面，问祖母什么叫“倒贴”。她把碗推回来说不饿。我倒是饿了，双手捧碗把油茶面呼噜呼噜灌进肚里。

祖母不回答“倒贴”，我也就不问了。

“也不知你表叔怎么样啦？他白面书生不会挨打吧……”祖母心神不定，没了平时锐气，“犯小人啊犯小人，大联走了倒霉字儿……”

半夜里我被惊醒了。睁眼瞧见表叔站在屋里，嗓音沙哑跟祖母说话：“他们把我关小黑屋里，让我交代其他女演员。我跟她们没关系啊！不能朝人家身上乱泼污水……”

表叔好像很渴，伸出舌尖儿舔着嘴唇：“他们就要送我去公安局，按流氓罪处置。我趁半夜下雨跳窗户出来，马上去东北投奔我姑妈……”

祖母就是表叔的姑妈，怎么东北又冒出个姑妈来？我支棱耳朵听着。

祖母从床垫底下抻出一沓钞票：“大联啊，穷家富路，你带上这五十块钱！躲过风头再回来。”

“这风头怕是躲不过去了，全国都在开展社教运动，两年三载结束不了。”表叔的声音在夜灯照耀下，好像从远方飘来。

“你不就是跟祁玉仙相好嘛，这也没有枪毙的罪过！”祖母说罢随即泄了气，“你是有妇之夫，这就不占理了。”

表叔突然给祖母跪下了：“姑妈，往后我吃不上您的夜宵啦！那紫竹提盒我交给鸭子了，您老人家多多保重……”

我从被窝里伸出脑袋问道：“表叔，你走了鸭子怎么办？”

表叔听到我声音，趋身凑到床前，伸手摸摸我脸蛋。他的手，好像冬天。“不碍的，总会有人照顾她的……”

祖母呜呜哭了：“可惜你爹死得太早，没人护着你……”

表叔抓起帆布兜子，起身走了。祖母追出去送他，把哭泣声甩在屋里，凝结了空气。

送走娘家侄子，祖母悄悄回来，关门，闭灯，坐在黑暗里自言自语，好像忘了我的存在。

“大联啊，自从你爹去世这门亲戚就断了来往，你那东北姑妈会收留你？哼，我看不托底。天底下哪有我这种死心塌地的女人，认准一条道跑到黑，八匹马拉不回头。你走了，我要什么没什么了……”

第二天清早，祖母开门看见门外放着紫竹提盒，突然泪流满面："这是老天爷派人送回来的，神仙知道这紫竹提盒是我的念想……"

我想起班主任说过我们是无神论国家，也就没有被祖母的泪水感动。可半夜里是谁送回紫竹提盒呢？兴许祖母心里明白。

天气渐渐冷了。祖母望着满地白霜说："东北那边更冷，当心出门冻掉耳朵。"

我知道祖母思念表叔，好在紫竹提盒回家来了。她老人家总拿白手巾擦拭紫竹提盒，就跟给孩子洗澡似的。

傍晚时分，大杂院里田婶独自收拾煤饼，累得好像农妇倒腾土豆。我懂了"寡妇"二字含义，就是寡妇没有帮手，过日子全凭自己，一个人吃饱了，全家不饿。

我想帮助田婶拾掇煤饼，不敢。自从吵架斗嘴祖母便不搭理田婶了，好比两个小国断绝外交关系。

尽管如此，祖母还是要求我见到长辈主动打招呼，包括田婶。"不能让别人说你没家教。"这是祖母的口头语。她为人处世讲规矩，瞧不起没有规矩的人。

满脸汗水的田婶收拾了煤饼，竟然主动过来说话，告诉祖母北方越剧团转回南市燕升戏园了。祖母警惕地瞅着田婶，明显是将信将疑。

"赵大铁当了剧团副团长，人家高升了。"

听田婶说话口气，不像夸赞倒像贬斥赵大铁。祖母还是不放心，派我悄悄去燕升戏园核实。我恨不得身怀《七侠五义》里花蝴蝶的神功绝技，飞去飞回。

当我气喘吁吁向祖母报告戏园门前贴出戏报《春秋配》，她乐得拍手："这出戏吉祥，小姐姜秋莲跟公子李春华，俩人多不容易啊，末了还是拜堂成了亲！"

说着，祖母赶忙去黄门副食店买东西了。田婶趁机过来问我："你表叔不在剧团了，你奶奶还要送夜宵？"

是啊。我也纳闷，猜不透祖母的心思。

草草吃过晚饭。祖母下厨做夜宵——四碟菜捞面。我闻着香味问是谁的夜宵，祖母说鸭子的。她一旦兴奋起来，也会叫别人外号。

我问为什么叫她鸭子。祖母怪异地笑了："走路扭摆屁股呗。"

我想起鸭子走路确实扭摆屁股，便觉得这外号挺生动的。

我还是忍不住嫉妒："这又不是我表叔唱戏，您为嘛给她送夜宵呢？"

“她是你表叔的人嘛。”祖母声音极轻，好像存心不让我听见。

没了表叔，顶上来表叔的女人。我觉得只要跟表叔有关的事情，祖母就干劲十足。她仔细掐算钟点：“这出《春秋配》全本戏，散了戏卸了妆，奔着十点钟吧。”

过了九点半钟，我拎起盛着四碟菜捞面的紫竹提盒，跟随祖母去燕升戏园。一路走着想起“奶奶出马，必有妖法”的歌谣，我笑了。

这条路祖母走了几十年，闭着眼睛也不出错。她直奔燕升戏园后台，正赶上散戏。乐队弹三弦的认识祖母，小声说领导不允许“鸭子”唱戏，她转行去世界商场当售货员了。

“噢，不唱戏更好，你们剧团里好人不香坏人不臭！”祖母反而乐观了。

我也乐观了，这送不出去四碟菜捞面，今儿算是归我了。

升任副团长的赵大铁踱过来，嘿嘿笑着：“您这是给我送夜宵来了？谢谢啊。”

祖母满脸笑容：“好啊，明儿我给你送瓶敌敌畏来，你就着酒菜喝吧，我保你去见王母娘娘。”

我跟祖母沿着东兴大街回家，经过群英戏院。路灯底下跪着三个乞丐，看着像是娘儿仨。那妇女连声乞求过路的人，说大爷大奶奶行行好吧，别让我闺女再饿一宿了。

祖母停住脚步跟我说：“这大晚上听着像静海口音。”

一问，果然是陈官屯来的，去年涝了，全家吃光返销粮，只得下卫要饭来了。

祖母二话不说，打开紫竹提盒端出大碗面条，唰地倾进妇女讨饭碗里，之后犹豫了犹豫，取出糖醋面筋倒进大女孩儿碗里。小女孩儿举碗望着祖母，她老人家取出青椒炒肉丝，折进小女孩儿碗里。

“你们娘儿仨把面条拌匀了吃吧，千万不要念我的好处，心里念叨南海观音菩萨就行！”

祖母积德行善了。好端端四碟菜捞面只给我剩下两个菜。我飞快跑回家，进屋躺下睡了。

第二天起床吃早点，祖母把那两个菜下锅热了，让我就饽饽吃。我说我跟要饭的吃同样的菜。祖母笑着说叫花子吃百家饭增寿呢。

我暗暗憋气：您事事胳膊肘往外扭，您不是我亲奶奶，我也不是您亲孙子。您只有个娘家亲侄子，他还跑到东北去了。

吃过早点，我陪祖母到了世界商场。沿着楼层寻找，就跟巡逻兵似的。我向站柜台的售货员打听“祁玉仙”，都说不知道有这个人。

祖母急得呲叨我，说你小子白读书了没用。我没想到找不着祁玉仙，她老人家拿我泻火撒气。

我引着祖母找到经理室。她情绪缓解了，说你这少先队员没白当。

这世界商场经理姓许。许经理慢条斯理说：“我知道唱戏的人习惯晚睡晚起，所以安排祁玉仙中班，下午两点上，晚间九点下，住商场单身宿舍。今天她就是中班。”

祖母当场做出家长姿态：“谢谢许经理关照，您好人有好报。”

“大娘您别客气，请问您是小祁什么人？”

“我是她姑妈……”祖母说着让我给许经理鞠了躬，然后告辞了。

走出世界商场我不高兴了：“奶奶，我没吃他没喝他，为嘛给姓许的鞠躬呢？”

“许经理关照鸭子，你鞠躬是替奶奶谢他呢。奶奶这把年纪给他鞠躬，怕折他寿呢。”

“您就不怕折我寿？”我趁机发泄不满情绪。

站在马路边祖母哈哈大笑：“你小屁孩儿折什么寿！等着增寿吧。”

得知鸭子晚间九点钟下班，祖母回家便着手筹措素三鲜饺子。皇上去东北了，这是给娘娘备膳。

晚间八点半钟，祖母穿戴整齐拾掇妥当，催促我挎起紫竹提盒。我抵触地说：“世界商场不远，您自己去吧。”

“你……”祖母使劲扭过脸去，哽咽了。我没想到她会这样，一时不知所措。

“我守寡多年，人老了真是没有帮手……”说着伸手抚摸紫竹提盒，“只剩下这家伙跟着我呢。”

我意识到伤害了她老人家，上前抢过紫竹提盒，“奶奶，咱们走吧。”

她不言语，抬手抹了抹眼角。我拎起紫竹提盒走出家门，祖母跟在后边，一路不出声。

临近晚间九点钟，值夜的护场队员来锁商场大门。他打量着我们的紫竹提盒，那表情好像遇见熟人。

“售货员下班从后门走。商场旁边小胡同就是，路灯憋了您小心脚底下。”护场队员热情告诉祖母。

祖母也感觉对方面熟，立即点头致谢："嘿嘿，这跟给戏园送夜宵一样，都得去后门等着。"

我跟祖母进了小胡同来到世界商场后门。女售货员陆续走出，结伴去和平路等电车了。

迟迟不见祁玉仙出来。祖母说女人就是磨蹭。我说别的女售货员都不磨蹭。祖母说祁玉仙是唱戏的角儿，她磨蹭惯了。

"哎哟！您老人家怎么来啦？"没见祁玉仙人影儿，她声音先扑出来，张嘴说话还是"哎哟"开头，没有变化。

"我知道你来这儿当了售货员。"祖母说话声调不高，没有平时硬朗，"你下班饿了吧？今儿是素三鲜饺子。"

祁玉仙惊了："哎哟，您给我送夜宵啊？我可担当不起。"

"我宿舍就在前边，拐进大胡同就是。"说着祁玉仙跑回宿舍取来饭盒，"我最爱吃您的素三鲜饺子。"

我把夜宵合进她饭盒里。祖母叮嘱说饺子烫热再吃，凉了伤胃。

祁玉仙继续"哎哟"着，称赞祖母是她亲姑妈。祖母突然拉住她袖口，轻轻叫了声闺女。

"别瞒着姑妈，你跟大联究竟怎么啦？"祖母用了表叔的乳名。

"就是、就是下农村唱戏，冬天冻得发僵，伸不出兰花指。郝专让我手伸进他后脊梁衣服里，把我手焐热了上台。后来、后来也抱过亲过，团里非说我俩有不正当男女关系……"

我被看作小屁孩儿，大人说话不回避。我就悄悄听着。

"玉仙啊，姑妈是过来人了，你没跟我说实话！"祖母恢复素常的硬气，逼得祁玉仙羞臊地低下头。

"其实、其实有过……"

"那我要感谢你！"身材矮小的祖母扬手攀住她的肩膀，"大联常年不回家，就全指望你伺候他啦。"

祁玉仙越发羞臊了："姑妈，您瞎说什么呀！"

祖母说的话，我不能完全听懂，却能感受到她对表叔的疼爱，即便表叔做了不规矩的事情，她老人家全部谅解。

"这夜宵我就隔三岔五给你送吧，你想吃嘛就告诉我。"祖母再次叮嘱把饺子烫热，说罢起驾回家了。

第二天清早，祁玉仙跑来我家，手里拿着两包软糖。祖母有些意外，努力弄出满脸笑容：“你这是走亲戚来啦……”

祁玉仙小声哭了：“今儿我就把话说透了吧。我知道郝专不是您娘家侄子，其实您只是他爹的戏迷……”

祖母明白了她的来意，轻轻叹气：“我何止是他爹戏迷啊！可惜好景不长，郝专他爹就得了绝症，光给我留下这紫竹提盒……”

“我不能给他爹送夜宵了，那就给他儿子送呗，如今他儿子跑东北去了，接着给他儿子的女人送呗，就好像我上辈子欠他爹的。”祖母说着，竟然苦苦地笑了。

“您多年痴心不改，我敬佩！可是、可是您别给我送夜宵了，我跟许经理好上了，已然不是郝专的女人啦……”

“哦，敢情你也守不住啊。”祖母思忖着，“那许经理有家室啊！你这辈子别像我这样，赶快找个好男人嫁了吧。”

“我身边哪有好男人？既然郝专回不来，我就先跟老许好着吧。”

祁玉仙突然跪地给祖母磕了个头，起身走了。祖母一屁股坐在地上，好像被枪打中了。

“好生生的紫竹提盒没了用场，我这辈子算是熬到头了……”

一连串的日子里，祖母果真成了大闲人。她把紫竹提盒擦得闪闪发光，赛过八月十五的月亮。她踩着凳子把它摆放立柜顶上，看着好像家里多了件工艺品。她老人家郑重对我说：“小子你记着，这是咱家古董呢。”

三年时光过去了。表叔郝专毫无音讯。我知道他根本不是我表叔，但还是陪同祖母惦念着他。

全国大兴革命样板戏。区革委会重新召集早已解散的北方越剧团人马，紧急排练《红灯记》，赵大铁改行饰演李玉和。这时他娶了寡妇田婶，还生了个大胖小子。

听说赵大铁从太监变成革命烈士，祖母扑哧笑了，小声说“乱了”。

《红灯记》里李铁梅提篮小卖，演戏的道具不凑手。时间紧任务急。受宠若惊的赵大铁跑来找祖母借用紫竹提盒，说去掉紫竹提盒的盖子，它就是李铁梅的提篮了。

“你发疟子呢？你现在把绵羊变成山羊给我看看！”祖母坚决不同意。

“这是革命需要，不论你同意不同意，你的提盒我们革命样板戏征用啦！”

祖母当即咬破舌头，满嘴血沫，一语不发。

赵大铁不怕见血：“你就等着倒霉吧，明儿见！”

半夜里，祖母悄悄起床，拎起紫竹提盒溜出家门。我已是中学生了，穿好衣服跟随出去。我接过紫竹提盒拎在手里，感觉沉甸甸的。这紫竹提盒好似情感祭礼，满满盛着多少祖母的故事啊。

小街上没人。她老人家掏出小玻璃瓶子扭脸对我说：“这是葛斯林。”然后小心翼翼浇在紫竹提盒上。

天津老辈人把汽油叫“葛斯林”，这是外语音译。她老人家絮絮叨叨说着，好像丢了转的老式唱片。我听着，有的能够听懂，有的听不懂。

一根火柴轰地点燃汽油，一团火光紧紧抱住紫竹提盒，越抱越紧，越抱越小，宁死不松开。火光照耀祖母嘴角红痣，好像故事的句号。

“郝世胤啊郝世胤，你走了这么多年，今儿我把紫竹提盒还给你啦！你可要把它收好了，有工夫就用白手巾擦呀，这东西越擦越亮，就跟新的似的……”

终于，这团火光将紫竹提盒抱成一堆黑色灰烬。这堆灰烬，比夜色还黑。

“了啦！”祖母起身对我说，“快回家睡觉吧。”

我回头看着那堆黑色灰烬：“奶奶，咱把它带回家去吧？您盛在花盆里留着。”

“小子，你这是要折磨死奶奶呀！”她老人家伸手摸着我的脸颊。我以为祖母的手冰凉，没想到却被那堆火焰烤得热乎乎的。

是的，甚至有点儿烫。

曹德万出门去找爱情

裘山山[①]

1

魏昊宇被派去采访曹德万的时候，有点儿不情愿，一个老头做好人好事能有什么写头？他正在埋头做自己的公号，短文加漫画，从昨天折腾到现在还没搞定。他的公号开了一个月了，已经吸粉两千多，让他很是兴奋。这一篇他打算图文并茂地聊聊最近的热点“佛系”。一听到好人好事，立马感觉退回到古代去了。但他没有理由拒绝主任，报社工作是他的饭碗。主任见他不起劲儿，强调说：那老头儿八十了，都住养老院了，还下河救人，绝对有亮点。嗯嗯。魏昊宇应付道。主任又说，最近咱社会版挨了批，必须来一个满满正能量的文章挽回一下。你是快手，赶紧去采访，最好明天能交稿。

魏昊宇只好动身。起身时忽然想到爷爷，爷爷也提出过去养老院的事，奶奶去世后他感觉很孤单，又不愿意和他们一起住。这次就算帮爷爷考察一下吧。当然，细想一下，一个养老院的八十岁的老头下河救人，也还是有

---

① **裘山山** 祖籍浙江，现居成都。1976 年入伍，1983 年毕业于四川师大中文系，曾任部队教员、刊物编辑等。已出版长篇小说《我在天堂等你》《春草》、长篇纪实散文《遥远的天堂》《家书：青年时期写给父亲母亲》，以及中篇小说《琴声何来》等作品约四百万字。曾获得过鲁迅文学奖，中国人民解放军文艺奖，四川省文学奖，小说月报百花奖，小说选刊年度大奖，以及夏衍电影文学剧本奖等若干奖励。

看点的。虽然现在上八十的不稀罕了，但能下河救人非同一般。要是爷爷的话，能打110就不错了。

魏昊宇背上他那个脏乎乎的背囊出门，又抓了顶帽子戴上。头发几天没洗了，乱蓬蓬的。每天过着不分昼夜的日子，哪有时间打理自己。他从手机上查了一下养老院地址，在市郊一个镇上，有十几公里路。魏昊宇开动了自己的马自达，上车后摁下蓝牙，开始往老头所在的养老院打电话。

养老院的院长叫赵志云，居然是个女的，听声音五十来岁。听说魏昊宇要采访曹德万，不是很热情。怎么回事？一般单位领导都求着记者去采访呢。魏昊宇连忙说：我们晚报早就想写写咱们养老院了，听说咱们一直是先进单位，现在出了这样一位老英雄，更说明咱养老院具有良好的精神状态。

魏昊宇从后视镜里看到自己脸都笑烂了。当了三年记者，他已经练出来了。既然要写，就得迅速进入状态。

赵院长的语气马上热情起来：那是，我们康怡养老院一直都很有活力，大部分老人都每天锻炼身体，参加各种文体活动，加上我们的伙食开得好，荤素搭配得当，每天还配有水果和酸奶，保障了营养均衡，所以老人们……

魏昊宇故作惊讶地打断了她：真的吗？每天都有水果酸奶？比我吃的还好嘛。那曹德万肯定胃口很好吧，不然八十了还能下河救人？

赵院长纠正说，是84岁，今年三月满的。他这人天天走路，身体好，河边长大的，会水。

魏昊宇暗暗惊叹，84岁？比爷爷还大7岁。魏昊宇继续问：他救了人回来没声张吧？是怎么被你们知道的？

赵院长哼了一声：他还能不声张？满院子嚷嚷，生怕人家不知道。

魏昊宇笑了：那你猛烈表扬他了？

我们哪能他说什么都信呀？赵院长撇嘴的样子浮现在魏昊宇眼前：他还说温家宝接见过他呢。他说温总理老远就伸手过来说，老曹啊，好久不见，真想你啊。

魏昊宇笑出了声：他喜欢吹牛？

赵院长说，吹牛吹马吹骡子，没个正经。人家要他拿跟温家宝的合影照片出来看，他说那是梦里的事情，没照片。所以我怕他又说是在梦里救人。

后来呢？魏昊宇有些着急，千万别是假新闻。

赵院长说，后来是被救的小孩儿家长来了，我们才信的。那小孩儿的爷爷奶奶专门来感谢他，送了两大包奶粉和两大包麦片。曹德万说他不要东西，“我啥营养也不缺，你们自己拿回去吃，你们给我做面锦旗就可以了。”孩子的爷爷奶奶就真去做了一面锦旗，上面写着“老英雄见义勇为”。他还是不满意，说干吗要加个老？英雄见义勇为就可以了嘛。

魏昊宇哈哈哈地大笑起来，说这个老头太有意思了。

赵院长说，你应该叫曹爷爷。

对对。曹爷爷真有意思。不过他一个人跑河边去干吗？

他每天都要出门，到处跑。从公交车站到养老院要从河边过。

每天出门到处跑？为了锻炼身体？

赵院长忽然不耐烦地说：我还有事，你来了自己慢慢了解吧。

魏昊宇说，好的好的，谢谢您。我现在马上过来，请您转告曹爷爷，我要采访他，好好为他写一篇报道，登在咱们晚报上。

魏昊宇挂了电话。主任肯定想不到，他让自己采访的英雄，是个神道道的老头。每天出门到处跑，还吹嘘自己跟温家宝合影，难不成有点儿老年痴呆了？阿兹海默症？不会的，如果是，赵院长肯定不会让他待在养老院。阿兹海默症可不是单纯犯糊涂，那是大病，需要住院治疗的。再说，真的是老年痴呆跑出去就找不回来了。他们报社经常接到求救电话，说家里老人走丢了。

他肯定不是有病，无非就是个喜欢搞笑的老头。魏昊宇猜测，应该是个性格活跃，身体健康，喜欢说笑的“阳光老人”，见义勇为救了个孩子。魏昊宇想，等会儿见了面，再补充点儿当时救人的细节，再吹捧两句养老院，就OK了。保证老板满意。

2

如果没有导航软件，魏昊宇无论如何也不可能在一片庄稼地里找到养老院。这也太偏僻了。既没有公共汽车，也没有地铁，更不可能打到出租车。养老院的老人出门靠什么交通工具呢？难道有班车？或者，他们根本不出门？

幸好墙头上立着很大的招牌，怡康养老院，每个字两米见方，让他确定到达目的地了。不可否认，空气很好，还能听见叽叽喳喳的鸟叫。田野里是秋天的景象，立着疲惫不堪的玉米秆子。路两边的树叶也黄了，像老人白了头发。也许，养老就是要在这种偏僻安静的地方。

养老院的大门关着，左侧开了一扇小门。魏昊宇敲门，一个穿迷彩服的老头探头出来问，找哪个？魏昊宇说，曹德万。他马上关门说，他不在。魏昊宇顶住门不让他关，解释说：我跟赵院长联系过，她同意我来的。迷彩服迟疑了一下，不情愿地打开门让魏昊宇进去。

魏昊宇原以为，他来采访会受到养老院的热情欢迎，不料是这般情景。院长不热情，守门的也不热情。他问迷彩服，曹德万不知道我要来采访吗？迷彩服哼了一声：一大早就出去了，夹起那个锦旗，不得了了。魏昊宇暗自思忖，难不成这个曹德万人缘不好？

魏昊宇从没到过养老院，脑海里养老院场景，就是电影《桃姐》里的样子，拥挤，逼仄，压抑，乱麻麻，毫无生机。但这家养老院竟然是一个很大的四合院，东南西北各一排房子，南边是三层楼，其他三边是两层楼，整齐划一。房顶上架着太阳能热水器，院子中间种着菜，辣椒，茄子，还有支着竹竿儿的豆角。也种了些月季和菊花。有几分田园风光。

进门的墙上，画着两张大表格，一张写着本周伙食计划表，另一张写着康怡园财务收支情况。菜地里有两个正在摘辣椒的婆婆，停下动作向魏昊宇行注目礼，眼神很专注，一点笑容也没有。过道上有两个老头在晒太阳，一个嘴角淌着口水，头止不住地点，或许应该叫颤动；另一个用拐杖敲着地，嘴里嘟嘟囔囔的，像是唱歌，又像是自说自话。魏昊宇忽然觉得进入到另一个世界了。院子里虽然也有阳光照耀，却是冷冷的。赶紧完成了任务走人吧，他想。

他问带路的迷彩服，人都不在吗？

迷彩服说，在呀。都在自己房间里。

他转头扫视路过的房间，果然，每个房间都有人，悄无声息的，仿佛在闭门思过。要说佛系，这里才是佛系。转弯时，一个瘦小的婆婆从房间里走了出来，背上拱起很高一坨，令她整个身躯都歪斜了。她用助步器慢慢挪动着步子，可能感觉到身后有人，便停下来让魏昊宇他们绕过去。

迷彩服很和蔼地跟她打招呼说，孙婆婆，没看电视呀？

婆婆没吭声，继续慢慢挪动。

魏昊宇心里莫名凄凉。还是不能让爷爷进养老院，爷爷肯定不适应，爷爷喜欢热闹，儿孙绕膝，满屋笑声。

走到楼跟前，终于看到一块“文体活动室”的牌子，有几个人在打麻将，有几个人在下象棋，都是些老头儿。另外一间大些的屋子，有不少老人在看电视，这里婆婆居多。但是看神情，很难说她们是在看电视，也许只是在电视机前发呆而已。有两个像是工作人员的女人，推着一小车饮料，在给他们分发。

他们来到二楼院长办公室，门开着，但院长不在。

她肯定没走远，你坐这儿等吧。迷彩服丢下魏昊宇要走。

魏昊宇连忙问，你是工作人员吧？

迷彩服不快地说，肯定嘛，我才满六十，不可能来养老嘛。

你都六十啦？真看不出来，我以为你五十多。

迷彩服的表情晴朗了一些。看来男人女人都吃这一套。魏昊宇想，反正闲着，不如借机了解点儿情况。他问，那个曹德万都八十多了，还天天跑出去，你们不担心他安全吗？

担心有啥子用？你又不能把他锁到房间里。迷彩服的不满越发明显了：他要发神经，你有啥子法？！

不过这次他救了人，也算是为你们养老院争了光吧？

迷彩服又哼哼两声，好像鼻子里被许多不满给塞住了：晓得是不是真的哦，我们又没看到，都是他自己在吹。他每天不吹个牛就过不得。吹牛大王。

魏昊宇试探着问，他在你们这儿人缘不好？

迷彩服突然一声吼：啥子人缘不好？根本就是神经病！

魏昊宇吓一跳。迷彩服自己也被吓倒了，怔了一下，然后转身往门口走，脚没出门又转回身来：不是我一个人说他，都在说他。不信你去问问，问问群众的意见。

魏昊宇讨好说：守大门就是辛苦哈。这个，你们院每天几点开几点关，有规定吗？他想起了自己读大学时宿舍管的可是严，想早出去想晚回来，都不可以。

迷彩服平和了一些说，当然有规定，早上七点开门，晚上九点关门。但是他老人家牛 ×，可以不遵守规定，非要六点出去，有时候五点五十就来敲门了，你说他是不是神经病嘛？

为什么呢？他为什么要那么早出门呢？魏昊宇真的很好奇。

迷彩服说：原先我们院里的车早上七点进城买菜，他就搭那个车进城。后来蔬菜和副食都有人送了，院里的车就一周进一次城。但是他还是要每天出门。出门就出门嘛，非得天不亮就走。又不是上班，还非要赶第一趟公交！他凶，凶得很哦。院长都管不到他。

“凶”在当地的土语里就是霸道不讲理的意思。一个来养老的老头能凶到哪里去？魏昊宇不解。更不解的是，曹德万每天一大早出门去干吗？还非要赶第一趟公交？院长为什么管不到他？

太讨厌了。迷彩服继续吐槽：特别是这半年，每天天不亮就让我给他开门，搞得我六点不到就得起床，我要是不开门他就喊，就会吵到其他老人，我只好起来。他让我给他配把钥匙他自己开。那咋个可能呢！钥匙怎么能随便配呢？他又不是院长！

迷彩服的不满情绪止不住往外涌：天天跑出去找女人，还说是找爱情！肉麻到家了！他个爆烟子老头，还找爱情？找个铲铲！

铲铲也是当地土话，意思等同于屁。至于爆烟子老头，就只能意会了。魏昊宇忍不住哈哈大笑，真没想到这个老头居然说是去找爱情，太喜剧了！刚进院子时的压抑情绪瞬间散开。

这时，门口围上来几个人，显然是打麻将下棋的听到动静上来看热闹了。从精神状态看，他们大概属于养老院的年轻阶层。其中一个还穿了件皮夹克，一开口，显出几分干部气质：记者同志，你莫怪他生气，那个曹德万确实让人头痛。八十多岁的人了，一天到晚还想入非非的，不切实际，群众都有看法。

有个矮个子老头说，人家想找对象，也没错嘛。

皮夹克说，要找也得有个章法嘛，哪有这样到处跑的？搞得十里八乡都把他当疯子。老实说，最开始我们大家还是支持他的，我还帮他介绍了一个。但是中间出了点儿误会，他反倒怪起我来了。好心不得好报。

你那个误会大哟。矮个子老头话里有话，老头们都跟着笑了。皮夹克也笑了，有种阴谋得逞的坏笑：是嘛，他都结了两道婚了还不知足，还要来第三道。我们这些人一辈子就一个婆娘，还不是认了。

皮夹克语气里满是羡慕嫉妒恨。

矮个子老头对魏浩宇说，其实他人不坏，就是个宝器。原来在单位上就有点儿爱搞笑。另一个说，他脑壳进水了。还有个说，我倒是羡慕他哟，想做啥子就做啥子。皮夹克总结性地说：我看他主要是没收心。他比我还大6岁，我早就收刀检卦了，他还在雄起。

哈哈，老头们大笑。不过魏昊宇感觉他们并没有恶意，只是笑话他，寻寻开心而已。

接下来，几个老人像举行小品大赛似的，每个人都争着讲曹德万的段子。魏昊宇在群口相声中搞清了大致情况。

3

曹德万退休前是县城某街道干部（享受正科级待遇），老头们都强调了括号里的内容。再往前，他参过军，剿过匪，六十年代初从部队转业下来，就一直在街道上工作。文化不高，人老实，到六十岁退休时，也就是个街道综治办（社会治安综合治理办公室）副主任，“因为资格老，混了个正科”。退休后的前十几年日子还算安定，老伴在家做饭带孙子，他每天跑公园看人家下棋听人家唱戏，总之参加群众文体活动，自得其乐。

关于“已经结了两道婚”是这样的：参军前他奉父母之命娶了一个女人，但很快参军走了。部队剿匪时误传他牺牲了，妻子便改了嫁。其实牺牲的是他战友，与他就名字一字之差，叫曹德福。曹德万转业后受部队委托，去看望曹德福的遗孀。临走时领导跟他说，曹德福烈士有个遗腹子，娘俩现在生活困难，你最好能帮助她们。领导的意思曹德万听明白了，但没有答应。去了之后，他看到那女人独自拖着一个孩子，的确很可怜，他心一软，就把娘俩带回了家。之后他们又有了一儿一女。但这女人脾气很暴，“长闻河东狮子吼”，导致曹德万在家大气不敢出。有时候很晚了都在单位加班，不愿意回家。

但不管怎么说，他们还是一起过了四五十年。五年前，冲他吼了一辈子的老伴去世了。曹德万忽然不知道日子怎么过了，他没有生活能力——不是说要人穿衣喂饭，而是烧饭洗衣服打扫卫生一概不会。他那位狮吼老伴一直把他照顾得很好。儿女们便先后接他去住，他在大儿子家住了一周受不了了，又在小女儿家住了半个月也受不了了。还有个大女儿不是亲生的，他没去尝试。

如此，儿女们就动员他上养老院。起初他坚决不答应。他原来工作时去养老院慰问过，感觉凄凉。何况，他也舍不得自己那个家，他怕自己一走，孩子们来占他的房。

有一天他实在无奈了，自己跑到怡康养老院视察了一番，没想到现在的养老院和从前不一样了，可以一个人住一个房间，房间里有卫生间，有空调，院子里有菜地，还有文化活动室，吃饭都是现成的，三菜一汤。关键是，他还遇到好几个街道上的老哥们，叫他去一起打牌。他终于同意了。

住进来之前，曹德万先把儿子媳妇女儿女婿叫到一起开了个会，宣布说，我去住养老院，是不想给你们添麻烦。现在你们都成家了，有伴儿了，过得安稳，我放心。但我也想有个伴儿，所以我去养老院不是去等死，是想重新找个伴儿，重新成个家。所以，房子我还得留着，你们都不要打我房子的主意。

儿女们愕然。

他接着说，这个事，我原先是跟你们老妈说过的，她是同意了的。她晓得我需要人照顾，她完全晓得。

小女儿拿眼瞪他，那双大眼睛让他想起老伴，他心里有些发怵。难道河东狮吼还有接班的？小女儿果然吼起来：你多大了？你都八十了！跑养老院去找对象，羞死先人了！你不怕丢人我们还怕呢！

曹德万鼓足勇气说：八十怎么了？八十就不是人了吗？八十就要混吃等死了吗？哪条法律规定的八十不能找对象？哪个老祖宗说八十找对象丢人？再说我还没满，我 79！

小女儿没想到懦弱的老爸会怼她，一时说不出话来。儿子则用鼻子哼了两哼：房子？哪个想要你的房子。有本事你就守着房子别走，人在阵地在嘛。其实儿子的儿子已经二十了，的确在打老爹房子的主意，所以心里更是气。还是大女儿温和些，大女儿从中劝解道：好的好的，爸你想怎么样都行。你去找就是了，找到再说嘛。我们不反对。

曹德万语气温和但态度坚决地说：你们可以反对，你们有反对的权利。但是等我找到了，你们就得接受。我的人生我做主。

开完家庭会议，他又到怡康养老院找院长谈，明确表达了他的愿望，或者说条件：我身体很好，能吃能睡，腿脚利落，现在还不到八十（79）。一个月有三千三百多块退休费，这样的条件肯定可以再找个女人成家的，一旦找到了我就离开养老院。所以，希望你们支持我，为我提供方便。

言下之意，不能限制他的自由。

赵院长的回答跟他女儿一样：好的老曹，你想怎样都行，以后的事，等你找到了再说嘛。

但转眼四年多了，快五年了，曹德万还处在寻找的过程中。他每天天不亮就出门，穿戴整齐，背一个黑色挎包，步履坚定地走出大院，天擦黑时，再一身疲惫地回来。

有一回险些成功，女方都同意了。女方其实就是养老院的一个工作人员，五十七八岁的样子，是院里聘来做饭的。但当曹德万和女方拿着户口本去办证时，被女儿在民政局拦下（据说有人悄悄通知了他女儿）。女儿说了一条他无法反对的理由：登记前必须让女方去做个体检，万一有潜在重症，到时候谁照顾谁啊？曹德万只好让女方去体检。没想到女人还真查出了肝病（也有说是假的），不但没结成婚，院里还把她辞退了。

还有一回更悲催，有人给他介绍了一个守寡的女人，六十多岁，挺好看的。但是等他找到人家家里去的时候，差点儿被寡妇的相好揍一顿。

但无论遇到怎样的挫折，都阻挡不了曹德万找对象的步伐。他依然每天一早出门，每天晚上回来汇报战况。天长日久，已经成为养老院的一道风景或曰“每日一歌”。

现在，他的儿女们也不再管他了，除了逢年过节来看看他，其他时候都随便他折腾。反正户口本已经锁在赵院长的办公室了，他不可能自己偷偷结婚。

4

一个胖胖的女人突然走进屋里，嚷嚷说：搞啥子名堂，都在我办公室打堆堆？搞得我一屋子烟味儿？

老头们毕恭毕敬地闪开。皮夹克连连摆手道：没吸烟，我们没有哪个吸了烟的。

胖女人推开窗户说，你们一个个早就成烟囱了，自带烟臭。

魏昊宇赶紧打招呼说，您是赵院长吧？

女人点头，你就是那个打电话的魏记者？

魏昊宇点头，掏出名片递给她，和她握手。

赵院长的模样着实出乎魏昊宇的预料。他想象中的养老院的院长，应该跟居委会大妈那样，朴朴实实，慈祥和蔼。她却很时尚，很有范儿。头发是美发店做过的，头顶隆起，用发胶固定着，脑后绾了个髻，插着一根亮闪闪的簪子。胖胖的腰身笼着一条裙子，裙子外套了件长过臀部的开衫。细看还擦了口红。比自己母亲还讲究。

老头们讪讪散开后，迷彩服拿纸杯给魏昊宇倒了杯水也走开了。赵院长让他坐，笑说，你肯定已经听了一大堆曹德万的事了吧？

魏昊宇也笑，然后很职业地表述说：我还是希望听赵院长全面介绍一下情况。

赵院长拿起桌上的玻璃杯喝了几大口，杯子呈暗红色，好像有枸杞大枣，还有些不可名状的东西。赵院长到底多大呢？听声音四五十岁，见到人似乎不止。魏昊宇暗自思忖，肯定比老妈大。如果她六十了，不退休吗？

赵院长清了清嗓子说：我们这个养老院本来是私营的，最早就是我和老公两个人办的，照顾周边的七八个孤寡老人。后来因为办得好，来找我们的人越来越多，政府就找到我们，希望我们扩大范围。由他们投资，盖了这院房子，另外每年还给补贴。所以现在是半公半私了。几年前我老公去世了，他们又给我派了个助手。目前我们有一百七十一位休养员，二十五个工作人员。已经连续三年被省里评为先进养老院了。明年可能还要扩大服务范围。

魏昊宇注意到她说的是服务范围，而不是经营范围，便问，老人入院的费用高吗？

赵院长说，很便宜。能自理的老人每月缴八百元，伙食费这些都是政府补贴的。不能自理的两千元。其实养老院一点儿不赚钱，但是办了十多年了，我舍不得放手。这些老家伙虽然麻烦，我和他们还是很有感情的。人都是要老的嘛，我也算是为自己积德。

魏昊宇不停地点头，还拿出本子做出专注记录的样子，其实脑子里还转着刚才几个老头说的事。他很想直奔主题问曹德万，但还是忍住了，先听赵院长介绍了“全面工作”再说。

曹德万这个老同志呢，是很有特点的。

赵院长终于讲到了曹德万，还用了同志两个字，显出领导口吻：虽然其他工作人员和休养员对他有点儿不满，说他每天早出晚归的，让人操心。但我还是支持他的。一个呢，我当初是答应了他的，二个呢，我不想我们这个养老院死气沉沉的。有那么一个神经兮兮的人，还可以增加活力，你说是不是嘛。人活着还是要有希望的嘛。

魏昊宇连忙点赞：是的，您说得非常好，希望很重要。

赵院长又说，再说了，曹德万说的也没错，凭什么八十岁就不能有追求了？想找对象也是合情合理的嘛。现在年轻人动不动就看不起老年人，歧视老年人，很不好。

赵院长忽然不满起来：我那天去城里办事，在街边店看中一件大衣，想买。小姑娘在旁边说，这可是意大利名牌。我还认识几个名牌的，我就说，我以前没见过这个牌子嘛。她马上说这个牌子有官网的，你可以上网去搜。哦，你不会上网，就让你儿女帮你嘛。给我气的，转身就走。

魏昊宇说：靠！赵院长哪可能不会上网。

赵院长说，是嘛，虽然我六十了，文化也不高，但我十几年前就会上网了，我的QQ还是九位数呢。我在淘宝都是钻石买家了。未必在她眼里，老年人生来就是老年人？

魏昊宇心里动了一下，还真是呢。中国有网络也二十来年了。第一批学上网的人都在老去。母亲上网就很溜，手机上软件一大堆。于是他附和说，就是，你会上网的时候她还不知在哪儿呢。

赵院长笑了，被他哄高兴了。她问，你还没结婚吧？魏昊宇说是。她又问，有对象了吗？魏昊宇摇头。一谈到这个话题魏昊宇就不想张口，他想，千万别说她认识一个很好的女孩儿。赵院长继续问：你爹妈肯定很急吧？魏昊宇笑道，别提了。我明明27，我妈一口一个“你都快三十了”，生怕我压力还不够大似的。

赵院长也笑，可以理解，我也是当妈的。你看，你这个年龄的人单身，不光你爹妈急，旁边的人也急。但是老年人单身就没人急了，谁都觉得正常。其实老年人更怕孤单。

魏昊宇想到了爷爷，点头道，您说的特别对。那个，我很想知道，为什么这么几年了，曹爷爷都没找到合适的对象呢？我爷爷七十七，我奶奶走后还有人主动来给他提亲呢，对方还不到六十。曹爷爷也就大几岁嘛。

赵院长抱着保温杯沉吟着，似乎没想好答案。

魏昊宇提示说，刚才那几个爷爷说，有一个差点儿就成了，是有人打电话告诉了他女儿，他女儿跑来阻止才没成功的。

赵院长把保温杯一蹾，义正词严地说，就是我给他女儿打的电话。

魏昊宇有些意外，尴尬地笑了一下。

赵院长说，这么大的事，我必须让他儿女知道，不然以后有什么麻烦我负不起责。她顿了一下又说，你不晓得，老年人的婚姻是很容易出麻烦的。我们这儿有个老头，自己找了个女人，把婚结了，哪晓得那女人根本不是想跟他过日子，就是看中了他的钱。每个星期来一回，来一回就拿一回钱。把老头剥削得够呛，离又离不脱。

原来如此。老江湖依然险恶。

所以，我支持他找，但不支持他结婚。赵院长毫不掩饰自己的态度：反正他也找不到，他要求太高。这都好几年了，就让他当个游戏耍吧。不过，这些事你不要写到文章里哦。

当然不写当然不写。魏昊宇点头。心想，也没法写呀，我们可是党报。除非——发到我个人公号里，想到这儿心里一动。

赵院长说了“不要写到文章里”之后，就放开说了：曹德万天天说要找女人，院里这些老头闲得无聊，就捉弄他，给他乱介绍，还找他要介绍费。都是些七老八十的人了，我也不好批评他们，就让他们有点儿乐子吧。有一回那个穿皮夹克的张老头给他介绍了一个寡妇，他兴冲冲地跑去见，没想到人家寡妇早有相好的了，她男人差点儿把他给揍一顿。曹德万生气了，现在拒绝任何人介绍，就是自己去找。原来是隔天出去一次，生气以后每天出去，天不亮就出去。自己走到公交车站，再坐车进城，再从城里去其他镇上。他孩子也不管了，女儿还好一点，春节把他接去团个年，给他买新衣服。儿子就知道揩油水，有事根本找不到人。

不知怎么，魏昊宇对这个没见过面的老爷爷，生出了几分同情。但他毕竟是来写英雄事迹的，还是得奔着领导嘱托去。他换了话题说：赵院长，您还是给我讲讲曹爷爷救人的事吧。我们领导很重视这个事。要我尽快写，尽快见报。

赵院长说，具体情况我也不太清楚，我都是听他回来说的。你还是直接问他比较好。犹豫了一下她又说：说老实话，这件事，我是不想给外面人说的，我怕他牛吹大了，不好收场，没想到他自己打了你们报社的热线电话。

他还会打热线？魏昊宇惊讶。

赵院长说，打，经常打！有一回在路上捡了个手机，找到失主了，也打热线，希望有记者来采访他。还有一次在车上给孕妇让座，也打热线。原先一直没人理他，这一回估计是事情整大了，刚才又有家报社说要来采访。唉，这个老头太让我操心了。

赵院长的表情有点儿爱恨交加的样子。魏昊宇庆幸自己来得早，他催促赵院长再给曹德万打个电话，让他赶紧回来。赵院长说已经给他发过短信了。因为耳朵背，曹德万在外面听不见电话，但隔一阵会看看短信。

估计午饭前他能回来。赵院长看了看表，起身结束采访。走到门口她忽然说，你刚才问他为什么老找不到，那是因为他要求太高。

要求太高？他想找年轻漂亮的？魏浩宇笑。

赵院长说：那倒不是。他要求必须有爱情，你说高不高？

高。当然高。魏浩宇笑得更厉害了。

5

曹德万说，你想要过上幸福生活，你就得不停地找找找找找找找找找找找下去。

他说了多少个“找”魏昊宇没数，反正感觉他是说到接不上气才停的。见魏昊宇表情诧异，他说，我不是结巴，真的就是需要不停地找找找找找找找找下去。魏昊宇连忙表示赞同，怕他喘不上气来。他感觉曹德万原本没打算说那么多个找的，是刹不住车了才如此。

临近午饭的点儿，曹德万终于回来了，赵院长掐得很准。让魏昊宇惊讶的是他那一身打扮：橘红色的像消防车一样的抓绒夹克，大红色的棒球帽，底下是牛仔裤加白色运动鞋。与周遭环境格格不入，当然，也和他那张脸格格不入。

其实他样子很普通，个子中等，面色黧黑。白楂楂的头发从帽檐儿下铺出来。帽子上印着“风帆旅游”四个字，估计是某次参加旅行团带回来的。帽顶已经泛白了，而且灰扑扑的，一看就是每日跟着他风里来雨里去的。如果不是他那个消防车颜色的抓绒衣，那么，混在院子里那堆老头中，完全分辨不出了。在他斜背的黑挎包里，果然插着一卷红色锦旗，用那些老头的话说，拿出去显摆了。

曹德万见到魏昊宇很兴奋，笑容满面地握着魏昊宇的手说，记者你终于来了！太好了！我一直在等你。你不晓得，昨天晚上我梦见一个记者来采访我了，都有白头发了，没想到你这么年轻。

果然是相声风格。魏昊宇笑了，不过一点儿也不反感。

这时，几个老头围上来跟他打招呼：老曹，今天战况如何？

曹德万回答说，还可以还可以，晚上再摆。

摆，就是摆龙门阵的意思。魏昊宇听赵院长说过，每天晚上听曹德万摆龙门阵，是老头们最喜欢的娱乐活动。当个游戏耍。这是赵院长的态度。

那个皮夹克也凑过来，眯着眼笑道，哎呀老曹，这回你成英雄了，女人可以随便找了，自古美女爱英雄嘛。

曹德万不看他，大声跟另外几个老头说，今天我见到一位很合适的女同志，我们聊得很好，晚上给你们细摆。如果我跟她不合适，还可以给你们哟。

也许是因为记者在，老头们都很客气：好哟，祝贺你哟老曹。

走出食堂后他跟魏昊宇说，刚才那个人很阴险。他指的是皮夹克。魏昊宇担心被皮夹克听见，不料他又补了一句：是笑面虎。

曹德万好像不会小声说话，每句话都很大声。显然是听力有问题。也是，都活到八十四了，哪可能所有零件是好的呢？但他走路很稳当，甚至可以用轻快这个词。魏昊宇和他并排走，丝毫感觉不到身边是个八十多岁的老人。是每天出门练出来的，还是原本就腿脚利落所以才每天出门？这中间的因果很难猜出。也许互为因果吧。

魏昊宇说，听院长介绍，您每天都出门？

曹德万就说了那一串"找找找"：你想要过上幸福生活，你就得不停地找找找找找找找找找找找下去。

魏昊宇问，为什么要一直找找找？

曹德万说，不找怎么行？毛主席说，扫帚不到，灰尘不会自己跑掉。你不找，爱情不会上门。院子里那些老家伙一天到黑看我的笑话，他们愿意混吃等死，啥子都不做，我不愿意。我就是要找自己的幸福。

魏昊宇笑说：他们是羡慕你要结三道婚。

曹德万严肃地说，我前头虽然结了两道婚，但那两个女人都不是我自己找的，没有爱情。现在我就想自己找一个，按我心头的想法找一个，不然这辈子白活了。

此时他们已经坐在曹德万的寝室里了。只有一把椅子，魏昊宇就坐在了一根小凳子上，仰视着他。

曹德万脱下帽子，人顿时老了几岁，脑袋前半部一根头发也没有，退居到中轴线两边的也是白发。两鬓还布满星星点点的老年斑。鼻子很大，左侧有个痦子。如果要画他的漫画，重点应该是鼻子。魏昊宇觉得同是七八十岁的老头，他跟爷爷完全不一样。爷爷仿佛看透一切似的云淡风轻，他却还处在燥热中。不过，也很难说爷爷心里怎么想的，魏浩宇想，说不定爷爷也藏着自己的秘密。他从来没跟爷爷坐下来聊过，就是坐下来也总是爷爷在问他，工作怎么样，女朋友怎么样。下次试试看，反过来问问爷爷，你想不想再找个伴儿？

魏昊宇习惯性地琢磨着眼前这张脸庞，忽然发现曹德万正专注地盯着他，他感觉到了他眼神的重量，决定转移话题，不再谈找对象的事。毕竟他是来采访英雄的。

曹爷爷，您很了不起，八十多岁了还能见义勇为下河救人。我们报社领导很重视，要我好好写写你。

他当然不敢说，他们怀疑你不是真的救了人，强调说：你跟我详细讲讲当时的经过好不好？比如，你看到那孩子的时候，他已经沉到水里了吗？你下去的时候脱衣服了吗？你花了多长时间救他上来的？你呛水没有？孩子呛水没有？

这一连串问题似乎把曹德万给问住了。他死死盯着魏昊宇，好像答案在他脸上。这反倒让魏昊宇不自在了。是自己冒犯了他？还是他心里真有猫腻？魏昊宇移开视线，盯着曹德万鼻子上那颗痦子耐心等着，心里有点儿小小的不安。

但很快，曹德万就开口了，他大声武气地说：你问的那些问题都不存在！事情的经过是这样的，我前天，不对，是上前天，回来的时候路过河边，听到一个娃娃在哭。我就跑过去看，一个七八岁的娃娃，两只脚陷到河边的泥巴里出不来了。我就跑过去拉他，还是很危险的哦，我的两只脚全部踩到水里才拉到他的手，费了好大的劲儿才把他拉上来。要不是我力气大，我们两个都下去了，那个河还是有几米深嘞。我把他拉上来以后，才有人跑来帮忙，送娃娃回家。你说我算不算见义勇为？

魏昊宇用力点头，算，当然算！

曹德万心满意足地说，就是嘛，张老头他们说我的衣服没湿，没有下水。搞笑得很，他们又没看见，只晓得挑我漏眼（找碴儿）。人家爷爷奶奶都感激得不得了，不是我，他们孙娃子就没了。说老实话，我再晚去几分钟，娃娃就滑下去了。

魏昊宇完全明白了，但他还是继续追问：那个娃娃跑到河边去干吗？不会是游泳吧？曹德万说，起先我问他，他啥子都不说，就晓得哭。后来他爷爷奶奶跑来感谢我，我才晓得他是下去逮蝌蚪了，说是课文上学了蝌蚪。好危险嘛。这条河每年都淹死人的。

魏昊宇由衷赞叹说，曹爷爷，您真的很了不起。那么大年纪了，这种时候还不顾一切跑去救人。您当时心里是咋个想的？

曹德万说，啥子都没想，就想赶快把娃娃拉上来，不要滑到河里去。他摸摸鼻子，忽然笑起来：当然，娃娃拉上来之后，我心头还是有点儿高兴的，我想这下终于可以给报社打热线电话了。

魏昊宇笑说，曹爷爷你真的很想上报纸吗？

他摆摆手，不是不是。我这个事情写不写都没关系，举手之劳，登不登报没关系的。我盼你们记者来，是有另外一件事想请你们帮忙。

魏昊宇疑惑：什么事？

很重要的一件事。我的儿女都不肯帮我，我自己又做不好。我就想有记者来采访我的话，我就请记者帮忙。

魏昊宇连忙表态：你说吧曹爷爷，我一定帮你。

曹德万这才取下身上的挎包，那是一个黑色的公文包形状的皮包，四边角已经磨损了，但表皮很亮，人油蹭出来的光亮。他把锦旗放在一边，从里面拿出一个笔记本，又拿出一张地图。

他把地图摊开让魏昊宇看：你看嘛，画了红旗的，就是我去过的地方。现在还有几个镇没去过。我原来计划的是，今年之内把没去到过的几个镇都去一下。他又翻开笔记本，上面密密麻麻写着日期，名字，地址，电话。他指点着说：见过的我都记在上面了。我还编了号的，到今天为止，已经见了两百一十五个了。

魏昊宇说，曹爷爷，您这样找不行，还是要有个具体目标才行。

曹德万笑了，很有些得意的样子：当然有具体目标，没有目标咋个打仗？我告诉你，我做梦梦到过那个女人的。她的样子我记得很清楚，短头发，大眼睛，个子不高，穿了件红色灯草绒，说话细声细气的，一身干干净净的。她说跟我在一起很开心，愿意跟我……

魏昊宇问，你找到她了？

找到了！我悄悄给你说嘛，就是原来给我们做饭的陈姐。她的样子就和我梦到过的那个女人一样一样的。我们摆谈得相当好。后来那些人看到我要和她结婚了，就来搞破坏，把她给辞退了。我不甘心，就去找她。到处找，跑了好多地方。今年春天的时候，终于把她给找到了，她在白家镇一家餐馆打工，还是单身。

魏昊宇说，所以你就每天去她饭馆吃饭？

曹德万说，对头。我希望她每天早上第一个见到的人是我，我要陪她说话，让她高兴。我每天赶第一班车进城，再转车去白家镇，她一开门就能看到我。我在她那儿吃早餐，陪她洗菜洗碗，再吃个午饭，然后才慢慢回来。现在我们相处很好。只不过我一提结婚她就摇头，可能是伤了心了……这件事你千万不要告诉别人哈，赵院长也不要说，要替我保密。

魏昊宇说，好的，我不说。

曹德万说，她为啥子不答应我呢？我每天都在想这个问题，脑袋都想痛了，最后我终于想到了原因。

什么原因？魏昊宇急切地朝前探身，完全入戏了。

是因为我从来没给她写过情书。

曹德万脸虽然没红，语气已经红到发软了。魏昊宇无论如何没想到他会说出这个原因。他忍住笑，附和说，有可能。

曹德万从他那个密密麻麻的笔记本里找出一页纸，递给魏昊宇：你看嘛，我写了一封，但是没敢给她。因为我不晓得这个算不算情书？我这辈子没写过情书。那天看电视，电视上有个人说，情书最能打动女人。我想你们年轻人肯定懂得多，你帮我看看嘛。

魏昊宇把那张纸接过来，上面歪歪扭扭却认认真真地写着：

陈姐同志你好。我今年虽然 84 了，但身体健康，不抽烟，不喝酒，讲卫生，脾气好，尊重女人。有房子和工资。我想和你一起生活，我会天天让你开心的。此致，敬礼。曹德万

曹德万眼巴巴地盯着魏昊宇：行不行？算不算情书？要是不算，你能不能帮我写一封？我认字不多。

不知怎么，魏昊宇有点儿鼻子发酸。他说，算，当然算。我觉得你写得特别好。要是改，就改一下开头，不要写陈姐同志……

正在这时，有人砰砰砰地敲门。魏浩宇还来不及去开门，门就被推开了，一个四十来岁的女人站在门口。

爸！女人叫了一声。

曹德万起身说，你咋个跑来了？

他们说你下河去救人？你疯了？你真的以为你二三十岁啊！你不要命啦？女人满脸惊慌，看得出她是真的吓倒了。魏浩宇感觉她是曹德万的小女儿。

曹德万重新坐回到椅子上，慢悠悠地说，不要惊慌，有好大个事嘛。我现在不是好好的嘛。

女人说，我求你了爸，安生一点儿，不要每天再跑出去了。你都八十四了。人家说七十三八十四……

曹德万大喝一声：打住！我最烦听这个！八十四咋个了？八十四咋个了？八十四就不活了吗？我才不信这个邪！

女人傻了，片刻，她把手里的一兜东西往地下一顿，气哼哼地说：你凶，你不得了了，天王老子都惹不起你！我再也不管你了！

曹德万说，你不管就对了，好好过自己的日子去。我嘛，就是要出门找找找！然后他指了指魏昊宇：这位是党报派来的记者，他都支持我。对不对，魏记者？

魏昊宇连忙从小凳子上站起来说，是的，曹爷爷，我支持你。

魏昊宇觉得自己是由衷的。

在那瞬间他想好了，这一期公号不写佛系了，就写曹德万出门去找爱情。

赵日天终于逮到鸡了

陈应松[①]

我们几个人决定进山里抓鸡。因为快过年了，我们几个耐不住寂寞的老伙伴也想去山里玩玩。又下了雪，拍些雪景在微信里显摆。另外，山里有许多土鸡土猪肉土特产，搜罗一些回来过年。特别是赵日天，这位老兄说他几个晚上梦见吃土鸡。他说他炒的土鸡忒好吃，姜是用刀拍的，不可切，切的姜不出味。少放水，甚至不放水，将鸡炒干加点南泉豆瓣酱一焖，那个味道，喝酱香型 53 度酒就成神仙了，个斑马的。我们都知道赵日天喝不起 53 度的酱香型酒，何况到了年关市场上已经没有 53 度酱香型酒了，有钱也买不到，有的店一瓶两千还指不定是假的。淘宝上八百块钱一瓶买了，到店里两千卖你。就问赵日天你喝的什么 53 度酱香型酒？多少钱一瓶的？赵日天说老子在网上买的，茅台镇的，买一箱送一箱，一瓶只划二十六块钱。开车的孔

① **陈应松** 湖北公安人，武汉大学中文系毕业。出版有长篇小说《还魂记》《猎人峰》《到天边收割》《魂不守舍》《失语的村庄》，小说集、散文集、诗歌集等 100 余部，《陈应松文集》10 卷，《陈应松神农架系列小说全集》3 卷。小说曾获鲁迅文学奖、中国小说学会大奖、《小说月报》《中篇小说选刊》《小说选刊》小说奖、全国环境文学奖、上海中长篇小说大奖、人民文学奖、十月文学奖、梁斌文学奖、北京文学奖、华文成就奖（加拿大）、湖北文学奖等。2015 年被湖北省政府授予“湖北文化名家”称号。作品翻译成英、法、俄、波兰、罗马尼亚、日、韩等文字到国外。中篇小说曾 7 年进入中国小说学会的“中国小说排行榜”。中国作协全委会委员，一级作家。

瞟眼说二十六块你喝酱香型，你喝酱油去吧。

我们一路说说笑笑往田架山进发，对土鸡的渴望让我们在风雪中飞驰。我们有三辆车，有几个还带上了老婆。老婆们穿得花枝招展，做少女状，准备在冰天雪地的山村摆pose，回城上微信。

我们坐的是孔瞟眼的车，我和赵日天，还有马夹头、杜老眯。有点挤，但也只能如此了。马夹头的头很扁，像是马夹过的。杜老眯眼皮撑不起来，老是眯奄着犯困，他老婆要他去割了松弛的眼皮，再做个双眼皮，又怕他花心。孔瞟眼是个瞟花眼，所以眼睛不好使的杜老眯特别担心孔瞟眼的车，很揪心，时常提醒孔瞟眼开车向右。夜壶哥，你咋老往左偏咧？孔瞟眼说，你眼不好使。事实上，孔瞟眼开车很稳，虽然有时会偏左。孔瞟眼爱好收藏，顾景舟的紫砂壶就有三把，也不知真假。他还收藏湖北的马口窑黑陶，有中国最大一把夜壶，可以装七十斤尿，说是长工用的，“文革”时他这把夜壶出尽风头，到处作实物参加批判地富反坏右分子，揭发地主阶级是怎么剥削和欺压长工的，这把壶就是罪证。改开后，这把壶他报了吉尼斯世界纪录，竟弄来了一纸证书。所以我们介绍他时不提什么顾景舟，提中国最大的夜壶，这永远是一个超级话题而且可以挖掘出源源不断的扯淡的话题，因此我们不叫他瞟眼，都叫他夜壶哥。

一路上赵日天在叨念他的拍姜炒鸡，他说拍姜之所以好吃，在于把汁拍出来了，再就是不要放水。他还说土鸡爪虽然没肉，但喝酒的人啃的不是肉，是意境，喝酱香型啃土鸡爪，是最高境界的喝酒，可以从酒盅里听到古琴声。孔瞟眼说，赵日天你真可以日天了，你肯定要上“舌尖上的中国”，他学着“舌尖上的中国”解说：赵氏土鸡的做法，食材取自田架山土鸡，姜拍出的神秘的香味与土鸡独特的肉质强烈地碰撞，产生了奇妙的融合。马夹头说，那还放豆瓣酱呢？孔瞟眼说还不是豆瓣酱神秘的香味，与田架山土鸡独特的肉质强烈地碰撞产生了奇妙的融合。反正赵日天上“舌尖上的中国”上定了。赵日天说夜壶哥你上央视的鉴宝节目也应该有谱。孔瞟眼与赵日天见面就会打嘴巴仗。赵日天虽然说得玄之又玄，见我们兴趣不大，又说出了一个惊天新闻，他说那些肥得厉害的像野人脚的饲料鸡爪，都是从美国进口的，美国人从不吃这些鸡爪鸡翅还有猪脚。凡是肥的大的，都是从美国进口的，而且你们不知道，美国专门培育出口到中国的鸡爪猪脚，都是一种畸形的鸡畸形的猪，鸡长六只爪子，猪长八只脚，全是转基因。他这么说我们都不信，杜老眯眯着眼慢条斯理地说这都是“黑”美国的，爱国粉干的事，我国进出口肉类食品是经过严格检疫检验的，不要信不要传，是谣言。

赵日天喝劣质酒后脸是浮肿的，还有一块是黑的，表明他身体的一部分已经死了，赖在他身上。他满脸堆笑，围着老婆给他网上买的假巴宝莉围巾，方格绒线帽。因为有痛风，脚有点瘸了，像被严重的鸡眼折磨着。不管怎样，那就是瘸了，那就是老了。喝酒满面红光一时，浮肿黯淡已成常态。

走到郊区，田野没有一点绿色，满目萧瑟，雪下得纷扬，河流曲里拐弯冻上了凌，白茫茫大地一片真干净。前面的对讲机在说婆娘们吵要停下来拍照。孔瞟眼说我们进山了有好景，比这好一百倍，现在雪下得很大，赶路吧。前面的车说婆娘们要拉尿，好吧好吧，拍照吧，这些老妖精。前面的车里已经在向他们摇自拍杆了，等不及了。下了车，河上的冰很厚，有人试了试，蹬不破，人上去没问题。有人就踩上去了。赵日天竟然也跑上去了，一拐一拐，瘸了还胆大，赵日天做溜冰状，竟很轻盈，在冰上看不到瘸。他年轻时一定风流倜傥不痛风，滑过冰的。赵日天的老婆与他一样很会搔首弄姿，一声召唤，一群老娘们就跑上了冰面，栽了跟头，更加嘻嘻哈哈，手上高扬自拍杆，开始做动作，扮笑，找角度，咔嚓，自拍完成。再来，再照。还有老头们，也凑上去，大家一起笑，一起搞怪，来张合影，OK！孔瞟眼和马夹头都拿出单反，装好长镜头，给他们抓拍，咔嚓咔嚓！赵日天坐到冰上，仰头，脸承接雪花，一副陶醉状，这家伙会摆COOL，娘们肯定也要这么照，闭上眼，仰头，雪花给拍出来啊。绿围巾，红棉袄，白茫茫中，强烈的反差就出来了，这样的雪景简直千载难逢啊！可孔瞟眼还有更好的创意，有更好的道具。他从车的后备厢里拿出了他随车携带的一整套茶桌茶具，让大家搬到冰河上。这是什么意思？难道要在这冰天雪地里烧水煮茶？不是不是，给你们这些老妖精拍照啊！大家一片欢呼，夜壶哥太有创意了，烹雪煮茶，白首天涯。煮雪问茶味，当风看雁行。夜壶哥老子服了你！马夹头是武昌区楹联学会会员，跩了个文大赞孔瞟眼。来来来！摆好茶桌茶具，盘腿坐在冰雪上，雪花飘落，手捧茶盅做品茗状，神闲气定，到哪儿找这样的照片上微信？今天你不是微信之王谁是？谁与争锋？让那些只会在小角落拍咖啡拍热干面拍盖浇饭拍地铁拍小花小草的家伙们见鬼去吧，让他们嫉妒去吧，让他们把咱屏蔽拉黑吧，旷野气势，雪花漫天，山川河流，盛大景色，就是比你那区眉小眼的滥片子好。还有这白茫茫中一点红，一个女子在冰河中独自品茶，简直太壮观了，太壮美了，太壮丽了，太壮阔了，太壮怀了，太壮举了！好好好，一个一个来。问题是老娘们都想穿赵日天老婆的红棉袄，赵日天老婆怕冷，不让脱，那些姐妹就强制给她扒衣。扒好衣，表演开始，都是在微信上久经考验的老戏骨，年纪大了，照远不照近，镜头一对准，迅速入戏，拍了长镜头还要自拍杆，不相信你们的相机手机，看见别人的照片好，故意不发给别人就悄悄删了，你若要，就说拍坏了。好了好了，赵嫂子快冻得不行了，让她穿上棉袄咱们快出发吧，不能耽搁了。

进山的路上雪积得很厚，有的地方已有十厘米，前后的对讲机叮嘱大家车要跟上，要小心驾驶防车轮打滑。但车内的坐车人高兴，前面的对讲机里传来婆娘们的歌声，北风那个吹呀雪花那个飘，雪花那个飘飘年来到。一忽没有人家，全是山；一忽又有了人家，有了柿子树，满树的红柿子，还有橘子，在白雪里红得像灯笼一样，真是好看啊。赵日天说不知老婆感冒没有，大家说你老婆的棉袄买得好，赵日天说老婆的底裤都是我买的，在打扮女人上我还是有一套的。马夹头说你给小三呢？赵日天说没有小三，自从住院后都戒了，保命要紧。他说他刚才耳朵冻了，说夜壶哥你怕费油，就不能把暖气开大点吗，这鸡巴冷的。孔瞟眼说老子开到最大了，你咋这娇嫩呢。赵日天说让大家说说，是不是冷，你小气。赵日天与孔瞟眼一开口就要互掐。但今天赵日天估计是真动了气，因为冷，血压升高，有中风危险，就迁怒于孔瞟眼，开始酸他。夜壶哥你今天为什么不把夜壶带来拍照呢？你举着夜壶，一群婆娘围着你，那不是皇帝的做派了？马夹头说，风雪夜归人就成为风雪夜壶哥了。赵日天说什么夜壶茶壶，你老孔哪有几把顾景舟的壶，我到宜兴紫砂壶博物馆去看了，人家那么大个博物馆，才有两把顾景舟的壶。孔瞟眼也不恼，说，日天你晓得个卵子，那两把是顾景舟的阳春壶，还有一把提梁壶，都是几千万的，老子没有，说壶你说不赢我。马夹头说讲夜壶你也是世界第一。孔瞟眼说我是武汉大学兼职教授，专讲中国的夜壶文化，这有假？我说你们别影响夜壶哥开车了，没看山高了吗？赵日天还缠着说夜壶也是顾景舟的？孔瞟眼说，我的梦想是建一个中国夜壶博物馆，你们的臊夜壶都给老子送来。

刚才还是丘陵，路也不险，眼前路就险了，窄了，弯道也多了，山也大了，就是盘山公路。雪还在下，好像比山下密集。孔瞟眼说快到了，他打开了导航，说还有十公里。这山里没有什么过年的气氛，也许是山深人稀。赵日天说他们那儿的乡下，就是前一二十年，到了腊月，就是过年了，进入冬月也就热闹了，开始杀年猪、写春联。小寒大寒，杀猪过年，最迟不能迟过小寒。挖藕的、打鱼的，还有炸鞭声，叭叭叭叭，现在叫什么过年！马夹头说，我们小时候下多大的雪，这样的雪简直不叫雪，有什么可高兴的。孔瞟眼说我记得那时候河里跑汽车。赵日天说那时候有汽车吗？孔瞟眼说，汽车有了，雪没了。赵日天说，你这叫车？！孔瞟眼说，下去，赵日天，你下去坐客车去。

沿途到处都是村庄，为什么要到田架山抓鸡？这是孔瞟眼搜索百度的结果，加上过去到过这里拍过片子。他给我们发了田架山的介绍，田架山的土鸡非常有名，田架山的鸡下的蛋全是双黄蛋。田架山还有一个怪事儿，这村里有许多双胞胎，不仅田架山的女子生双胞胎，嫁到这里来的媳妇也生双胞胎。可要到这个村太烦，差不多要到了，路变窄了。路是按“村村通”标准修的，不到两米，就一个车宽，不能会车。路途有车来咋办？只能一个退，或者会到沟里去。好在没有车，我们的三个车长驱直入，孔瞟眼喊菩萨保佑，千万不要来车。还有杜老眯的老婆开车，杜老眯就不犯困了，对讲机里连连提醒开慢点，开中间。说着说着来了一个车，一个农用车，车孬，宽度不孬。前面一停，后面就明白了。为啥不修宽点。就笃定农村没人买车吗？这是在山区，在平原现在哪个农民家里没车？当官的就没长只后眼？孔瞟眼说当官的只顾眼前，管一届，有条路就不错了，一半还是农民集资。赵日天焦急，说想吃个土鸡看样子是吃不成了，个斑马养的！我们下车去前面查看，杜老眯的老婆和一车婆娘在骂那个农用车司机，你不能往旁边开点让我们过去吗，故意挡着不让我们走啊！我们一看，还真不是故意挡的，农用车轮子快掉下去了，旁边的路肩离路面有至少一尺深，掉下去就爬不上来了，要用吊车。那农用车司机是个农民，急得大声争辩，农用车声音太大，烧柴油的，听不清。这路真是的，村长干什么去了，两边把路肩填起来，一边填五六十厘米宽，填实，不就能够会车了吗？春节一定会有大量车回来，那这条路不就堵死了？村长一定是吃干饭的浑蛋。我们看了一下，前面有一个宽点的岔路口，就给农民商量要农用车退。那农民被一帮城里老女人骂得狗血喷头，头都大了，先犟着，后来我们做工作他只好退。退也不容易，不像我们的小车，但还是接受了现实慢慢退。终于成了，我们的车可以过了，皆大欢喜，上车，再走，是石子路，虽然更窄，更烂，坑坑槽槽，但再没碰上车，田架山就到了。

哇，老树，池塘，石屋，炊烟！这是个沉静的村庄。进村抓鸡开始了！口号是赵日天喊的，拍打盹的杜老眯，杜老眯一个激灵就来了精神跟着下了车。池塘里有厚厚的冰。哇，有水埠，还是条石，长长的几块条石伸进塘里，塘冻了，村民在冰上砸了一个圆圆的大洞在那儿淘洗，条石上堆一大堆青菜，绿英英的上海青。这儿的房子依山而建，有的像古堡，有的像兵寨，有的是豪宅——至少建造之初是很用心的，很有气派的，是准备住一千年的，是光耀祖宗和子孙的。那个洗菜的男人在这个古老村庄的水埠，多少有点不协调，如果是一个村姑，一个红衣少女，那意境就更美了。何况还有静静落下的雪，银白的世界，好美好美呀。那些婆娘们都大声叫嚣着停车停车！车一停，门就开了，大伙一窝蜂往水埠跑下去，去拍池塘、水埠和洗菜人。那真是一幅冬日山村的静谧生活图啊！题目就叫《冬日村庄》！我们进村了，我们要抓鸡了！老乡，你洗菜啊，冷不冷啊？我们是从武汉来的，来看看山里雪景，请问你们哪家有土鸡和双黄蛋的鸡蛋，我们想买一点，你们这儿听说有许多双胞胎是吗？

那个洗菜的男人有四十多岁，说洗菜是今日他们家请村里人喝猪血汤。赵日天说，那就是杀年猪啰。因为喝猪血汤就是杀年猪的一种风俗习惯。我们就说太好了，太妙了，赶上杀年猪！我们这些摄影发烧友各自挥拳猛砸同伴表达我们的惊喜，互相祝贺运气来了，这可是绝妙的机会让我们撞上了！杀年猪杀年猪，老乡你家的猪是土猪吗？当然当然，我们这儿喂猪都是山上放养的，没有饲料猪，我们的猪叫百草猪。那个人姓田，叫田建成。我们就问猪肉卖不卖呢？田建成说不卖，自己吃的，腌腊肉的。那你家的鸡呢？鸡卖，鸡也不多，自己吃的，你们要买可以买几只去。那其他老乡呢？其他老乡呀，我们村里没有其他老乡，喂鸡的人少。那你们村里的人呢？都出去打工去了。过年不回来吗？回来的不多，都到外头买了房子，最差的在镇上住去了，我们村长就在镇上开发廊。那你们村现在还有多少人？全村有八十多户人家，三百多人，现在剩下十一人，基本是老人。那你不老啊？我四十五了，还不老！我也是在外头打工的，脑梗死在武汉动了手术，不能再外出打工了，我女儿在外打工，老婆照顾我也没出去。

我们说着跟田建成进了村，这村里真没人了，都是比时间更老的房子，全部条石台基，端端正正，门框门楣门槛台阶都是条石，雕得精巧讲究。有一些墙是干打垒，却因为无人收拾居住，被一种土蜂蛀得千疮百孔，触目惊心，令人肉麻。我们兜了一圈，大约看到两处新楼房，夹在那些破碎不堪的老房中，呼吸困难。田建成说新房子都是老人守的，一家一个老人看家。田建成的房子在斜坡上，用石头砌的屋场，工程很大，但这已是多年前的事，现在房子也破旧了，好在有人住，有点生气，加上猪喊鸡叫，还有炊烟冒出。其他的，他左邻右舍都没了人，大门紧闭，阁楼敞开，堆放着陈年农具、家具。往屋里瞄，黑咕隆咚，阴气袭人。走到田建成屋场，旁边屋山头避风处，两个屠夫正在磨刀，咔嚓咔嚓。猪已经牵出来了，肥壮油黑，估计有两百斤以上。田建成的老婆在哄猪，将它往屠凳那儿赶。猪虽然是猪，也有灵性，看这阵势知道自己的死期来临，就挣扎着不肯往那儿去。这真是让我们赶上时候了，我们的摄影家伙包括手机到哪儿能捕捉这好的画面，创作年俗大片，输送微信大图，还有第二家吗？有的还拍视频，记录下这一历史场景；有的自拍杆伸出，要与猪来一个最后的合影。

屠夫让田建成的老婆走，因为他老婆在那儿假装唤猪拖猪，却在那儿抹泪，想是与这猪有了感情。喂养了一年，朝夕相处，就是一块石头也焐热了。我们几个就悄悄走近，去拍流泪抚猪的田建成老婆。田建成老婆穿着廉价的胶底厚棉鞋，棉衣上戴了两个绿袖套，还有污脏的围裙，还戴着一个老年人的毛线帽子，就是一个老年人，其实年纪不大。老公脑梗武汉住院，想必欠了一大笔债，也不能外出打工，家里不富裕，还守着个空村。

我们拍了几张田建成老婆的照片，她发现了，不好意思就不流泪了，就起身去了屋里。这时一个屠夫拿着挠钩一把钩住猪的鼻子，一个屠夫抄尾，猪要做垂死挣扎了，我们见状一拥而上，帮他们制服猪。猪怎敌这么多人，三把两下就被摁到杀凳上，这时屠夫大喊让开让开。田建成端来盆子，里面放了盐，是接猪血的。我们让开正好要拍照，看屠夫怎么进刀捅死一个庞大生命。说到底，我没见过，其他人也没见过。饥渴的相机和手机，准备留下一头猪死亡的瞬间。

猪的叫声太惨，太悲伤，太绝望，在这漫天飘舞的雪花中。因为是杀年猪，大家也没觉得惨，倒是很喜庆。那些老娘们，假装很害怕，躲得远远的，又忍不住要往这边看，露出了嗜血本性。猪在杀凳上嘶嚎，腿踢蹬，想摆脱死亡。可猪这么肥，就为这一刀。年关一来，猪只能去死，任何挣扎都是徒劳的。刀捅进了那个脖子的柔软处，斜着进刀。屠夫经验老到，千百次地捅刀，练就了一剑封喉的本事，一刀下去，血就来了。这样，大光圈，1/60 秒，200 毫米长焦用 1/1000 秒。微单用 1/30 秒，喷溅出的热噜噜的猪血就在空中飞舞时定格，片子就有了，这真是好片子，不要摆拍，不要美颜，不要 PS，来源于生活，片子叫《杀年猪》，或者叫《血花与雪花》，等等。赵日天老婆要拉着他，与嚎叫的猪一起自拍。赵日天小中风过，面对这场杀戮没有反应过来，糊里糊涂走近了。赵日天老婆做动作造型自拍时还要哆着念念有词：哇，个斑马好漂亮！好一头大、肥、居（猪）呀！因为猪在咽下最后一口气时也要挣扎，每挣一下，血就飙很远，赵日天与老婆自拍时没防备，那飙出的血就溅上了他的羽绒服与他老婆的牛仔裤。这可晦气了，赵日天就在猪嚎声中骂他老婆。给他们抓拍的孔瞟眼就说，开门红！开门红！我们也就都说开门红开门红。赵日天那黑了的一块脸也溅了血，看起来很滑稽，脸上挂着猪血，面无表情，我们就一通笑，有的拿出纸巾来上去帮他们擦，可赵日天老婆不让别人擦，好像是恼怒别人取笑他们夫妇的意思。

有乡亲们来了，也就三五个，大多是老人，估计村里的活人都来了，来喝田建成家的猪血汤的，说是喝汤，其实菜不少。我就给田建成说，我们也想体验一下在乡下喝猪血汤的年俗，吃个中饭，一个人给你五十元怎么样？田建成说，就是不给钱，撞上了，也要喝这猪血汤，这哪不行！我们一共十一人，给他五百五，他就收下了，说你们太客气。我说一是一二是二。我又说你有多少鸡卖给我们？他说就十多只，全部给你们，你们太好了，我还有些土鸡蛋，要的话全部拿出来给你们。我问鸡多少钱一斤，鸡蛋多少钱一斤？他说鸡平常二十六，今天还是二十六，昨天来的人要出二十八一斤我都没卖。鸡蛋一块五一个，是不是双黄我不保证。我说好的好的，不讲价了，快过年了。我觉得患了脑梗的田建成也可怜，这么冷还砸冰洗菜，这样会再脑梗的，不讲价等于是扶贫，何况也贵不到哪儿去。大伙一商量，特别是几个婆娘，天天进菜场的，一听就说不贵，跟武汉差不多，武汉菜场卖的不一定是真土鸡，鸡蛋还不一定新鲜。这里不仅新鲜，还没有假，货真价实，可得可得。至于鸡嘛，田建成说鸡在外头，鸡逮着了就是你们的。那么肉呢，猪肉呢，也卖点我们吧，这么大的猪你们也吃不完，腊肉腌多了不能老是吃，吃新鲜的才不会得病。你们要多少？一人一刀行吗？田建成说这不行，我还要给我姑娘准备一些的。那一人五斤行吗？可得可得，一斤要三十元。好好好。我们就与田建成谈妥了。田建成说，天气冷，各位领导进屋喝茶。我们说，茶喝了，我们先去村里转转，雪也不大。田建成说你们不走远了，一个小时喝汤。

好吧好吧，正好。村里那么多老屋，那么多老树，山上有泉水，村中有池塘。老树有乌桕、银杏、木梓树、枫杨树，还有松杉，几个人合抱。我们进入的人家，有太多好看的红漆门、铜环、锁。锁不好看，弹子锁，生锈了，有的没锁，大门敞开。真是的，好歹生活过一家子，好歹总有些东西。我们进了一个没锁的院子，屋是破了，墙倒塌了，进去就是曾经的厨房，有好多坛坛罐罐，有木蒸笼，有碗柜，有木箱子，有盆，有水桶，有装苞谷的大黄桶。有毛巾，有挂在墙上的棉鞋，还有一株冬天也没死的绿油油的土大黄。孔瞟眼打开一个坛子，里面竟有着半坛发臭的酸菜。锅生了锈，还有锅铲，有土灶台，这可有年头了。孔瞟眼发现了一个好东西，一个青砖筷篓子。看啊，他喊，这东西好怪。这样的筷篓子是头一次见到，里面装有十几双筷子，一个铝瓢子。这是个文物，马夹头说。孔瞟眼已经牢牢地将它攥在手上了，任何人休想夺走。他把筷子倒出来，用纸巾将里面的蛛网擦了擦，左看右看，翻来覆去看，爱不释手。挂绳是一根电线，结实，孔瞟眼喜滋滋地提着了，这是第一件战利品。我们又来到敞开的堂屋，墙上牵的绳子还搭着衣裳，灰尘蒙面，也没人要。另一面墙上挂着许多夹小兽的“铁猫子”，都生了锈。孔瞟眼说这也是文物啊，他自个取下一个，要我们也各自拿一个。我们认为这捕兽夹在腊月拿着不吉利，都没有拿，这破玩意儿也没什么用，我们也不搞收藏。孔瞟眼进了一个房门就不见了，我们走进去看，孔瞟眼趴在地上了，朝床底下搜寻。那床有蚊帐，床上是些农具。嘻！嘻！我们看见壁虎一样趴着一动不动的孔瞟眼，就知他又发现了好东西。他开始往床底下爬，我们很好奇，看他从床下拖出一个物件，竟是一把黑乎乎的夜壶。夜壶哥又找到文物了！

这是一把好夜壶。想建一个中国夜壶博物馆的孔瞟眼是不会放过任何一把夜壶的，何况这真是一个老物件，釉上得非常好，尿垢金黄，晃一晃，干的。孔瞟眼一只手伸出大拇指，不说话，他激动得话都说不出了。走出院子，孔瞟眼说，到处都是文物，都是好东西，全村都是，都丢了，我好想把这个村买下来。他对我们说，我们也可以租，反正没人住了，我们在这里搞个艺术家村，摄影驿站怎么样？整旧如旧，然后在这儿养老该多好，这儿山清水秀，为什么他们要跑出去？个斑马的搞不懂，我们买下来搞民宿也赚钱啊。马夹头说你说的有道理，但要人投资啊，你卖几个宋代夜壶投资？投资了谁又来这儿住？鬼？鬼住？这村子阴风惨惨的，老子是不会住的。赵日天说，土鸡是不是文物？你看什么都是文物，看雪呢，是不是文物，几年没下雪了，这雪是那个朝代的？孔瞟眼说，你们不住我搬来住。赵日天说你是来偷文物的。杜老眯说，你那夜壶给收破烂的都没人要。就要拿石头砸孔瞟眼手中的夜壶，孔瞟眼连忙笑着躲开说，莫疯啊！

走进另一家，门口有一棵大泡桐。进去就看到一口棺材，上面盖着一个破床单之类，好不瘆人，看上去就像里面躺着死人，我们赶快退出。可这时黑暗的屋里有一个活物动了，孔瞟眼的脚下，竟卧着一条狗，他以为是一堆破絮什么的。他踩着了那狗的腿子，狗连叫也没叫一声，站起来，是条瘸狗，后腿的一个爪子没了。狗啊！马夹头惊慌说，他吓了一跳，以为是个鬼。还真是个狗，老狗。你个狗日的狗，你叫一声啦，柴门闻犬吠，你这狗不是白养了。这狗是个野狗，不然，是这家人家的狗，陌生人进屋就得叫，你不吠不叫的，是什么狗呢！细看，狗很衰弱，刚才卧在棺材头前，身边一个狗食盆，是个石头凿的，很厚的盆，盆里两根苞谷芯子，没一颗籽粒。石盆里像生了苔，水也没见一滴。赵日天踢着狗食盆说，夜壶哥，这又是一个文物。孔瞟眼在研究棺材头上的一个大红"奠"字，被叫看狗食盆。一看，果真斜眼亮了。又看那狗，撵狗，咄！咄！感到没有威胁，不会反抗，就抱起那个石盆，到了光亮处，再看，不是太大，也不是太小，不是太重，也不是太轻，青砂石凿的，圆圆敦敦，一件少见的好器物，连连惊呼道：有点味，有点味，回家养一盆铜钱草，绝对有点味！那狗呢，见人抢走了自己的饭碗，不急不恼，大家看它，骨瘦如柴，四条腿像四根篾片，一根还是短的，歪歪倒倒，就是条死狗，夹着尾巴，先我们跑了，也没跑远，躲在泡桐树下，踩着雪，瑟瑟发抖。赵日天看不过去，说夜壶哥，再怎么不能抢别人饭碗好不好。孔瞟眼抱着狗食盆就往外走，手上还叮里哐啷提着夜壶、筷篓、兽夹。那条狗呢，站在风雪中，瞪着愤怒的眼睛，看着一个陌生人抢走了它的食盆，大摇大摆地走了。狗终于从喉咙里发出低低的"噗噗"声表示了自己无可奈何的抗议。这群进村抓鸡的城里人，无辜地"顺"走了它的饭碗。

对于贪婪的收藏家孔瞟眼，你是没有办法的，他如果看见了一泡屎，也可能鉴定出是宋代的。我们回过头望了一眼那狗，它仍在风雪中，它好可怜，它快死了。

旁边有一个真正的大宅子，高高的木头门槛，但门没了，窗棂的木雕花却完好无损。孔瞟眼说这没有保护，没人给挖走吗？上了七八级台阶往里一看，屋顶开了天窗，堂屋落下厚厚的雪，但有一扇巨大的屏风，有四个浅雕的大字：耕读传家。这四个字敦厚、饱满、自信，张扬，虽没有留款，一看就是至少清末或者民初的字，写字者有儒风，笃诚，豁然，大气。屏风脚已腐烂，穿孔，但基本完整，有气势。马夹头问孔瞟眼说这个东西好吧？耕读传家久，诗书继世长。孔瞟眼说这东西要是弄到武汉古玩市场，最少值十万不止！赵日天说，夜壶哥，咱们动不动手？孔瞟眼说去你的，老子又不是强盗。几个老妖婆一挤进来，就要在这四个大字下照相。孔瞟眼说慢，慢，要找一把椅子。杜老眯果然从里屋找到一把圈椅，只是坐垫木没了，腿也只剩三条。我们先绑上腿。赵日天找来一根木头和绳子就绑椅子，孔瞟眼蹲着看了说，这是黄花梨，绝对是黄花梨。我说这不是，黄花梨木的比黄金还贵，敢丢在这里腐烂啊？孔瞟眼说黄花梨的也分海南黄花梨和越南黄花梨，越南的不值钱。我看了看说是楝树的。孔瞟眼说这个造型就是明代的。赵日天说，你夜壶哥的造型还是秦代兵马俑的呢。孔瞟眼说，老子是活生生的兵马俑？个斑马！我是讲真，好了好了，大家坐在椅子边上假装耕读传家吧。老妖婆们自拍他拍，一派大家闺秀气息。有人又找出一本书，是小学《数学》课本，让她们翻开，假装读书的样子。还是赵日天老婆的中式服装出彩，大家又要她脱，她又是被强脱了，冷得在门口打喷嚏。赵日天就催婆娘们快照，不要摆姿势了。头上开了天窗的屋顶有雪落下来，落到他们头上，每人一张，手捧小学课本，耕读传家。这照片真好，真好，在这村里随便照都是好片子，都是怀旧情绪和怀旧场景。问题是，到哪儿找这么绝的道具去？而且是实景拍摄。道具越来越多，有人拿来渔罾，有人拿来山里的挖锄，还有背篓，有蓑衣，有一大串生虫的红辣椒白蒜头，有斗笠。可雪越下越大，雪涌进了屋子，涌进了耕读传家的屋子。等大伙都照了，孔瞟眼对马夹头说，你明晚回去把你家儿子的卡车弄来咱把这些拆了拖回去，反正也是没人要的东西。杜老眯说夜壶哥，你真这么做啊？马夹头说我是不敢半夜来，小心被村民捉了打死。孔瞟眼说，我给大伙真的建议，咱们老伙伴们可以吆喝些人来买这儿的房子，修整一下养老种菜，又没有雾霾，又没有噪声，简直太舒服了，不是神仙的日子吗。赵日天说，夜壶哥你买下来是要拆里面的东西，谁不知道你心里的小九九。我认为孔瞟眼是真爱上这儿了，他的建议很好，老哥们在这儿养老，就等于是到了桃花源，远离城市，回归自然，这是趋势，也是一种觉醒，我表示举双手同意。

我们往山坡上踅回，边走边看时，看到迎面走来一个老头，背着一捆从山上砍的枯树枝。马夹头说欲投人处宿，隔水问樵夫。樵夫穿着臃肿，胡子拉碴，朝我们友好地笑，砍刀别在腰上。老妖婆们就要跟樵夫照相，她们见谁都要照，主要是想让那些皱了巴叽的山里人衬托她们的光滑高贵。有人还抽出了老汉腰上的砍刀，高举着，与肮脏的老汉勾肩搭背做亲昵状，把老汉喜得咧嘴傻笑。好，好，一二三，OK！ OK！太好了，太好了！老哥你贵姓啊？田。这里是田架山，都姓田。老汉说虽然都姓田，有土家族的田，也有汉族的田。老田你家里有几口人哪？生活还好吧？过年物资准备得还丰富吧？孔瞟眼当过几天学校汽车班班长，会踺官味，有省长派头，问田老汉。田老汉说有六七口人。田老汉虽然眼睛糜烂，但盯住了孔瞟眼怀里的狗食盆，欲言又止，后来就指着说喏喏这个盆子是不是三九老汉家的？孔瞟眼说三九？怎么三九？孔瞟眼故意装蒜，拿了人家的东西，心里发虚。田老汉就说我昨天还给狗放了两个苞谷的。孔瞟眼很不好意思，田老汉就说这是我家里的，给那狗拿去的，有大泡桐树的那家是吗？有一口棺材的。为缓解孔瞟眼的尴尬，马夹头就问那狗是咋回事？田老汉说，三九跟我同庚，他到城里去了，给工地看场子去了，听说死了，死人运不回来，就在城里火化了，这棺材也就没人要了。狗呢？狗啊，丢在家里了嘛。这狗可是条忠于主人的狗，哪儿也不去，就天天守着那口棺材，谁知道中了什么邪。又没有人给它吃的，到处蹭食，可能是棺材有三九的气味，它还以为棺材里头睡着三九呢，就这么守着。村里的人有记得的就给它一口食，不记得就让它饿。早年它不老实，偷鸡，发现了总是一顿打，它就上山逮鼠逮野鸡，有一次山里逮鼠被别人下的“铁猫子”套住了，在后山哀号了几天，没一个去帮它解套，大家想让它死了好，后来它挣断腿又回来了。三条腿逮不了什么，眼看要饿死，我就有时给它拿个苞谷拿碗剩饭来，有时人老了记性不好，忘了，它就只有挨饿，它快不行了……

我们听后心情沉重，都拿眼睛去看孔瞟眼抱着的狗食盆，太不应该，一条残疾狗，饿狗，你还抢走它的饭碗，良心上说不过去。孔瞟眼也很不自在了，丢下不是，抱着也不是。好在马夹头又引开了话头，问田老汉这儿双胞胎的事，田老汉说他就是生的双胞胎儿子，再往下问，田老汉说一个儿子在温州打工，成了家，有小孩，一个儿子在武汉读大学后上了班，工资有几千块，但后来就没跟家里联系了，说是失踪了，好久未回来。失踪？这事儿！怎么失踪？一个男孩？田老汉听说我们是从武汉来的，来了精神，就说起这个儿子。说当时一胎化，但田架山就是生双胞胎的地方，好多外地来的人偷偷住这儿怀孕，也大多是双胞胎。双胞胎是可以上户口的，不能把多出的一个掐死是吧。他说我老大比老二大一个小时，但很懂事，打工帮助他弟弟读完高中再读大学，读的是光谷软件学院。是光谷软件学院？是的是的。巧了！那我们的孔教授就是那个学校的老师。孔瞟眼这下成孔教授了。

田老汉说啊孔老师你一定认得我这娃，你一定帮我找找我娃子！我娃叫田二春，我老大叫田大春。孔瞟眼说不认识，学生太多，哪能都认识。您一定教过我娃的，我这娃不爱说话，戴个眼镜，不像有些娃嘴花。大学毕业后在光谷一家公司上班，蛮好的。可我娃突然不在公司上班了，不见了，打他电话是空号，有人说在网吧里看见过他。他哥专门从温州回来与我一起到武汉找过他，找了整整一个月，找了几千家网吧，所有武汉的网吧找遍了，寻人启事贴了不晓得好多，还受了不少骗。杜老眯说这娃怕不是染上网瘾了？赵日天说你们报警了吗？报了报了，问了几次警察，警察就定为失踪人口了，就要下户口的，现在离下户口还有几个月。我后来又去武汉找了几次，在武汉边捡破烂边找，都没有找着。我家里还有些寻人启事，我待会儿给这位……孔老师，麻烦老师帮找找，我全家对您感谢不尽！孔瞟眼说好的好的，我们在田建成家喝猪血汤，您去吗？我不去我不去，他叫了我，我没有还礼的，不好意思喝人家的汤。我是准备去温州大儿子那儿过年的，儿子也电话要我去，我怕二春回来，春节家里没人，我就在家等他。

唉，原来是这样啊，可怜天下父母心啊！终于明白了他给那狗添食，害一样的病啊，同病相怜。这样这样，那到时您把寻人启事拿过来，我们的孔教授一定会帮您找的，赵日天对老头说。好的好的，孔老师是好人，大好人！田老汉恨不得给孔瞟眼磕头，作了一串揖，背着柴火一溜小跑往村里去了。

山里的景色很好，可有人很悲伤，狗也很悲伤。树林里有落叶乔木，有不落叶的常绿乔木；有落叶的灌木，有不落叶的常绿灌木，都与山与村庄共存着。石头房子、青瓦、白墙，还有炊烟，有山脊，有叮咚作响的泉水和封冻的池塘，有弯弯曲曲的田畈，有庄稼，有蔬菜，在冬季如此美妙，在春季夏季秋季还不知美妙到什么程度呢，简直藏着当代人生活的所有幸福元素，藏着安宁、温暖，藏着城里人所有的想象。这个村要买下来，要买下来。孔瞟眼抱着狗食盆对我们说。

喝汤啦，喝汤啦！我们像禾场上的鸡一样飞奔到田建成的家。那猪已被大卸八块，收拾成肉的模样，不再是猪。屠夫在洗大肠，鸡在啄食猪粪中的食物，它们也将被抓到城里去，成为鸡肉，不再是雄赳赳气昂昂的鸡，它们的好日子也快到头了。屋里已经摆上了两桌，我们一桌，村里的人一桌，火锅热气腾腾，热泡咕噜。新鲜的猪肉炖萝卜，心肺煮海带，辣椒炒肉，炒蛋，当然少不了猪血豆腐汤。还有一些我们最爱的乡村坛子菜，什么泡辣椒、酱萝卜、酢冬瓜、尖椒豆豉。还有自酿的苞谷酒，饭是土灶锅巴饭，那个香啊。田建成的老婆端菜，田建成用一个大锡壶给我们倒酒。他老婆说，你们莫要客气，山里也没个好招待的，尽管吃，尽管吃。好的好的，不客气不客气，这酒好，好酒。人们都喜欢吃野食，野食就算是一泡狗屎也是香的，酒是酒精勾兑的也是香的，天下第一好酒。我们就给村里的几个老人敬酒，给他们拜早年。菜是真好吃，全是土菜，辣，辣得有模有样。塘里洗的菜是青嫩青嫩的，绝对的绿色蔬菜有机食品，猪是有机猪，蛋是有机蛋，这儿的水好，这么想，那双黄蛋双胞胎就是与这儿的水有关系。赵日天见了酒就忘记了抓鸡，说今天终于吃到地道的土猪肉了，而且是田架山的百草猪，这肉是甜的，萝卜可以生吃。来来来，喝喝喝！夜壶哥来祝贺你得到了一个狗食盆！第二杯是祝贺孔瞟眼得到砖筷篓，第三杯是铁猫子，第四杯是夜壶。他老婆过来夺他的酒杯，说你这个痛风鬼、高血压，喝死的！赵日天说我吃了药没事，不关你的事，跟我夜壶哥喝酒。正喝着，田老汉来了，手上拿着一沓纸片，很薄很薄的花花绿绿的纸片，另一只手上提着一只鸡，鸡绑住了脚。田建成见田老汉来了，远远地就打招呼说田爹来喝酒。田老汉说他已经吃了，就径直找到孔瞟眼说，孔老师，这是我娃子的寻人启事。启事上印着他儿子的头像，印得模糊，像是乡镇印刷厂印的。他儿子看起来很端正，斯斯文文，戴着眼镜。孔瞟眼正在与赵日天干杯，已经喝得神鬼颠倒了，就接过那摞纸片放到椅子的屁股后头，说好好好。田老汉将土鸡塞给孔瞟眼说，我是代儿子孝敬老师的一点心意。孔瞟眼说这不行这不行。田老汉说那有什么不行，学生孝敬老师天经地义，天地君亲师，一日为师终身为父，这就拜托孔老师了。孔瞟眼再三推辞，我们说就拿上吧，盛情难却。

等田老汉走了，田建成说田爹可怜，他在武汉找了他小儿子大半年，大儿子的老婆是个二婚，有个孩子，后来又生了个孩子，负担重，也没管他老父亲，他就在村里等小儿子回来，天天在路口盼。因为婆娘们不喝酒，我要代孔瞟眼开车我也不能喝，气氛就上不来，加上两个杀猪师傅还要到别处杀猪，天又冷，几个婆娘想抓了鸡割了肉快点回家，雪还在下，就说吃饱了。田建成说没有喝好，往年村里哪家杀年猪，都要接七八桌客喝汤，肉要吃几十斤。我家吃了吃你家，冬月腊月吃两个月，到了正月，又请春客，又要闹一个月。往年到了这时候，狮子龙灯采莲船蚌壳精都出来了，村里热闹得要命。好吧好吧，你们抓鸡吧。

鸡们吃过桌下的残羹后，都在禾场的雪地上唱歌消食，公鸡雄壮，母鸡肥壮，但怎么抓是一个问题。田建成说我来唤鸡，他准备了两个网兜，网鸡的。他抓了些米，就把鸡往隔壁没锁的红漆门屋里撵，米撒在那黑暗的屋里，那里原来成了他的养鸡场。咯咯咯咯咯咯……鸡见了米，就像见了亲娘，撒腿就往那屋里跑。等鸡们都进了屋里吃食，田建成将门关住了，喊我们过去抓鸡。我们悄悄进了门，再把门掩上，立即动手。鸡发现我们的意图，就拼命往外面跑，但有网兜伺候，鸡就成了我们的鸡。门是破门，鸡可以钻出，有的鸡就钻出了，撵鸡的就开始到处撵鸡，屋里屋外，到处是抓鸡的男女。有的老娘们用自拍杆打鸡，有的飞身扑地抓鸡。我抓了两只，孔瞟眼也抓了一只。杜老眯、马夹头和赵日天因为年纪大了，手脚不利索，抓得满脸污渍还是两手空空，加上吃得太饱又喝了酒，眼神也不济，跟着鸡满村跑。鸡飞上了石墙，鸡钻进了草垛，鸡跳上了竹篱，鸡在逃亡。抓到鸡了的交给田建成老婆过秤，再去称猪肉，再就没事了抓拍那些抓鸡人，还大喊：鬼子进村了！鬼子进村了！武汉“鬼子”完全是抗日神剧，鸡把他们带到雪沟里，带到断墙上，他们张着网兜嘴里骂骂咧咧就是逮不到。赵日天喝太多，摔了一跤，手上只有一根鸡毛。他老婆瞎指挥，说这里这里，那里那里，光动嘴不动腿，一网兜下去，网到一坨干牛粪。他老婆大骂他废物，个斑马的把兜子给我！赵日天毕竟是个男人，有自尊，痛风也有自尊，就是不给，霸着网兜，再网。人本来就蹒跚，但拗着劲了，要与鸡一争高下。加上有酒精烧脑，血往上冲，我们都怕他绊在石头上摔下去中风就坏了。

那鸡与他周旋了十几个回合，不分胜负，他碰上了一只狠鸡。那鸡不光跑得快，还展翅高飞，又飞进了那个破屋里。赵日天紧追不舍，进得门去，只听一声惨叫，鸡被擒获了。赵日天手上抓着一只大母鸡，从红漆大门里伸出头来，脸上露出胜利的微笑。孔瞟眼就抓住了这精彩的一瞬间，拍到了赵日天抓鸡的经典镜头，后来获得了中国夕阳红摄影大赛银奖，题目就叫《赵日天终于逮到鸡了》，自是后话。杜老眯就喊，赵日天日天了，赵日天日天了！马夹头推了赵日天老婆一掌，要她去迎接逮鸡英雄。我们几个起哄道，嫂子过年我们到你家去吃土鸡。赵日天老婆说好好，没问题没问题，留着你们喝酒。

好啦，满载而归啦，又是土鸡又是土鸡蛋又是土猪肉，还有人有了别人送的鸡。我们逮鸡时，田老汉一直在远处看着我们，等我们把账结清了，他又跟着我们到村口停车的地方，一再嘱托孔瞟眼帮他找儿子。孔瞟眼说了一句话安慰田老汉，说万一找不到了，你还有一个儿子两个孙子，只能往好处想。我们都觉得他这话说得不妥，我们看田老汉凄伤失魂的表情，不想插话。田老汉给我们小声地说，建成那儿哪有土鸡，他的鸡都是从山那边养鸡场买来的，他一年在这里要卖几百只鸡。我们想不会吧，我们的后备厢里全是叫唤的鸡，怎么会是养鸡场的饲料鸡？算了算了，我们不会再去问田建成，天色晚了，雪在下，鸡也没几个钱，我们要赶快返程了，山路险。

走到半途，因为赵日天喝过量了，再加上这日怪的苞谷酒度数高，山路颠簸弯又多又急，还加上撵鸡吸了太多冷风，就开始呕吐。第一口没止住，就吐到了车里。然后我们停下来让他吐。他吐了再上路，上路后又要吐。这可咋办，赵日天太老啰，下次不能让他出来折腾了。我们停下车看他吐，把胆汁都吐出来了，他身上全是秽物，各自身上带的纸巾都擦完了，遭罪啊。孔瞟眼在车上找了半天，翻箱倒柜，没有了，最后拿出一些纸片来，是田老汉交给他找儿子的寻人启事。他说只剩下这个了，日天的赵日天呀赵日天，用这个擦吧。寻人启事全部擦完了，那些沾上了难闻的呕吐物的一堆纸坨儿，就丢在了北风呼啸、风雪弥漫的荒野上，丢在了我们车的后头。天气真冷。天气真冷啊！

拐弯的夏天

温亚军[1]

自从来火烧堰巷照顾摔伤的母亲，丁雪怡只到芳草翠园广场跳过三四次舞。就这几次，她已感到身后有双眼睛盯着她，像汗一样，粘在身上，无论丁雪怡怎么躲闪，也不能甩脱。这让她心里不舒服，甚至有些忐忑，在无法知晓利弊之前，她还不敢对这种目光的性质进行定论。凭直觉，那应该是男人的眼睛，而且是油腻老男人。年轻男子谁有心思混迹于广场舞大妈之中？既没过多的运动量，又没秀色可餐。只有那些目光混浊、闲得无聊的中老年男人，才会喜沾沾地在一堆中老年妇女堆里蹭来蹭去，以为这些被岁月蹂躏过的女人眼中，自己还是白马王子，既飘逸又俊朗。这也是老男人心理的自我安慰，网上有人调侃，很多喜欢广场舞的男人，表面上是跳舞锻炼身体，增加情趣，实则为了揩油。丁雪怡不迷信网上的说法，水深池子大，什么看法什么说法全信不得，要有自己的判断才好。所以，丁雪怡没有被关注得心旷神怡，心里反而不踏实，还是躲远点好。

抱着这个想法，一连几天，丁雪怡没再去芳草翠园跳广场舞了。晚饭后收拾停当，她回房间玩会手机，母亲就会叨叨，怪她只抱着手机一个人玩，

---

① **温亚军** 1967年10月出生于陕西省岐山县，1984年底入伍至今，曾在新疆服役16年。现为北京某部队出版社副社长，大校。著有长篇小说《西风烈》《她们》《伪生活》等七部，出版小说集《硬雪》《驮水的日子》等十五部，散文集《一场寂寞凭谁诉》等。作品获第三届鲁迅文学奖，第十一届庄重文文学奖，首届柳青文学奖；以及《小说选刊》、《中国作家》、《十月》、《上海文学》等刊物奖。部分作品被翻译成英、日、俄、法等文。

不陪她看电视。说白了母亲是看不惯她玩手机，就像她原来看不惯母亲打麻将一样。本来可以各自为政，但母亲不愿孤守自己的阵地，哪怕母女坐在一起连节目内容都看不到一块。丁雪怡还是选择迁就，她毕竟是来照顾母亲的，不仅仅是生活，还兼有情绪。丁雪怡收起手机，坐在沙发的另一头，没心没肺地陪母亲看她最不愿看的电视剧。

开春的时候，母亲有天下楼时一脚踩空，滚下几级台阶，致使左脚腕骨折，最要紧的是左边髋部骨裂，疼得坐不住，麻将肯定是打不成了。在医院接受正骨恢复治疗一段时间，按医生的说法理论上没啥大碍，因年龄偏大，要达到行动自如，至少得一年半载才行。母亲本来就性子急，在医院快憋死了，没等治疗结束，吵着闹着要回家静养。母亲似从战场撤下来的伤兵，拖着打了石膏的左脚，歪着半个屁股，硬是遵从自己的意愿回了家。回到家生活又完全不能自理，得有人全天侍候。丁雪怡与弟弟丁雪松还没提请护工的话头，母亲看透了他们心思似的，摆着没有受伤的手说，龟儿子别耍心眼，老子有儿有女，才不要臭烘烘的护工嘛。一句话堵死了姐弟俩跳到事外的所有想法，连商量都没得可能。丁雪怡没有选择的余地，照顾母亲的生活起居只能是她，弟媳刚怀上二胎，第一胎是个女儿，一直不甘心，刚放开二胎政策，他们就迫不及待怀上了，想儿子想疯了，这肚子还没显怀呢，弟弟已经宝贝疙瘩似的围着媳妇转，还能指望弟弟来给母亲接尿擦身子？弟媳更把自己金贵得不行，生怕脚步迈大了、胳膊挥高了会动了胎气，想要她给母亲端碗水，只能是个梦想。丁雪怡责无旁贷，也无计可施，只能拿着母亲的病情报告单，像真理在握，理直气壮地向单位请了事假，专门来照顾母亲。说专门，是指丁雪怡的人，她的心却没全放在母亲这里，她家里还有个恼人的幺妹，需要她在这个春天格外用心，以防幺妹意外怀孕。

前年冬季，丁雪怡在菜市场碰到一只脏兮兮的小黄狗，小黄狗本来是松懒地卧在菜市场门口墙根晒太阳，旁边人来人往也没惊动它，可见是见过世面的。丁雪怡不经意地向小黄狗望了一眼，正好迎上它抬头看过来的眼神。甭看小黄狗一身脏污，但它的眼睛又圆又湿润，眼神清澈透亮，与它乱糟糟的毛发形成鲜明的对比，好像落魄王子身上无法埋没的优雅与高贵。丁雪怡很惊异小黄狗眼神的温润与明亮，忍不住多看了两眼。果然是只因为“人群中多看了你一眼”，小黄狗像是得到了某种认领的启示，迅速从地上爬起，颠颠地跟上了丁雪怡。它跟着，也不哼叫，只是时不时抬头深情地看着丁雪怡，她走，它也走；她停下买菜，它也停下候着，一点都不着急。应该是无家可归的流浪狗，看来饿得不轻。丁雪怡心生怜悯，多买了个猪肝丢给它，想着它有了吃的也就离开了。谁知小黄狗并不急着吃，而是静静地望着丁雪怡足足有半分多钟，似乎是在确认她的态度。丁雪怡也看着它，笑道，快吃吧，你不饿吗！小黄狗从丁雪怡的眼神里看到了友好，不再防备，快速吞咽下猪肝，猩红的舌头舔着嘴唇，眼睛始终没离开丁雪怡，好像一离开，面前的人便消失不见了似的。丁雪怡心里一颤，没再说话。小黄狗一直跟着她买完菜，又跟到小区门口。天冷，丁雪怡不愿赶走它，不忍心把它扔在小区外面自己回家，她不知道黑夜来临时，小黄狗能去哪里避寒。丁雪怡想，这大概就是传说中的缘分了！她把它带回了家。在老公的反对声中，丁雪怡忍气吞声地给这只流浪狗洗澡，把它喂饱，打理干净，发现是只漂亮的小母狗，分不清是什么品种。当然，丁雪怡也弄不清狗的品种，她并不精通对狗的辨识，但能分清公母。

丁雪怡原打算先把小黄狗收留一晚，老公实在不喜欢再考虑送走，这么漂亮的小狗，或许在小区里面就可以找到收养的人，这比小黄狗居无定所、到处流浪强吧。可是，当上高三的女儿回到家，看到突然出现的小黄狗，完全出乎丁雪怡的预料，女儿叛逆期的冷漠神情突然间消失，她欣喜若狂，扑上去抱住黄狗亲热个没完，与她上高三之后的情绪化简直判若两人。小黄狗也不生分，丝毫没有才刚刚进入这个家庭的生疏，前程还未卜的担忧，非常配合地欢腾。一人一狗欢快的瞬间，丁雪怡决定收养这只狗，不管它来自哪里，是什么品种，只要女儿喜欢。之前，在老公埋怨声中升起的念头，像强风下的云朵迅速消散。当即，丁雪怡顺着女儿的意思，将小黄狗起名“幺妹”，这本来是他们对女儿的昵称。

还别说，自从多了幺妹，女儿像变了个人，收起了“刺猬”皮，不再紧绷“高三”的脸，回到又说又笑的少女时代。女儿突如其来的变化，春风一般，融化了丁雪怡心头因郁闷而慢慢积蓄起来的薄寒之气，她真心感激幺妹。可是，接下来问题又来了，女儿虽说性情变得开朗了，可她对幺妹的热爱超过了即将到来的高考。而且，大有玩物丧志的趋势。这怎么行！高考比天大。背着女儿，老公已经和丁雪怡为幺妹的去留闹过多次，最狠时，都闹到要将幺妹送人，他要送的人都联系好了。幺妹虽是土狗，养了一段时间，皮毛油光水滑，一看就是营养充足。丁雪怡说，你送出去给人，万一人家把幺妹宰了呢？老公说，送出去就是别人家的狗，怎么处理，关咱什么事？丁雪怡一听，越发难受，倒把幺妹看得更紧，生怕老公一气之下真的把它送走。她倒不担心老公自己会动手，与幺妹相处虽不到半年，老公已经习惯这么个小家伙在家里奔来跑去，他自己是下不去手的。可丁雪怡有了危机感，她意识到问题的严重性，打电话给母亲做工作，将幺妹暂时送给母亲喂养。这样，幺妹依然是家庭一员。母亲没有拒绝，爽快答应了，反正她一个人，有只狗做伴儿，也让家里多点儿生气。

把幺妹送至母亲那里没几天，弟弟丁雪松给丁雪怡来电话，不说人话，只拿狗说事，名义上说幺妹给母亲添了麻烦，实际上拐弯抹角告诉丁雪怡：别想着鸠占鹊巢。不，是狗占。

还没怎么样呢，丁雪松居然生出了这种想法，丁雪怡气得差点吐血，她咬着牙，从牙缝给弟弟蹦出一句话：哪个龟儿子动歪心思，反正我没有！

为打消丁雪松的疑虑，女儿高考完当天，丁雪怡打出租车隆重地将幺妹接回了家，这下可以完全放松，让女儿与幺妹朝夕相处了。谁知没高兴几天，发现幺妹的身形有重大变化：幺妹怀孕了。带到宠物医院进一步证实后，丁雪怡的心如沉到湖底的石头，一点兴奋的波澜也没有。幺妹是土狗，本来就不受人待见，不然，它之前也不会成为一只流浪狗。土狗生的崽，总归还是土狗，等出生了，一大堆崽给哪个送？养幺妹一只，已看够了同楼本小区人的白眼，要养七八只……丁雪怡不敢往下想。在路上，她迫不及待就给母亲打电话，询问幺妹什么时候怀的崽。母亲能听来兴师问罪的口气，破口大骂道，龟儿子连句谢的话都没得，上来就问狗崽子，老子养的是白眼狼！

果然，像丁雪怡预想的一样，女儿去北京上大学不久，幺妹产下了八只幼崽，除了毛发颜色的深浅和某个比较固定的特征之外，都是一副幺妹的幼嫩模样。毫无疑问，这些没有任何异样的小狗跟幺妹一样全是土崽子，送谁都不要，全部囤在家里，弄得家里像个狗窝，又乱又臭。老公都无力跟丁雪怡吵架，索性时常出差，能不回家就不回家，让丁雪怡自己收拾烂摊子。很快，接到举报，小区物业上门交涉了几次狗事。丁雪怡愁得头发白了不少根。熬到狗崽子满月，还是门口的保安帮忙，将八只狗崽送上卖菜的车，拉到郊区送给当地村民了。经过这次教训，一到春季幺妹的发情期，丁雪怡高度紧张，怕幺妹不懂自制，又惹下祸端。

这个春季，丁雪怡却来照顾母亲，她怎能放心家里的幺妹，每天给老公发微信，提醒他出去遛幺妹时一定不要放开绳索，总怕他喝酒后，懒得给幺妹拴绳，让什么狗钻了空子。

这天午后，丁雪怡回家看幺妹。几天不见，幺妹对丁雪怡更是亲近，兴奋地抱着她的腿不放，望着她的明亮眼神简直叫人心疼。老公只保证幺妹不与外面的公狗惹出事端，其他的事一概不管，幺妹好多天没洗澡了，毛发乱糟糟的，已能闻到身上的腥味了。丁雪怡烧好热水，给幺妹痛痛快快地洗了个澡，幺妹一副很享受的样子，感激地用粉红色舌头不断舔着丁雪怡的手。她心里痒痒的，越发生出怜爱，便与幺妹多耍了一会儿，直到日头偏西，她才推开不舍的幺妹，给它加足狗粮，乘地铁往母亲家赶。火烧堰还没通地铁，八号线正在修建阶段，只能坐三号线，从衣冠庙站出来，还要倒次211路公交，得去永丰立交桥掉头，才能到火烧堰巷。立夏后，天气越来越热，正是下班高峰，公交车上人挤人，丁雪怡不想夹在人缝里，出身臭汗。她用手机导航，发现地铁口离母亲家并不太远，决定穿过芳草街，走回去。这样，还能熟悉一下周边环境。离开火烧堰近二十年，变化太大了，想找回当年的模样纯属枉然，只能寻找一些记忆，还是片段式的。丁雪怡出嫁前，这里的楼房很少，也不太高，差不多六七层的样子，在一片平房区也算鹤立鸡群了。如今，一幢幢耸立的高楼大厦把当年那些傲然的“鹤”都逼成了低眉耷眼的“鸡”，不过还好，住在这里的都是老邻居，像当年住平房那样，相互都熟悉，彼此都能耍在一起，也有个照应。不像住在高楼里的小区，都不知道对门的姓名，别说来往，养条狗叫几声都会被举报。

一想到狗，丁雪怡不免有些心乱，幺妹望她的眼神在脑子里乱晃。这段时间她不在家，幺妹每天只出来十几分钟，其余时间全被强行关在家里，这样就算是控制住了闹狗，也太可怜，可别得了自闭症什么的。正低头想着，冷不丁从旁边冲过来一个人把她挡住，你这个幺妹，叫你咋不理人？

正出神的丁雪怡吓了一跳，下意识地往后退了一步，惊慌失措地望着拦她的男人，愣愣地不知说什么才好。

男人惊喜道，果真是丁家的雪怡幺妹。你记得我是哪个噻？

丁雪怡还没缓过神来，拘谨地摇摇头，记不得！

男人挠挠谢顶的头皮，又摸摸下巴茂盛的胡须，羞愧地说，难怪你不记得，我留了胡子，看起来是老头子了嘛。告诉你吧，我是火烧堰的栓娃子——巷子头开杂货店的老奔头，是我老子。

噢——记忆的闸门一下子打开。说栓娃子丁雪怡倒一时想不起来，但说到老奔头，她马上就能想到，她的少女时代，对巷头杂货店的老奔头别提有多崇拜了，不过，主要崇拜的是他货店里的那些零食。

记起来了吧。我就说嘛，前阵在芳草翠园看到你跳过舞，这么多年没见，不敢认，不晓得到底是不是你，后来再没见你去跳舞喽？

哦，原来是这龟儿了在后面一直盯着我看。丁雪怡心里的谜团终于解开，可心里那个湿乎乎的感觉并没褪去，反而让她有些恼火。虽然是以前的老街坊，可他们也没有过密的交往，何况这么多年没见，既不了解他的底细，又是混迹在广场舞大妈堆里，总是让人不太舒爽，还是少接触为好。丁雪怡微微笑了下，没作回答，算是婉约地拒绝了他。

栓娃子还算知趣，往旁边退了一步，给丁雪怡让开路，却说，知道你忙着照顾你妈，她的伤好些了吧？本来，我还有些要紧话对你说的，看你急着走——这样吧，咱俩加个微信，回头我再说给你。

丁雪怡不好拒绝，加了他的微信，匆匆走了。

当晚，栓娃子居然给丁雪怡发来了微信，问她这两天什么时候得空，想约她出来一起坐坐。

轻佻！丁雪怡心里骂了一句，没有理他。过了一阵，手机又振动起来，丁雪怡捡起一看，还是栓娃子的，他说真的有要紧的事要给她说。无聊！太老套了吧。丁雪怡不会给这种人念想的机会，她顺手删除了栓娃子的微信，把手机往沙发上一扔。她的这个举动很轻微，却引起了母亲的注意，看着她，眼神里有询问的成分存在，但没有非要得到答案的笃定。想了想，丁雪怡没有回答母亲。

母亲对女儿请假专门来照顾她，心里是矛盾的，有时觉得过意不去，是自己拖累了女儿，害得她不能正常上班不能照顾自己的家；有时又觉得天经地义，含辛茹苦养育儿女成人，养儿防老，不管儿子还是女儿，不就是为了这个时候？谁没事愿拖住自己的子女呢。说起来，快二十年了吧，母女俩没这么长久相处过，按说应该亲近得有说不完的话，事实上，除过每天必不可少的商量吃什么饭之外，她们之间竟然没有其他话题需要探讨的。刚开始几天还行，一周后，母亲受不了，现在这身体没法去泡麻将馆子，这对她是最大的折磨，每天除了吃饭睡觉，只能斜躺在沙发上，逼着自己看电视剧消磨时间。起初她边看边骂电视剧都在骗人，没一个说人话的，强忍着看了几天，居然适应了，专挑抗日谍战剧，不顾白天黑夜地追起剧来。尤其是晚上，追着那几个台重复看，还习惯关闭灯，任电视屏幕在黑暗的背景里晃着刺眼的光。丁雪怡的眼睛适应不了黑暗中一会儿亮如白昼，一会儿静如暗夜的屏幕交替光线，那些故弄玄虚的谍战剧吸引不了她，这段睡觉前的时光像金属片刮擦在玻璃上的声音，让她烦躁又心悸。丁雪怡实在忍受不了，压抑着要爆发的情绪，跟妈说了声，一个人下楼消遣。

母亲住的这些小区，住户大多是城市不断改造的拆迁户，楼是二十多年前砖混结构的六层老楼。几年前就传言，老旧小区改造要加装电梯，提升市民的幸福指数。可这一直是个传说。母亲受伤后，上下楼成大问题，丁雪怡找管辖的春蕾社区居委会询问装电梯的事情，居委会主任热情地接待了她，并对她耐心地讲解旧楼加装电梯的难度：安装一部普通的电梯需要三十多万元，政策规定政府出资补贴一半，还有一半需要住户分摊，除了一层的两户不乘电梯，剩下十户每户如果平均分摊，得在一万五千元左右，还没算以后电梯的维护费，很难均摊下去。后来，又制定一个分层分摊方案，也推行不了，所以……丁雪怡也听说过一些情况，住在二层或者三层的人家不愿跟五层六层的一样平摊。母亲就住在三层，她以前就是极力反对平摊装电梯的费用。现在，腿脚受伤不能上下楼了，现实的制掣，才让母亲后悔当年反对装电梯费用——那时她何曾想过，自己有一天会依赖电梯呢。

这种老式小区，楼与楼的间距也小，十年前的那场地震虽没波及这些老楼，但震后街道还是进行了必要的加固维护，楼体显得更加肿胀粗笨，几棵蓬勃生长的女贞、银杏占据了院子的有利位置，再停上几辆私家车，小院里几乎没能活动的地方。想要活动手脚，只能去院子外面。听着芳草翠园那边传来强劲的舞曲，丁雪怡稳住步子，按捺住躁动的心，还是别去了，免得心里不舒服。她逼着自己往舞曲相反的方向走。

从芳草街穿过，得经过几家麻将馆，这是母亲的最爱。丁雪怡当然没数过，这么短的街道到底开了几家麻将馆。立夏后，白天热晚上还算凉爽，麻将馆里灯火通明，麻友多得盛不下，将几张牌桌搬到外面摆在了路边，热切的洗牌声、争执声像浪潮一般，一波涌过一波，盖住了北边的广场舞曲。丁雪怡从小受够了母亲因打麻将耽搁做饭，饿得她与弟弟放学回来只能吃水泡饭。麻将像是磁铁，把母亲牢牢吸住，她当时恨透了麻将，这也是她成年后不喜欢打麻将的重要理由。可是，近几年她心里慢慢地发生了不小的变化，竟然接受了母亲打麻将的事实，尤其是女儿考取了大学，离开她去北京上学后，家里没有高考生需要操心陪伴，她竟然像在生活的海洋里迷失了方向，心里空荡荡的，原来设想好的松弛生活却让她无所适从。老公倒是方向明确，很快开始了新的生活，成天与一帮莫名其妙的朋友聚会、喝酒，不到凌晨不着家，像是被禁锢太久一下子得到彻底的释放，有些不知所措的放纵。在家除过照顾幺妹，连个说话的都没有。尤其到周末，丁雪怡都有点怕待在家，饭也不想做，回娘家与母亲搭伙。差不多每次，她都吃母亲的闭门羹，母亲没耐心待在家里，像以前一样，基本上耗在麻将馆，她得一家一家去找，一边找一边想这里到底有多少家麻将馆。想归想，却从来没数过。刚开始，她去麻将馆找母亲都是按捺住内心的怒火。慢慢地，火气逐渐消散不见了。母亲这一生没什么爱好，尤其父亲去世后，母亲一个人住，她不像自己，会聊微信、刷微博、玩游戏，一个生活简单到只剩下麻将的人，不去打麻将，怎么度过每天漫长且空洞的时光？丁雪怡理解母亲，并不表示自己会接纳麻将。麻将依旧是她内心不可抹却的阴影，少年时因了麻将母亲耽误做饭的余悸，时不时蹿出来会啃噬她一下。

这会儿，麻将的声息把丁雪怡包裹起来，她有种避之不及的惶恐，埋头匆匆走过那些麻将馆，来到火烧堰巷的碧翠廊。

以前，这里是条河道。说是河，其实是排污泄雨的臭水沟，附近住户什么垃圾都往里丢，离很远就能闻到腐臭味，尤其是夏天，毒烈的日头烘烤得河水蒸发起来，整个火烧堰臭气熏天，蚊蝇肆虐，靠近河道的人家根本不敢开窗户。丁雪怡出生在火烧堰，河水再臭，岸边却是他们小时候的乐园。一帮龟儿子开春时下河捞蝌蚪，特别是到了暑假，龟儿子们抓住青蛙，从河岸边的杂草里随手揪根草茎，空心的那种，掐头去尾，一头插进青蛙的屁股眼，争抢着噙住另一头使劲往里吹气，直到青蛙似气球般鼓胀起肚皮，他们才拔出草秆儿，将青蛙扔进河中，看它浮在水面没法下沉，慢慢地向下游漂去，他们大喊大叫沿河道跟随着，能跟出去好远。碰上午后，太阳最毒辣时，充满气的青蛙如果肚皮翻向天空，被晒暴死亡也是有的。那是龟儿子们的节日。在那帮龟儿子堆里，不知有没有栓娃子，丁雪怡记不得了，她只记得，她们女娃子都不敢耍这个，但经不住诱惑，常常双手蒙住眼睛，从指缝里偷看男孩们的恶作剧，一旦青蛙的肚皮如愿暴烈，龟儿子们欢呼起来，她们女娃子很少跟着起哄，毕竟残忍了些，一条小生命呢。丁雪怡更是心尖一颤，半天缓不过神来，她的小心脏受不了这个，太阳最毒的午后，为躲避这一幕，她尽量不去河边走动，缩在女贞树下的阴凉里，捡拾落在地上的细碎黄花。女贞花有股淡淡的苦香味，还有点汽水的甜味。上小学时，丁雪怡馋极了巷子口，就是老奔头那家杂货店里的汽水，一毛二分钱一瓶，站在店门口喝完后得退瓶的那种。父亲还在时，偶尔会背着母亲，还有弟弟，偷偷给丁雪怡买汽水喝。那种入口即甜，滑过喉咙的感觉，最要紧的，是喝完后从肚子底直冲上来的嗝，能爽透整个夏天。弟弟常常混迹于给青蛙吹气的龟儿子堆里，父亲是不喜欢的，虽然为此没打过弟弟，不给他买汽水应该算是惩罚了。在家里，母亲把钱攥得很紧，没有闲钱给她买汽水的。丁雪怡想急了汽水，假期里闲得慌，便与一帮子幺妹用女贞花自己制作汽水，记不得是谁出的主意，她们将捡来的女贞花在水盆里泡上大半天，竟然泡出了跟汽水一样黄澄澄的颜色，她们的惊喜不亚于吹青蛙屁股眼的龟儿子们。只是，当她们端起水盆喝自己制作的成时果，皱起的眉头证明这个“汽水”太难喝了，苦涩中，还有一股说不清的怪味，实在难以下咽。更别说喝完后能打嗝了，想都别想。难道巷口卖的汽水不是这样制作的？她们哪里知道，是糖精，还有苏打、色素，让普通的水变成了汽水。

出嫁也快二十年了，丁雪怡每次回娘家，去得最多的地方，是各个麻将馆，为了找母亲。对麻将馆之外的地方，她几乎没闲逛过。陌生了很多事物，这条河也只留在丁雪怡的记忆里，很少在她脑海里泛起来过。前几年听说河道被彻底治理，还进行了改造，砌了河沿，在河上加盖了水泥板，将脏乱的臭水沟改造成步行甬道，成了人们休闲的地方。

转过街角，借着路灯的光亮，丁雪怡看到类似公园才有的景象铺排在眼前：甬道、长廊、靠椅、绿树、鲜花……在路灯下闪动着舒适而恬静的光芒。她拾阶而上，踏着平整的水泥板走了几步，心情顿时好了许多。

这里倒是清凉幽静，灯光柔和温馨，夜色下杨柳依依，正是女贞开花的时节，淡淡的芒香味将夜晚烘托得朦胧而浪漫。可这里属于年轻人，丁雪怡缓步向前走着，不时会从树后钻出一对年轻男女，似乎受了惊吓一般，尖叫着从她面前跑过，又迅速消失在另一棵大树后边。倒惊得丁雪怡慌不择路，她几乎是跳到了路边，前后看了看，不远处也有几个行人，他们似乎没受到一点惊扰，依然慢慢走自己的路，这倒显得丁雪怡有点大惊小怪了。她有些不好意思，以前她不是这样的，不知从什么时候起，她开始变得敏感而又多疑。难道是年龄大了，才会变得多疑？

再次收到栓娃子的微信，是两天后的中午。丁雪怡吃完午饭刚收拾停当，正无聊呢，看到栓娃子的微信进来，她以为碰见鬼了。明明删掉了，他怎么还能发进来？她不看微信内容，却给女儿发出求解信号。不到半分钟，女儿回复道：你只删除了微信，却没把通信录里的删掉，你当然能接受到了。怎样才能删除通信录里的，女儿没讲，丁雪怡自己倒腾了一阵，也没删掉，便泄气了。午睡起来，她无聊地翻看手机，好奇心促使她打开栓娃子的微信，一看内容，惊得她噌地坐了起来。

想没想过，给你妈再找个老伴？栓娃子发来的是这么一条。

这的确是要紧事，丁雪怡惊得出了一身的汗。说实话，她从未想过这事，也不知道怎么办。她很紧张，站起来坐下，坐下又站起来。最后决定赴约，与栓娃子面谈。只是，她不同意去玉林小学旁边的茶馆。还没搞清状况，不能去这样的正式场合。她选择了火烧堰巷的碧翠廊，就现在，午休时间。她把母亲扶到沙发，打开电视，说了句去菜市场，便轻轻掩上门下楼。

栓娃子已经到了，坐在柳树下抽着烟。见丁雪怡来了，栓娃子往旁边挪了挪，说："你性子这般急，干吗前两天不搭理我？"丁雪怡没坐，也没客套，直奔主题："说吧，这个老头子是谁？多大年纪？"

"什么老头子？与你妈一般大，刚满六十二岁。他是我幺舅，从企业退休的，各种待遇没得说，身体也没啥子毛病，不抽烟，偶尔喝点小酒……"

"关键他是离异，还是？"丁雪怡打断了啰唆的栓娃子。

"啥子离异，老伴前年病死喽，有两个女娃，都成家了不在身边，屋里就他一人。"栓娃子激动得站起来，摸了把胡须说，"关键是去年他的两个女娃儿合起来，将他老头的老房子卖喽，添了些钱，在天府花园买了套二手房，带电梯的。你妈要是搬过去，以后就不用爬楼梯喽。"

这么好的条件，这等好事，倒叫丁雪怡怀疑栓娃子满嘴跑火车。她又不能质疑，不知怎么说才好。她往两边看了看，午后时光，正是最热的时候，碧翠廊除过他俩，连个鬼影都没得，从远处居委会偶尔传来一两声笑。初夏的午后除过闷热，还安静祥和。

栓娃子打个哈欠，道："老子晓得你怀疑我的话是不是真的。实话对你说吧，你妈和我幺舅是麻友，一来二去，早对上眼喽。只是——你妈不好给你姐弟俩开口，怕你们不愿意，她下不了台。咱们是老街坊，我幺舅托我来撮合。多好的事噻，我当然愿意撮合了，可你妈羞羞答答，不肯把你们的电话告诉我幺舅。我就多了个心眼，想着从旁侧打听一下。前阵子跳舞，我认出了你，想着这简直天助我呀。可又一直没机会跟你聊，好不容易加了你微信吧，你又一直不搭理我。你说你说，你是……啥子意思嘛！"

雪怡眉头微皱，还是没说话。栓娃子怕再寻不到说话机会似的，赶紧补充道："这事，请你一定要为老人家着想，他们年岁大了，又孤单得很，彼此有个伴，也是他们晚年享受人伦之乐……"

雪怡挥挥手，截断说："这个你不用对我讲，现在就明确告诉你，我愿意！只是我弟兑……还得问问他的意思。”

栓娃子来了精神，拧灭烟头，兴奋地搓起双手：“太好喽太好喽，你愿意了，就等于你弟弟愿意，你是老大嘛。就这么定了，我得赶紧给幺舅说一下。”

丁雪怡按住栓娃子要拨打的手机，让他不要急。这事看起来简单，其实很复杂，她还得回去问一下母亲，看看她到底持什么态度，这种事，总不能剃头挑子一头热。至于弟弟雪松那头，其实也是母亲担心的根源。怎么给弟弟说，得好好筹谋一下。

还没酝酿好怎么给母亲开这个口，半下午的时候，丁雪怡的老公来了。他从朋友那里借了电钻，来给母亲把电视线移进卧室，让母亲躺在床上看电视比沙发上舒服。这些老旧小区没有物业，也找不到人帮忙，母亲刚从医院回来那阵，丁雪怡就给老公说了移电视线路的事。老公倒是一口应答下来，但不是借不到工具，就是他没时间，拖了好久，把丁雪怡的等待一点一点拖没了，没有一点期待的时候，他却来了。老公从没干过这个，电钻根本不听他的，滑来滑去，很难打进墙体，这种老楼墙壁太厚，折腾到电视剧开播了，才把洞眼打穿。丁雪怡见母亲已经着急，催促老公赶紧把天线接通，让母亲把连续剧连上。一番折腾，吃完晚饭都十点了，丁雪怡催促老公赶地铁回家。母亲却在卧室喊叫，太晚了让女婿住下。老公折腾了大半天，累了，也不想走，丁雪怡再坚持就有点过分，可她又担心幺妹是否有吃的。老公看出了丁雪怡意思，酸溜溜地说，我还不如条狗！

丁雪怡不想争吵，洗漱后钻进母亲的房间，被母亲挡在床下：“你个瓜娃子，回你屋子睡去，别在这吵到我的瞌睡。”丁雪怡灰溜溜回来，见老公已灭灯睡下，蹑手蹑脚扯开毛巾被钻进去。黑暗中，老公假装翻身，将手搭在她的胸上，过了会儿轻轻揉捏了一下，小声说道，放心吧，给幺妹留足了狗粮。

丁雪怡的心一下子软了，随之内疚感占了上风，便主动迎合。双方都很满足。难得达到这样的效果，两人事毕却睡不着，丁雪怡将栓娃子的话说给老公听，没想到他一改往日事不关己的态度，居然无折扣地全力支持。尤其是怎么对雪松说这事，他们商量对策。老公建议，不能用征询的口气找雪松谈，否则他不同意，这事就得拖下去，先把栓娃子幺舅和母亲两个人的工作做通，让这对当事人明确态度，尽快把这事儿敲定。不能说是把生米做成熟饭，但就是这个意思，然后让雪松接受事实，不要给他回旋的余地，这事就成了。

这个不难，丁雪怡决定先与栓娃子的幺舅见个面，把他的口气探实，再与母亲直截了当挑明此事。只要两位老人一条心，弟弟怎么反对都无效。再说了，弟弟未必真反对，他其实惦记的是这套房子。弟媳怀上二胎后，弟弟言语里不止一次地流露，火烧堰属于学区房，不光有玉林小学和中学，四川大学也在旁边，真正是教育一条龙。等着吧，八号地铁线修通，这里的房价还得翻倍。当然啦，这么好的地段，房价涨再高也不卖，这是祖业，得守着。既然是守业，那谁来守？弟弟的意思不言自明。

说句实话，丁雪怡从没打过房子的主意，嫁出去的闺女，与祖业瓜葛不大。况且，她只有一个女娃儿。可弟弟的防备之心却难打消，她也没打算让弟弟相信自己。只是，母亲再婚的事，弟弟难免会往歪处想。老公的话有一定道理，丁雪怡给栓娃子联系，约见他幺舅。周六晚上，地点订在蓓蕾东巷的老码头火锅。这是栓娃子幺舅的意思，表示对这次见面的重视。丁雪怡没有反对，早早给母亲做好晚饭，谎称有同学聚会，便如约来到老码头火锅。

太阳还红彤彤地挂在西天，店外面的人行道上，一排高大的法国梧桐枝繁叶茂，树冠遮出巨大的阴凉。阴凉下，坐满了拿到序号排队等待的食客。丁雪怡一看排出去的队伍这么长，心想坏了，吃火锅的人这么多，还不定什么时候才能等到位子。她心神不定地左右看着，却听栓娃子在人堆里喊她。丁雪怡向栓娃子望过去，见他旁边有个瘦瘦高高的老头，不，一点都不显老，皮肤有点黑外，气质还不错。想必他就是栓娃子的幺舅了，丁雪怡上前礼貌地叫了声叔叔。幺舅答应着脸竟然红了，黑红黑红，他做了个请的绅士手势，让丁雪怡心里顿生好感。进得店门，还未坐下，就听栓娃子说，老码头不提前订座，幺舅三点多就来占位子，在门外排队等了近两个小时。丁雪怡很感动，心想这是个很用心的男人，把母亲交给这样的人，放心。她脑子有个念头一闪：要是弟弟在，看到幺舅所做的这些，也会觉得这是个靠谱的人吧。

有良好的开端，接下来话就好说多了。火锅还没烧开，丁雪怡是直性子，已经把想好的话说完了。幺舅认真听了，没有急着说他的看法，倒是栓娃子按捺不住，说，这个法子好是好，可万一雪松不同意，又嫌没给他商量，当场火了，咋个办嘛？这也是丁雪怡最担心的，她看了眼幺舅，想听听他的意见。幺舅往滚开的锅里下了些肥牛，看肥牛翻滚了几下，给丁雪怡捞到碗里，才说，这也是你妈最担心的，所以她才不愿给你们提及这事。难得你这个幺妹通情达理，事情已经成功了一半嘛。

丁雪怡点点头。

幺舅看着丁雪怡，又说，对你弟弟，你肯定比我了解噻，能有几分把握，他对这件事的接纳程度有几何？

这个……丁雪怡很认真地想了想，才回答，这个，我不好说。她对弟弟还真没有把握。

栓娃子急了，那他要真的当场发火……

幺舅用手势制止住外甥，指了指火锅说，边吃边说。他往锅里下着肉和菜，又说道，我看不要紧，你弟弟也是三十好几的人喽，有家有崽子，不会那么不理智，不至于嘛。既然幺妹有这个想法，我也不能再躲闪，怎么着咱们都要试一试，不试，怎么晓得呢。

栓娃子说，万一……

幺舅说，不管万一了！到我们这个年龄，还有多少时间去顾忌那么多？

丁雪怡决定试试。但她得先给母亲把话挑明，看看母亲的态度。还没等丁雪怡张口，吃过火锅的第二天，母亲主动与丁雪怡说起来。幺舅已给她打过电话，将情况告诉了她。这样也好，不用丁雪怡跟母亲绕圈子了。母亲却红了眼圈，哽咽着说了些她一个人的不易，除了打麻将，她真不知道每天怎么过活。再说，幺舅也是个靠得住的人，在一起打麻将时间不短了，知根知底，彼此做个伴有个照应，免得给子女们添麻烦。

母亲拍着受伤的腿，抽泣道，就说这伤，好了恐怕爬楼梯也费劲喽，这日子没有了头哇。这事如果成了，搬到拴娃子幺舅那儿，他那个楼有电梯，也有他照顾，你们都忙自己的，不用操心我了。

丁雪怡心里一颤，陪着母亲，也哭了一气。

事情就这么定下了。担心丁雪松大呼小叫，还是在母亲家里说这事为好。丁雪怡思量给弟弟打电话，还是发微信说。母亲见她犹豫，就说，只管拨通电话，由她来给雪松说，周末让他回趟家，有事情商量。

丁雪松答应母亲，周末中午回家。

接下来，丁雪怡开始准备工作。请幺舅和栓娃子来家里，得把老公叫来作陪，大家一起吃顿饭吧。丁雪怡做饭的手艺只在家常便饭的层面，这事不能应付，她早早地去超市采买，海鲜之类都是人家弄熟的，到时微波炉一热就行。酒也得准备两瓶，幺舅爱喝几杯，那就买好酒——五粮液。

一切都在周末前准备妥当。周六上午，幺舅和栓娃子刚吃过早饭就过来了。幺舅显然精心收拾过，刮了胡子，青色的胡茬看上去很精神，还显得年轻。他穿了件有领子的黑色T恤，上面的褶子能看出是新买的，裤子是浅黄色裹腿的那种细腿，很时髦。

丁雪怡的老公来得稍晚了点，进门见丁雪怡没好脸色，擦把汗便默默地摆桌子搬椅子。空调吐出丝丝凉气，把夏天的热气堵在了屋外，大家享受着舒适的凉爽，却找不到话题，似乎没啥说的。丁雪怡心里明白，大家都在等待弟弟丁雪松的出现。

临近十二点，门终于被敲响，那一刻，屋子里静极了，连空调吐凉气的声音似乎也停止了。大家你看看我，我看看你，不知该谁去开门。这个倒忘记商量了。

丁雪怡本打算叫自己老公去开门的，发现母亲在看自己，眼神竟然有丝慌乱。她当然明白母亲的意思。这也是她的责任。丁雪怡淡淡地吸了口气，毫不犹豫向门走去。

午时三刻

朱　辉①

少妇秦梦媞，年过三十，有一夫一女。她拥有一个幸福的童年，一个郁闷的少年，随后就进入了修正主义的成年。十八岁即算成年，那一年她考上了大学，一个普通大学的播音主持专业。她中学成绩一般，走偏门报了艺考，人家也就要了。秦梦媞姿色平平，相貌中等，脸型、眉眼、鼻子、嘴，均未臻上乘，摆在一起也就是个中人之姿。报到前她很纠结，很忐忑，因为想象中这是个美女如云、帅哥满眼的地方，不知道自己会不会无地自容。开学后同学到齐了，齐刷刷地坐下，她顿时矮了半截。不得不承认，真正的美女有好几个，相貌不如她的女生有，但寥寥无几；男生本来就少，但几乎个个堪称帅男，如此局面下，她断定这几个英俊男生将跟自己没有半毛钱关系。哪个男人的目光，不先被美女扯着走？不说男的，就是她这个女人，看着那些美女婷婷袅袅，微仰秀丽的小脸从面前经过，也不由得多看几眼。是的，确实是多看几眼，而不是像某些男人那样只看一眼却一直盯着。她看一眼，觉得自惭，躲开目光；忍不住又看，看过以后更加羞愧，甚至愤恨。

婷婷袅袅不算什么，秦梦媞的身材也堪称优异。关键是脸，她假如走起路来也努力风摆杨柳，好看倒也好看，只可惜她的容貌压不住她的身姿，就是说，她的脸配不上她的身体。

---

① **朱　辉**　一级作家，教授。《雨花》杂志主编。为享受政府特殊津贴专家。曾多次获得“紫金山文学奖”“汪曾祺文学奖”“作家金短篇奖”等文学奖项。短篇小说《七层宝塔》获第七届鲁迅文学奖。

自惭是正常的，愤恨就有点复杂。人家的容貌是爹妈给的，上天赏的，又不是从你脸上抢过去的，恨人家只能在心里恨，其实站不住脚。准确地说，秦梦媞愤恨，愤怒的是她运气不好，恨的是她父母不给力。他们二人都相貌周正，母亲年轻时还是个美女，只生这么一个女儿，却未采取优选法，把两人的优点集中起来遗传。但秦梦媞是个受过高等教育的人，虽说播音主持专业有点“水”，但也算读过大学，她当然知道，这事怪不得父母，只能说运气不好。造人不是射击比赛，只能算举枪乱射，打不出好成绩再正常不过。小时候她是父母的掌上明珠，不谙世事，并不觉得自己长得不好看，所有的亲友也都夸她可爱。到了中学她就明白了，可爱不是漂亮，她也许可爱，但决不漂亮。她宁愿从来没有人说她可爱，但渴望有人夸她漂亮，哪怕只是客气，哪怕只是玩笑。但是他们不说，父母不说，老师同学也没人说。高二时有次班上一个女生迎面走来，看着她，“哇”一声，说“你今天真漂亮！”秦梦媞震惊，喜出望外，受宠若惊，几乎欢喜得要晕倒，要知道这个女同学是班花甚至校花，从来拿眼角看别人的。秦梦媞正手足无措，那班花接着道：“你这裙子哪里买的？”秦梦媞傻了。她呆立在原地，说不出话，别人已经走远了。

秦梦媞躲到厕所里大哭一场，回家就把那件裙子脱下收了起来。这是她的耻辱，她的伤口，那裙子从此被打入冷宫，别说再穿，想起来心里都要痛的。她的少年时代是苦闷的，幸亏发育没有再忽略她。她抽条了，挺拔了，该有的都有，不见得比别人差。她音色好，朗诵课文悦耳动听，这一点还比别人强。于是她被选入了学校文工团，诗朗诵，唱歌，也有一席之地。虽说中学生不许化妆，但演出例外。只有化上浓妆她才觉得安心，觉得平等。她躲在浓妆后面，大声发出优美的声音，她满心欢喜，理想飞扬。然而，这只是生活之外的一幕戏，洗去铅华，她依然是个平常的女孩。声音好，你也不能只出声不露脸；声音再好，你也不能把声音收拢起来，变作艳光照人的脸。

事实上，她虽不漂亮，但并不能算难看，走在路上，就是个路人甲，跟惊艳不沾边，可也不至于吓人。但她不得不承认，所有电视台上的女主播，中央台那就不说了，省、市，哪个电视台的，其容貌确实都在她之上。她看着电视，挑剔人家的吐字发音，有时也忍不住挑剔一下别人的长相，但脑子里刚一想，就恍惚看见屏幕里那人手朝她一指，“嘁，你看看你自己！”天啦，这还只是个县级台的啊！她如被电击，泪奔。

到大二，学姐们的就业信息开始流传了。故事很多，段子也不少，精彩纷呈，总结起来，颜值第一，声音第二，学业第三。这是摆在明面上的，其实有所偏颇——关系！怎么能忽略关系呢？即使长相略差，只要关系硬，当不了主播，可以当管主播的领导，比电视台更好的地方也不要太多了！可是，那些好的或更好的地方跟秦梦媞没有什么关系，因为她完全没有关系。她绕不过颜值、声音、学业这个排序。所幸上帝给你关上一扇门，同时会给你打开一扇窗。现在资讯发达，科技先进，一切皆有可能。一个高她一级的学姐，叫王晴的，为她指点迷津了。她们原先不很熟，王晴为她指路也不是靠语言，她是现身说法。暑假过后，秦梦媞遇到了王晴。她远远过来，远看是王晴；近一点，不是王晴；走到近前，依稀仿佛还是王晴。但是，她变了。一个暑假旧貌换新颜了。秦梦媞明白，她整容了。

这样的变化让秦梦媞震惊，羡慕，她心如惊鹿，心驰神往。整容她当然知道，甚至还上网查过。但一想到落在自己身上——不，脸上，她就火烫了似的跳开去。她怕。怕手术风险，怕别人笑话，也怕没钱。现在一个活生生的例子就摆在面前，榜样的力量是惊人的。她必须向王晴求经。她曲意接近，小心试探，目的是求教。不想王晴十分大方爽快，有问必答，没问到的也说，可谓倾囊相授。她说："某某，某某某也做过的，你没看出来？"这两人都是同系的，秦梦媞确实没在意。王晴轻晃自己整过的脸说："她们微整，效果一般。"又说："某冰冰，某璐也是整过的，十个明星九个整，还有一个在外面等！这是我的主刀医生告诉我的。"她这番话展示了整容的普遍性。接下来她又阐述了手术的安全性，"打一针，全麻；睡一觉，好了。"王晴的腔调带点口音，整容整不掉这个，就声音而言，秦梦媞足可以自信，她小心地问："醒过来后，不疼吗？"王晴说："疼啊！但也没见哪个疼死了啦。我这不好好地回来了吗？"她在自己脸颊上轻弹一指说："疼，值得。我感觉良好。"

秦梦媞是很自爱的。想到那一针麻醉下去，她的生命要就此消失几小时，说不定还醒不过来就此终结，她觉得恐怖。但王晴打消了她的一切顾虑。一个不美丽的人生，失去知觉几小时，算损失吗？哪怕就此死了，不也是带着美丽的希望死的？这才是真正的安乐死啊！明知山有虎，偏向虎山行。舍不得孩子套不着狼。舍得一身剐，敢把皇帝拉下马。风雨过后是彩虹。还有句话怎么说的？我要扼住命运的咽喉！谁说的？不记得，但很得劲儿。扼住命运的咽喉，对她而言，不是要去掐谁的脖子，而是自己去接受麻醉，把脸交给科学。总而言之，她，秦梦媞，一个相貌平庸的女人，一个不甘心被命运捉弄的人，决定去做整容了。

这是三年级的暑假。她求职前的最后一个暑假，也是最后的机会。

要整容，秦梦媞首先要跟父母打个招呼。毕竟是手术，不得到父母同意说不过去。更重要的是钱，她没有钱，父母不支持她就做不成。她家是个小康人家，这笔钱不成问题。问题是，他们会不会同意。

秦梦媞原本忐忑，但也还乐观。她并不是生病，她很健康，这种手术父母大可不必担心。她这是改良，是往好处做，向漂亮挺近。谁不愿意女儿更漂亮呢？哪个父母不希望女儿有个更美好的前程呢？况且父亲是中医，母亲是护士，虽都已退休，但都是懂科学的人，他们的医院里就有整形外科，早就该见怪不怪了，秦梦媞相信，他们肯定能坦然面对，甚至欣然接受。

她在心里做足了功课，就业形势和王晴的榜样都将是她的论据。她在家的前半程一如往常，无非是围桌吃饭，收拾碗筷，拉拉家常，其乐融融，但后半程风向却悄然生变。秦梦媞看看双亲，父亲清癯挺拔，母亲矮胖，但都有一张不难看的脸。他们坐在沙发上看电视，秦梦媞捏着遥控器把音量调小了，小到听不清，只成了个背景。老人并未在意。父亲说："你妈嫌你吃得少，我看也是。你气色不好。"母亲说："你身材够好，不要减肥的。营养很重要。你随你爸，怎么吃也不会胖的。"墙上挂着早年的全家福，年轻时的父母，简直是人中龙凤。秦梦媞突然无名火起，她举起手机，用黑屏当镜子看看自己，平静地说："我不是气色不好，我是脸不好。我要去整容。"

为了郑重，这句话她半端着播音腔。吐字准确，发音清晰。父母的反应是惊诧，疑问和反对接踵而至，川流不息。秦梦媞索性丢弃修饰，轻装上阵了。还是用真嗓子舒服啊，小时候她就伶牙俐齿，只是在懂事后她的口才才被相貌压抑，这会儿触及关键问题，她的潜能被激发了。她时而言辞激烈，时而款款软语，时而抹泪沉默，但态度始终坚决如一。

你来我往无数个回合，母亲的态度率先起了变化。事实上，从一开始，她的态度就不那么激烈。她的反对其实是顺从，是护士对医生的服从，妻子对丈夫的附和。渐渐地，不知在哪里一转，两方对垒变成了三岔口，母亲的态度变得含混暧昧了，终于她轻声说："哎，女儿，你倒是早就该做了！"这是暂时冷场中的一句话，特别刺耳，母亲自觉失言，连忙又说："我是说，要做就应该早点做，高中毕业就做，那个假期多长。"这已经进入了操作层面，她试图用技术性的话给前面的话涂点粉霜，但为时已晚。"你早该做了！"

有这么说女儿的吗？太伤人了，剐心啊！但秦梦媞时刻没有忘记，她此行的目的是说服父母，所以她不能节外生枝，她必须忍，至少母亲的话表明了她的同意，对一个同意自己的人，不能再计较语气。秦梦媞皱着眉不说话，倒是父亲勃然大怒。他霍地站起，戟指母亲喝道："你这什么意思？有话你就直说，不要吞吞吐吐！"母亲板着脸不吱声。父亲简直像被伤到痛处，继续痛斥："说话不要遮遮掩掩，鬼鬼祟祟。有话就说，有屁就放！"母亲猛吸一口气，像要顶嘴，突然又泄了，紧闭双唇不出声，连眼睛都闭上了。秦梦媞冲父亲使劲摇摇手，阻止他说话。柔声道："我只是去整个容，在脸上修改一下。又不是整了就不是你们的女儿了。"母亲头垂在沙发背上，动也不动，鼻子哼一声。父亲说："我反正不同意。"秦梦媞耐心地继续道："爸，我这也是治病。我治的是丑。"父亲说："你丑吗？你不丑！我看还蛮漂亮！"秦梦媞苦笑道："那只是你的看法。说不定还言不由衷。"父亲说："你要治的是心病。"秦梦媞道："我就是治心病。不整容我的心病治不好。"父亲说："心病动刀没用的。心病还要心药治。这个我比你懂。"这绕来绕去，又绕到医学上来了，看似理性科学，其实问题无解。这样下去如何是个了局？秦梦媞已经忍无可忍，她抓起电视遥控器，瞎按着频道。一个个美女，全是美女，烦！她把遥控器往沙发上一扔，遥控器弹起老高，啪地掉到地上，摔成了两半，盖子掉下来了。她不去捡，站起身说："爸，妈，"她手指电视机，"如果这电视送到家里就是坏的，你会怎么办？"父母错愕，说不出话。秦梦媞去把遥控器捡起，慢慢按上后盖，柔声说："你们肯定要退掉。厂家肯定要返修。我，就相当于是个次品，我现在提出的，就是返修。我没有钱，手术费你们要支持。"她把遥控器往桌上一扔，开门走了。

父亲母亲瞪大了眼睛，面面相觑。他们听懂了：他们出产了残次品，用户现在提出返修，他们必须出钱。道理是通的，但这残次品是个人，是女儿啊，怎么听来都不是味儿。做父亲的看看老伴，做母亲的大怒，在沙发上挺直了身子，斥道："看我干啥？！她走了，你还不去看看！"

秦梦媞径直回了学校，也不接父母电话。第二天，五万块钱打到了她卡上。

她最后那一番话，真是蛮伤人的，当然也可以理解成效果特别好，因为钱毕竟是要到了。那句话完全在计划之外，也不知道怎么的，嘴一张就冲出去了。究其原因，还是她此前有过这个意识。具体说，就是那个"返修"意识。再深挖，这样的意识其实也不是她自己想起来的，是同学说起过类似的意思。她在向整容前辈王晴求教后，也曾听到过同学们的议论。总之，面对一张突然变美的脸，说什么的都有。其中一个天然美女，就曾得意扬扬地说："我不要整。嘿嘿。"她这嘿嘿一笑后面，自然跟着同学几句艳羡和赞美，她顺势继续自赞："我妈妈肚子就是整容医院，我整好了才出来的！"这话太牛 × 了，赞到根子里去了，直逼DNA，进入了细胞学水平。秦梦媞当时十分气愤，但无言以对。这话虽嚣张，四面带刀，但被伤害了的秦梦媞却显然记住了她这句话。正如伤口很难长平，却总是会凸起，秦梦媞被她的话伤到了，却越发坚定了整容的决心。不让整，她简直活不下去，她会去死。

这下她不要去死了。希望就在前面，她只需要暂时"死"一下，麻醉一下。正如此前所说，不美丽的人生"死"去几小时算得了什么？真死了也就是个一了百了！这是一种大无畏的精神，怀揣着这样的精神她去咨询交流，去敲定蓝图，去挨刀去恢复，一切都不在话下。因为钱充足，秦梦媞去了韩国，父母不放心，借旅游之名前去陪护。绷带拆下的那一刻，红，肿。终于恢复了，一家人查看新产品，检验"返修"的质量。父母看着她，她看着镜子。哈哈，镜子真是个伟大的发明啊！如果没有镜子，父母说好说丑，岂能当真？同学众说纷纭，你能相信？可镜子不会骗你。镜子里的秦梦媞似曾相识又大变其貌，改进了，美化了，精致了，有层次了。这么说吧，她现在的相貌，就是冰冰加上她的原貌除以二，冰冰一百分，她达到了50以上。所谓颜值，就是这么量化的。她虽还说不上完美，冰冰才完美，但突破50分，就基本可称漂亮了。漂亮的秦梦媞虽然还没有完全称心如意，但大可以直面人生了。

但现实似乎并没有她想象的那么顺心。她可以改相貌，但现实更在大踏步改变，就是说，就业形势越发严峻，她这个行当，找个称心如意的工作更加不易了。进入四年级，眼看着同学们有的签了大电视台的小主持，或者是小台的大主持，也有去电视台当出镜记者的，也有到电台的，五花八门，有高有低，找到工作的或喜气洋洋，或无奈接受。秦梦媞呢，高的里面没有她，低的她也不愿去。她明白，有一些同学并不对外泄露就业情况，其原因无非是岗位特别高级，高级得让人觉得神秘莫测，索性讳莫如深；另一些就可怜了，没人要，或者是要去的地方实在说不出口，譬如网络主播之类，就是在网络房间又唱又扭的那种，名声实在不大好，只能不提。这些工作林林总总，高低云泥，跟个人素质有点关系，跟各人的社会关系倒更有关系，跟相貌也不能说完全没有关系——如果没有关系，秦梦媞花的钱，吃的苦，岂不都白瞎了？那也太逆天理了，也太让人伤心了！她在脸上东描西画，在城里东跑西颠，最后她也找到工作了：到电台，签的是记者、编辑。但他们有允诺，说你这个条件，锻炼一下当主播希望很大。

“希望很大”，秦梦媞理解成允诺，实际上只是个展望。类似于驴子前面的水果，你一直走，可就是吃不到。她也真是一直在走啊，除了上下班，几乎每天都要外出，这个城市每天发生无数的新闻，她要去现场。她觉得在这个台，她永远只能在路上跑，跑，跑到退休，跑到老。这个台号称是城市交通广播电台，后来她发现，不是的，是号称，其实是一家区电台，用区电台的名目才能申请一个频段。如果不是上面有一次整顿，所有什么交通电台、文艺电台、新闻电台突然一齐停播三天，她这个小记者永远不可能知道真相。可知道了又能怎么样呢？薪水不高，但也可以养活自己，“高就”在哪里，她眼前茫茫看不到。有段时间，她一直期待一件事发生，她等待着那几个坐在直播位子上的女主播突然生病，台里求她火线顶班，可这几个女人虽然长相还不如现在的她，却人人拥有金刚不坏之身，连个感冒发烧都不来光顾。不生病，哪怕来个车祸呢？可等来等去，车祸也不肯出来帮忙。倒是秦梦媞自己，有一次出现场，倒被一辆骑反道的电瓶车撞了个正着，倒在地上号啕大哭。

不是真的那么疼。裙子摔破了，有点皮肉伤，并未伤筋动骨，可她不知怎么的，悲从中来，放声大哭。她刚才采访的是一家整形医院，就是她爸退休前那家医院的附属医院，一个女孩整形失败，做双眼皮，两只眼睛整成了大小眼，不得不始终保持睁只眼闭只眼的人生态度，就来医院闹。围观者众。秦梦媞采访时心有戚戚，百感交集，庆幸自己运气不差，在评点时她秉持了理性和客观，劝告听众整容有风险，选择要谨慎。不想刚通过手机与台里连过线，自己就挨了一撞，而且那人还跑了。脸没伤，手机摔坏了台里会补偿，但秦梦媞此刻已是万感交集，脑子里一团乱麻。但有个念头十分明确：不能再干了！她必须离开！没有高就，未必得就一定是低就。至少她的相貌化过妆后颇为上镜，她的声音依然出众。

可声音出众又有什么用呢？颜值也不过刚超过 50 分，即使加上窈窕的身姿，也就刚及格而已——必须说明一下，这个分数是秦梦媞的自评，难免过苛，客观地说，她整容后基本可称秀丽，但在这个美女如云的时代，相貌平庸这个帽子还是摘不掉。她出现场时使用的也是最平庸的装备：电动车加所谓直播连线的手机。手机摔坏了，车子还能骑，只是到处乱响，未到电台那栋破楼，还趴窝了。后来遇到个同事，管设备的黑潘，他正好外出，就把她捎上了。

汽车在前进，街景在移动。秦梦媞羞愤难当。此后的两年多，她注定就要这么一路羞愤下去。工作换过几个，但都做不长。最靠谱的，是一家国企的展览馆解说员，至少也算是发挥专长了。这是她目前的工作，身穿制服，薄施粉黛，手里捏个激光笔，领着来宾从进口入，出口出。展览馆蜿蜒如肠道，秦梦媞觉得自己每天都从食物变成了粪便。大量的时间也是闲着的，同伴们都在值班室看电视，秦梦媞能不看就不看。这也难怪，她每天就是那一套说辞，说得自己心里冷笑，可电视上，她的同学，整过容的王晴和那个天然美女，一个在省台，一个在卫视，人家国家大事尽在嘴中，城市新闻侃侃而谈，在普通人眼里，艳丽而凛然，都具有了某种权威性。当年，谁不知道谁啊？可是，现在谁还知道她秦梦媞呢？不过好消息也是有的，那就是王晴突然从电视上消失了！不见了！秦梦媞偷笑。可悄悄一打听，原来人家是生孩子去了，几个月后果然复职，还越发靓丽。天然美女不久也消失了，这次秦梦媞不再打听，可消息自会飞过来找她，这消息是：天然美女嫁人了，嫁了个老头。秦梦媞还没来得及幸灾乐祸，消息的后半段又来了：人家嫁的人是个亿万富翁，才不到50岁。她们凭什么如此风光，如此顺遂？还不就凭脸！真要脱下来比，秦梦媞必胜。可问题是，总不能见人就脱衣吧？

秦梦媞舍得在衣装上花钱。钱不够，父母自愿不自愿地也支持不少。当然，更重要的还是脸。她换过的几份工作，最不济的是在商场当导购，现在能做解说员，已算是止跌回升，可离她的理想还相差甚远。换工作有什么用？如果能像聊斋里那样，能换头多好。摘下旧头，抬腿一脚，滚——可天下哪有这等好事呢？她只能继续在旧貌上修补，又去过一次韩国。她愿意彻底翻新，推倒重来，她情愿吃这个苦花这个钱，可医生跟她说：治大国如烹小鲜——这句话他说的是汉语——他说这个急不得，病人必须懂得手术的局限性，这是一；第二，她必须处于一个良好的心理状态下才能手术，任何操之过急或期望过高都不适宜动大手术。一席话说得秦梦媞无计可施。他拿腔拿调的那句汉语，没有增强说服力，倒让秦梦媞心生狐疑，怀疑他是同胞冒充的，让他大动干戈怎能放心？结果是，她只做了一次微整，顺便对以前做过的地方做了适当保养更新。

自从她整容，家里的气氛就变了，有点诡异。当着女儿，父母之间的争吵十分节制，他们之间有多少追忆、埋怨和后悔，悉数屏蔽着女儿。这第二次去韩国，临行前的劝阻照例失败，天要下雨娘要嫁人，女儿要整容，只能随她去。母亲抓着她的手，还曾试图做最后的努力，她夸张地端详着女儿，上一眼下一眼，左一眼右一眼，啧啧赞道："你这么好看了，漂亮啊，何必再去受那个二茬罪？"秦梦媞说："我不觉得我漂亮。如果效果不好，我还愿意去受三茬罪！"父亲道："真的比假的好。年轻比什么不好啊！"秦梦媞戗他道："年轻好，年轻有什么好！如果年轻不漂亮，我宁愿不年轻，"她看看母亲，"我宁愿像你现在这么老，再也没人计较你漂亮不漂亮。"父亲哑着嗓子问："你就这么讨厌你自己吗？"秦梦媞叫道："讨厌！我什么都讨厌！"她没有说出更难听的来，但她射过来的眼神，明确宣布她厌恶她的父母。

说话间她父亲接到一个电话。是卖血糖仪的。网络推销。对方那女的语气亲热，一口一个叔叔，声音如莺歌燕鸣，一听就受过训练，秦梦媞立即就产生专业性的耳熟。待父亲放下电话，她冷笑道："这是我的一个同学，我听出来了。长得丑，就只能干这个。"父母语塞。他们只能用不再陪她去韩国，表明自己的态度。自从女儿毕业工作了，他们更在意的是她的婚事。可她还要继续在脸上动手脚，让他们连催婚都很少能下嘴。

到机场接送都是那个黑潘的事。他积极主动，秦梦媞也就顺水推舟。黑潘长得黑胖，姓潘，因此得名。本来整容这么私密的事，不该让那黑潘介入，但秦梦媞掂量过，自己对他具有压倒性的优势，也就顺其自然。公允地说，那黑潘当时还不那么胖，说是魁梧也可以。哪承想，他结婚后竟吹气似的又肥了一圈，人家放大一圈还能把黑色素撑稀一点，白一点，他可好，更加黑，头上脸上起油光。大概是顶上脂肪外溢，把头发顶掉了一小半。秦梦媞以前哪能想到会跟这个人结婚呢？她是经常坐他的车，第一次是她采访摔伤后搭他的顺风车，哪里想到这车开啊开的，一直开到她家楼下，把她直接到婚礼上去了。开到婚礼现场前的某一天，他先载着她开到了宾馆，把她弄上了床。第二次从韩国回来后，父母的催婚更频繁，像是生怕这个相貌平庸的女儿窝在手上，剩在家里。她不得不穿梭相亲。这正如找工作，她挑人家，人家也挑她。她见了觉得恶心的倒还继续来电话，稍微顺眼心动的，一律没有下文。她终于受够了，大哭一场，大醉一场，买单时钱包又被偷了，于是黑潘赶来结账，然后就到宾馆去了。

没料到黑潘原来还粗鲁。胖猪终于露出了獠牙，是野猪。最大的特点是嘴狠，不饶人，优点是他一般不打人。急了才打。问题是秦梦媞本身就伶牙俐齿，胸中常年有不平之气，如此一来挨打就是难免的了。黑潘手很巧，精通各类电器结构，哪里是要害，哪里无关大局，他清楚得很。他动起手来也很有数，就秦梦媞这个击打对象而言，脸上是动不得的，人工装置，比较娇贵，太容易打歪打坏，除非他要把这张脸弄得一塌糊涂，他决不朝那里动一指头。打人不打脸，这一点他恪守，但伤人不伤心这句话，他才不管。他不打脸，那是为他自己。脸打坏了，只要这女人还是他老婆，他肯定要出钱去修。秦梦媞总结出他拳头的套路，有时故意把自己的脸当盾牌使，快速用脸凑上去，抵挡他的拳头。他立即收手，拳头绕行，动作十分夸张，这种夸张本身就是一种强调，一种侮辱，说的是你这假脸咱动不起。在动手前的动嘴阶段，秦梦媞曾威胁他："你再这样我就不客气了！"黑潘说："不客气就不客气，有什么了不起！"他嘿嘿冷笑，"大不了你卸妆了吓我。"这猪头，这是一刀毙命啊！

还又懒，不思进取。因为老电台员工有事业编制，他打定主意，混吃长胖等死。他何时死，秦梦媞并不在乎，但这个胖她实在承受不起——是承受，这个词没有用错。难以避免硬着头皮的夫妻房事，她不得不硬着肚皮，硬着身体的所有肌肉，否则两百斤的肉压下来，谁吃得消？这两百斤还不是纯肉，是带骨猪肉，胳膊又没劲，这就是个时刻置别人于危险之中的局面。好吧，这个就不说了，换换体位也可以，问题是一寸膘一寸短，再这么胖下去，他那东西怕就永远只能在肥肉里藏拙了。

秦梦媞心里苦。有苦无处说，只能选择性地跟父母诉诉苦。命不好，生下来就落实在脸上了。黑潘的私生活她懒得管，想来他也没那个本钱。但她自己又有多少本钱呢？年龄渐大，女儿也生出来了，就她这副长相，有了外心也难得有个称心如意的外遇。她有行动，但露水姻缘，一夜情不难，两夜也有过，这大概还借助了她丰美的身体，可三夜四夜乃至长久，事实已证明很难。她现在懂得骑驴找马了，当年她一气之下辞职，没有先找下家，就吃了不少苦，现在她决定暂时在婚姻里待着，至少下次整容的钱，黑潘有义务分担。

女儿是不期而至的。与她的奢望相反，与科学原理相符，女儿不好看，简直难看。

秦梦媞的一夫一女，丈夫黑丑，女儿嫩丑，这就是现状。都说女大十八变，但据她的经验，女儿变美的可能性几乎为零。回想一个丑女孩的郁闷痛苦，想到一个丑女人的人生艰难，秦梦媞心中哀痛，难以自拔。她听说过隔代遗传，就是说祖辈可能把基因隔一代遗传到孙辈身上，她父母年轻时堪称英俊美丽，跳过她也就算了，如果能让女儿得益，也算是优质遗产。但遗产没有，全是债务。黑潘又太丑。女儿就是个小黑胖子，连胃口都和他一样大，活脱脱是黑潘的缩小版。这简直令人绝望。

没结婚前，她曾经在心里埋怨父母做事潦草，敷衍了事，结果生出她这么个丑女儿。等她自己生女儿了，她才知道这事不那么简单。黑潘虽懒，倒还疼女儿，有时被她抱怨得烦了，说："你这么嫌她，有本事你把她塞回去！"这话还罢了，后面的就粗俗了，"知道你这样，我当时还不如把她射到墙上去！"秦梦媞冷笑："你有那个本事吗？你哑火，打出来的也是臭子儿！"近墨者黑，跟着黑潘她的话也越来越狠，越来越黑。父母没有把美丽传给她，她和黑潘倒一股脑地把丑陋加到女儿身上，这真是命。秦梦媞一贯不认命。就在这时，她接到了一个电话，是国际电话，韩国那个医院打来的。他们说现在技术有了进步，他们又引进了一个真正顶级的主刀，她期望的根本性的改观，现在可以实施了。

她稍作犹豫。所费不赀是个问题，但家庭开支就是个塑身内衣，该挤的挤挤，该凸的就能凸。她决定最后一次对自己大动干戈，削骨。将大脸变小，下巴削尖，把颧骨磨平。所谓削尖脑袋，说的就是这个了。说一点不怕，那是假装的，但单位的某种态势强化了她的决心。展览馆隶属大型国企，但她一直是个合同制身份，前不久领导放出话来，明年要提拔一个展览馆副馆长，当了副馆长，就有可能转成事业编——这一步，天壤之别啊。好几个姑娘已经往上贴了。她们的姿色不在秦梦媞之下，即使她整过两次容，也只能打个平手。她的优势是身材好，呻吟好——不不，打错字了，是声音好。不过呻吟好也说得通，但这个"好"要到关键时候才能展示；可恨现在正值深秋入冬，哪怕你甘愿感冒发烧乃至肺炎，好身材也难以尽情施放。最好的手段无疑还是整容，据说有希望达到冰冰的七成乃至八成。据她研究体察，男人大多迟疑跟"假女人"结婚，但他们决不介意跟"假女人"露水。领导知道她秦梦媞去整了容，说不定还特别感动呢！想到这里，秦梦媞浑身充满了力量，手术需要请假的难题也迎刃而解了。跟领导直说呗。

剩下的事就是告知家人。父母若能分担经费更好，不分担也拉倒。秦梦媞觉得黑潘没理由反对。她当然不能明说她整容是为了讨好领导，但其实对黑潘最具压倒性的理由还正与此相关：如果黑潘的家里有背景，副馆长那就是手到拈来；哪怕他父亲只是一个不那么大的官，正好掌握着提拔权，一切不也水到渠成？手握提拔权的公公，总不会给儿子戴绿帽子吧？所以问题还是出在黑潘自己身上，他根本没资格反对。

可黑胖还就反对了。反对无效，他就去岳父家提告。父母一个电话接一个电话，把女儿一家催去了。父母弄了一大桌菜，因为那天据说是她生日——这话有点怪怪的，生日为什么要“据说”？可秦梦媞就是这么看待这一天的。一个人何时出生，她完全不知道，还不是听父母说？就是个“据说”。小时候父母带她去北京故宫玩，在“钟表馆”，琳琅满目的钟，时间却看不懂。墙上有介绍，她字认不全，父亲告诉她，什么是一天十二个时辰，什么是午时三刻。她就是午时三刻生的，相当于现在的十二点四十五分。她母亲对丈夫掉书袋很不耐烦，说记得哪一天就行了，午时三刻，嘁！对母亲这一“嘁”，秦梦媞长大后才明白了是什么意思，原来午时三刻是古时候杀人的时刻。这个她不在乎。自从懂得对自己的长相不满，她对生日就很轻慢。

家里的房子在老小区，车要停在一站开外再步行回去。街上很乱，小贩穿梭，一家挨一家的店面都在促销，“亲爱的市民朋友们，为了搞活市场盘活资金，本店大促销，让利于民，外贸产品，一律五折！走过路过不能错过……”这种专业性的播音腔，打了岂止五折啊？秦梦媞心中焦躁，拉着女儿的手，快步往前走。她家楼下站着一个推车的小贩，突然举起手里的喇叭，一阵音乐，然后一个女声扬声说：“酒酿！桂花酒酿！”秦梦媞小时候卖酒酿的还是小贩自己喊，土话难懂，她一直误以为是“九娘”“卖桂花九娘”，现在喇叭里，侃侃解说起酒酿的历史传说了。看出女儿馋，秦梦媞买了两个。正要上楼，母亲也端着碗下来了，她是买给秦梦媞吃的。秦梦媞阻止母亲再买，那小贩有点失望。他胡子拉碴，面容愁苦，一般来说，这正是教育女儿认真读书的好教材，但秦梦媞今天没有借题发挥。这些吆喝声对她的人生正是个讽刺。她已不再年少，再往下滑溜，有朝一日帮人家录这种声音，以此打打零工也不是完全不可能。她带来了一张照片，是韩国发过来的虚拟照，约等于几个冰冰的综合体。这本是说服家人的好材料，但除了女儿，家人们毫无兴趣，多看一眼都不肯。

这已经是亮出态度了。午饭后，吃生日蛋糕。女儿玩着切蛋糕的塑料刀叉，跑东跑西，其他人都坐下来，摆出了开会的架势，但谁都不愿意起头。女儿觉得奇怪，看看这个，看看那个。奶奶把她拉过去，擦掉她脸上的奶油。秦梦媞觉得，奶油不擦掉，女儿还喜气好看一些。父亲把秦梦媞的手拉过去，右手轻轻地搭在上面。“还好。”他端详一下女儿说，“我看你这次不要再去了，我不觉得‘她’这样就好看。”他说的“她”，当然是茶几上的虚拟照，“我们中医讲究望闻问切，‘她’这种脸，我什么也望不出。”

黑潘忍不住插话说：“假的嘛！皮笑肉不笑，”他光说这一句也就罢了，可说得嘴滑，又接一句，“硬笑也是笑里藏刀。”秦梦媞脸黑下来了，黑潘继续说：“笑里藏了手术刀。”

秦梦媞忍住。忍字头上一把刀，她不发作。女儿好奇了，使劲挤出个笑脸说：“笑里怎么藏个刀呢？”她摸着自己的脸问，“刀在哪里啊？”奶奶连忙笑道：“你爸爸说的不是你，是‘她’。”女儿跑去摸那张照片。黑潘说：“那是假的。”秦梦媞冷笑道：“是，‘她’是假的，我们都假，只有你是真的。你丑是真的！”

黑潘霍地站起，差点开骂。他讪讪地去抱起女儿：“我们到楼下玩。”女儿在他肩头问：“爷爷，什么是整容？”黑潘说：“整容就是用刀子在脸上划！”女儿吓得一怔，手里的塑料刀掉在地上。黑潘抬脚把刀踢开，扛着女儿出去了。

提前离开的人，常常是现成的话题。秦梦媞说：“你们看看，这是什么男人！百里挑一！”母亲说：“你自己找的。漂亮也不能当饭吃。”秦梦媞顶道：“可我看着他吃不下饭。”这其实又跑题了。他们只在虚拟的“她”和黑潘身上打转，一直避闪着真正的标的。秦梦媞决定敞开心扉，不再绕弯。她滔滔不绝，侃侃而论。她不再说服，只是在倾诉。准确地说她是在陈述。父母偶尔反击一句，立即被她的话语覆盖。她的幽怨，哀伤和不甘，依附强大的逻辑，滚滚而下，无可阻挡，父母如立湍流，摇摇欲倒——即使他们还没有瘫倒，但坐在沙发上也早已直不起腰，抬不起头。秦梦媞刚说过丈夫，又说起女儿，她说她的女儿难看，丑，这她没有办法，她唯有自责，满心内疚。她如果早一点懂事，早一点去整容，她的女儿一定要漂亮得多，绝对不会这么丑——她举手阻止父母的反驳，说自己脑子没有乱——她说她如果早一点下决心，早一点完成修整，变得花容月貌，一定会有无数俊男帅哥前来求亲，她一定会帅中选优，选一个优质的男人成婚，绝不可能落在一个猪头的手心。虽然整出的美貌不能遗传，但俊朗的父亲生不出猪头的女儿——父亲浑身一震，张口结舌，秦梦媞不予理会，继续道：女儿这么丑，她这做妈的看在眼里疼在心上，女儿今后必然也要整容，否则她如何成家，如何立业？想起自己一路走来的辛酸坎坷，她椎心泣血，痛不欲生。女儿的整容要早，一等发育定型了就要做，不能偷懒怕疼，不能怕花钱，这种成本比什么都值！女儿找到漂亮的男人，他们的血脉才能改良，后代才能变得漂亮——秦梦媞捏起那张虚拟照，挡在自己脸上，轻声说：我就再做一次，最后一次。我将会变成这样。

正午的阳光射进窗户，落在她脸部，呈一片漫射的白光。此时大概是午时三刻，三十二年前的此刻她降临人世，秦梦媞看看桌上狼藉的生日蛋糕，坚定地说：“我要新生。”这话说出来，顿时觉得轻松。母亲看着她，满脸惊骇。父亲蔫头耷脑，肩膀随着呼吸一耸一缩的。母亲突然一声惊呼，跑过去晃晃丈夫的脑袋：“你怎么啦？怎么啦？”父亲抬起头，色如死灰，但是他说：“我有数。没有事。”秦梦媞心里掠过一丝后悔，她不该回来的。她又不是赴死，人家自杀都不要父母同意的，她何必回来多此一举？母亲脸色也难看。秦梦媞道：“爸你还是老中医哩，也没见你和妈身体有多好。”这话是为了表达关心，但话还是有点硬，于是笑道，“爸，你们自己可得多保重。你如果不寿比南山，我可要笑话你是电线杆子上瞎贴的老中医啰。”她调皮地伸伸舌头。母亲的目光像刀子一样划过，说：“我们保重。你该走了。”

一个多月后，还是在这里，父母家的客厅，秦梦媞面对母亲。她脸上，手术后的肿胀尚未消退，暂时还看不出日后的姿容。母亲说：“现在，有件事，我必须告诉你了。”秦梦媞疑惑，侧耳倾听。

“你并不是我亲生的。”秦梦媞浑身一震。母亲说：“你不是我亲生的，你爸却是你的亲生父亲。我不能生育，可我们又那么喜欢孩子，你爸和我商量了，去医院抱一个孩子。”秦梦媞瞪大了眼睛，眼角欲裂，她疼得抽一口凉气。母亲说：“后来我知道了，他和别人生了你。而且，我知道了那个女人是谁。”秦梦媞说：“妈你胡说！你骗我！”秦梦媞想从母亲脸上看出哪怕一丝伪装，可母亲面无表情。她听见身后，父亲说：“她没骗你。”她倏然转身，父亲的照片挂在墙上，围着黑纱，他淡然微笑，亲切地看着自己。

母亲侧脸看看墙上的丈夫，说：“你的母亲已经死了。得病死的。那时候你小，现在可以告诉你了。”她艰难地站起身，对着墙上的照片说：“你叮嘱我告诉她。我现在说完了。”她背对秦梦媞说：“你说你爸是电线杆上的老中医，你说中了，他挂起来了。”

秦梦媞呆立。欲哭无泪，这倒无意中符合了医生的医嘱：不能流泪。她亲生父亲走了，生身母亲也早已不在，所有那些她曾厌憎的基因已经失了来路。她一时不知身在何处。“你说你爸还是没有说准，他不是挂到电线杆上，他是挂墙上了。”母亲在边上说，“相信你说你自己，能说得更准；相信你对自己的预期，都能实现。”母亲直愣愣地注视她，脸上泛出凛冽怪异的笑意，“但愿你心想事成。”

小　姐　妹

黄咏梅[1]

至少，跟在左丽娟的身后，顾智慧再不会遇到迎面来人的时候，总是拿不准该朝左还是朝右偏，不需要摇摆几个回合才能跟人顺利通过。左丽娟对她说，你只当自己上崂山学会了穿墙术，快走，直穿，警察都会给你让路。这是左丽娟的说话方式，顾智慧习惯了就不会笑。很多时候，左丽娟总像生活在自己的梦里，渐渐地，两个人越走越近，顾智慧觉得也要被左丽娟拉进梦里了。

算起来她们认识快半个世纪。结婚前，一起在地区招待所工作，住在同一个宿舍，结婚后，大概中间隔了个三四十年的光景，彼此联系稀疏，各忙各家，偶尔在菜市场遇见了，寒暄几句，或者在树荫下交流一些实用的生活小资讯。重新走近起来，也就是这两年的事情。

“喏，这是我小姐妹。”左丽娟第一次带顾智慧去喜悦茶楼，对推着艇仔粥车的服务员说。于是，小姐妹顾智慧的那份粥面上，多铺了几段剪短的油条。左丽娟在喜悦茶楼是很有面子的。退休以后，她每天早上都来这里“上班”，一盅茶两件点心，在临靠西江的那个窗边圆桌，太阳就像左丽娟的指

① **黄咏梅**　女，出生于广西梧州，现居杭州。在《人民文学》《花城》《钟山》《收获》《十月》等杂志发表小说，多篇被《小说月报》《小说选刊》等转载并收入多种选本。出版小说《隐身登录》《少爷威威》《后视镜》《走甜》等。曾获“《十月》文学奖”、“《钟山》文学奖”、“林斤澜优秀短篇小说家奖”、“汪曾祺文学奖”、第七届鲁迅文学奖等。小说多次进入中国小说学会年度排行榜。

定服务员，一挨到桌布，就把她吃过的杯盏给收掉。左丽娟下楼的时候，跟来午饭谈生意的三两顾客擦肩而过，她脸上露出的笑容，就像刚谈完了一笔大生意，扬长而去，而这些人仿佛已经错过了什么。

顾智慧对这种笑容感到特别陌生。事实上，左丽娟向别人介绍自己是小姐妹的时候，她也觉得别扭，她六十四岁，左丽娟虚长三岁，跟那些手牵手逛街的年轻女人不一样。更重要的是，那时候她们还没那么亲密。左丽娟告诉她，对她印象最深的，就是一个热辣辣的中午，她们在灯光球场边偶遇，顾智慧胸前一大摊湿，急急忙忙赶回家喂奶。这个记忆跟现在相隔三十六年，那个嗷嗷待哺的儿子已经开始哺育自己的儿子了。而对左丽娟呢，顾智慧却记得要更早，在招待所整理蚊帐，左丽娟双手一抬，衬衫下露出一小截白腰，正中间一粒肚脐，像一只正在微笑的酒窝。而这记忆离现在已经四十多年之久远。不过，这些记忆正好像各自的养老金，一点一点取出来用，她们临老做伴，也能相互信任。

她们终日无所事事，从茶楼出来，就在骑楼城晃晃，消消食。最终都要坐在北山脚那条小岔路的阶梯上歇歇。

“我跟你说啊，这棵木棉是我家的，刘同志种的，现在都比他的腰粗了。”左丽娟指着阶梯尽头那棵树，表情就像一个业主指着自己气派的公寓。

木棉树不高，树干却粗壮。她这么一说，顾智慧就想起了刘同志的样子，那个部队转业到肉联厂工作的司机。出嫁之前，令左丽娟最犹豫的就是他胖墩墩的身材，顾智慧为此劝过她好一阵。那个年代，人好工作好就值得嫁。再说，她们两个都长相平凡，再从外表上挑人，就贪心了。如果时光倒流，允许她们贪心一点，估计她们最想要的是挑个健康的丈夫，这样也不至于两个老太婆坐在这棵木棉树下，翻来覆去扯陈芝麻烂谷子的往事，而多半都会讲到各自早早死去了的丈夫。

“你听说过没有，社会病，真好听，那个骗子！”顾智慧说起这种病，还会愤愤不平，仿佛发病就在昨天。即使左丽娟怎样开怀大笑，她都不会那么快释然。当年终日咳嗽的廖崇文对顾智慧说，自己得的是社会病，很多人都有，不打紧。在那个年代，“社会”这个词一旦落在某件事情前面，性质就不一样了，代表着一种集体责任感，是光荣的，顾智慧怎么会因为廖崇文的“社会病”嫌弃他呢？那太没有责任感了，她甚至还愚蠢地认为这是一种光荣的病。

事实上就是肺结核病。之所以被称为“社会病”，大概因为那时国家刚刚攻克了肺结核的治疗难关，得到了极广泛的重视和宣扬。这种“光荣”的“社会病”，一直消耗着廖崇文的体质，病病歪歪一辈子，勉强给顾智慧带来一个儿子，五十岁刚过一点，廖崇文抱着他的“社会病”光荣地再见了。“那个骗子”，顾智慧总是这么开始回忆的。令她更生气的，是“那个骗子”给她留下个没用的儿子，赚不到钱，结婚生子后依旧住在她家里，又是个老婆奴，媳妇的那个架势，迟早是要把顾智慧挤出自己的家。这个苗头不是没有，跟左丽娟在一起久了，她越发不想回家，生气的时候会捡几件换洗衣服，住到左丽娟家里去，就像回娘家般理直气壮。

“刘同志死的时候，我才见到他瘦下来的样子，更加不好看。”跟顾智慧不同，左丽娟不生气也不悲伤，对眼下这些越发难消磨的日子她似乎看不见，她兴致勃勃地吃饭穿衣，脸是六十岁的脸，但衣着却一点不输那些每天上班的女人，就算出门买根葱，都要花上十分钟搭配衣服，好像街上的人都是一面镜子，一不留神能照见自己的邋遢。

坐在木棉树下，左丽娟教顾智慧用两只手拍打大腿两侧的胆经。她有很多这样的养生常识。“拍打这个穴位，人就会舒服起来，高兴起来。”

顾智慧一肚子的牢骚和忧愁，她高兴不起来，每天回家面对媳妇的臭脸和儿子的无能，是她逃避不了的现实。

“左丽娟，我现在一点不怕死。”她们习惯喊对方名字。

“这种事情，怕得来的？”

“听很多人说，人死之前，会看见过去的一些事情，真真的。”

左丽娟转过头去，看顾智慧一脸认真，就嘲笑她：“说这些话的人又没死过，他们怎么知道？鬼信。”

顾智慧低下头想想，似乎也觉得有道理。

“光看看又有什么用？到我死之前，就把过去的东西重新叫回身边。”左丽娟那样子，像在菜市场跟鱼贩子讨价还价。

讲讲生，讲讲死，两个人然后在刘同志那棵木棉树下分手。

木棉树算是马王街的一个地标。倒不是它有多夺目，仅仅因为它是马王街的尽头。坐上出租车去马王街的人，都会说，开到北山脚那棵木棉树下。没有这句话，司机会拖延着发动机，他们才不愿把车开进这条窄巷子里，稍不留神，就会撞散某户人家积攒在门口齐人高的快递纸箱，倒霉的话，还会压伤某只脏兮兮的小狗，这个时候，即使是一只吃百家饭的狗，也会冒出个人来替它出头，要求赔偿医药费。如果乘客不懂得交代这句话，司机就会声明——只能开到那棵木棉树的，上不上？

左丽娟的老房子，就在离木棉树不到五十米的地方，算起来也是马王街的尽头了。窄长的两层楼，红砖墙，每层楼带一个小阳台，不是原配，是后来木头加装的。在马王街，这样的房子已经不多，多数是20世纪八九十年代那种走楼梯小高层，铺着石米颗粒的外墙。除了打车进来的人，从木棉树下车会经过左丽娟的房子，步行进来的人，多数选择从大东路口拐进来。大东路是通往新城区的一条干道，亮堂、热闹，沿街商铺都放着最新流行的音乐。也许沾着点现代气息回到这里，他们才不至于觉得生活在马王街是被遗弃。

左丽娟也不走捷径，穿过整条马王街施施然走出大东路。几十年下来，这里的人都知根知底。他们会对着她的背影议论，但谈资往往稀缺。只知道左丽娟一儿一女，都不在本地。多年前女儿出嫁的时候轰动过一阵。十几辆娶亲车强行从大东路钻进来，一直开到左丽娟家门口，新娘子上车后，左丽娟命令他们原路返回。因为路窄，车子没法掉头，是用车屁股退出去的，人们站在自家门口指挥着倒车，大呼小叫，进进退退，那阵势不像娶亲，倒像是将一个庞然大物抬出马王街。路面上看热闹和帮助指挥倒车的人，最后一律都得到一个一百元的红包。因为这些广东牌照的车和红包，人们认为左丽娟女儿嫁的是个广东黑社会，花的都是黑钱。这个说法不是没来由，左丽娟总是跟那些想要欺负她或者小看她的人说，我有的是钱，我儿子在澳门开几个赌场。那些人就将信将疑地跑了。

顾智慧没见过那一儿一女，偶尔能从左丽娟的嘴里听说。比方说，在服装商场跟人砍价，砍得伤人自尊了，人家很不客气地将裙子夺回来，并送上一句：“这个价格，连步行街地摊上都买不到。”左丽娟就会很精明地说：“这种料子不值这个价。我是很懂行的，我女儿在广东做服装生意，每年交几千万的税。”或者在超市，拿着条形码跟收银员要讲价，后边排队的人等烦了，嫌弃地说：“没钱就去街边士多店买，别在这里挡路。”左丽娟就会摆出一副财大气粗的样子告诉对方：“我有的是钱，我儿子在澳门开几个赌场。”这些话，也不管人家相信不相信，她讲得认真。

端午节那天，喜悦茶楼早早就挤满了人，他们一多半是坐在这里，开壶茶，等着看西江上的龙舟比赛。左丽娟临窗的那个老位置，茶位费翻了五倍，成了贵宾席。左丽娟不在乎，依旧带着顾智慧早早就坐在那里。她今天倒是很应景，没穿连衣裙，一身运动打扮，白色T恤和露出小腿肚的紧身黑裤子，平时盘起的头发也扎成了高高的马尾。这打扮跟她满脸的皱纹是不相称的。穿过人挨人的桌子到点心区拿马蹄糕的时候，顾智慧看着她的背影，不期然地又想起“那个骗子”来，她从来没有穿过这么白的T恤，她从来没有那么精神抖擞过，仿佛早早就被传染到了那种该死的“社会病”。

她们不断会遇到各自认识的人，一般就简单打个招呼。左丽娟不是那种遇见石头都要说几句话的人，更不会在人面前诉说家事和病痛以获取对方的共鸣。可是这些老人们遇见了，不说这些基本没话好讲。

顾智慧意外地看到了吕教授。从楼梯上来之后，一直朝大堂里看，不像是找人，而是找空位置。他没往窗边看，事实上，一目了然，那里不可能再有空位置。顾智慧倒是一直看着他，犹豫着是否要喊他。看起来，吕教授对这个嘈杂的环境不适应，没一会儿就想放弃，转身打道回府。顾智慧站起来，朝他边喊边挥手。吕教授依旧没看到她，转身朝楼梯走去。

“把他拉过来坐。”左丽娟在一边看得着急。

圆桌上便多了一杯茶，一副碗碟，几笼新叫的烧卖和虾饺。穿着格子衬衫的吕教授斯斯文文地坐在她们面前。左丽娟大大方方盯着他看，东问西问，又说：“我这个小姐妹啊，心特别好，一辈子为了家庭，到现在还是奉献。”就好像他们的相识早于顾智慧一样。

吕教授笑吟吟，一直点头。他和顾智慧其实没那么熟，属于见面打个招呼的关系。顾智慧不断为吕教授添茶，往他的碟子放一只只虾饺，说还没好好谢他当年给儿子辅导作文。吕教授对这件事一点都想不起来了。

吕教授跟顾智慧住在一个片区，几十年街坊，退休前是师范学院的老师，算是那个片区学问最高的人物了。人们虽然不太能理解他教的是什么，但是家里的小孩子遇到难题，无论文理，都想着去找他，是否解答得了他们也不太有数，好在他态度好，有求必应，属于德高于艺的那种人。就算再粗鲁的人，路上看到吕教授慢吞吞地迎面走来，也会放轻了脚步，恭敬地喊一声吕教授。吕教授走路不快，据说是因为一辈子教书，站久了，双腿的脉管暴突，走快了会发炎。就连吕教授这种病也得到人们的尊敬，倘若看到他家门口被不知道什么人丢了些乱七八糟的啤酒瓶子、西瓜皮之类的，路过的人会自觉将它们收走，生怕这些东西绊倒吕教授。顾智慧说，吕教授就应该得到好好的照顾。事实上，吕教授跟陈师母恩爱一辈子，七十多岁每天散步还手挽着手，当然，也不排除是腿的缘故，陈师母充当了手杖，因为两年前陈师母先走一步，一夜之间，人们看到路上的吕教授手上拄着一根白手杖，走得更慢了。

“吕教授，早就听说你学问高，我有两个孩子，儿子考上清华，女儿考上北大，是不是也很厉害？”

吕教授反应得有一点慢，就像他走路一样。他慢慢地展开了吃惊的笑容，又慢慢地朝左丽娟竖起了一只大拇指，觉得一只还不够，又竖起了另外一只。“那是太厉害了，不是一般的厉害，你真了不起！”

这句话让顾智慧好歹松了一口气，要不是壶里的水刚加满，她都站起来想拿水壶去灌开水了。

“不是我了不起，是我那两个孩子从小都争气，那时候我们都上班，哪里有工夫管的，全靠他们自己努力。”左丽娟欣慰又自豪，笑起来就像真有其事。

“那是的，孩子有出息，全靠自己，家长和老师其实帮不上什么。”当了一辈子老师，吕教授倒是谦和地认同这个观点。

得到吕教授的认同，左丽娟笑得眉毛高挑。顾智慧却如坐针毡，她宁可听到左丽娟讲他儿子在澳门开赌场那样的话。

好在这时候江面上传来了隐约的锣鼓声，远远地，就看到几条龙舟，蜈蚣一样脚密密地朝这边划过来。

“到了，到了。”顾智慧第一时间喊了起来。

茶楼里开始沸腾起来，人们都朝窗边涌过来。

左丽娟比任何人都兴奋，她站了起来，早早就开始朝窗外挥手，“加油，加油，加油，加油……”

顾智慧每次将视线从窗外收回来，都能看到左丽娟那件白T恤下露出一颗肚脐，跟从前不一样，它皱巴巴地深陷在里边，就像一个愈合经年的伤疤。

事后顾智慧问左丽娟，要是被吕教授当场揭穿了怎么办？

左丽娟坦然地说：“怎么可能，他又不认识我孩子。”

在这个小城，考上清华北大的孩子屈指可数，就连他们的父母都家喻户晓，吕教授怎么可能不知道？

“我真的梦到过好多次，儿子考上了清华，女儿考上了北大，我记得清清楚楚。”

顾智慧觉得左丽娟连梦话都讲出来了。“我也梦到过无数次，儿子媳妇搬到半山一品的别墅去了，醒来就听到那女人在隔壁骂我儿子的声音。”

不过左丽娟对吕教授撒谎，顾智慧并不生气，反觉得高兴，她认定吕教授就像电视剧里那种心地好、讲礼貌的老派绅士。晚上，她还高兴得做起了梦来，梦见吕教授拄着白手杖，穿着白天那件格子衬衫，跟她妈说："我想娶你的女儿。"她妈不同意，板着脸："你那么老，不行，死都不行。"吕教授又苦苦哀求，转云抓顾智慧的手，顾智慧被她妈硬拽走了。醒过来，顾智慧的眼前还能看到苦苦哀求的吕教授。她在床上赖了很久才肯起床。

"你说荒不荒唐，在梦里，吕教授是昨天那么老，我还是个姑娘，没出嫁之前那个样子，我妈也是那个时候的样子。"顾智慧跑去跟左丽娟说这个梦的时候，脸都发烫。

"在梦里，有什么不能想的？吕教授人真是不错的。"左丽娟不时调戏顾智慧，反复说一定要帮她约吕教授。

果然，左丽娟又约吕教授到喜悦茶楼喝了几次茶。吕教授虽然话不多，但是一个很好的倾听者，她们并不会因为吕教授而感到不自在，拉拉杂杂，也不避讳讲各自死去的老伴，自然，孩子的话题是没再提起过了。

立秋那天，左丽娟说请吕教授贴贴秋膘，吃午饭。几个小菜，一大锅腊味煲仔饭，三个勺子在煲底挖汁液浓郁的锅巴吃，就像一家人一样。吃得差不多，左丽娟忽然说要到楼下的益佳超市买东西。趁左丽娟下楼的时候，吕教授终于抢到了买单权，心情松快地喝起了茶。

顾智慧看着小口小口喝茶的吕教授，又想起自己那个荒唐的梦，她在心里暗笑，如果那个梦里，吕教授拉的是对面这个老太婆的手，她妈必定会一千一万个同意。

过了一阵子，左丽娟就回来了，手上拎了一个鼓鼓囊囊的大袋子。还没坐稳，她就从袋子里掏出一包东西扔到桌面。

"顾智慧，给你买了两包，促销便宜，反正你每月都要用的。"

一包卫生巾，粉红色的塑料包装，端端正正地摆在吕教授眼前。

顾智慧被这包粉红的卫生巾吓坏了，一句话都接不上。吕教授的反应倒比谁都快，他不动声色，站了起来，脚步还没开始迈，那根白手杖就已经笃笃地朝前点了几下。"我吃好了，二位慢聊，谢谢，谢谢。"他朝她们挥挥手就走了。

"我们谢你才是，今天你破费了，下次我来。"左丽娟自自然然地目送吕教授。

顾智慧盯着那包卫生巾，就想把它扔到江里去，但她连碰都不敢碰。

左丽娟大概是发神经了，或者一个人生活久了，捂出毛病了。顾智慧后来想，她肯定是故意的，但这应该不是某种阴谋，甚至也有可能是某种好意。可是，这比梦还荒唐的事情，左丽娟怎么能做得出来？她不知道最后左丽娟怎么处理这两包东西，促销的货品一律不能退换，但她无暇为她考虑那么多了。她对她生了很长一段时间闷气。而左丽娟对她的解释就是："还有六十多岁生孩子的呢，这有什么不能相信的？"

顾智慧完全不能接受这种骗人的方式，事实证明吕教授也接受不了，自那以后，他再也没有跟她们共度早茶，在路上偶尔遇见顾智慧，两人也只是默契地打个招呼，就好像过去那几次聊天只是在梦中发生的一样。

那件事之后，她们之间有点疏远，倒不完全因为生气，她们不是小年轻，恩怨这类东西通常只会变成反复挂在嘴边的牢骚，就像对于某种慢性病的倾诉。顾智慧的儿子患了急性阑尾炎，做完手术在家休养，顾智慧就没空了。接送孙子放学，煲汤烧饭，等到恢复正常，又临近春节，搞卫生，备年货，只抽空给左丽娟打个电话问候，相约年过好了再聚。毕竟她跟左丽娟不一样，她是个有家的人。

没等过完正月初三，顾智慧就接到左丽娟的电话，让她抽时间到她家，说是有事要拜托。顾智慧吃过晚饭就赶过马王街去了。还没走进那间红砖房子，就看到西侧那面墙上，一只大大的圆圈里围着一个"拆"字，跟旧城区很多老房子墙上的一样。她万万没想到，也就是几个月没来，这房子竟要被拆迁。

敲开左丽娟的门，顾智慧吃了一惊。满眼看去，屋子里的沙发、桌子、斗柜等大件家具，都用花花绿绿的旧被套、旧床单裹了起来。左丽娟从墙角搬张小竹椅给她坐。也没倒水，因为饮水机已经被塑料袋从上到下裹得严严实实的。

顾智慧以为左丽娟要搬家，没想到左丽娟是要回老家。橘子洲。她听左丽娟说过很多次，就是当年毛主席游泳的地方，她用湖南话给她背那首诗，听起来像唱歌一样好笑。

左丽娟告诉她，她农村老家的妹妹，生了一堆孩子，最后一个女儿最有出息，考上了北京一家民办大学，成为全家人改变命运的赌注。可是，一家人除了务农，就是在外边打工，每年一万八的学费，还有北京的生活费，一年六七万都拿不下来，压力实在太大。过年前，妹妹给左丽娟打电话，试探着问姐姐有没有落叶归根的想法。妹妹的意思很明白。左丽娟给顾智慧算了一下，要是回去住在妹妹家，每月从退休金里拿出三千付伙食费，帮补一下妹妹，自己还能存下个一千多，钱不会花光，生活上也有个照应。

“这房子，我放给中介了，估价能有个三十七万，不低于三十五万。”左丽娟要拜托顾智慧的事情就是有人看房的时候，让她来开开门。

即使左丽娟一向是个行动派，但这想法顾智慧之前一点都没听她提起过。

“房子卖了，以后不回来了？”顾智慧看看左丽娟，又看看那些即使被蒙起来依旧能想起它们的样子的家具，好像在这里住了几十年的人是她。

“回来就住宾馆呗，大东路那家环球宾馆我一次都没住过。”左丽娟说得轻松，顾智慧一点都轻松不起来。

左丽娟把钥匙交给顾智慧的时候，同时递给她一个盒子，说是送给她留念。听到留念这两个字，顾智慧鼻子一阵发酸，她终于接受了这个事实，她跟她的小姐妹左丽娟就要再见了，说不定以后也见不上了，谁知道呢，她们都是老人，每一次跟别人说再见都有可能是永别，这事一天天在她们身边发生得越来越多。

那只薄荷绿色的硬盒子上，画着一个金发贵妇人，披着一块好看的披肩，坐在窗前，窗外是一片花团锦簇的庭院，太阳在远远的山边，摆在贵妇人面前的小圆桌上，一只印着几朵薄荷绿色花朵的白色茶壶，一只站在薄荷绿色碟子上的白色小圆杯，一只斜斜插在杯子里的小勺子……这些画面上印的茶具，顾智慧打开盒子，掀开那层锦布，一只一只都看到了。

“女儿去英国度蜜月买给我的，她说英国贵妇人喜欢在下午四点喝茶。可能我们喝早茶的时候，那些外国佬还在睡懒觉。女儿说，其实外国佬都很懒。外国佬命真好。”左丽娟轻轻将茶具一只只拿出来给顾智慧看，又一只只地放回去。

“女儿知道你回老家？”

“女儿？”左丽娟缓慢地摇了摇头。沉默了许久，她走上二楼，下来的时候，手上多了一只相框。

顾智慧第一次见到了那一儿一女，站在左丽娟一左一右。应该不是最近的照片，中间那个笑眯眯的左丽娟，比现在看上去年轻个十岁的样子。从儿子的身上，顾智慧隐约能看到刘同志的影子，不过身材要高一些。

“这是女儿结婚前，我们在北山上照的，几年后，女儿就没了。”

对于左丽娟这一儿一女，顾智慧不是没有做过相应的联想，也努力从左丽娟的谎话里寻找过一些蛛丝马迹，但真相令她始料不及。对于她们这个年纪的人来说，逐渐只认定从老到死的顺序，因为这是她们正在经历的阶段。

如那些人所说，女儿的确嫁了个黑社会，儿子的确是开赌场，不过不是在澳门，而是在江门，离这里五百公里之外。当年女儿嫁到江门，儿子就跟着她姐夫去混了，也就过了几年好日子吧，女儿肚子里的女婴还没生下来，在某天下午，黑社会的仇家找上门来，女儿女婿当场送命，儿子从此跑路，东藏西躲，过年过节偶尔给左丽娟汇点钱，地址都不一样，手机号码也不时更换。

这简直就是电视剧里的情节，左丽娟讲起来平淡无奇，好像这些也是她谎言中的另一个版本，顾智慧完全不敢相信。

“如果时间可以倒流，我一定会像你妈在梦里那样，对那个人说，不行，死都不行。”

可是，时间这种东西，在梦里也不一定肯倒流。

她们很长时间没再讲话。

左丽娟送顾智慧出门，路灯幽暗，但西墙上的那个“拆”字竟然比路灯还亮，就像月亮照亮了它身边的乌云，这个字也能照亮花架上那一丛茂盛的紫苏。

“这房子什么时候要拆迁？还能卖出去吗？”顾智慧才想起来问。

左丽娟猛地一拍手掌，拉着顾智慧的胳膊，走到那个字下面，问她：“你看，这个圈我是不是画得很圆？”

是左丽娟在某个晚上，搬把梯子，自己画上去的。中介告诉她，这种老房子卖不出去价格，除非是拆迁房，买下来还可以跟政府谈判。

因为害怕马王街光线不好，左丽娟在油漆里调入了些荧光粉，只要有一点光照到，这个字就会发亮，就像大东路上那些斑马线。

“还记得在招待所那会儿，我们负责出板报，你抄语录，我画红太阳。”

顾智慧抬头看着这个像中秋月一样圆的圈圈。两人迸发出一阵大笑。

她们回想起了很多往事，一路讲一路穿过了狭长的马王街。夜深人就静了，这地方一点过年的气氛都没有。她们的分手跟往日的分手也没什么两样，只不过站在路口似乎话还说不完。

“如果在家里实在住不下去，就住到这里来。”左丽娟嘱咐顾智慧。

到家楼下，顾智慧才想到自己应该跟左丽娟说一句同样的话：“如果在家里实在住不下去，就回来。”她想着想着眼泪就下来了，待了一会儿才上楼。

共有四五拨人来看房子。最后一个看起来是做生意的，胳膊上夹着一只坤包，他只在房子内部看了一眼，都没上二楼，倒是围着房子前前后后转半天。他问中介，这个宅基地有多少平？前后左右的地界到哪里？这些问题，中介答得模棱两可。房子是马王街最尽头的一户，再往上走就是北山脚了，他想确认买下来可不可扩建，确认等到拆迁时到底跟政府可以谈多少价。

顾智慧指着不远处的木棉树，理直气壮地告诉那男人："那棵木棉树是她家的，这里都是她家的。"她用手画了一个大大的圈。

那男人一听，似乎有点动心。"三十七万太多了，这么破的房子，少个五万差不多。"

中介告诉他业主最低只能接受三十五万。那男人又转向顾智慧一通磨。

顾智慧心里没底，一直看向那棵木棉树，好像那里站着刘同志。

"不能少的，如果加上这棵木棉树，三十五万都太低了。"

男人沿着马王街独自转悠一会儿，又回来跟中介说："前面那些房子都没有一户拆迁的，真奇怪。"他看了看墙上那个"拆"字，满脸疑惑。

顾智慧心脏都要跳出来了。

"李先生，这个价格，即使不拆迁，也很值了。"

李先生夹着坤包走了，说是要回去考虑考虑。

第六拨看房的人还没出现，夏天没过完，马王街的街坊还等着火焰一般的木棉花掉落地面，他们好拿个篮子去捡来，晒干，他们每年这个时候都要煮木棉花凉茶，好去去积存在身体里的湿气。这一季花开得特别好，每一朵都撑开了，肥厚的花瓣将花蕊包围得密不通风，像一只吃饭的碗小心地护着珍馐。偶尔有几朵不堪重负，跌落树下，能听到笨重的一声"噗"，好像时刻有人藏在树后等着看笑话，一落地就笑出了声来。

左丽娟回来了，坐在满树的木棉花下等顾智慧。比顾智慧预计的要早一点。顾智慧每次跟媳妇吵架之后，坚信左丽娟在橘子洲妹妹家肯定住不安稳，这预感往往跟左丽娟通过电话后都得到了很好的印证。

"还是很开心的，他们带着我游遍了长沙，岳麓山，马王堆，五一广场……要不是我扭了腰，还打算要去张家界的。"左丽娟翻出手机上的照片给顾智慧看，好像她回去一趟仅仅是为了旅游。

扭了腰之后，就连上厕所都要人扶。这是钱解决不了的问题，人就更加没法解决了。左丽娟说，在那里，居然水土不服，总是拉肚子。

看起来，左丽娟的确是瘦了一圈。

“最重要的是，刘同志也水土不服，大晴天去摸摸那个罐子，还是湿腻腻的。”

走之前，左丽娟打定主意是要在家乡终老入土的，所以把刘同志的骨灰罐也带了过去，现在他们又一起回马王街了。

她们重新过起了那种日子，喝个早茶，逛逛骑楼城，听到某个超市搞活动，无论多远的路，都会乘公交车赶过去，那些优惠出来的满足权当她们晚年的幸福。顾智慧在左丽娟的鼓励下，穿上了多少年没穿过的花连衣裙，在那截久不见天日的锁骨下方，戴着一串“那个骗子”生前送给她的北海珍珠。商场里白得耀眼的T恤，买一送一，她们各要一件，碰巧也会在同一天穿着见面。马王街那些人现在称她们是一对“母鸳鸯”，形影不离。

不久前的一个星期天，她们经过城区那间唯一的肯德基，顾智慧打眼看到儿子一家三口，坐在靠窗边的位置，每人都戴着手套，投入地共同撕扯一只鸡，那样子就像几百年没吃过鸡。左丽娟邀请顾智慧冬至来家里过，打边炉，买几斤羊腿肉，清补凉汤做锅底，又温又补。在南方，冬至比过年大，顾智慧毫不犹豫地答应了。

河西最大的那个农贸市场，她们不常去，不是嫌它远，而是嫌它贵，它位于几个高档小区的中间点，只有地面一层，所以占地特别宽，便于住在那里的女人或者保姆，拉着小推车往返。她们要买的羊肉在冰鲜区，一溜过去有那么几档，每一档都统一摆着只大冰柜，一拉开，冰天雪地，全是那些她们从没去过的外地运来的海鲜、牛羊肉。

她们被一个热情的女人留住了。她拿出一大块硬邦邦的羊腿肉，告诉她们，是正宗青海盐滩羊肉，肉质紧实，一点都不膻。左丽娟接过来掂量了一下，嫌太多，两个人吃不完，女人马上说，要多少都可以切。左丽娟又问价格。八十八块。跟她们一路问过来统一价，估计是几家协议过的。

女人为了招徕生意，从身后的篮子里，拿出一包汤料说：“免费送一包，配羊肉正好。”左丽娟接过来说：“我们两个人，一包怎么分。”女人笑笑，又从篮子拿出一包。“那就一人一包。我要亏本了，一包卖十块的呢。”

她们在那一大块羊腿上比画着，从这里切，怎么切，女人一应照做。电锯一开，羊腿转眼就被卸成两半。左丽娟和顾智慧商量了一下，选择了她们事先看好的那一部分。

“二百零四块六。”女人麻利地将羊肉装进塑料袋。

顾智慧要掏钱，被左丽娟阻止了。顾智慧也不争，她们搭伴吃吃喝喝，你请一次，我请一次，早就形成默契。

左丽娟从钱包掏出两张一百。那女人朝着光线照了照，用手捏了捏，看左丽娟没有动静，又重复了一遍："二百零四块六。"

左丽娟就摆出一副熟客的样子，朝女人大大咧咧地说："哎呀，零头就算了，我们经常来买的，老熟客了。"

女人一听，十万个不肯，"四块六又不是四毛六，我就赚那么一点，不行的。"

顾智慧熟悉左丽娟的套路，每次她都会跟人磨掉那些零头，好像她的舌头是把锉刀。河东菜市场那些人，几十年老面孔，基本都依了她，知道她套路的人，就在秤上做些手脚，抵消了磨掉的零头，彼此舒舒服服。但这一次，锉刀没有效果。女人死不肯松口，反而生气了，她认为已经白送了两包汤料，够友好了，不能再让步了。左丽娟则越挫越勇，以她的经验看，羊肉被切开了，不愿卖也得卖。

讲来讲去，女人翻脸了，把两张一百朝柜面一扔："不卖给你了。太过分了，没钱就不要来这里买，回你们马王街那边菜市，十块钱都有找补的。"

左丽娟盯着女人看，确认自己是否认识这个女人。

顾智慧立即接过话来，好脾气地对那女人说："哦，原来是老街坊啊，那就更好说了，算了，再给个两块钱，就当优惠街坊。"说着从钱包里要找零钱。

"谁要你两块钱，说不卖就不卖了。没钱买就回你们马王街去，不要在这里挡我生意。"

顾智慧朝女人大声地嚷起来："没钱？她儿子在澳门开几个赌场，女儿一年交几千万的税，没钱？你有没有搞错……"顾智慧火从肝上涌，那感觉就像跟媳妇开战前一样熟悉。

"哈哈哈……"那女人疯狂地笑了起来，"你有没有搞错，开赌场，做大头梦吧，谁不知道他儿子在下面加油站卖茶叶蛋，你去问问这里的人，他们运货到小湘加油站撒尿，同情老乡，才帮衬买他几只茶叶蛋，马王街木棉树那边有几个左丽娟？不是她儿子难道是鬼啊……"女人语速像打翻谷子般。

她的话还没讲完，就看到左丽娟一挥手，把冰柜上那几包牛羊肉样品，全都扫落了地面，有一包差点砸到了顾智慧的脚面。

女人见状，大呼大叫，从冰柜后面冲出来，死死拉着左丽娟的手，要她赔。

三个女人瞬间扭打在一起。隔壁摊档过来拉架的几个人拦都拦不住，刚扯出一只手，另外一只又支援进来了。围观的越来越多，拉架的人也多了起来，才把她们扯开。

最后，她们在几个人的监视下，在背后女人的骂骂咧咧中，走出了农贸市场，直到穿过马路，身后那几个人才没跟过去。

她们相互之间没说一句话。没走多久，就看到跨河大桥了，过了跨河大桥再走一点路，就能看到马王街了。顾智慧从没觉得河东河西原来那么近，她们所在的这个小城原来这么小，一点不夸张地说，今天迎面走来的那个人就是明天迎面走来的那个人，即使彼此不认识，即使她不需要摇摆几个回合才通过。

走着走着，顾智慧才感到自己的眼眶火辣辣地疼，经过商店橱窗，她照了一下，已经肿了起来，是刚才混乱中不知道被谁打了一下。左丽娟侧过脸去细看，用嘴巴轻轻朝那地方吹了几口气。

“不疼，什么感觉也没有，真的。”顾智慧不好意思，推开了左丽娟。

经过一家十元店，左丽娟忽然想起什么，一把拽住顾智慧，将她拉了进去。

出来的时候，每人的脸上多了一副一模一样的墨镜。刚开始，顾智慧走得有点紧张，只顾看脚下，好像那地面随时会陷下去，她每迈出一步都要迟疑一会儿。左丽娟就挽起她的手走。走了一阵子，顾智慧逐渐适应了，她的眼睛终于脱离了地面，朝四周张望，又朝天空望望，她完全放松了，有点兴奋，对左丽娟说：“左丽娟，这样看外边那些人，就像在梦里看到的一样呢。”

左丽娟没吭声，只朝顾智慧咧了咧嘴。她庆幸地想，顾智慧这会儿应该看不到自己的眼睛，因为那些眼泪跌落眼眶的一个又一个瞬间，即使她左丽娟活了长长的几十年，也都还不知道如何面对。

发小们的病

李延青[①]

1

张天民病了，这消息是逢时告诉我的。

距清明还有半个月，逢时打电话说：“青山，你准备哪天回来上坟呀？定了日子提早告诉我，我叫上天民咱一起聚聚。”

我说行。

奶奶去世后我家老宅就空了，再回村不是吃住在天民家就是逢时家，算起来还是在逢时家的时候多。天民常年打工，孩子们在外上学，家里就他媳妇桂英。每每看我跟着逢时往他家走，桂英就一脸不满地说：“去吧，去吧，人家支书家饭好！”

说归说，一会儿她就跑过来和逢时媳妇剪子一起做饭了。

“不是你做的饭差，”我和逢时喝着酒逗她，“是你不和我喝酒嘛。”

---

① **李延青** 1961年生人。现为中国作协全委会委员，河北省作家协会副主席，编审。曾结集出版:《延青短篇小说集》、长篇系列散文《鲤鱼川随记》、报告文学《追踪开国英雄》。主编:《文学立场——当代作家海外、港台演讲录》;“中国学者海外演讲丛书”——《境外谈美》《境外谈佛》《境外谈文》;《曾国藩日记》(全本注释)等。曾获河北省“文艺振兴奖”、“河北省首届优秀编辑奖”、《小说月报》第九届百花奖优秀编辑奖等奖项、小说《匠人》入选2017年度中国小说排行榜。

桂英初中毕业就辍学回家帮娘给一家人做饭。在此之前她、天民和我一直同班，我和她说话也随便。

“算了吧，你是和我没话说，他要在家喝凉水也撵不走你！就你那点酒量儿还喝不住我哩。”桂英是那种泼辣干练的女人，果真端起一杯酒说，“来，我替天民敬你一杯。”

剪子在锅台那儿就笑出声来：“看看，惹祸了吧！”

要是碰上逢时不在家，我就让桂英给做饭。她娘家姊妹多，她是老大，磨炼得家里地里都是把好手。等她把饭做好，我坐着圈椅在方桌上吃饭，她却拿个杌床儿到门口坐下，手里不定找点什么活儿，开始和我不住嘴拉呱村里那些陈谷子烂芝麻的人和事。我喜欢这些东家长西家短的趣闻逸事，它们会和我的记忆融在一起，打消我对村里的隔膜感。剪子温顺，不爱说话，我私下想或许逢时嘱咐过，不让她跟我乱说。逢时已经干了好几届支书，村里说这说那的都有。每逢我在天民家吃饭，剪子都会拎着一瓶酒过来坐会儿，说：“让桂英嫂子陪你喝，她能喝。”

“你给逢时留着吧，没人陪他喝，有饭吃就不赖了！”桂英拿出嫂子的架势来。其实天民才比我大两个月，逢时小我们一岁，低一年级。但上学那会儿，无论勤工俭学还是假期劳动我们仨总是在一块儿。他俩是我在村里最要好的发小。

我当然不喝酒，剪子走了，那瓶酒就留在天民家。

“逢时，还有别的事吗？”我知道逢时不会无缘无故打电话，长年担任村干部他已历练得满身城府。

果然，略顿几秒钟他说：“天民，怕是……脑子出了毛病……”

“啊？”我心里一惊，追问道，“脑血栓还是脑溢血？前天才和他通话……”

“他说你让他帮着找棵小核桃树……”逢时打断我的话。

“嗯，我想在墓地空闲处栽……我这就联系医院，你马上把他送过来！”逢时有辆别克轿车。

“不是你想的那样，他是……精神上的事儿。”逢时迟疑了一下欲言又止，“你回来问问桂英就知道了。”

年过半百，最怕听说哪个亲朋故友突然病倒，这“突然”之后多半是悲剧性结果。但听逢时这么一说，我反倒放下心来。

桂英是个心直口快的女人，她的话当不得真。这两年每次回村她的保留节目就是控诉天民，张口闭口“精神病”，说他在外打工打得不通人情世故了——人家挣回钱来都是首先改善生活，他们家正相反。前些年是为供孩子们上学省吃俭用，如今孩子都上班了，天民却越发抠门，自己不花钱也不让别人花，该添置的东西不让添。她赶集买了件羽绒服，天民竟唠叨她半天；腊月她给娘家买了一捆粉条，天民也嫌没跟他商量；村里大多数人家都建起新房，他们家仍窝在老宅子里……说着说着眼圈竟红起来。我就笑着揭她的短，说这份委屈你可是自找的。大学二年级那年我放暑假回村，她和天民刚订婚，逢时请我们吃饭。我说：“天民可是个牛脾气，表面随和，心里却有老主意。”桂英却喜眉俏眼地瞅着天民说：“没主意那还是大老爷们儿！”大概她也想起当初的情景，扑哧一笑抹抹眼连我也骂上了：“早知道跟你说屁用不顶，你们俩还不是穿一条裤子！”下次，她好像把这茬儿忘了，又开始从头诉说。

玩笑归玩笑，背着桂英我还是拉下脸批评天民，说你怎么这样不通人情世故呢？桂英又是家里又是地里多不容易！一件衣服、一捆粉条才值几个钱呀，贵了她舍得买吗？人家年轻时可是村里一朵花，看看现在，满脸皱纹、一头灰发，都成老婆子了。天民红着脸不好意思地嘿嘿笑道：“青山、青山我有我的考虑哩。”

天民就是这么个货！村里人背后都说他一根筋。

想到这些，我笑着说：“逢时，他们两口子拌嘴吵架又不是一天两天了，桂英的话你也信？”

“这回和以往不同！”逢时口气郑重地说，“如今天民不分白天黑夜地去外面转悠，白天上山，晚上在村边；不是东游西逛，就是在什么地方一坐半天，好像孤魂野鬼，遇上的人常被他冷不丁吓一跳。有一回傻歹货去山上拾柴，碰见天民坐在一个树疙瘩上无声地流泪，歹货问他哭啥呢，他说哭屁股底下那棵树哩。歹货说那可是一棵大栎树，他小时候上去砍过羊草，后来粗得搂不住就上不去了。天民说他每年秋天来树下拾橡子。歹货问他，不是想上吊吧？天民说，树都没了我上哪儿去上吊？歹货说，你不上吊我就放心了。回到村里歹货和别人讲起来，逗得人们到处笑传：歹货傻天民可不傻，不是发神经是什么！桂英起先只是觉得败兴，前一阵儿她夜里醒来，听见天民在自言自语，以为他说梦话哩，拉开电灯发现他大睁两眼瞅着屋顶。问他怎么了，天民却一翻身闭上眼睛睡去。桂英担心出啥意外，就悄悄跟我说了。我装着啥都不知道，问他是不是正在琢磨啥项目？你猜他怎么说，他说琢磨项目是你们村干部的事，我是在寻找记忆里的风景……”

记忆里的风景……这确实不像天民的语言。我脑海里浮现出他孑然一身在空旷的山梁上、在漆黑的村外出没的身影，心里不禁疑惑起来……

这两年，尽管在我面前有说有笑，但我还是隐隐觉出他们之间出现了隔阂。他们都尽量回避谈论村里的事，假如我不小心提起什么，说着说着他俩就开始拌嘴，倒弄得我不好意思地赶紧转移话题。歹货是个半傻子，有七十多岁了吧，但他不说谎。土地承包那年，一队原来的副队长金权去赶集买山药芽，嫌价涨了没买，回到村边又后悔，怕下集再涨价，就坐在路边哭起来。就为这点事他竟然在路边一棵树上上了吊。歹货是最后一个见到金权的人，这之后见到谁哭歹货都疑心人家要上吊！若是连桂英都担心起来，天民莫不是真出了问题？年前见面时他跟我说，人不服老不行，今后就在家里种种地、侍弄侍弄果树，不再出来打工了。挺明智的打算呀，莫非受了什么刺激？

“你吃了摩罗丹见效不？要有效果，回去时我再给你拿点。”

我想反正过几天见到天民就真相大白了，就转了话题。别看逢时才是个村支书，却天天在酒里泡着，落下胃疼的老病根儿。

“时好时坏，你甭惦记，上次你拿回来的我还没吃完呢。”他似乎有什么话不便明说，“……你这回回来咱俩先见个面吧。”

“好。叫我说，你还是把酒戒了吧！”这话说过无数遍，明知不管用我还是忍不住说。

挂了电话我就想，逢时想和我说的事八成与天民有关。

晚上八点来钟，天民也打来电话：“青山，核桃树我给你找好了。”

“人家要多少钱？”我问他。

“不要钱。”天民得了多大便宜似的说，“人家当初栽得密，树长大了，谁要谁去刨，就是没嫁接。”

我心里装着逢时的话，没话找话和他闲扯了半天，最终也没听出有什么异常。精神出问题的人多数是思想上有了解不开的疙瘩，我几次想问问他是不是心里压着什么事儿，却不知如何开口。

“你哪天回来提前说一声，我先去把树刨下来。”天民考虑得很周全，“树不小了，省得耽误你回市里的时间。”

“嗯，初步就定 26 或 27 号吧。”老家风俗是长辈去世后头三年清明祭奠，新坟烧纸早于老坟。我一面接着电话一面踱到客厅的挂历前，26 号是周六，27 号是周日，就说：“具体哪天定了我告诉你。”

挂断电话，说不清为什么我立在那儿愣怔了半天。

2

我老家在太行山区一个叫鲤鱼川的深山里，山高地寒，春夏总比川外迟到半月二十来天。临近清明，川外的柳树早已挂满绿芽，返青的麦苗也已淹没蹦跳觅食的老鸹，川里却依旧是冬季模样：远山灰蒙蒙的，麦苗僵枯着，青草更不肯露芽……只有杏树不管不顾开出满树花来，在田边、坡脚、山洼远远近近随风招摇；村前村后的山坡上，丛生的野杏山桃粉粉白白地连成了片，远远望去就似云霞散落在那儿，不到近前任谁都不相信那是真花。

把车在村口停下已是十点多钟。原想早点赶回来，与逢时见过面好和天民去刨树，没料到星期天出游踏青的人那么多，市区车辆拥塞，结果“起了个五更，赶了个晚集”。

村西远处的河滩散放着几头牛，它们一动不动，像画家画在那儿来点缀风景，可这时节家乡还没风景；河坝内那几棵核桃树下有两个老人，看不清他们是在栽树还是刨树；村北山脚下有人正在新辟出的一片空地前用三马车拉石头垒石堎，是准备盖新房的样子……如今，在外打工长了见识的人们感觉出老宅院的狭窄，都跑到村外建新房，新房是卧砖到顶、水泥浇筑，外墙一律贴着瓷砖，和老宅院形成鲜明对比，村子看上去就似锦盒包装着一件老古董。村落静悄悄听不见任何响动。飞速扩张的城市仿佛魔力十足的磁铁，将农村充满活力的青壮年像一粒粒铁粉悉数收拢进城里，昔日乡间的喧闹和生气已荡然无存。

“青山。”一个低矮黑瘦的女人拉着个四五岁的男孩像从地下冒出来，突然出现在我面前。

“丙寅嫂！”我认出她来。

“还认得我哩！”女人笑出满脸皱褶，缺了上下门牙的大嘴咧着像个黑洞。

她叫多霞，和我家邻居，乡亲辈叫她嫂子。在我记忆里她还是当年那个娇小白净的中年妇女，夏天爱穿一件月白色碎花褂子，冬天则是天蓝色罩衣，收拾得干净利落。现在她穿着一身陈旧臃肿的黑色棉袄棉裤，完全变成一个邋遢窝囊的老太太。丙寅哥年轻时在县里当邮递员，20世纪60年代初国家动员干部职工回乡参加生产，从川外把她带回来。她天生娇小，做的一手好营生，却干不来地里、山上的活儿，很少参加生产队劳动。土地承包后村干部发不了补贴，就把祖辈几十年养护起来的山林划分成片，十万元、八万元让人顶下来砍伐了卖窑木，今天卖一条沟，明天卖一面坡。那年冬天丙寅哥上山替人砍树，被别人踩落的一块滚石砸死，给这个弱小女人留下一儿一女，还有半辈子的艰难时光。

我指着那孩子问："嫂子，这是谁家的呀？"

"黑子家老三。黑子，你还记得他不？"她说着把孩子往前推，孩子却使劲往她身后躲。

"黑子……记得。"黑子是她儿子，我在家那会儿也就比眼前这孩子大一点儿。

"他们两口子都出门去打工，把孩子们扔给了我。"她一面说，一面又去拽那孩子。

我问："你这是去干吗呀？"

"等你哩。"她脸上显出几分得意。

我诧异道："你知道我今天回来？"

"天民告诉我的。"她往北面的杨树沟一指说，"吃过早饭我遇见他拿着铁锹镢头说是去给你刨核桃树。"

初春柔弱的太阳正靠近中天，我不想再耽搁时间，就直截了当地问道："你等我有事？"

"嗯，嫂子这回求你一件事。"她望着我问询的眼神，有些羞涩地说，"想让你跟逢时说说给我把低保办了。"

我说："嫂子，低保是有条件的……"

"我知道，我知道。"她说，"嫂子不是当年的嫂子了，又是胃病，又是心脏病，就是不敢去医院。你丙寅哥留下这一摊屎，我得拼着老命擦呀。"

我说："你没找逢时？"

"找了。逢时也不说不给办，可就是总轮不上我。"她说着脸色尴尬起来，"嫂子一个妇道人家，不定哪里就得罪了逢时哩。"

我笑道："你和逢时有过节儿？"

"我不知道这算不算过节儿，从前年起逢时就想卖了俺家的地盖房子，我没答应。嫂子不是有意为难他，是觉得自己一个孤寡老婆子，有那二亩地心里踏实。”

我说：“我理解嫂子。逢时不是那种小肚鸡肠的人，见了面我问问他吧。”

说着我抬腿往村里走去。老太太撒开孩子一溜小跑追着我说：“青山，我知道逢时听你的，嫂子这事就靠你了！”

我又随口问了句：“你家承包地在哪儿？”

“八亩地。”她说。

一听说是八亩地，我心里顿时轻起来。鲤鱼川山多地少，连片成亩的庄稼地更少。八亩地紧靠村边，老辈子属于大地主侯家，是全村最大的一块水浇地，有条一尺多宽的水渠直通村西的月亮坑。两亩大小的月亮坑像是天然为八亩地生成的，坑底有泉，四季不干，春天一解冻坑里的水自然就流进水渠，途经八亩地潺潺流向村东。妇女们尽情地在渠里洗菜、浣衣，孩子们能从中捉到鱼虾，谁家的狗冷不丁会跑到渠边，伸出粉红色的长舌头哗啦哗啦地喝水。当然也有人家可以借此浇地浇园，却都是磨盘或土炕大小的地块，最受益的自然要数侯家八亩地。逢时是村支书，绝不可能去八亩地盖房，除非他疯了。

大约瞧着我神态异样，多霞紧张地说：“青山，嫂子要有惹逢时不高兴的地方，你给嫂子圆圆场，让他别跟我老婆子一般见识。”

走进村街，我一路和门前的乡亲打着招呼，他们多数是和多霞年纪不相上下的老人。年轻的妇女和孩子们则好奇地瞅着我，他们不认识我，我也不认识他们。光阴用它看不见的魔力，不知不觉就把人们磨得老去，当年生龙活虎的壮年人已逐渐消逝；而草芽似的孩子们却一个个长大成人，娶妻生子。我不禁想起：“少小离家老大回，乡音无改鬓毛衰。儿童相见不相识，笑问客从何处来。”过去一直以为这是描写落叶归根的自我生活状态，这会儿倏然意识到他是在说冷漠无情的时光，就似看到一丝无奈悲凉的笑容挂在诗人苍老的脸上……街面上老辈子铺的鹅卵石如今已被水泥路面取代，不知为何反倒让人觉得街道变窄了、空落了。快到逢时家我才意识到，进村后没看到街上四处觅食啼叫的鸡和乱跑的小猪。

3

拴在铁梯子上的那只大狼狗狂叫了一声就冲我摇起尾巴，眼里流露出亲昵的神态。前年，逢时家那只黑背在发情期跑丢了，他托我再给他找一只好狗。我从一个搞养殖的朋友那儿给他要来一只幼犬，喂养了两个多月才抽空送回村，没想到时隔那么久它仍能认出我来。

逢时家的暖气还没停，客厅显得暖意融融。一盆迎春花在方桌后面的条儿上开得金黄灿烂，春天就这样提早走进主人家。

逢时面色黄黑、无精打采地蜷缩在床上，显然胃疼的老毛病又犯了。

“逢时，到底谁病了？你说天民，我看你的病比人家还厉害！整天就剩下喝喝喝，都多大岁数了，你不要命了！”不用猜就知道逢时又喝大酒了，一见面我就劈头盖脸数落起他来。回过头又埋怨剪子，“他都这样了，你怎么不送他去医院？”

“人家听我的吗？！”剪子眼圈一红竟落下泪来说，“昨天夜里都晕过去了，死活也不上医院检查，就知道吃止痛药。”

显然夜里没睡好，剪子两眼像兔子眼睛一样红。

“你俩别大惊小怪的行不行？”逢时不耐烦地欠身坐起来，“病在我身上，我心里有数，不就是胃炎吗？唉，人不服老不行，这不是赶上村里出事了吗，多喝了两场……”

他说的“事”省台电视新闻已经报道。前几天村里发生了一起杀人纵火案。一个吊儿郎当的年轻人半夜从外村喝酒回来，走到距我家一百多米、距天民家三百米那个临街的商店前停下摩托车来敲门买烟，女店主带着刚满一岁的孩子住在店里，说睡下了不卖了。年轻人不由分说撬开窗户钻进去，强奸并打死了店主，然后放了一把火。

村里发生这种事，当支书的自然轻松不了。虽说案件有派出所、公安局负责，但两家当事人恐怕都要找他，喝酒自然是必不可少的环节。

“如今的年轻人咱真是理解不了，打破脑袋也想不到会发生这种事。唉——打人的木棒都烧毁了，他要一走了之，这案还真不好破。算了，不说这些破事了，本来今天想等你好好喝一壶，喝不成了。”逢时苦笑起来。

听他张口闭口不离喝酒，我就沉下脸来说：“剪子，你收拾一下，下午你们跟我一块走，去省医院住下给他彻底检查一下。”

“剪子把酒和菜都送到天民家了，中午你们哥俩喝吧。我说让你回来咱俩先见面，是有事托付你哩。”逢时话锋一转切入正题，思忖了一下说，“这几年种庄稼不挣钱，家家户户都靠打工过日子，人们越来越不拿承包地当回事。从小咱俩都觉得天民是个老实耿直的人，哪知道他还挺有心计，竟然不显山不露水把八亩地买下了六亩……”

逢时刚说到这儿，院里的狗猛然狂叫起来，门帘一撩走进一个六十多岁的男人，看见我他愣了下，随即叫道："青山回来啦？"

"是三棒哥啊。"我认出来人，忙站起身去兜里掏烟。三棒年轻时是大队的拖拉机手。

"你坐，你坐。"他接住烟点上，转向逢时说，"上回和你说的事，你给问了乡里没？"

"啥事？"逢时耷拉着眼皮并不看三棒。

"就是我们几家凑钱从南沟引自来水那事，你还拿手机照了相。"三棒也不往逢时跟前走，就远远地立在屋里地上，"听外村说这样的工程能向上面申请补贴。"

逢时黑着脸说："乡里说问问县里，还没给回话哩。"

三棒瞅了逢时一眼，阴沉着脸张了张嘴没再说话，转身一甩门帘走出屋，人到门外又撂下句："胡宅口村都有人领到这份钱了！"

逢时愣了会儿，自失地一笑说："当个鸡巴支书就像欠了全村的，人人都是你的债主。你看看，这还是我本家叔呢！心里就自家针尖大那点事，哪管你是死是活！"

我瞅着病在床上的发小，同情地说："越是基层工作越难干，每天要面对一个个具体人、具体事，又都是乡里乡亲。唉！"

"村干部是老鼠进风箱——夹在老百姓和乡里之间，两头受气。"逢时摇着头笑了笑，接上刚才的话茬儿说，"还说天民吧，他供孩子上大学那是正经事，可你说他买地干吗呢？儿子都大学毕业了，你看看他那家，现在村里谁还住老宅子？我想从他手里把地买过来，有钱了他好盖处新宅院，不承想我把地价都出到行情的两倍了，天民愣是不卖，气得桂英都骂他精神病！桂英和他一生气，他就去蹲在地头上抽烟。那地他要真有用我也不张这个嘴，问题是他啥用没有。我问他，你弄那么多地干吗？他说种庄稼。我说你看看如今谁还种地哩！他反问我，没庄稼农村还是农村吗？你听听这叫什么话！如今他是见了我就躲着走，天天去山上、村外转悠。咱仨是光屁股长大的发小，我想让你做个中间人，价钱你说了算。"

莫非天民的病和这件事有关？又想到刚才多霞的话，我问逢时："你买他的地想干吗？"

"我想把八亩地整个买下来，建座带花园的院落。"逢时眼睛一亮，直言不讳说出自己的打算。果然有这么回事！

“逢时，那可是基本农田。你是村干部，又不是不知道政策，你在那儿盖房子，就不想想上级和群众会怎么看你，怎么说你？再说，现在这房子不挺好吗？”逢时的四合院过去是我们生产队的马号和羊圈，也有一亩多地，卧砖到顶，打着圈梁。门前的道路直通村中央的大街，街堎下面是一方方豆腐块似的麦田，再远处则是河滩。屋后是面一丈多高的土石崖，崖上就是著名的八亩地。

“青山，你别着急，别看你成天编书哩，如今农村的事你不了解。”逢时笑着说，“这会儿上级提倡建设美丽乡村，我是想带个头儿。我喜欢八亩地居高临下，敞亮。咱这里自从2000年划为林业区，土地的事上级就统得不那么死了。过去大队还有个房基地审批权，现在土地、荒山都分到个人手里，有了条件人家直接就去承包地或是换地、买地建房。要是上面有关系，乡里县里都装聋作哑；要是没关系，顶多也就罚个钱了事。如今的事，大家都睁只眼闭只眼……”

或许划为林业区后国家放宽了土地使用权限的管理？这我还真不清楚，心里惦着天民那头的事，就说：“这件事儿我可以做天民的工作，但你可不能犯错误。剪子，你准备一下，下午你们和我一起走。”

赶到天民家，他已经把那棵核桃树扛回来。酒和菜摆上了桌，桂英也做好了腌肉卤、擀好了面条。

我跟天民喝着酒说起逢时的病情，桂英在锅台前笑道：“听他蒙你呢，他是昨天喝倒的。乡长家闺女出嫁，昨天回请各村的支书和主任。支书见支书无非是喝大酒，我看见是乡里的人把逢时从车上背回家的。”

聊着聊着，自然又说到刚刚发生的那起案件。天民是最早赶到现场的人，他一到就说：“打110和120吧。主动报案算自首，救人算是悔过表现。”

那年轻人的父亲一听赶紧拨打了这两个电话。

“咱村也出杀人犯了！”天民喝下一杯酒喟叹。

我看了看他没作声，从见面起我就在默默观察他。

面对这桩突如其来的惨案，我相信村里人人都会震惊，替受害者惋惜、对杀人者愤怒也是自然而然的事情，作为街谈巷议人们会议论很长时间。但天民感慨的却是这一恶性事件发生在我们村——我们村居然出了杀人犯！在他心里好像这种事不该发生在我们这个民风淳朴的村子，或是遗憾我们村的风气变了！

天民从小就这样——举止言谈常常出人意表。

中秋节夜晚，他一抬头望见阴霾的天空，也不管大家正干什么，突然就说：“‘八月十五云遮月，正月十五雪打灯。’不信看吧，准哩！”有一次，大伙在绿油油的谷地边撒尿，他异常欣喜地叫道：“快能吃着新米啦！‘六月六见谷秀，七月七吃新米。’”光顾高兴结果尿了自己一裤腿。街上谁家老人头天夜里死了，第二天他就说：“昨天晚上，‘呱呱幽’（猫头鹰）叫唤了。”乡俗认为猫头鹰能嗅到死亡的气息。

上初中时，天民露过一次脸。那时，我们队将原来位于村里的羊圈改造为仓库，在村西口的马号旁新建了一处羊圈，这样不但羊群进出方便，街上也没了脏兮兮的羊粪。不料羊群习惯了旧圈，放牧归来仍然是往旧圈跑，一连几天放羊汉挥舞鞭子东奔西跑往新圈驱赶，累得满身臭汗。晚上，天民找来几块光溜溜的鹅卵石散摆在新羊圈，每块石头上撒一层盐末，羊们争相舔食。第二天放牧归来，它们自动就向新圈跑去。这事连大人们都惊奇不已。

静静的夜晚，孩子们摸黑坐在街上聊闲天，天民莫名其妙就冒出一句，今年七月立秋，荞麦得晚种——六月立秋，提前十天种，七月立秋，错后十天种……

谁也说不清他脑子里这些乱七八糟的玩意儿从哪儿来的。但我知道除了从大人们嘴里拾话，他还藏有一本线装的《四时纂要》，遇到雨雪天气就在家板着字典翻看。那本书装在一个专门的木盒里，我猜是他爹当农会干部时从侯家得来的。他私下借我看过，除了占候、择吉、禁忌等封建迷信的东西，书中大量记载着四时农业技术知识。然而，那些稀奇古怪的“知识”距离孩子们的生活和年龄是那么遥远，极少得到同伴的共鸣，而他却乐于去生活中体验、印证。

不过，我们村确实没出过杀人犯。

我和天民都是1961年生人，从记事起我们村一共出过两个犯罪判刑的，但都不是死刑。一个是1966年毕业的高中生，回乡后不安心务农，仗着点一知半解的中医常识，时常装扮成医生跑到山西偏僻的山村去行骗。为了维持生计，他偷盗了一个孤寡老人家，案件侦破后被判刑。另一个是烈士子弟，快四十岁还打着光棍，村里派他去修水库，他竟然想炸毁战备公路上一座桥梁，嫁祸给房东，从而得到人家妻子，结果东窗事发被捕入狱。前两年倒是还有一个入狱的，却是因为意外事故：村里几个人合伙给外村修建一座石拱桥，有个人开着自家的三马车负责接送大伙，不料刹车失灵出了车祸，一死两伤。死伤者家属说坐车是出了油钱的，要么赔偿，要么就起诉。车主人赔不起钱，中间人又说和不下来，他就选择去住监狱。村里人“哎呀，哎呀”感叹如今的世态炎凉。这件事还是天民给我讲的。

说到这起案件，桂英开始埋怨天民多事——现在村里人都说打人的棒子都烧没了，只要人一跑这案准破不了。

“天网恢恢疏而不漏！”天民把酒杯往桌上一蹾，激动地大声责问，“他能跑到哪儿去？”

我吓一跳，以前天民可不这么外露！

桂英撇了撇嘴，转身将肉卤面端上桌。

4

老家风俗是正午十二点过后上坟祭奠。

吃了午饭，我和天民把那棵核桃树运到墓地。祭奠完毕，我们一人点起一支烟，想稍稍喘口气再打树坑。

这是一块约四分大小的长方形山坡地，村里人管这片儿叫“坑坑地”。父亲在世时花七千多元从三户人家手里买下来，我又雇人对墓地前后的石堎进行了修整。现在爷爷、奶奶和父亲安眠在墓地东边，西面约三分大小空闲着。我就是想在那片空地中央栽下这棵核桃树。

我一面抽烟，一面打量这棵核桃树。刨树前天民已把乱蓬蓬的枝杈全部砍去，只留下主枝主干。这会儿它光秃秃躺在干土地上，就像一条小腿粗细的蟒蛇。过一会儿就有一阵风挟裹着枯叶沙土吹过来，晃动着后面山洼和山坡上的核桃树、栗子树，只是失去了严冬的冷冽，那呜呜的呼啸像是虚张声势。风转瞬即逝，山野便陷入明净的沉寂，一只鸟在树林深处清亮地啼鸣，过一会儿叫一声，过一会儿又叫一声，大约间隔半分钟，直到下一阵风再次吹来。

“这是什么鸟？”我问天民。

天民蹲在墓地南边的石堎边上，侧耳听了听说：“不知道——如今好多外来的东西连我也陌生。”

蹲着的天民像个老头，他已经几天没刮胡子。本来几个发小就数他身体壮实，今天一见面我发现他的背也驼了，想起少年时眼里那些老人，可不就是我们如今这个岁数？人生易老啊！

对面不远处的麦田隆起一座新坟，在尚未返青的麦苗中间那堆黑褐色的湿土显得异常醒目。

“那就是女店主的坟。”天民站起身对我说。

他抄起镢头开始打树坑。等他把土刨松，我就用铁锨把暄土铲到树坑周边，然后他再刨。

“孩子在旁边哭着，他竟能做出那种事来！孩子再小也是个人哩。这个畜生！”天民把镢头狠狠刨进地里，用力将土翻起来，再狠狠刨下去，骂道，“还杀人灭口，猪狗不如！”

我从树坑里往外铲土，天民拄着镢把站在旁边说：“有人说他喝醉了，有人说他是玩电子游戏玩的——把杀人不当回事了。我说，那他怎么不拿着棒子打他爹打他娘呢！”

天民骨子里是个一根筋，做事说话总不免让人觉得“认死理”。

我换了个话题，问：“这回真不再出去打工了？”

他愣了下，旋即一笑说：“不去啦。儿子一上班，我就在心里给自己办了‘退休’。待在家种种地，打理打理荒山上的果树，也算是颐养天年！”

我点头说：“这就对了，年岁不饶人哩！”

天民在建筑工地干的是架子工，三十来年他一直干这个工种。有一回请他吃饭，我说他能在架子工上显示出自己的优势，肯定与我们从小爬树砍柴有关，天民就开心地笑起来。我们少年时别说整棵树，就是树枝大队也不让砍，林业队每天在村口检查。星期天或假期我们常常钻进远山上浓密的青杠林、栎树林里去砍树上干枯的死枝。遮天蔽日的茂密森林中，檩条粗细的青杠树、栎树通常都有两三丈高，而一棵树上或许只有一根两根枯死的树枝，我们总是从这棵树上下来再去攀另一棵树。大家比赛似的把裤裆磨破了缝上，缝上又磨破。

树坑打好，天民和我把那棵核桃树抬进坑里，扶正树干，然后填土踩实，又用事先预备的几根木杆，呈三角形捆绑在树干上——防止大风把树身吹得歪倒。

“等麦地浇头水，我记着再来浇浇，一准儿能活。”天民拍着手上的土自信地说，“找树的时候我跟他们说，青山栽核桃树可不是为着吃核桃，他是不愿断了和村里这份感情。我说得对吧？”

天民这家伙生就一副简单、执拗的脾气，却偏偏懂得你心思。成年后，我发现两个发小的区别在于天民喜欢形式和过程，逢时则注重结果。每年农历七月，天民不定哪天就会给我打电话说：“回来吧，该打核桃了。”他不是叫我回去帮忙，而是想让我在这个不冷不热的季节去体验收获的过程，重温熟悉的家乡生活。而入冬前后我总能陆续收到逢时捎来的一袋袋核桃、栗子和柿饼，他在电话里说东西不值钱，总是老家的物件。

我和天民收拾家伙下了坡，沿田边一条小路往村里走去。路两边都是水浇地，过去生产队一律种麦子，现在许多上好的地块闲置着，有的甚至丢弃着去年秋收后的玉茭秸。我不解地问起天民，他说：“那是准备过一阵种土豆，或许干脆啥都不种——怕赔本。”他扳着指头从麦种、浇水、施肥、灭虫到收成和价格一项项算给我，最后得出结论：种小麦每亩地差不多要亏一百元。

说话间来到八亩地，看上去整个地块至少有一半种着麦子，另外约四亩大小空闲着，我猜想那该是准备种土豆吧。不知道哪些属于多霞。天民走进麦垄，弯腰去土里掏了掏，干涩的土层下面露出一簇绿芽，他满意地将土埋上，将军检阅队伍一样打量着整个麦田，一脸嘚瑟地说：“再晚回来半月二十天，你就能吃上新鲜菠菜了。我在麦垄里套种着菠菜哩！”

“种麦子不是赔本吗，你还种？”我问他。

“我喜欢。”他递给我一支烟，瞅着我认真说，“小时候，你爱看小说、抄字典、背古文，你觉得书本里有乐趣；逢时领着一帮孩子捉迷藏、抓特务、‘打鬼子’……他觉得那是快乐；我呢，喜欢独自到村外的庄稼地边转悠，听玉茭拔节声，呼吸庄稼吐出的清新气息和成熟味道……心里就感觉天底下再没有比这更享受的事儿了。”

“孩子们大了，你也该考虑盖处新房了。”我开始往逢时托付的事上引，“要是手头紧，我先给你拿点钱。”

“你见过逢时了，这六亩地他都出到三十万了，盖处新房绰绰有余，我敢说就是再多要个五六万他也出。”天民下意识摇了下头，神色黯然下来，“青山，我不卖给逢时不为别的，就是心里觉得农村没有庄稼就不像农村了！”

果然是这话！

“你看看山上。”天民抬手指着村南峰峦起伏的群山说，“和过去有啥不同？”

村南的派河是小时候我们游泳、摸鱼的地方，现在夏季还没到来，河水干枯，裸露着满河床或青或白或赭红色的鹅卵石。河滩南岸的山脚蜿蜒着一条公路，路南就是重峦叠嶂的群山。近处稍低的山坡多半截呈土黄色，我知道人们已在那些地方开发栽种了核桃、板栗等果树；而山头则一律是灰色，那是疯长的荆棵、黄栌、山榆等榛莽灌木。这些山上过去遍布或疏或密的青杠林、栎树林。哪个山头有几棵树，哪面山坡是森林我们都熟悉，就像熟知村里谁家有几口人、是老是少一样。几十年来它们一直生长在那儿，已成为那座山、那条沟的标志。节假日我们结伴到山上打柴、割荆条、拔药材……拿着荆篮布袋去栎树林里捡橡子喂猪，拾橡壳卖到公社收购站……森林是我们生活的一部分。初夏，人们聚到我家门前的“饭场”吃饭，聊着耳闻目睹或道听途说的各色话题。此时，南山上的森林随风起伏，刚刚伸展的栎树叶片背面还是浅白色，整面山坡在风中一会儿是嫩绿色，一会儿又变成浅白色，那情景真是好看！

没等我回答，天民又接着说：“看着如今这光秃秃的荒山，我脑子里总是蹦出四个字：穷山恶水！过去‘人定胜天’喊了多少年，大队每年冬天让社员们顶风冒寒在河滩里垫地修农场，如今那些地哩？不都叫洪水冲毁了！现在，森林砍光了，远山没办法，人们就动用钩机、挖掘机去开垦村边的荒山，那么陡的山坡，遇到雨水大的年份不弄泥石流才怪哩！现在你去山上走走看看，你不知道那种感觉：你就觉得你是走在一座死山上——有树木、有森林山才是活的——那是一个世界，生育滋养着各种生命，动物也好植物也罢，该生长的生长，该死亡的死亡，一年四季有着不同的模样、气味和声音，那里存在着生命。现在可好，一座座山光秃秃的无遮无拦，走上去你觉得人活在天地间无以为伴，孤立无援……这些日子我经常上山，看着那一片片被荒草淹没或长满苔藓的树疙瘩，就像看到一片片坟头！有的我能想得起那棵树当年的模样，我攀上去砍过柴，在树下拾过橡子；有的我已记不得它的模样了，就像面对一张似曾相识的脸孔，却无论如何叫不出他的名字……过去，夜晚站在庄稼地边能听到庄稼生长的动静和它们交头接耳似的窸窣声，现在……”

天民一张嘴就如打开了水闸，洪流汹涌着向我涌来。

家乡如同一张新拍的照片，已无声无息地改变了我熟悉的背景。这陌生令我不舒服，但我从来没想过为什么。这会儿，天民似乎正在给我解析那“不舒服”的原因……

“我是觉得没了庄稼农村就没了魂儿，也许是没了庄稼我就没了魂儿。

说不清，反正那感受就像这山上失去树木森林就会令人内心孤独、难受一样。和桂英一唠叨这些，她就说我精神病！连逢时也说我古怪，大概村里人都这么看吧。青山，我就想找一天和你念叨念叨，让你帮我分析分析，是不是我精神上真出了问题？”天民那双像牛一样温和的大眼瞅着我，等待着我评判。失落、伤感和忧郁从他的眼里无声地流溢出来。

家乡是深山区，缺乏可开发资源，过去守着青山绿水，却过着穷苦的日子！现在大多数人家经济条件好起来，却又失去了原来的生态环境。得也，失也？

“如今人们手里有了俩钱不假，吃喝穿戴跟过去也不可同日而语。但老祖宗留下的耕地和山林都毁了！”天民显然不知想过多少遍，他有板有眼地说，“想来想去，村里的事既是坏在逢时身上，也是坏在大家身上。土地荒山一分，各家都关门过起自己的日子，事不关己高高挂起，心里眼里只剩下钱！青壮年整年在外打工，家里就剩下老人、病人、妇女孩子和村干部，村子就成了逢时的天下。上面很多政策精神他不传达，大家也不知道、不关心。我对逢时的意见就在这儿，可咱仨好了一辈子，我张不开嘴说啊。就说这盖房吧，村里怎么就不能统一规划一下？祖宗留下的山林为啥就非砍不可——这是在吃子孙饭哩！”

“天民，你都成社会学家了！”我心里一震，不禁涌起由衷的感动，脱口说出对他的赞许。

过去不管村里人如何议论他、看待他，我觉得都能把握他，我清楚他探究生活的目光能够看多远。现在，萦绕在他心里的这些精神和现实层面上的思考都是我不曾虑及的，我发现我已追不上他的目光了。

“你可不兴笑话我。”天民顿时紧张起来，尴尬地看了看我，赶紧把脸扭到一旁。

“不是笑话，是佩服你。”我郑重地说，“这些年，在我遇到的农民里，你是头一个有‘魂儿’的人！”

“课文里那句话怎么说来？‘肉食者谋之。’我一个小老百姓，也就自己想想，跟你说说。”我一认真天民反倒腼腆起来，他红着脸扭捏道，“我知道不管我说的对错，反正你不会笑话我。”

我张不开嘴再和天民谈卖地的事了。记忆中那随风起伏的森林永远消失了，我觉得村边有一片绿油油的庄稼远比一座花园式庄院更美好。我在心里背叛了逢时。

“给你看个物件。”天民得意地一笑，掏出自己的手机，打开相册。照片上是一副陈旧的木刻对联，尽管油漆剥落、满是污渍，但基本完好无损，估计能算得上古董。联语是：“渔樵以乐勤俭传家久，耕读为本诗书继世长。”

他自得地说：“这是老侯家的物件！老五媳妇翻出来准备卖给文物贩子，我看到了就花三百块钱买了下来。咱村里的大户人家为什么都送子孙去读书？这些年建筑工地一停工我就去装饰公司打零工，见识过各式各样的房屋。不是跟你吹牛，一看装修风格，我就能把主人的年龄、身份、文化程度猜个八九不离十——人啊，爱好、趣味不同，说到底是教养素质不同。人活一世，毕竟不只是吃喝。”说到这儿他看看那副对联，试探着问我，“等再过两年我把老宅翻盖成二层楼，到时找个油匠重新把它清洗油漆一遍挂在门口。你说这样做好不好？”

几只喜鹊打我们头顶飞过，落在北面一棵硕大的黑枣树上，蹦跳着叫个不停。乡俗认为老鸹、猫头鹰晦气，喜鹊则会给人带来祥和喜庆信息。喜鹊飞走了，不远处传来一阵啄击树干的“砰砰”轻响，看到我在倾听，天民孩子似的一笑说：“啄木鸟！”

5

逢时说什么也不跟我去住院检查，嫌我小题大做。

没等到半个月，剪子泣不成声从县医院打来电话，说逢时得的不是胃炎是肝癌，已到晚期。我当即联系省肿瘤医院安排他住下，并找最好的大夫给他做了手术。我、剪子和大夫串通好，告诉逢时做的是胃穿孔手术。

出院那天我去送逢时，都坐上车了，他又落下车窗对我说：“你也没做通天民的工作吧？唉，这家伙真是个怪物！”

“你先养病吧。”望着车窗里那张全无血色的面孔，我撒了谎，“天民说他考虑考虑。”

都到这地步了逢时还惦着八亩地！我心里骤然翻起莫名的悲哀，不仅对逢时，而是对所有人，包括自己。

整个秋天好像都在下雨，每天都是踩着湿漉漉水唧唧的柳叶、梧桐叶上班下班。秋雨秋风带来了寒气，似乎冬天已到眼前。这天中午，天民把电话打到我办公室，难过地说：“你回来和逢时见个面吧，他……怕是不行了。”

尽管心里有准备，望着窗外湿漉漉的法国梧桐，我还是产生了一种恍惚虚脱的感觉。

第二天赶回村，逢时已昏迷不醒。他仰卧在床上，露出一张枯瘦黄黑的脸，原本五大三粗的人缩成了一个孩子模样。村里的医生默默地坐在一边。

我进门时，卧在梯子后面的狗呜咽着摇了几下尾巴，显然已经好多天没人喂它了。

天民正和吴家长辈商量逢时的后事。见我来了，把我拉到另一间屋，说逢时这段时间疼得清楚一阵昏迷一阵。醒过来就说疼死了，黑白无常在轮番打他，静静的深夜街坊邻居都能听到他痛苦的叫唤。

天民脸上露出骇异的神情。

这时，神色憔悴的剪子走进来，说出一件谁都没想到的事情：逢时家的老坟已经葬不下后人了，得另找墓地。她说，近两年逢时先后请过好几个阴阳先生勘找新墓地，这个说这儿好，那个说那儿好，逢时正值壮年，并不急于下结论，此事就一直悬而未决。

我问剪子："他说过倾向哪里吗？"

剪子想了想，木然摇了摇头："他什么事也不和我商量。"

我瞅了眼沉思的天民，刚要问逢时和他提没提过这事，就见他把手里的烟头往地上一扔，果断地说："不用想了，就在八亩地吧，逢时准喜欢！"

说着他走出屋，一会儿工夫拿着一张纸返回来递给剪子。我凑上前，就见上面写道："张天民自愿吴逢时安葬在自己所属的八亩地，位置、面积由其家属决定，张家后人不得异议。张天民。"名字上还按着一枚鲜红的指印。

那张纸在剪子手里抖动起来，她捂住嘴无声地哭了。

6

光阴来得分明，人却过得糊涂，转眼就到了逢时一周年祭日。

这期间，我听到不少闲言碎语：有人说逢时的病生是让天民气的——人活着他不肯卖地，死后又假惺惺出让墓地；还有的说，乡里在动员天民当支书……

天民变得深沉而忧郁，一支接一支抽着烟。

午后，我俩一起来到逢时坟上。这墓址是剪子托我选定的，位于八亩地北端，背后是山，前面是开阔的八亩地和那条水渠。没有风，太阳把人晒得浑身暖烘烘的。霜一打，山前几棵柿树的叶子都掉光了，露出满枝红柿；背后山坡上高低错落的黄栌红黄斑斓，秋天正灿烂地向人们告别。我把酒、菜和酒具从塑料筐里一一拿出来摆到墓前，与天民席地而坐，倒上酒说："逢时，我和天民来看你了，今天咱哥仨喝一壶。"

说着我将一杯酒倒在逢时墓前，又端起一杯冲天民说："喝！"

天民手哆嗦了一下，杯里洒出些许酒来。

我说："老规矩，先喝仨。"

三杯过后，天民两腮红润起来。他说："唉——咱不该……逢时就伤在酒上面。"

"放心喝吧！"我自信地说，"那边没肉身，酒再也伤不了逢时了。"

几杯酒下肚，天民的神情明显放松下来。

"青山，我是不是过于较真了？不就几亩地嘛，何苦惹逢时不高兴……"天民终于说到自己心病上。

我没接他话茬儿，站起身将目光投向前面的八亩地。破土而出的麦苗平平展展，宛如鹅黄色金针闪烁着一派嫩光。天空蓝得没有一丝云，两只喜鹊穿过偏西的阳光，从麦田上空悄无声息地滑落在南面的杨树上。

"今年套种菠菜了吗？"我问天民。

"没。"天民低垂眼帘说，"逢时一没，我觉得自己真是有病！"

"天民，"我用手按着他的肩膀朗声说，"逢时要有意见也是对我有意见。今天在这里我把话说开，他托我和你说买地的事，是我没办。从心里说，我不赞成他在这儿盖房……"

一个中年妇女从八亩地南头的路上走过，看到我们她停住脚朝这边望了望，又向东边走去。

"天民，逢时也会觉得这片庄稼地远比一座庄院好！你信不信？"我继续说，"你想想，孩子不在家，剪子要那么大一片庄院干什么？'居高临下'那是他当支书的感觉，不是剪子的感觉。"

"青山，不卖给逢时地还有一条原因，我一直没跟你说。"天民两眼哀伤地瞅着远处说，"我是不愿他的名声再坏下去，在村里留下一辈子骂名！"

"你做得对。"我点着头赞许道，"要是我也会这么做。谁让咱是好了一辈子的发小呢！"

"到'那边'该什么都明白了吧？"不知天民这句话是在问我、问逢时还是问自己。

“逢时会理解的。就是逢时不明白，剪子也明白。”我对他说，“剪子私下跟我说，幸亏你没把地卖给逢时。真要建起那么大一座庄院，她一个人可不敢住，乡亲们还不在背后戳一辈子脊梁骨啊！”

天民长长嘘出一口气，忽然问我：“你能和农大的教授联系上吗？”

我心里一动：“你真要接支书？”

“前段时间我去前南峪和岗底看了两个典型村，都是在农大教授具体指导下一步步发展起来的。那是科学和眼界。我想让人家帮咱村把水土、气候等条件做个调查，看看到底该发展什么，怎么发展，再帮着搞个规划，请人家指导着干。从前咱们的森林面积倒是不小，但多是杂木，庄稼种植也太单一，经济效益差人们就不珍惜，就没了种植的积极性。咱得找到自己的优势，取长补短。”天民眺望着村南的山峦坚定地说，“这一阵我想通了，当年的森林不也是由小树长成大树的吗？逢时砍了，咱重新栽！咱这辈人欠子孙的债咱还，而且要还得更好！”

我眼里一酸几乎涌出泪来，弯腰倒满两杯酒，和天民一碰杯说：“就凭这份心地和谋划，这支书你能当好！”

“乡里新来的马书记也这么说。”天民淡淡一笑，“我逗他说，每张选票一百元，我可出不起这个钱。他说，谁敢贿选拉票我开除他党籍！年轻人比我还着急哩。”

“哈哈哈……”我充满信心地说，“你用不着钱。就凭你的心地，就凭你的规划，这支书非你莫属！只是……你‘退休’的计划泡汤了。”

“呵呵呵……”天民站起身，幽默地说，“用你们公家的话，这叫‘转岗’。”

我仰起头，太阳的余晖照在这个庄稼人身上，看上去就如一尊铜像。

深山来客

朱山坡[①]

有一年夏天，洪水过后，镇上的人看到一个陌生的中年人背着一个耷拉着头的女人走进电影院。他们觉得很奇怪，迅速摸了一下情况。令人吃惊的是，中年人是撑船从上游的支流鹿江来的。一条简陋的乌篷船，窄小得只能挤得下两个人。蛋河很少行船了，因为湾多水急，十分危险，曾经翻过好几次船，淹死过人，尤其是洪水过后，河道更加凶险莫测。鹿江很长，很窄，满是水草，几乎不为人知，它的尽头是鹿山。对蛋镇上的人来说，鹿山既陌生又遥远，像传说中的地名。蛋镇没几个人去过鹿山，不仅仅是因为偏僻，还险峻，不通公路，是深山野岭，仿佛是世外之地。过去是瑶民住的地方，他们很少出山，现在已经人迹罕至。中年人自称从鹿山来，都把蛋镇人吓了一跳，那得经历多少艰险啊！

“我们大清晨撑船出发，晌午到达蛋镇，刚好赶得上电影。”中年人长得高高瘦瘦的，憨厚老实，脸膛比镇上的男人都白净，还显得比镇上的男人更斯文，“看完电影还得回去。船上有火把，还有猎枪。”

人们不知道中年人叫什么名字，或者他说过了，他们也记不住。他们都

① **朱山坡** 1973年8月出生，广西北流市人。出版有长篇小说《懦夫传》《马强壮精神自传》《风暴预警期》，小说集《把世界分成两半》《喂饱两匹马》《中国银行》《灵魂课》《十三个父亲》等，曾获得首届郁达夫小说奖、《上海文学》奖、《朔方》文学奖、《雨花》文学奖等多个奖项，有小说被译介俄、美、英、日、越等国。现供职广西文联，为广西作家协会专职副主席，江苏省作家协会合同制作家。

叫他鹿山人。背上的女人是他的妻子。

看上去鹿山人的妻子五官长得真好看，是一个美人的模样，很年轻，但身体不好，脸色苍白，嘴唇没有一点血色。主要是腿不好，走不了路，浑身没有力气似的。蛋镇上的人都替她担心，也很疑惑：费那么大的劲来到蛋镇，难道就只为看一场电影？

是的，鹿山人的妻子来蛋镇就只为看一场电影。那天，鹿山人背妻子进电影院后，随即出来了，蹲在海报墙墙脚下卷烟叶，一直在烧烟。烟很香，把电影院门卫卢大耳吸引过来了。他给了卢大耳烧了一卷烟叶，呛得卢大耳一边粗俗地骂街一边大声地叫好。

“你不陪老婆看电影？”卢大耳问。

“不陪。电影跟戏一样，全是骗人把式，我不爱看。”

“你对老婆真不赖。”卢大耳说，“烟叶也很好，我怎么从没烧过这么好的烟叶。”

“这是山里的野烟，遍地都是。除了电影院，山里什么都有的。”鹿山人把口袋里剩下的烟叶都送给了卢大耳。烟把卢大耳呛得涕泪横流。

电影散场，他赶紧逆着人流进去找他的妻子。然后，背着妻子匆匆往蛋河方向走。步伐仓促，似乎又去赶下一场电影。

后来，在镇上几乎每个月都能见到一次鹿山人背着他的妻子来到电影院。每次都是，从蛋河旧码头下了船，鹿山人背着她赤脚经过碾米房，从四方井过来，沿着石板路，穿过肉行，来到电影院外，在海报前驻足一会儿，看看今天放什么电影，然后去售票口买一张电影票。电影快要开始了，鹿山人把妻子背进电影院，安置好，便出来，决不偷窥一眼银幕。电影散场了，他进去把妻子背出来，往河边走，上船，离开蛋镇，从不过多停留，更不在镇上过夜。卢大耳和鹿山人建立了相互信任的关系。卢大耳掐过时间，鹿山人从不在电影院里多待一分钟，他出来后，有时候还跟卢大耳边烧烟边攀谈一小会儿。卢大耳知道，鹿山人不看电影其实是为了省钱。他的衣服补丁很多，补丁的颜色各不相同，看上去实在有点寒碜。他还自带了干粮，烤红薯或南瓜饼。镇上的人都同情他，实际上也是担心居住在鹿山的人：在深山里，他们靠什么为生呀？靠什么养活孩子呀？

人们的好奇心和注意力主要在那女人身上。后来他们都知道了，鹿山人的妻子病得很重，危在旦夕。这让我们感到异常吃惊。但鹿山人似乎习以为常了，远没有他们揪心。趁她看电影之际，鹿山人从船上取下一些山货，竹笋呀、木耳呀、山药呀、干果呀，还有兽肉什么的，卖给镇上的人。“山里人不容易，能帮就帮吧。”大伙对这些东西并不是十分热爱，但也呼朋唤友把它们都买了。鹿山人千恩万谢，然后飞跑去卫生院买些药。药不多买，鹿山人说，山里什么草药都有，什么病都能治，买点西药主要是为了应急。

鹿山人的妻子得了什么病，大伙都慢慢看得出来。严重贫血症，根治不了，而且会越来越严重，慢慢地，最后死掉。有人说，像这种病应该往北京、上海，至少得往省城的大医院送治。可是，哪怕是把鹿山卖掉，鹿山人也筹不到那么多钱啊。他就只能按山里的医道医术和药物治疗。这也没什么不对，很多城市里治不好的病，在山里却能治好。因此，大伙也没有责难他，只是觉得他可怜，他的妻子更可怜。

“她哪里也不愿意去。她只喜欢看电影。只要看上一场电影，她就觉得病好了一大半。”鹿山人说。

见过鹿山人妻子的人都相信鹿山人说的话是对的，因为他们发现，从电影院里出来后，鹿山人的妻子原来苍白的脸竟然变得有些绯红，耷拉着的头也抬了起来，尤其是那双暗淡无光的眼睛变得像野草叶尖上闪亮的露珠。甚至，她要尝试着双脚踮地走路。电影真的有神奇的疗效。然而，未必每一部电影都是一剂良药。有一次，看了香港电影《胭脂扣》，从电影院出来，她在鹿山人的背上两眼发直，披头散发，哭得像山猫一样。鹿山人一边安慰她，一边往河边飞奔。好像是，若慢一点，她便要断气了。

如果不是为了看电影，鹿山人夫妇是不会千辛万苦撑船来到蛋镇的。鹿山人自己说，他原来也不是鹿山里的人，是从他曾祖父那代才从武汉搬迁到那里的。曾祖父是武汉最有名的戏子。有一天，一个国色天香的女子来听他的戏，迷上他了，连听了一个月。跟戏里一样的是，两个人走到了一起。山盟海誓、众所周知之后，曾祖父才知道她竟是一个北京王爷的爱妾，但已经无法回头，只好带着她一路逃奔。辗转无数个地方，最终才在鹿山安定下来。只是，从此以后，隐姓埋名，不再唱戏，做普通人。鹿山人没去过大地方，来到蛋镇也不愿意过多抛头露面，低调而谦卑，办完事就离开，好像跟他的祖宗一样，还坚持隐姓埋名、小心谨慎地生活。

卢大耳知道许多鹿山人的秘密。经过卢大耳的传播，秘密便成了公开的消息。卢大耳说，鹿山人的妻子身世也很复杂。她是来自武汉的知青。来到鹿山前，她的父亲跳进长江不见了。来到鹿山后第二年，她患贫血病的母亲也死了。鹿山来了十一个知青，到最后只有她一个人留了下来。武汉没有亲人了，她不愿意回去了。更重要的原因是，她和鹿山人好上了。

从神态和动作就轻易看得出来，鹿山人和妻子十分恩爱。从河边到电影院的路上，鹿山人不断地转过头来问背上的妻子：累不累？饿不饿？晕得厉害吗？妻子每次都是做出否定的回答，还不时给鹿山人擦汗，轻轻摸他的脸……蛋镇人把鹿山人当成了楷模，不少平时经常争吵的夫妇自从见识鹿山人之后竟然变得相敬如宾。蛋镇人还把鹿山人夫妇当成了客人，每次见到他们都主动凑上去，问鹿山人：这次又带什么山货给我们？他们对山货倾注了最大的热情，一抢而光，扔下来的钱让鹿山人感到既惊喜又不安。而他们更关心的是鹿山人的妻子。电影还没有开始，她就坐在电影院墙脚下等待。他们围着她嘘寒问暖，有时给她递上一碗热粥，一杯热开水，或者一根冰棍。还有人给她塞人参、鱼肝油、麦乳精甚至雪花膏，都被她婉拒了。有一次，鹿山人上船离开了，走了好长一段水路，竟然又折返回来。因为妻子才发现有人在她的布袋里塞了名贵的山东阿胶，她坚决要物归原主。可是没有人承认是自己塞的，大伙都劝她收下，补补身子。但她一再拒绝，决不肯接受。鹿山人很焦急，最后把阿胶交给了老吴，请他代转交原主，她才同意回家。

“你们不必为我们担心。鹿山，除了电影院，什么都有。”她苍白的脸上一边是歉意，另一边是感激。

这天晌午，鹿山人背着妻子又来到了蛋镇电影院，却在海报墙上看到一张白纸黑字的告示：台风将至，今天不放电影。妻子难掩失望，立马瘫软在鹿山人的背上，用力扯他的耳朵，责怪他来晚了，要是昨天或前天来就不会错过电影。鹿山人不断地解释安慰。他的两只耳朵红彤彤的，都被扯裂了吧。街道上的人为应付即将到来的台风正疲于奔命，顾不上他们，只是匆匆跟他们打一声招呼就算了。

鹿山人背着妻子要走，却被妻子阻止了。

“我要看电影！”妻子像孩子撒娇似的说。

鹿山人说：“台风要来了，今天电影院不放电影，我们赶紧回家吧。”

妻子说：“可是，我们比台风先到呀。”

鹿山人说：“台风过后，我们再来。”

妻子说：“你害怕台风呀？你害怕回不了家呀？”

鹿山人沉默了。谁不害怕台风呀？台风来了，摧枯拉朽，地动山摇。还有暴雨、山洪，猛烈得惊心动魄。

妻子从鹿山人的背上挣扎下来，扶着墙挪步到电影院正门，伸手摸了摸

“蛋镇电影院”的牌子，突然变得莫名哀伤，竟掩面低声地抽泣。

鹿山人吃惊地问：“好好的你为什么哭？”

妻子说：“我心里的悲苦，像台风，像鹿江，像山洪暴发。”

鹿山人知道妻子内心的悲苦，但她还是第一次说出来。平时，她从不埋怨，也从不哀叹，心里最难受、最绝望的时候，也只是对鹿山人说：“我想看一场电影。”于是，鹿山人连夜准备，第二天一早便出发。这一次，本应该是昨天或前天出发的，但因为要收割最后的一亩庄稼推迟了。

鹿山人也黯然神伤，向妻子保证说：“台风过后我们还来看电影，一个月看两场。”

妻子说：“我不等了，等不及了……我等不到台风过后了。”

风似乎越来越紧了，天空中的云朵也变得慌乱起来。鹿山人不知道怎么说服妻子，只是俯下身子，试图让她爬到他的背上，然后回家。可是，她固执地拒绝了。鹿山人尝试性地去背她，被她推开了。鹿山人站起来，要抱她。她躲闪开了，双手抚摸着电影院的牌子，突然号啕大哭。那哭声就是山洪暴发，悲痛欲绝。后来镇上的人回忆说，这辈子从没有听到过如此撕心裂肺的哭声，像孟姜女哭长城，电影院都快被她哭塌了。路过的人们都停下手里的活，围过来劝慰她。

“台风马上要到了，电影院没人上班了，连学生都放假回家了。”

“只是少看一场电影嘛，又不是世界末日。只要电影院还在，就还会有电影看。”

“台风过后，你可以连看三天电影。住我家里，管吃管穿，要住多久都行。”

……

可是，谁也无法劝止她的哭。不是一个孩子在哭，而是一个内心悲苦的人在宣泄。鹿山人和大伙都束手无策。这样哭下去，对本来就病弱的她会雪上加霜。

这个时候，电影院院长老吴从电影院走出来：“这是哪个龟孙子贴的告示？”一把撕下自己亲手贴上的告示，对鹿山人的妻子说，“今天照常放映！”

鹿山人妻子的哭声戛然而止，用哀求的眼神将信将疑地盯着老吴。老吴让鹿山人背起妻子跟着他走进电影院。不一会儿，电影院里便传出片头曲的声音。

鹿山人从电影院里走出来兴奋地告诉大伙，真的放电影了！你们也进去看呀。

电影院的大门敞开着，没有售票员，守门的卢大耳也不见踪影，但大伙只是侧耳倾听，没有谁趁机混进去。他们都明白，这场电影是老吴专门给鹿山人的妻子放映的。在蛋镇电影院历史上，这是头一次免费给一个人放电影。可是，没有谁说阴阳怪气的话。

鹿山人在电影院外头蹲着，独自烧着烟叶。他们走过来，心照不宣地摸摸他的头，然后默默走开。不断有女人走过来叮嘱他："等电影散场了，你带她到我家吃碗热鸡汤再走。"她们不厌其烦地给他指路，哪条街哪条巷。鹿山人一概答应，反复致谢。女人们发现，鹿山人满脸疲惫，更瘦了，明显苍老了许多，不禁叹息："他怎么还背得动自己的女人啊！"

这次，鹿山人始终没有离开电影院一步，一直到电影院结束，传来片尾曲的歌声，才进去把妻子背出来。

鹿山人的妻子脸上的绯红色更加明显，看上去比任何时候都亢奋。她在他的背上仍兴致勃勃，热泪盈眶。那是电影带来的泪水。鹿山人觉得今天的电影很好，妻子看开心了，心里感觉特别幸福。

老吴对鹿山人说，台风过后，欢迎你们再来看电影。

鹿山人对老吴千恩万谢。他的妻子眼含泪水，频频点头向老吴表达谢意。

老吴像一个老父亲，抬手轻轻地替她捋了捋被风吹乱的头发。

"你今天特别漂亮！"老吴慈爱地赞美了她。台风的先头部队已经到了，它们攻打着电影院的窗户。上次台风攻陷放映室，砸毁了一台放映机。老吴不敢掉以轻心，转身跑回电影院。

鹿山人以为妻子同意跟他回家了，可是，她说要去照相馆，"老吴说我今天特别漂亮。"

"时候不早了……"鹿山人说。

妻子说："反正每次都要点火把回家的。"

"台风来了！"鹿山人伸出一只手去捕捉风，感受到了异样，焦急而不安地说。

妻子说："死都不怕，我还怕台风吗？"

鹿山人只好改弦易辙，去往国营照相馆。

这是蛋镇人最后一次见到鹿山人和他的妻子。这次台风过后，多少次台风过后，再也没有看到他们的踪影。

老吴有点想念鹿山人。他断言，鹿山人永远不会再带他妻子来蛋镇看电影了。可是，当别人问"为什么"时，他只是摇头，叹息，不愿意向大伙解释。

有人猜测说，洪水过后，是不是鹿江河道阻塞，行不了船？

也有人乐观地估计说，可能鹿山也有了电影院，比蛋镇电影院更宽敞更坚固，还免费，即使台风来了也不耽误看电影。

还有人小心翼翼地说，鹿山人可能带妻子去武汉治病了，只有大医院能治好她的病。

但就是没有人愿意说出那句话：鹿山人的妻子或许已经离开了人世。

……

有一天，国营照相馆在玻璃橱窗展出了一幅32英寸的大型彩色照片，装了金色的边框。照片里的女人穿着橘红色的旗袍端坐在黑色的椅子上，秀发及肩，脸色绯红，面带微笑，双目炯炯有神。

“多漂亮的女人啊！像《胭脂扣》里的如花。”

不少人乍看以为真的是演员梅艳芳饰的如花。但眼尖的人一眼便能辨认出照片上的人是鹿山人的妻子，当然，也看得出来，是化了妆的。国营照相馆的人说，鹿山人说好台风过后来取照片的，但两年多过去了，仍不见有人来取。

无论从哪个角度来说，这张照片都好得无可挑剔。后来，它一直摆在橱窗里，已经成为国营照相馆的广告。

镇上见过鹿山人妻子的女人，有时特意路过国营照相馆，就为瞧一眼她的照片。常常有人在照片前驻足良久，一言不发，仿佛是，想跟她说些什么，却又不知从何说起，直到惋惜和哀伤使她们的脸不堪重负，才默默走开。

审 判 日

胡学文[①]

1

往餐桌边一坐，他便发现了妻子的异常。照例是丰盛的，拌猪耳，拌海带，炒豆芽，烤鸡翅。量都不大，盛在碟子里，鸡翅仅一个。但没有每餐必备的腌黑豆。他五十出头，却没有一根白发，妻子的腌黑豆功不可没。刚出狱那会儿，他几乎全白。那时，他并不知妻子每餐上腌黑豆的用意，直到看过那档电视节目。她从没向他说什么，她就这样，总在心里做事。偶尔一次不上也没什么，他不是据此察觉到异常。妻子眼里揣了东西，虽然她竭力掩饰。

怎么——他停住，没往下说。正要起身，妻子突然反应过来，说我来。腌黑豆的瓷坛子就在角落，她蹲下去，利落地舀了一勺。他已经吃上了。她厨艺很好，很合他胃口，从他咀嚼的声音可以听出来。而她机械地夹着，每次只那么一小点儿，像喂小鸡。她的体形，以及从没长起来的头发，也确实像个小鸡。他一把就能攥在手里。

---

① **胡学文** 男，1967年9月生。中国作协会员，河北作协副主席。著有长篇小说《私人档案》等四部，中篇小说集《麦子的盖头》《命案高悬》等十三部。曾获《小说选刊》全国优秀小说奖，《小说月报》第十二届、十三届、十四届、十五届、十六届百花奖，《十月》文学奖，《北京文学 中篇小说月报》奖，《中篇小说选刊》奖，《中国作家》首届“鄂尔多斯”奖，青年文学创作奖，孙犁文学奖，鲁迅文学奖，鲁彦周文学奖，《钟山》文学奖等。

他猜到了。这让他不快，但他没问。绝不问。只是咀嚼的声音更大了。他夸张地吧嗒着，那只黑猫早就在脚底守着了，等待他把啃过的鸡翅丢下。黑猫摸透了他的脾气，安静候着。可能今天他吧嗒的声音实在太大，黑猫也馋了。黑猫先喵一声，又喵一声，然后蹭蹭他的裤角。黑猫是想提醒他吧。他狠狠踢了一脚，黑猫跳开。委屈和不满让黑猫的叫声失去章法。

她们下午过来，妻子小心翼翼的，在他的咀嚼声小下去的间隙，她说出来。他似乎没听明白，谁呀？妻子当然知道他装糊涂，这使她更加紧张，双菊和小可。他狠狠把鸡翅骨丢出去。平时会留一丝肉在上面。不多，就一丝。这次啃得很干净，光秃秃的。黑猫却没嫌弃，迅速叼住。

你说谁？他突然想起来，她在和他说话。

双菊，还有小可。妻子的目光像风中的杨柳枝，摆一下，又摆一下。

怎么又来了？他皱皱眉，你叫她们来干什么？

妻子的鼻尖亮晶晶的，像镶了宝石，是她们自己……她们想看看你。

他的眉拧在一起，我不用她们看。哪来哪走。我活一天她们就别登这个门。

就一会儿，她们坐坐就走，妻子乞求，不见双菊，见见小可总可以吧，她可是你的外孙女呢。

谁也不见！他站起来，仍嫌不够，走到门口，又重声强调，我和她没关系！

砰，卧室的门合上了。

妻子半张着嘴，目光似乎被门板夹住了，试了几次都没有拽回。卧室的门平时不关，白天不关，夜里不关——特别是夜里，这样才能听见前边的动静。前边是杂货铺，后边吃饭睡觉。吃饭和睡觉的地方隔一扇门，只在他午休和生气的时候才关门。他明显生气了，又是午睡时间，那门冷漠地隔开她和他。她终于把夹伤的目光拽开。她揉了揉眼，又揉了揉，叹口气。虽然结果是预料到的，她还是有些伤感。她是个勤快女人，吃剩的盘碗从不在桌上停留，不管心情多么糟糕。收拾完，她坐了一会儿，估摸他已经睡着，从橱柜拎出塑料盒。他从来不开橱柜，所以她的秘密都在橱柜藏着。他只吃掉一只，另外五只是留给小可的。

妻子看见蹲在桌上的黑猫。黑猫也正看她。黑猫知道她的秘密。她心里一动，抱起黑猫。小可会喜欢的。走至门口，她想了想，又放下了。小可是女孩，万一抓伤她呢。黑猫死皮赖脸的，她吓唬几次，黑猫才退回。

妻子锁了杂货铺的门。走出几十米，她忽然有些疑惑，锁没锁住呢？没锁顾客就会进屋，就会吵醒他。终是返回来。她拽了一下，又拽一下，踏实许多。

她对他撒了谎，双菊和小可上午就过来了，住在常住的塞北客栈。双菊和小可有时半月来一趟，有时一月来一趟。有时住一晚，有时几小时就回去。这得看双菊忙不忙。双菊和小可住在县城，她和丈夫住在镇上，虽然只有几十公里，见面却没那么容易。丈夫在里面时，她和双菊是住在一起的，有一年她摔折了腿，躺了三个多月，都是双菊伺候她。这些，她没告诉他。偶尔，她会说到双菊，还有小可。他要么瞪她，冷冷地，什么都不说，要么警告她。后来，她的嘴就挂了锁。但她的心是锁不住的，站着坐着躺着包括做梦，双菊和小可永远是主角。她叫双花，双菊这个名字是她起的。她还想给小可起个带花的名字。双菊说全是花，分不出大小了。她就没坚持。

和女儿外孙女见面跟做贼一样，每次都偷偷摸摸。跟她还是跟我？你自己选！说这话时，他一点表情也没有。她不想和他分开，可也不想和女儿划清界限。好几年了，就这么偷偷摸摸的。之前他不是这样的，坐了一次牢，心就跟石头一样硬了。她第一次和女儿去探望，他几乎要咆哮了，血红的目光要淹没她和双菊。再后来，她就一个人探望他。他出狱后，双菊和小可带了许多东西，酒啊肉啊什么的，登门看望。他没让双菊和小可进门，还把双菊放到门口的东西统统扔到大街上。野狗抢食的吠叫与双菊的哭声搅在一起，她的心都要碎了，而他冰冻的脸始终没有消融。当然，他再霸道，也挡不住她和女儿的来往。伤感一路走一路撒，看见“塞北客栈”的牌子，她的目光像花枝一样摇曳。

2

双菊，你抬起头，看着我，别躲躲闪闪的。内心波涛汹涌，但他的语气还算平静。

双菊仍不敢直视他。仿佛他的目光是燃烧的火焰，她则是稻草，一碰便化为灰烬。

爸爸……她快哭了。

别叫我爸爸，我不是你爸爸。

爸……他喝一声，她停住，眼泪却出来了。

他一阵快意。说吧。

说……什么？

说什么还要我教你？他敲打着桌子。

她哆嗦一下。

为什么背叛……疼痛袭来，他的脸扭曲得变了形。他连喊，为什么为什么为什么呀？

我……

来个火机，老乔。和声音一同滚进来的是肉铺的方胖子。突然勒住野马般的思绪，他稍有些不适，两次才摸到火机。方胖子将一枚硬币拍在柜台上。他笑了笑，推给方胖子。肉铺和杂货铺正对着，只隔一条马路。方胖子肉墩墩的指头摁了摁，那枚硬币便黏附在手上。走到门口，方胖子突然回头，诡秘一笑，西头的发廊又开了，只查封了两天。是吗？他淡淡回应。虽然只是个镇，但每天有奇奇怪怪的事发生，不过他没什么兴趣。

杂货铺重归安静。他想让审判继续，努力几次都未能成功。这样的审判从他入狱便开始了。时间在变，地点在变，主角始终是他和双菊。他花样翻新地审问，而双菊彻底被钉在被告席上。无聊了，他审；兴奋了，他审；醒了，他审；睡了，他审。每天都是他的审判日。以前也被打搅过。谁让他开着杂货铺呢？可一旦重归清静，很快就能重归状态。这次不灵验了。他有些恼火。又试了几次，终是放弃。他像个蹒跚的老者，怎么也爬不到高高的审判台上。

他有些沮丧。坐在柜台后面，目光飘摇不定。

后来，他接到一个电话。彼时他快睡着了。中午没睡好，有点儿犯困。双花在后院择菜，听说他要出诊，不知是紧张还是惊喜，声音打着旋儿，几……点……回？她巴不得他现在离开呢，这样她就可以见双菊了。他还知道她中午偷偷出去了。他没戳破她。他的目光依然有些冷，也有些硬。她忙说，我……好……准备饭。看见我的车钥匙了吗？他大声问。其实钥匙就在墙上挂着。她摘下来递给他，叮嘱他骑慢点儿。他头也不回地说我知道。院里有个石棉瓦车棚，嘉陵摩托常年在那里放着，除了出诊，他平时不动。他把摩托推出车棚，没有马上发动。她在门口站着。似乎这时才想起她说了什么，他偏过头，别准备了，我在外面吃。顿了顿又补充，晚就不回来了。

一小时后，他到了村子里。

他曾经是个兽医，在这个草原小镇，兽医是个体面的职业。而他在这方面又很有悟性，早早就有了名气。他的前途像牛市的股票，攀升的速度自己都没想到。副站长，站长，副局长，四十出头便成为畜牧局一把手。熊市突然就来了，毫无征兆，一夜之间他的一切蒸发得干干净净。出狱后，他回到镇上。两年后盘下杂货铺。他没有重操旧业的打算，然而不断有人找他。他们的牛马，他们的猪羊都需要他。光环没了，医术还在。他又背起药箱。平时是杂货铺老板，骑上摩托就成了兽医。杂货铺生意清淡，勉强糊口，他也需要别的收入。当然，行医带来的不止这些。

忙活近四十分钟，他说没事了。他说没事，就肯定没事了。结账时，他一项一项列出。该找还主人两块钱，虽然主人再三说不用找了，他还是塞回去。一码归一码，每次出诊他一定要备好零钱。

出了村庄，他将摩托停在路边，发了条信息：羊毛剪完了吗？可需帮手？他撒了尿，又站几分钟，仍没有回复。五月的风从后颈掠过，凉凉的。这娘们儿，不会把手机又关了吧。手机买了还不到两个月，当然是他买的。他只好拨过去，通了，她接的。她嗓门高，说话也直接，知道你这个鬼就馋了，找什么由头，赶紧过来！没人听得到，他还是左右瞅瞅，并迅速挂断电话。老娘们，总这么赤裸裸的。没办法，他喜欢的就是她这一点。

拐上公路，走了一段，又拐下去。出诊的村庄在南边，他要去的村在北边。路不怎么好走，嘉陵摩托和他的心一样，一路颠簸。

女人叫赵月，就住在村边。她刚刚洗过头发，发梢还滴着水。衣服也是刚换的，还未来得及系扣子，红背心忽隐忽现。她的内衣几乎全是红色的。她身上有股淡淡的味，是田野的味道。他轻轻嗅着，她察觉了，狠狠掐他一把，骂，老没出息的！

进屋，她反手插了门。是那种老式的木头插销。听到咔的一声，他便踏实了。当然，他的疯狂也会暴露出来。没有任何过渡，没有任何程序。她比他更喜欢直截了当。结束后，她说冰箱还冻着一只兔，他若早打一会儿电话，该炖好了。他说现在炖也来得及，夜还长着呢。她忽然坐起来，盯住他，你个鬼，哄我可不是一次两次了。他没说话，摸出摩托车钥匙塞她手里。

次日，他睁开眼，太阳已经几竿高了。窗帘不怎么严实，光线从缝隙射进来，金丝一样悬在半空。头隐隐地疼，身子也有些软。他和赵月喝了一瓶白酒，又好一通折腾，她还想说话的，他实在困了。睡得死，都不知赵月什么时候起的。他喊一声，赵月没应。听了听，院里没有任何声音。赵月养了二十几只羊，和其他养羊户轮流放牧，每天早上须把羊赶到一个地方集中。

他猜她赶羊去了。他本来想起的，可浑身酸困，于是翻过身，打算再躺三五分钟。结果又睡过去。

他被咣当的声音惊醒。虽然迷迷糊糊，仍觉出不对劲。他赤裸着坐起，因为动作猛，眼前阵阵发黑。可还是看清了。地上立着一个男人。男人显然也很意外，嘴巴和眼睛瞪得溜圆。两人愣愣地对视着，足有一刻钟。男人没头没脑地问，你怎么睡在这儿？他努力压制住慌乱，带着些许恼火，你是谁？你怎么进来的？

他的诘问并未使男人紧张，相反，男人明显松弛下来，是乔兽医吧，我认识你。男人三十上下，左颧骨有片淡紫色的印记。嘿嘿，我姓许，叫我小许好了。小许伸出手，要和他握的。他没理。他的大脑迅速旋转，这是怎么回事，难道掉进赵月的陷阱？小许似乎猜到他在想什么，杏花婆婆——就是赵月，她放羊去了，今天轮她放，怎么，她没告诉你？他暗暗骂死娘们。小许淡淡的，她粗心大意的，总是忘了锁门……把你锁屋里也不合适啊，她晚上才回来呢，要不，我去喊她？他悻悻地说不用了。

小许是误闯进来的，他已经明白。可误闯的小许却没有马上离开的意思，你还没吃饭吧？我把杏花喊过来？还是你跟我过去？杏花厨艺一般，不过挺会烙饼。他厌嫌地摆摆手，恨不得马上把他轰出去，不用了，我没胃口。小许嘿嘿着，实在不好意思，我不是故意的，我的头盔忘她这儿了。他说，你忙你的吧，不用管我。因为愠怒，他的声音有些抖。小许仍旧嘿嘿着，我真不是故意的，你多担待啊，不过也没什么，对吧？时代不一样了。他恨不得跳下地拽出他的舌头一刀剁了。小许还在解释，他绷着脸一件一件穿衣服。他一点也不慌乱，慢条斯理，就像在自家那样，可他的心在下沉。

别忘了替她锁门，她总这么粗心大意。小许终于要走了，却不忘嘱咐他。

拨打电话时，他听到牙齿撞击的声音。

才起来呀，你个鬼，快中午了！草野上，她嗓门更高。

怎么不叫我？你这老娘们！

赵月活泼地，你睡得死，不忍心啊。怎么，误你事了？

他嚷起来，门呢？为什么不锁？你的记性让狼掏了？

赵月这才听出他真的生气了，委屈地说，我傍晚才回，锁了门，你能出来？……怎么了？

他怒冲冲地骂，你就是头猪！

3

晚餐是饺子，猪肉大葱，猪肉茴香，每样十个。其实没必要两种馅，他不挑剔的。但她乐意弄。做饭，对于她似乎是享受。她垂着头，他仍能窥到她眉梢的变化。她把双菊和小可领回来了。他彻夜未归，正好给了她机会。屋里没什么变化，但双花的神态明明白白地告诉他。他不允许双花和双菊来往，但是从来没有强制她必须听从。双菊虽非她亲生，毕竟是她从小养大的。他清楚双花付出了什么。他不也曾宝贝一样宠着双菊吗？可是……每每想到此，他便被扒掉衣服游街示众似的羞愧难当。她们可以偷着来往，但他绝不允许双菊登门，这是他的底线。双花越界了，他该大发雷霆才对，可整个胸腔被掏空了般，没有一点儿力气。他没说什么，只是脸色不大好。她当然感觉出来了，呼吸都小心翼翼的。

外屋传来吆喊，妻子要出去。他制止了她。他对那声音再熟悉不过。

赵月紧贴着柜台，胸脯急剧起伏。你怎么来了？他压低声音。他从未如此鬼祟。赵月朗声道，我的牛病了，乔医生，一整天不吃草。他瞪视着她。她的脸汗腾腾的，显然赶了急路。太晚了，他说，明天我过去。他示意她离开。赵月突然探出胳膊，他闪了一下，衣服还是被她抓住。乔医生行行好，你跑一趟吧。若不是隔着柜台，她就撞过来了。他低喝，松开！赵月没松，满眼乞求，乔医生啊，你就辛苦一趟吧。他欲拨开她，触到她的手背，他不由一颤。他不止一次抚摸她，却是第一次碰她的手背。粗硬的关节山峰一样突起，几乎硌着他。他盯着她，带了些柔软的愠怒，怎么也得让我吃完饭吧？她松开，我在路边等你啊。

他吃了两个饺子，喝了半碗汤，慢腾腾的，像思考什么重大问题。推出摩托，把后视镜反复擦拭过。磨蹭足足一刻钟。赵月在镇外的公路边等他。他停下，她立刻跨上去。天暗下来，没有谁在意一对骑摩托的男女，但赵月没搂他的腰，只是捉了他的后衣襟。赵月不是那种小心翼翼的人，但在和他的事上，她始终是有分寸的。两人好了数年，她是第一次造访他的杂货铺。

从公路拐下来，他将摩托停在路边，熄了火。怎么了？你不是要把我扔这儿吧？赵月说着环顾四周。你个猪头，为什么不锁门？他仍气冲冲的。赵月甚是委屈，我不说了吗，不忍心叫你，又怕你有事，锁了门，你能出来？他说，有个姓许的去取头盔，他是你什么人？怎么头盔在你家放着？是这样啊，赵月终于明白他恼怒的缘由，昨天他替我干活来着，喝了些酒，头盔落下了。我没想到……他不会乱说的。她清楚他担心什么。只是个干活的？他无不嘲弄，她当然听出来，很肯定地，没错，只是个干活的。他没再问，两人就在黑暗中静默着。公路上，一辆车由远驶近，白色的光柱如锋利的刀片，将夜色一块块切割掉。

过了一会儿，赵月说，你知道的，我儿子在牢里，杏花没和他离婚。她那么年轻……那个小许……杏花好歹还是我儿媳。

他暗暗心惊。那……那么……他是想说什么的，可大脑突然一片空白，什么也想不出来。

你没事吧，她问，声音极其平静。他摇头，很轻，她或许觉察不到。赵月说，小许不是什么好货色，不过，他不会乱说的，我心里有数。他想起小许的语气，连她都说他不是好货色，她有什么数呢？如果你还不放心，赵月说，我回头敲打敲打他，好歹我也是杏花婆婆。他一阵晕眩，算了，他也没把我怎样……上车吧。

回到杂货铺快九点了，双花正看一档娱乐节目。她立马调低声音。饿了吧？我这就热。她的眼神和声音都带着讨好。一直这样，他在牢里，她去探望，也是如此。他摇头，你看吧，我去前边。

夜晚和白天一样，他多半在柜台边，双花则守着电视。双花爱看电视，常常看到深夜，而他则在柜台边坐到深夜。整个营盘镇，他的杂货铺关门最晚。究竟是他在等双花，还是双花在等他，真说不好。他留给双花大把的时间，双花是清楚的。而双花留给他安静的空间，双花未必清楚。就像他知道双花在看电视，而双花从来不知道坐在柜台后的他在干什么，在想什么。

审判继续。

从未间断。

4

他审视着双菊，双菊躲躲闪闪的。不只是因为居高临下，她的躲闪也带给他优越感。双菊，你抬起头，看着我，请你回答，我很想知道，太想知道了，这一切究竟是为什么？你告诉我，你说话呀！双菊细瘦的目光触他一下，立即跳开。她的脸涨得通红，吭哧道，我……

小许突然撞进来。如往常一样，嬉皮笑脸的。这令他异常恼火。这个封闭的法庭只属于他和双菊，绝不允许第三者围观。可小许总是破壁而入，不请自来。自那天相遇后，小许就成了法庭的常客，癞皮狗一样。审判一次次中断夭折。每每他驱走小许，双菊也逃得无影无踪。

他妈的，你还要脸不要？他被激怒，一跃而起，顺手拿起烟灰缸。然而他的手腕被牢牢扼住。

乔医生，你这是干什么？

他愣了一下，怔怔地看着。小许没有随双菊消失，站在柜台外，和他隔着一米左右的距离。他能闻到小许嘴里的酒味。

你怎么进来的？

小许松开手，在他眼前晃了晃，乔医生，你是不是做梦了？你的店铺敞着门，我当然从大门进来的。

他颓然坐下去。他太专注也太紧张了。他端起水杯，借以掩饰自己的失态。只剩下杯底了，他慢慢啜着。一片茶叶吸到嘴里，他嚼了又嚼，直到成了碎末。他抬起头，你要干什么？

小许的目光从货架缩回，乔医生，怎么是审问的架势？都说顾客是上帝，上帝到杂货铺还能干什么？你对顾客都这个态度吗？

他意识到话有些生硬，缓了口气说，正犯困呢，还没醒过来，烟？酒？

小许嘿了一声，不好意思，打扰了你的美梦。来两条玉溪。

他提醒自己——小许只是个顾客，他得自然一点儿。小许问完价钱，开始掏钱。先是左兜，后是右兜，最后摸出十块钱，咦，钱哪儿去了？又摸一遍，小许极其恼火道，一定让那娘们儿捋走了。他看出小许的装模作样，当然看得出。小许的表现比他预想的舒服一些，至少，在装。他说，算了，下次吧。小许当即把烟夹在腋下，那就谢谢乔医生了。走到门口，小许回头，改天你下村，我好好请你，你尝尝杏花的手艺。比她婆婆可强呢。

他的心迅速一沉。妈的，他暗骂。不该让小许拿走，他的表现实在太差劲了。这或许只是开始，有了第一次就会有第二次。两条烟倒没什么，这不是钱的问题。为什么怕那小子？不行！不能如此软弱。

他追至门外，小许已经没了影儿。他不死心，目光竭力往街的两侧伸展。小子，便宜你了。他暗骂。

如他所料，半个月后，小许再次找上门。小许斜椅着柜台，东拉西扯，就像和他熟识多年，特意找他侃大山的。他虚应着，终于不耐烦，问小许想干什么。小许这才拍拍脑袋，突然想起来的样子，瞧我这记性，来两条烟。

他没有立即拿烟，先报了价钱。小许又开始翻兜。他冷着脸沉默着。小许翻了一会儿，说，先欠上吧。他摇摇头，指指柜架上的字。字迹陈旧，但仍清清楚楚：本店概不赊欠。小许哧地一笑，那是对外人，咱是亲戚，对不对？他被烫着，微微一缩。他仍没开口，只是眯了眼，目光变得锋利。小许并不在意，还往前凑凑，掰着指头和他攀亲。他耳膜有些疼，转身抽出两条烟丢柜台上，同时低喝，你他妈给我滚！小许似乎被他吓着，边退边说，别生气，不就两条烟嘛，不值当的。小许闪出去，他立马又后悔了。待追出去，小许哪还有影？

小许摸着了他的软肋，他想。可他的软肋究竟是什么？担心和赵月的事被小许嚷嚷出去？那不是什么光彩，满城风语对他没什么好，他毕竟是受人尊敬的兽医。可对他有多么的不好，又谈不上。如果他还是畜牧局一把手，或有人借此做文章。如今的他，还能给人增添嚼舌的兴致吗？他不在乎的。怕双花知道？他更不在乎。双花不是那种哭喊吵闹的女人，顶多是离他而去。年轻时，他几次想和她离婚。她不生育。有一次他和她都到民政局门口了，可最终拽着她离开。或许是这个原因，她在他面前始终垂着眉。他习惯了她的垂眉和照顾，她若离开，他会不习惯。也就是不习惯而已。除此，他还有什么软肋？

他不会再让小许得逞，这和敲诈没什么区别。数日后，小许再次登门，他再次妥协。而且，小许刚刚离开，他就恼怒万分。小许胃口倒是不大，两条烟对他来说不算什么。但问题不在于多少，而在于他的日子多了枚钉子。他越是想拔出来，钉子越是锲而不舍地扎下去。

其间，他几次到村庄行医，以往会绕到赵月那儿，吃顿饭，顺便干点儿其他。赵月长得并不好看，也谈不上聪慧，不良嗜好倒不少。抽烟喝酒，说起脏话甚于男人。可他喜欢赵月的正是她的不良。趴在她身上，他才能体味到什么是放纵。是的，她更像他的一味药。钉子的锲入坏了他的胃口，每每想起赵月，身体的某个部位便隐隐作痛。赵月给他打过两次电话，说旱得厉害，她感觉自个儿要裂开了。她的赤裸没有刺激到他，他应付得一本正经。他没提小许，那会儿让她窥见他的怯懦。

5

营盘镇到县城有一个小时的车程，不算远。但距离未必与里程有关，戴上手铐那一刹，这个五万人口的地方便成了他的麦城。除非一些特别的事，他极少到县城。他不属于那里，那里也不属于他。现在，他坐在通往县城的客车上，还是和双花一起。他们县城的房子要拆了，得去签字。房产簿上写着他的名字，但夫妻双方同时到场才可以签字。

签字手续很简单。工作人员将需要签字的页折好，翻都无须他动手。然后，他拿着补偿协议到另外一间屋子办理打款手续。半年前，他就将房腾空了。交出钥匙，拿到补偿款，就彻底办完了。工作人员给了他一张凭证，三日后持凭证换取支票。当然有理由，诸如需领导签字，等等，谁都是这么办的，并不是刁难他。他没再说什么。

到了大街，双花问，现在就回么？他看她，整个签字过程中，她没说一句话，工作人员也未证实她是否是他的妻子。双花眼里的内容，他当然读得懂。他还知道她的包里装了吃的，昨天就装了，他假装没看见。你还有事？他故意问。双花说她想转转，末了又补充，好不容易来一趟。他说好吧，咱们分开走，一会儿车站见。双花大约没想到他应得如此痛快，突然漫上的惊喜让她的目光亮闪闪的。用不了多久，我转转就——他的慷慨也令她有一点点紧张。他打断她，说他也要办些事，下午三点在车站等她。双花扶扶头，好像被他击晕了。他掏出一千块钱给她，让她看中什么就买上。双花往后缩着，我带着呢。他不由分说塞她手里，让你拿你就拿着！她似乎察觉到一点不一样的东西，试图从他脸上发现什么。他已经转身。

他当然知道双花要去哪里。不但没有喝止，还故意把时间延到三点。这样，双花中午就可以见到小可。她有足够的时间和小可在一起。他看出双花的意外。其实，他也对自己的变化吃惊。不再强烈排斥，有些纵容和包庇的意味。

他并没有什么事，不过是给双花留出时间找借口。他有几个朋友，在他坐牢时曾去探望过，此后便没了来往。他很少和他们联系。而曾经的同事，好多他都想不起面孔。可能，他从来没有认认真真注视过他们。打个电话，请他吃饭的人还是有的。但那有损他的脸面。虽然他的脸面早已不堪。他岂可为一顿饭将自己售出？

县城不大，走个来回还没用一小时。他当然不会走第二遭。他想到别的地方转转。二十分钟后，他来到他住过的地方。一半的区域已经拆了，另一半待拆，墙壁上已用红漆标注。他的房在中间一点的地方，街巷堆满砖头和椽檩，穿越时他几乎崴了脚。钥匙已经交了，进不去。事实上，他多年没有进去过了，房子已经出租多年。双花几次暗示双菊没房子住，他置之不理。一个被审判的人，有什么资格住他的房？双菊？哼！虽然他与双菊形同路人，但双花在身边，他对双菊的情况还是了解一些。双菊和她的丈夫在市场摆摊，起早贪黑，勉强糊口。她是自作自受。他进去那年，她念高二。告发他，或是她这辈子最大的荣耀了。如果没有这档事，她高中毕业他就会为她找份体面的工作。在他这个位置，给女儿弄个工人身份很容易。可她……她毁的不只是他的前程。六万块钱，让他在那个阴暗的地方待了六年。一万一年，非常容易算的账。他不明白，到现在也不明白，他辛苦养大的双菊怎么会因他人唆使而出卖他。

愤恼无声滋长，瞬间繁茂如林，几乎撑裂他的胸腔。他瞅了瞅，墙侧有块石头，他坐下去。审判，是他的生活方式，也是他化解愤恼最有效的办法。他不需要特别的法庭，坐在哪里，哪里就是法庭。审判屡屡被小许搅和，两个多月了，他没有成功审过一次。他闭了眼，像染了毒瘾的人即将吸到鸦片，有迫不及待的兴奋与迷乱。

未等他进入状态，便听到古怪的声音，就在他面前。他不由得睁大眼。一条毛色杂乱的狗在他不远处，嚼啃着一块骨头。他不知狗从哪儿蹿出来的，不知这家伙为何不躲到角落，与他这样近，故意诱惑他的样子。滚！他喝。狗不理他，但显然提防着，啃一口看看他，啃两口又看看他。他摸起石头投掷过去。狗龇龇牙，叼起骨头溜了。他却再不能进行，无论怎么努力都不成。

中午，他在畜牧局对面的饺子馆要了盘饺子。想到还有漫长的时间，而他又没有去处，便又点了两个凉菜，一瓶啤酒。他坐在靠窗的位置，街对面一目了然。他当头的时候，畜牧局还是平房，现在是矗立的高楼。午休时间，敞着的大门没人进出。这么多年，他是第一次近距离窥视这座曾带给他荣耀又让他跌入深崖的院子。他的人生在这里归零，不，彻底成了负数。那个时候，双菊常来办公室找他，也正因此，撞见了他的秘密。

芥末放多了，他咳嗽几声，呛出眼泪。吃饭的人挺多的，但没人注意他。他用纸巾擦拭眼角，猛地喝了口啤酒。

6

他拒绝了小许。终于拒绝了。十几条烟，倒没多少钱，但这不是钱的问题，小许每来一次，他都有被强暴的感觉。还有，他忍着，小许的胃口会变大。小许并未如他想象的那样恶言威胁，赖了一会儿，攀了半天亲，说了几句不咸不淡的话，便悻悻离开。他做好了撕破脸的准备，小许神速撤退，出乎他的意料。他走村串户，知道哪个村庄都有些刺儿头，难惹难缠。他对小许不是特别了解，但就凭小许扎个眼儿就想吸血的做派，不是什么好货色。虽然胜了，他却没有丝毫轻松。小许该不会就此罢手，还会来的。毕竟小许手里握着他的短。抑或，这个赖皮会用别的方式逼他就范，继续敲诈。

十多天过去了，小许没露面。这些天他一直等待着。等待小许，等待小许的威胁。他无心审判，整个人像充了气的轮胎，即便坐在柜台后，也是双目炯炯，门口偶有动静，肌肉立时绷紧。虽然没披挂铠甲，却如武士般枕戈待旦，随时准备出击。某个夜晚，他和双花刚刚躺下，听到敲门声。这种情况以前也有过，如半醉的人要买烟，卤肉的急着要调料，也有找他给牲畜接生。来人多半火急火燎，他却一点儿不慌，问清了，慢腾腾爬起来。他不让双花起，哪怕他病着。双花若有穿衣的动作，他的目光扫过去，她就停止了。那个夜晚的敲门声与以往没什么不同。急促，没有章法。双花开灯的工夫，他已跳下床，操起案板上的菜刀。无疑，他的举止吓坏了双花，她惊叫一声。他意识到自己的紧张，被双花窥见亦令他羞恼。他喝令双花睡自己的觉。问清门外是方胖子，他将菜刀搁回原处。打发走方胖子，重新插好门，他返回卧室，双花仍在床上跪着。她的脸色缓过来了，眼睛仍闪着惊恐。这个方胖子，差点把门敲烂。他没再看双花。他的神经从未绷得这么紧。

难道小许就此翻篇了？这么轻易就把小许击败了？小许十多天未现身，并未让他踏实。反而更不踏实了。

没等到小许，却等来了双菊和小可。双花小心翼翼地，试探着他的反应。她们到了镇上，但没到杂货铺，自是住在别的地方。未经他许可，她们进不了杂货铺的门。双菊和小可想看看你，双花说。这句话她说了无数次，每次都遭到他呵斥。还警告过她。但她似乎不长记性。他想发火的，如以往那样。张张嘴，那些骂过无数次的话却缩回去。他只是狠狠瞪着她。小可快十岁了，你还没见过她呢。双花的神情含着乞求。他的心轻轻颤了一下，但很快站起来。他不会妥协。可能坐久了，脚有些麻，身子歪了歪，差点摔倒。我要出诊，没时间！他重声道。就像摔碎一个碗，清脆的碎裂声在屋子上空回荡。双花从他的话里嗅出味道，问他几时回来。他没有马上回答，摘下头盔，说今儿不回来了！

一个小时后，他到了白水镇。并没有人请他出诊，只不过为离开杂货铺找借口。睁只眼闭只眼有时挺难受，索性躲开，由她们折腾。白水镇兽医站有他个朋友，他想到朋友那儿坐坐。走到门口又离开了。在路口看到“白水水库”的牌子，他一溜烟骑到水库。大坝上杂乱停放着自行车和摩托车，还有两辆轿车。都是钓鱼的。

后晌他才往回返。他骑得很慢，那个念头在心里折腾很久了，这会儿老老实实候在角落里。从公路拐下去，不到半小时就到了。屋门吊着锁，院门大敞着，不知赵月在地里还是滩里。她打过几次电话，他都没什么反应。她不再联系他，他却来了。

你个鬼，从哪儿蹦出来的？赵月似乎被突然站起来的他吓了一跳，但很快，她的眼睛就光芒四射了。她狠狠拧他一把，真是你呀，还以为看错了呢。她没有嘲讽他的意思，她就是这么直接。他从车把摘下塑料袋，给你送鱼来了，刚从水库边买的。他本来还想说，我坐坐就走。没等他说，她就打断他，我什么都不稀罕，把你送来就行了。插门的同时，她说，我就不信你不想我。她不遮掩，顺便把他的遮掩撕碎。

完事后，她摸出烟盒抽出两支，同时点了。她吸一支，另一支递给他。他几年前就戒了，但和她在一起，仍会抽。我还以为你不来了，她说。他没回应。她重重地吸一口。这么久不理我，快板结了，就因为小许？我说了嘛，他不会胡说八道，怎么说我也是杏花的婆婆。这个人……怎么样？他装出漫不经心的样子。赵月说，自然不是什么好东西，我心里有数。不过，也没坏到哪去，没把杏花拐跑，要那样，我非剐了他。怎么，你还担心他？他说，那倒不是。小许第一次上门，他就想告诉赵月，但每次都咽回去。他说不清为什么。

赵月下了地，他仍然趴着。这不是他的风格，以往他比赵月还麻利。他眯着眼，懒洋洋的，随时要睡过去的样子。赵月说你困就睡会儿，好了我叫你。他说迟不迟早不早的，睡什么觉。他的声音蔫蔫的。他不想睡，可很快就睡过去。被赵月拍醒，他发觉自己半裸着。但他并不觉得有什么不对，边穿衣服边问赵月自己睡了多久。

赵月炖了鱼，炒了鸡蛋，还有他爱吃的黄花。酒杯却放了一个。他看赵月，赵月说，一会儿赶路，你就甭喝了。他皱眉道，谁说我要赶路？屋里突然就静了，赵月半张着嘴，像是被他吓着了，片刻，她哈一声，你当真？他没答，一屁股坐下去。那只椅子不堪重负，嘎吱抗议。你个坏家伙！若不是隔着桌子，她怕是要扑到他怀里。

把小许喊过来。

赵月沸腾的脸突然就凝固了。小许……叫他干吗？话出口，他自己也愣了。但他马上意识到，那并非心血来潮。他借口给赵月送鱼，除了和赵月幽会，还有隐隐的目的。他说，我想见见他。赵月口气异常坚决，不行，不用讨好他。他不是讨好小许，他知道。这个躲在暗处的家伙快把他的魂折磨散了，必须了断。他说，当然……不过……赵月说，赶上了他就喝，我绝不会请他。我在，你怕什么？他说，我倒不是怕。赵月说，甭废话了，喝！

两人喝了一整瓶，赵月比他略多些。赵月还要开，被他挡下。她嘻嘻道，我怕你半夜跑了，你喝醉就跑不掉了。他说，我已经醉了，你赶我也不会走了。赵月扯着他的耳朵，这可是你说的，你要是敢走……哼！她晃了晃，他扶住她。

说了会儿胡话，赵月沉沉睡去。似乎怕他半夜溜走，她揽着他的肩。他小心翼翼地将她的胳膊挪开，坐起来。他当然没有逃走的打算，只是睡不着。第一次在赵月家住宿就被小许撞见，他懊恼了很久。他再次留宿。豁出去了。他不怕小许撞见，倒是希望小许撞见。一个痞子的手段，尽管使出来好了。

7

站起来，没看到这是什么地方吗？他怒冲冲地叫着。

双菊不但不站，反而跷起二郎腿，并掏出指甲刀。

你要干什么？

双菊剪一下，吹一口，目光扫扫他，又低下头。

他咣咣地拍着桌子，没听到我说话吗？

双菊这才哼一声，我凭什么听你的？你有什么资格审判我？

他大步过去，揪住双菊的肩。双菊和他扭在一起。

方胖子探进头，瞬间被惊呆。乔兽医背对着他，在和墙角的椅子格斗。乔兽医忽前忽后，忽左忽右，叽叽咕咕，嘟嘟囔囔。

老乔！方胖子喊出声。

他顿一下，突然回头。

方胖子原本迈进一只脚，这会儿整个身子挤进来。龇龇牙，老乔，练什么功呢？嘀嘀咕咕的，吓我一跳。

他瞅瞅墙角，双菊不见了，只剩那把破椅子。然后盯住方胖子。他汗漉漉的，脸也涨得通红，谁让你进来的？怎么门也不敲？

方胖子很意外，我说老乔，你什么时候立了规矩，进杂货铺还要敲门？你……鬼鬼祟祟的，不会干什么勾当吧？

他像一个炮仗，原本只是捻子在燃，方胖子话音未落，突然就炸裂了。他脸色转青，指着方胖子的鼻子骂，你他妈胡说什么？

方胖子也来了气，我不过开个玩笑，你他妈骂谁呢？

双花回到杂货铺，门口已经聚了一群人。他和方胖子吵得不可开交，就差发生肢体冲突了。双花抱住他，他一甩，双花抱得更紧了。有人拽方胖子离开。方胖子走到门口，又狠狠地骂，你他妈就一疯子！

连着数日，他的脸都阴沉沉的。和方胖子邻居多年，尽管对那张油腻腻的脸没什么好感，但从未在脸上表露出来，彼此和气。他没控制住。那是他和双菊的法庭，是他的秘密，却被这个卖肉的家伙窥见，虽然只是一角，也令他羞恼。况且，他本就在恼怒中。

第二次在赵月家过夜的早上，他没有急着离开。既然主动拉开阵势，就得摆出姿态。但没等到小许。他离开时快中午了。忽然之间，他意识到，他敢在这个村子大摇大摆，已不惧怕小许。卸下包袱，他轻松许多。果然，他审判时，小许不再寻衅滋事，彻底被他斩掉了。没想到的是，双菊不再老老实实，战战兢兢。她态度蛮横，没有丝毫悔罪表现。他当然不接受，一万个不接受。审判变成对抗与战斗。现在又杀出个方胖子，整个乱套了。

那天晚饭，他发现桌上多了三碟菜，如果算上腌黑豆，就八个菜了。更意外的是，还多了只酒杯，都已斟满。她是不喝酒的，所以平时只放一个酒杯。当然不是要来客人，筷子还是两双。再说，来人她会提前告诉他。那么，是什么节日？他想了想，就是个平常日子。他盯住她，希望她解释。她似乎没意识到，神色平平常常的，直到坐下来，才说，我今儿也喝一杯。他当然不反对，只是她一向不沾酒，突然要喝一杯，肯定有什么缘故。双花慢慢抿着，一小口，又一小口，很快脸就红了。这娘们，还想喝醉？他想阻拦，她猜到了，说我不多喝的。他就没吱声。

他没拦，却暗暗数着。喝到第五杯，她的脖子和脸像煮熟的大虾。小可又得奖了，她忽然说。那张奖状就在墙上挂着，在他对面。那天，他进屋便发现了。他得过很多奖状，墙上也挂过。当然，随着他的人生归零，那些玩意儿便失去了价值，不知去向。所以，猛一见奖状，他竟然有些恍惚。他没有呵斥双花，更没有撕下来，视而不见。这女人表面怵他，却从没放弃进攻，而他在一步步后退。难道，双花为了这张奖状庆祝吗？

这是小可第二次得奖。双花说。

他的目光从奖状缩回。他明白过来，她在引诱他，引诱他说些什么。他偏不说，不上她的当。

你知道今天是什么日子吗？双花的脸竟有一丝威严，像个考官。

他漠然地看着她。

是小可的生日啊。她生怕他没听清，重复，今儿是小可的生日呢。酒壮了她的胆，也拔高了她的声音。

是这样，他心里说。

你不想看看她？双花威严不再，满脸期待。

他狠狠瞪她，她真是蹬鼻子上脸了。

双花没把他的警告当回事，手里突然多了张照片，看，她又长高了！笑得多甜。她举着，与他隔着两尺左右的距离。数年前，她让他看双菊一家的照片，他抢过去就撕碎了。她还记着，动作带着防范。他的目光被勾过去。一个灿烂的小女孩。他怔了怔，小……可？双花说，是小可！他声音有些颤，怎么……双花激动万分，和双菊像极了是不？她就是双菊的女儿小可。提起双菊，他皱皱眉，但是目光没有从照片移开。

我能和你喝一杯吗？双花重又小心翼翼。

他顿了顿，举起杯，有些别扭。

双花一饮而尽，然后对着照片大声说，小可，给你过生日了。

他以为双花到此为止，没想她又斟一杯。他没说什么。随她好了。他倒要看看，她还能怎么样。他默认了墙上的奖状，他没撕照片，她还要他怎样？

他终于要阻拦时，一瓶酒已经见底了。她摇晃着，要去货架上拿新的。可没起步就歪下去。他拖拽着，将她摁到床上。她很快睡过去。

他捡起掉在地上的照片，凝视良久，轻轻放到桌上。

他把店门关了，牢牢地插住。天色已晚，但远没到关门的时候。他有酒量，半瓶酒不足以喝醉，步态却有些踉跄。然后，他坐在柜台后，审视着墙角那把破旧的椅子。他的日子由一场又一场的审判支撑延续，他沉浸其中。每审一场，他通体舒畅，双目放光。原本以为这样的日子直到他闭上双眼，可突然间就进行不下去了。就像当初他以为步步青云，可一个跟头就摔到谷底。为什么？到底为什么呀？

他本来在心里问的，谁料喊出声。他的情绪有些激动。为什么呀？他又喊。然后，他站起来，东摇西晃地走到墙角。双菊没有来，她坐了无数次的椅子显得冷清。他盯着，死死的。为什么呀？没有回答。他有些恼，奋力摇了一下。为……后边的话没喊出来，整个人突然倒进椅子里。椅子年久失修，支撑不住他的重量，骨骼碎裂。

心　火

刘玉栋[1]

1

涂老师坚决让我留步，他伸开两只大手，劲头十足地把我挡在门口，那架势像跟我吵架似的。“好了大鹏，你给我站住。”我只好停下来，目送着他的身影消失在夜色中。涂老师步履蹒跚，不时回头跟我挥一下手。今天晚上，涂老师喝了不少。当然，我也喝了不少，大概有半斤多吧。这几年，我已经很少喝这么多白酒了。但是，涂老师喝得比我还多，他已经是五十好几的人了，没想到喝酒还这个样子。

我站在门口，使劲儿晃晃脑袋。蝉鸣声又响起来，远处，传来几阵狗叫，也许是涂老师的脚步声惊动了它们。我看看手表，已经是九点半钟。乡村的夜黑得早。

院子里的灯显得特别亮。团团飞虫围着灯泡，近乎狂欢。我穿过红砖小路，推开纱门，来到屋里。红香正在收拾桌上的杯盘狼藉。电扇呼呼吹着，

---

① **刘玉栋**　中国作家协会会员。作品散见于《人民文学》《十月》《天涯》等多家文学期刊，多篇小说被《小说选刊》《小说月报》《新华文摘》等选刊转载，并多次入选多种选本。出版长篇小说《年日如草》，小说集《我们分到了土地》《公鸡的寓言》《火色马》等十多部，并著有儿童小说《泥孩子》《白雾》《我的名字叫丫头》等。曾获齐鲁文学奖、泰山文艺奖、中华优秀出版物奖图书奖，以及首届青铜葵花儿童小说奖等奖项。部分作品被翻译成英、法、日、韩、阿拉伯等语言。

掀起她裙裾的一角，暖黄色的灯光下，那一角的肌肤显得尤其白皙。

“我收拾就行了，你累了半天，快回去歇着吧。”我说。

“客人刚走你就撵我呀。”红香并不抬头，电扇吹乱了她的头发，她抬起胳膊，用手腕抹了下发梢。

“涂老师算什么客人，别忘了，我们可都是他的学生。”我笑着说。

“那可不一样，人家是来求你办事的。真是山不转水转，想想当年涂老师站在讲台上，举着教鞭，那股神气劲儿，想抽谁就抽谁，你看如今……”

“好了嫂子，别这么说涂老师，他不容易呀。”我急忙堵住红香的口，我知道她想说什么。这个红香，嘴巴还是那么厉害，尤其是今天晚上，又喝了两瓶啤酒。

“你不叫嫂子行不行？你就不会叫个红香，你又不是没叫过。”红香端着一摞盘子，没好气地说：“快给我开门。”

我急忙跑上前，推开纱门。红香斜着身子，从我身边走过，我看到她鬓角上，挂着几颗汗珠儿。她穿着一件粉红的T恤，背上有一块儿被汗水洇透了，像一朵印上去的花。红香是个爱美的女人，身材保持得还不错，并没有像乡村的许多女人那样，到了这个年龄，浑身上下就跟发面包似的膨胀起来。

红香在院子里刷碗。我点上一支烟，听着哗啦哗啦的流水声，心想，我们是初中三年的同班同学，红香这个名字，我肯定是喊过的。可是什么时候在什么地方喊过，我实在记不起来了，毕竟过去了这么多年。我们那时候，男女生根本不太说话。我对红香印象最深的就是她的笑。她牙齿雪白，笑的时候，嘴角微微上翘，眉毛舒展开来，眼睛也似乎亮了许多。红香没考上县城的重点高中，就不念了。我考上大学的那年冬天，红香跟大勇哥定了亲。我和大勇哥是没出五服的叔伯兄弟，又是最近的邻居。我记得那年过年回家来，我大娘专门过来问我，说：“大鹏，听说小鹿村那个丁红香是你的同学？”我先是愣了一下，接着，脑瓜子里马上蹦出了丁红香的笑脸。我也笑了，忙点头说：“对呀，就是那个笑起来挺好看的女孩子。”我大娘说：“她刚跟你大勇哥订了婚呢。这个女孩子咋样啊？”我说挺好的，真的挺好的。我也不知道我为什么这么说，我并不了解她，我只是觉得她笑起来挺好看的。大娘也笑了，说：“你这么一说，大娘就放心了。”有什么不放心的呢？我当时还想，如果我没考上大学，如果有人来给我提这门亲事，我也会愿意的。当然，大勇哥长得也不错，只是没有读高中罢了。反正她嫁过来后，我就没叫过她的名字。我一直叫她嫂子。

纱门一响，红香走进来。“这天可真够热的，快下雨了，远处在打闪呢。”她甩了把湿漉漉的双手，伸出小拇指来顺了顺耳边的头发，笑笑说：“活干完了，我可以走了。”她这一笑，我似乎又看到了多年前的那个小女孩。

“你一笑，还是上学时的那个样子。”这话，我也是笑着说的。

“去你的吧，你说这话，鬼才信呢。”红香的脸好像是红了，也许是酒劲儿还未退去，她抓起包，扭着身子便往外走，刚到门口，又停下来，说：“对了，扫一扫、扫一扫。”

“嫂……不用了，我自己扫就行了。”我急忙说道。

我以为是扫地呢。我看到红香朝我晃晃手机，这才一下子明白过来，忙拿起我的手机。红香端着手机，熟练地对着我的手机扫了扫，说：“好了，接收一下就行了。”

说实在的，微信这玩意儿我是刚开始用，所以显得笨手笨脚。我放下手机时，红香已经穿过院子，快到大门口了。我推开纱门，想说一声什么，又停住了。说什么呢？无非就是客气话，还是不说为好。

突然就觉出热来，胃里的白酒也开始翻腾。我脱下汗衫，擦了把脸上的汗，扔在沙发上，端起杯子里的剩茶一饮而尽。我来到院子里，关掉了院子里的灯。我想，那些飞虫很快便作鸟兽散了。当然，还有一些正在撞向纱门，可是，纱门是进不去的。我有些幸灾乐祸。我钻进厨房旁边的小屋，打开太阳能淋浴器，在黑灯影里冲了个澡。这个太阳能淋浴器，还是父亲去世的那年，我专门给母亲装的。它只有夏天的时候才可以用，但母亲还是很高兴，母亲是个爱干净的人。如今，母亲在白水城跟着我住，平时给我儿子做做饭什么的，夏天也不回来了。

2

躺在床上，翻来覆去睡不着觉。电风扇吹过来的是热风，凉席也是黏糊糊的，粘皮潦肉，极不舒服。我知道是因为酒喝多了。别人喝多了酒，倒头呼呼大睡。我喝多了酒，却兴奋异常，脑瓜子里跟过电影胶片似的，过往的镜头会不断地闪出来。我几次拿起手机，想给那个女孩联系一下，微信、短信，或者电话，都行，但最终，我还是放弃了。不能联系呀，我告诫自己，这只是一段如流星般的感情。你为什么跑到老家来呢？堂而皇之的理由当然是有的，就是为了完成那部当代生态文学研究的书，不错，作为社科基金项目，是必须要完成的。但是，有必要这么迫切吗？另一个原因，也许只有我自己知道。我不愿意想这些东西。我想到了涂老师。

中午看完《今日说法》，我在沙发上睡了一觉。睡醒后，我泡上一杯绿茶，坐在电扇下喝了一口，顿觉神清气爽。好了，开始干活吧。我坐在写字台前，打开笔记本电脑。写字台的桌面已经裂开了两道缝隙，这是我考上初中的那年，父亲专门为我做的。父亲是一个不错的木匠。我甚至还能记得那年夏天，父亲蹲在院子里打制写字台时，额头上闪动着的白花花的汗水。算一算，已经过去快三十年了。我在桌面上盖上一块母亲亲手织的棉布，把电脑放在上面，胳膊肘便舒服了许多。这让我一下子觉得，父母好像都离我不远似的。可是，这些思绪分散了我的注意力。所以，我回来快一个星期了，写了还不到一千字。

今天下午，我坐在电脑前，目光掠过屏幕上不断闪动的光标，穿过玻璃窗，落在那棵比我年龄还大的枣树上，又走神了。总是安不下心来，似乎总觉得有什么事要发生似的。可是，能有什么事情要发生呢？心不宁，外面蝉的聒噪声也猛地大起来。干脆按了几下鼠标，把《梁祝》调了出来。在小提琴如泣如诉的旋律中，我轻轻地闭上眼睛。

眼睛再睁开时，我看到院子门口站着一个人。这个人一手提着两瓶酒，一手提着一个西瓜，他脚步有些犹疑，正抻着脖子朝窗口这边看。由于他头发花白，我稍稍恍惚一下，还是很快认了出来：这不是涂老师嘛。我一下子站起来，两步来到门口，拉开纱门，喊一声涂老师。涂老师看到我，咧开大嘴笑了，晃悠着身子，小跑着过来，额头上全是亮晶晶的汗珠。

我忙接过涂老师手里的东西，满脸疑惑地说：“涂老师，您这是干什么？”

涂老师嘿嘿一笑说：“听说你回来了，我这不是，来看看你呀。”

“那您还花钱买东西？”我心里很是不理解，就说了出来。

“快，快让我进屋凉快凉快。”涂老师倒也不客气。

我把涂老师让进屋，把电扇开到最大，又给涂老师冲了杯绿茶。多年来，我对涂老师心存感激。念初中时，他是我的语文老师，又是班主任，对我这个语文课代表鼓励很多、帮助很大。前些年我每次过年回家，都是去看他的。这些年回来的少了，心也懒了。这次回来，我心里压根就没想到涂老师。可他竟然来看我了，我心里很不好意思，便说：“我回来是想写点东西。本来，我准备过几天再去看你。”

涂老师一挥手，一下子把我这言不由衷的话撩了过去。他说：“你现在是教授、学者，我知道你忙。我听说你回来了，过来看看你，还不正常嘛。”

涂老师磕磕巴巴地说这话，似乎也有些言不由衷。我知道这不是他的风格，我从他的眼神里能看得出来。他找我，肯定还有别的事情。所以一时间，我们的表情和动作，都有些不太自然。涂老师问我母亲的情况，我如同抓到一根救命稻草，一口气说了一大堆。

这时候，外面突然传来红香的声音：“大鹏，你在屋里吗？”我答应一声，忙站起身迎出去。红香手里端着一盘包子，说：“中午包了茴香苗包子，你大爷大娘非得让我端几个来给你尝尝。”我说：“来得正好，你猜谁在屋里？”说着，我把红香让进屋来。

“呦，涂老师呀，你从村东头跑到村西头，专门来看你这得意弟子？”红香并不见外，说话直来直去的。

“是红香啊，这不，我听说大鹏回来了，过来说说话。”涂老师站在那里，两手不断地搓着，面对他昔日的学生，竟然有些不自在。

“大棚啊，你现在是混阔了，涂老师这么要面子的人，还得亲自过来看你。”

“不不，我过来找大鹏，是想求他点事儿。”涂老师争辩道。

“那还是大鹏混阔了。老师都来求他办事。”

红香说话不饶人。我知道这是她多年的风格，在大爷大娘面前，她也是这样说话。尽管此时，她没有任何坏心眼，但我还是害怕伤到涂老师的心。我忙说：“嫂子，你洗洗这个西瓜，打开它咱们尝尝。”红香提起西瓜走出门去。我忙把涂老师摁到沙发上坐下。

“涂老师，您真是桃李遍天下，您看，您两个亲学生就在眼前。晚上您不能走了，让红香准备几个菜，咱喝两盅。”

我这么一说，涂老师有些高兴，就使劲点了点头。红香搬着西瓜走进来，说：“这鬼天气，又闷又热，晚上肯定要下雨的。”我拿起水果刀，把西瓜一切两半，留着一半，只把另一半切成一小块一小块的。“来，涂老师，嫂子，这西瓜不错，快吃。”我拿起一块西瓜递给涂老师。涂老师托着西瓜，稍显拘谨地说：“大鹏，你也吃你也吃。”就是在这一刻，我心里产生了一丝不安。这确实不是原来那雷厉风行的涂老师了。

涂老师求我办什么事呢？

啃罢一块西瓜，我来到桌前，从抽屉里拿出三百块钱。我跟红香说：“嫂子，一会儿你先把这半块西瓜给大爷大娘提过去，再去买些熟食来，咱们师生三个碰到一起不容易，晚上喝杯酒。”红香也不客气，接过钱来塞进兜里。

我说:“烧鸡和牛肉什么的，要多买一份，给大爷提过去。”

红香笑了，说:“不愧是教授，想得真周到，比你大勇哥强百倍啊。”

我忙说:“可别这么说，大勇哥身在日本，他想尽孝心，够不着啊。”

涂老师想起什么似的，说:“对了，红香，你公公身体咋样了？”

“能咋样？等着呗。”红香叹口气说，“你们聊着，我一定办好。”

说完，红香便扭着身子走出门去。盯着红香的背影，涂老师说:“这红香真不容易，大勇在日本做劳务，她一个人在家，里里外外都要忙。你看，你大爷又摊上这事儿，真是喝口凉水都塞牙。”

我也叹口气，正想说一些人生无常一类的话。涂老师突然就把话题岔开了，他长吁短叹着，开始说起自己的事。原来，这些年，涂老师过得也不痛快。老伴病病怏怏不说，这几年老父老母相继离世。最让他操心的是儿子，儿子生了两个女儿后，非得想再给他生个孙子。他和老伴也愿意。果真就生了个孙子，一家子还没来得及高兴，麻烦事就来了。违反计划生育政策可是大事，镇上把他们家罚了个底朝天，还欠了一屁股债。这几年儿子做生意也没挣到钱，一家人的日子过得紧紧巴巴。更让涂老师恼心的是，他的工作也受了牵连，镇上把他的职称晋级给卡住了。眼看过几年就要退休，当了一辈子中学教师的涂老师，至今还是中级职称。他心里急啊。

“要是这样退了休，待遇差老大了。”说完，涂老师的眼圈红了。接着，眼泪哗一下子便淌下来，涂老师垂着头，肩头抖动着，像一个受了委屈的孩子。

我忙站起身，说:“涂老师，别着急，办法总会有的。”

涂老师的情绪慢慢稳下来，喝一口茶说:“是啊，这不，计划生育政策一松动，我连找了几次镇上的领导，总算有了眉目。”

“太好了，”我说，“毕竟是干了一辈子教师，兢兢业业的，再说，只是因为孩子的事受了牵扯。”

“可是，大鹏啊，人家教办的领导说，至少要有两篇论文，并且有一篇是在省级以上的刊物上发表才行。我、我在乡下待了一辈子，我连一些刊物的名字都不知道，去哪里找人啊。”涂老师苦巴着脸说。

我明白了。涂老师请我帮忙，就是让我帮他发表两篇论文。说实在的，涂老师算是找对了人。我硕士的同门师兄，现在正是省里一家教育期刊的执行主编。如果我把涂老师的情况跟他说说，我觉得这个面子他会给我的。可是，我又不能直接跟涂老师这么讲。于是我说:“涂老师，您放心，趁着假期，您好好准备两篇文章。我来想办法，好不好？”

我这么一说，涂老师一下子愣在那里。他可能没想到我会答应得如此爽快，接着，他伸出双手，一下子攥住我的胳膊，声音抖动着说："大鹏啊，我算是没白教你。"

盯着涂老师激动的面孔，我的心里，却是那么不是滋味儿。

3

黑影中，手机屏闪了一下。我坐起来，拿起枕头旁的手机。"寂寞芬芳"发来一条微信：睡了吗？刚在网上读了你的一篇谈爱情的文章，写得真好。

寂寞芬芳？这么熟呢？我一下子想起来了，就是红香啊。刚才扫微信时，这个名字在我眼前蹦了一下，只是由于酒劲儿一上来，我压根就没仔细记。这篇文章我知道，是晚报编辑策划的一个话题，属于应付差事。我都忘记写了些什么。我心里有些惴惴不安，手指在屏上来回划动几下，决定不理这条短信。接着，我干脆把微信关掉了。

森白的闪电划过窗口，只是还没听到隆隆的雷声。应该就在不远的地方。屋里闷热得厉害，电风扇吹过来的都是热风，呼呼的声音让人心烦意乱。我摸了把额头，全是汗。我跳下床，趿拉着拖鞋，来到门口，推开纱门。外面与屋内没有丝毫的不同，热气扑面，没有一丝风。抬头看天，也没有一颗星星。一场暴雨即将来临。可是，我还是不愿意回到屋里去。我站在院子里，半天一动不动，不远处的那棵枣树，跟我一样静默着。其实，乡村的夜晚并不安静，蝉鸣和蛙声始终未曾停歇。就如同此时的我，身子不动，内心却充满着"蝉鸣和蛙声"。

这次回来，我放下行李，屋里的卫生也没顾得上打扫，就去看了大爷和大娘。母亲给他们带来了北京稻香村的点心，天热，不可久放。母亲说："没事多去跟你大爷说说话，他时间不多了。"

在我的记忆中，大爷的身体壮得跟头牛似的，特别是他年轻的时候，跟人打赌，曾经把磨盘举过头顶，还曾经拉着碌碡跟牲口比赛，跑得虎虎生风。他比我父亲大一岁，两个人关系最好，可身体比我父亲强多了，所以我们家的活他可没少帮着干。即便是一年前，他都65岁了，一天还能抽两包烟喝一斤酒，见面还要跟我掰手腕，说："大鹏，别看我老汉六十五，你不见得能赢了我。"我不服气，结果一掰，我确实不是大爷的对手。

我父亲去世以后，大爷处处为我们家着想，帮了母亲好多忙。母亲说：

“你大爷和你爹不是亲兄弟，却胜似亲兄弟。”

两年前的那个夏天，连夜的大雨把我们家房子的屋顶冲坏了，漏了有锅盖大小的一块，屋里淌得到处是水，把粮食都泡湿了。母亲急得不得了，好在天亮以后，雨停了。母亲跑到大爷家，想叫大爷找专门修房子的人来维修。母亲说：“哥，你跟人家说，维修费人家说多少就是多少。”大爷没吱声，跟着母亲来到家里看了看，说：“瓦没坏，只是苇箔塌了。花那冤枉钱干啥，我收拾收拾就行了。”母亲说：“哥，你岁数大了，爬房顶，不安全。”大爷说：“大鹏他娘，你放心，前两年我还在城市里干泥瓦匠呢。那楼高的，眼晕，这点活算啥呢。”那天，大爷用了半上午的时间，扎好新苇箔，又爬上屋顶，一块瓦一块瓦地掀开，换上新苇箔，铺好土灰，又一块瓦一块瓦地铺好。干完活，已经是中午一两点钟了。留他吃饭，他说啥都不吃。母亲一说起这件事来，就不停地抹眼泪。

可是，体格如此健壮、心如此好的一个人，身体说塌就塌掉了。

只能说人生无常。今年春上，大爷背着喷雾器，给庄稼喷农药。农药的名字叫百草枯，是一种剧毒农药，农村不知道有多少人一时想不开，喝下了这种农药。这种农药跟敌敌畏、乐果和1605不一样，喝下去是没有解药的，等着的只有死路一条。当然，大爷的日子过得好好的，他可没有寻短见的想法。他自然也知道百草枯的厉害，但再厉害，只要不喝进肚子里，又能把人怎么样呢？

大爷想简单了。大爷不知道，在这个暖风和煦的春日里，死神正紧紧地盯着他。大爷开着电动三轮车来到地头上。那天很暖和，大爷脱掉了外套和毛衣，只穿着一件紫色的秋衣，背起已经兑好水和药的喷雾器，走进麦田里。大爷身体好，身上有劲儿，干什么农活都是一种享受。如今种地和原来不是一回事了，收割、耕地、浇水都是机械化，只需要操点心张罗一下，轻松多了。

大勇哥已在日本待了七八年，中间回来几趟，看到大爷的头发胡子都变白了，就有了回来的想法。大爷不同意，说：“那边的钱挣得多，你就多干几年嘛。等小旺考上大学，你把红香也带出去。我和你娘身体还硬朗着呢。”小旺是大勇哥和红香的儿子，在县一中读书，暑假过后，就上高三了。大勇哥想想也是如此，儿子将来读大学、考研究生、结婚生子，还要花不少的钱呢。

可是，谁又能想到，在那个充满灾难的春日，喷雾器的塑料硬壳裂了一道缝儿，药水淌出来，湿透了大爷后背上的衣衫，跟大爷的汗水混在一起，通过毛孔，渗进大爷的身体里。一开始，大爷并没有发觉，他以为是出的汗，后来发现是喷雾器漏了，也没当回事儿。直到几天后，他咳嗽、发烧、喘不上气来，成夜难眠，这才去了县医院。县医院一做CT，说赶快，去省里的医院看看吧。大爷这才意识到事情有些麻烦，红香陪着他到了省里的大医院。人家医生直接告诉红香，说没治了，肺部已经开始纤维化，器官会慢慢衰竭，药物维持吧。大爷住了几天院，在他的逼问下，红香只好告诉他结果，但没说得这么厉害。大爷倒是坦然，但他有一个要求，就是先别告诉大勇哥。大爷说："辛辛苦苦挣下点钱，都折腾在路费上还行。"

那天我去看大爷。大爷卧在躺椅上，那么壮实的一个人，体重瘦了足有一半，面色青黄、眼窝深陷，整个人已经走样了。我喊了一声大爷。大爷睁开眼睛，一看是我，咧开嘴笑了，向上抬了抬脖子，声音嘶哑地说："大鹏回来了，快坐，快坐。你娘还好吧？"我无法回答大爷的问话，因为我稍一发声，就会哭出来的。我强忍着泪水，朝大爷晃了晃手里提着的点心，拽着大娘的手，进了里屋。大娘一哭，我的心倒是稳定了下来，又劝说大娘。

那天，红香送我出来，皱着眉头问我："大鹏，愁死我了，你说，你大爷的情况，我到底告诉不告诉大勇啊？"

"医生怎么说？"我问。

"医生说，身体好的话，半年左右。这不，已经三个多月了。到时候，大勇不埋怨我才怪吗？"

红香说得也不错。我想了想，说："可以先跟大勇透露些情况，让他不必着急，但有心理准备。"

红香点点头，眼泪唰地滑下来。

那两天，我收拾着屋子院子，大爷的样子总是在眼前晃来晃去的，心情特别不好。我听音乐，喝热茶，盯着枣树发呆，就是没有心情写一个字。

4

又是一道闪电划过，似乎能听到远处隐隐的雷声。我看了一下时间，已经是夜里十一点钟了。燠热难耐，我也没有困意。我不想回到床上去。我想到了村南那片板栗园，那里是我童年的天堂，留下过许多的欢乐和忧伤，也承载过我无尽的孤独和梦想。每次回来，无论是什么季节，我都会去那片板栗园里走一走。听母亲说，近两年，那些古老的板栗树正在逐渐减少，当年包产到户时，板栗树都分给了个人。有些人，经不住钞票的诱惑，高价卖给了城里人，说是越老越值钱。

“你说，城里人买这些老板栗树干什么用呢？”母亲不理解。

我也无言以对。肯定是为了美化环境吧。但为了美化那里的环境而牺牲这里的环境，是不是一种自私行为呢？

我趿拉着拖鞋，穿着一件大裤衩，把汗衫往肩头上一搭，来到大街上。大街上黑漆漆的，一团团的热气如同撕不开的黑棉絮。空气混浊，有一丝硫黄味儿掺杂在里面。我怀疑我的鼻子出了问题，使劲抽动几下，还是如此。黑夜包裹着乌云，远处的闪电似乎也无力撕开。

不知道为什么，晚上喝了半斤多白酒，脑瓜子反而更清醒了，也许汗水早已经把酒精带了出来。沿着村南那条刚被硬化的路面，拐过一个水塘，穿过一片豆子地，板栗园就到了。即便是黑夜，我也能看得出板栗园的颜色要深一些。说实在的，闭着眼睛，我都能走到板栗园来，可是我不知道，这么黑的夜晚，我能在板栗园看到些什么。这些枝枝杈杈，这些横着生长的粗壮的树枝，这些宽大的绿叶，这些生长着毛刺的板栗球儿，这些所有在白天都能让人感觉到美的东西，我都看不到。我只能伸出手掌去抚摸它们。我的手指不断地被那些毛刺球儿扎疼。汗水和蝉鸣一起黏腻在皮肤上。

我点着一支烟，坐在一道土坎上。又是一道闪电，我看到宽大的板栗叶密密麻麻、静止不动，似乎有什么东西躲在树叶后面，朝我狡黠地眨着眼睛。

“是大鹏吗？”声音传来，我禁不住哆嗦了一下子。接着，我听出是红香的声音，身子就没动。

“你也没睡啊？”说完，红香也坐下来，说：“给我支烟好吗？”

在黑影里，我把烟和火机递给红香。火苗一闪，我看到红香的一缕头发被汗水粘在额头上。

“这么晚了你还出来？”我不合时宜地想到了聊斋中的一些故事。

“习惯了。老是睡不着，就想出来走走。”红香声音低沉，透着疲惫，“再说，今天晚上，太闷太热了。”

此时，我心里有些惶惑，不知道说什么好。

“刚才，我给你发了条微信，你没看到吗？”

“哦，我还没上线呢。”

“大鹏，我们是老同学，你别紧张啊。”

“我有什么可紧张的。”

“那就好。我在网上读到一篇你写爱情的文章。我问你，爱情到底是不是一个传说？有的人爱过，有的人没爱过，到底有什么不一样呢？你跟我说说大鹏，你可别笑话我呀。”

在这有二百年历史的板栗园里，在这黑沉沉的、暴雨将至的深夜里，我没想到红香会问这样的话题。汗水一下子从我身体的各个角落里淌出来。

我无法回答。我真的无法回答。我也回答不了。红香当然不知道，这也是我的困惑呀。

红香见我半天不说话，便深深地叹了口气，说：“你大勇哥去日本八年，回来的日子加起来不到三个月，我不知道自己是怎样挨过来的。关键是，我老是在琢磨一件事，我和你大勇哥之间有过爱情吗？他爱过我吗？我爱过他吗？你别觉着我们这些农妇就不该琢磨这些问题。说实在的，我们琢磨得一点都不少。只是，有时候觉得很明白了，但转念一想，又觉得越想越糊涂。”

空气中，那股硫黄的气味似乎越来越浓郁。我抽动两下鼻子，说：“我鼻子是不是出了问题？怎么老是闻到一股硫黄味儿。”

“你的鼻子没问题，是河那边刚建了一家化工厂，气压低的时候，就有这么一股味儿。”红香说，“你别打岔啊，我问你呢。”

“我，我也不知道怎么说才好。”又是一道闪电，如果红香能看清我的面孔，肯定能看到我满脸的真诚。

“嘁，你是光能写呀。”过了片刻，红香说道，“这几年，有好几个人向我示好呢，我一概不理，我早就把自己当成一个男人了。”

这时候，有一串雷声从远处滚过来，在不远处炸响。我站起身，拍了拍裤子上的尘土，说：“好了红香，雨马上就过来了，该回去了。咱们不能一块走。这样，你朝西走，我朝东走。”

“我明白，这叫各奔东西。还好，这次你终于没叫我嫂子。”在黑影中，红香笑笑说，“你先走，我马上就走，放心。”

我没再说什么，径直朝板栗园的东边走去。天气闷热的让人窒息，我心里如同燃着一团火苗，浑身上下都感到毛毛躁躁的。我渴盼着大雨快点下来。

我心想，这一切，是不是在做梦呢？我是不是喝多了酒，正在梦境中游荡呢？我正沿着板栗园的小径，走向梦的深处。不对啊，刚才我还觉得我是非常清醒的。可是你听，竟然有呼噜声传来。肯定是我自己的呼噜声，肯定是我正打着呼噜在做梦啊。要不，在深夜中的板栗园，怎么会遇到红香呢？我都快把自己绕迷糊了。

不对啊，呼噜声就在不远处的树下。我停下脚步，侧耳仔细听，不错，确实来自不远处的树下。

我给自己壮了壮胆，犹疑着步子，缓慢地挪到树下。嚯，这棵板栗树的直径足有一米，盘根错节，一道闪电划过，我看到这棵树的树干是拧着长上去的。伴随着隆隆的雷声，我还看到，树干一旁，确实躺着一个人。我知道了，我不是在梦中，呼噜声正是这个人发出来的。我想了想，大雨马上就下来了，不管是谁，我必须要叫醒他。

我来到这个人身边，蹲下来，打开打火机。我看到的，竟然是一张我熟悉的面孔：涂老师。他睡得多么香啊。头发上沾满了草屑，脸上粘着尘土，一只手掌还托着下巴。即便是睡着了，他还是一副思想者的姿势。

打火机烫了一下，我的手一哆嗦，火苗灭了。我听到树叶发出啪啪的声音。我的脸全湿了。雨终于下来了。不管睡得多么香，不管梦有多么美，该醒还是要醒的。

我伸手在推醒涂老师的同时，那个女孩的面孔在我脑海中闪了一下。我想，明天一早，我必须要回白水城了。

相见不难

刘建东[①]

会议要开一周。

寒冬里，时间就在一页页的文件中缓慢地流逝。

我是个新晋的人大代表，所以周围的人对我来说基本都是陌生人，这样也好，省得我必须得和他们打招呼，套近乎，说些虚情假意的客套话。同时还显得我低调而不声张。我默默地坐在一张靠边的桌子旁吃午饭，人大代表们川流不息。不一会儿，餐桌旁便坐满了代表们，代表们个个容光焕发，兴致盎然，相互问候着，寒暄着。我留意到，坐在我旁边一个容貌姣好的女人和我一样，沉默寡言，始终微笑着看着别人说笑。因为多看了两眼，我就特别地去关注她胸前的代表证，名字是"崔瑞云"。

时间虽然很久了，可是这个名字还是那么清晰地闪现在我的记忆中，我曾经有一个和这个名字一样的初中同学，我的同桌。我再次悄悄地打量一下旁边的女人，与我相比，年龄仿佛年轻一些，但女人的年龄有很大的可塑性和欺骗性，我隐隐约约地似乎看到了若干年前的一个影子，我断定她就是我

---

① **刘建东** 生于1967年12月。中国作协全委会委员，"河北四侠"之一。1989年毕业于兰州大学中文系。鲁迅文学院第十四期高研班学员。1995年起在《人民文学》《收获》等发表小说。著有长篇小说《全家福》《女人嗅》《一座塔》，小说集《情感的刀锋》《午夜狂奔》《我们的爱》《射击》《羞耻之乡》《黑眼睛》等。曾获人民文学奖、十月文学奖、《小说月报》百花奖、孙犁文学奖、河北省文艺振兴奖等。多次入选中国小说学会年度小说排行榜。

同窗过两年的同学崔瑞云。说不上是什么心情，是他乡遇故知的喜悦，还是纯粹的无聊没话找话，我有礼貌地向她打招呼：“你好啊！”

代表崔瑞云扭过头来，微笑着看着我，“你好。”她这种礼节性的微笑并不代表她已经认出了我。

“我是董仙生。”我提示她。

她的眉头蹙起来，微笑已经消失。

“你的初中同学董仙生。”我补充道，“你和我坐同桌。我们同学了两年，初三的时候我随父母搬到了石家庄。”

她的反应很慢，一脸的茫然，蹙着眉看着我，像是没听懂我的话。我看不出她真实的内心想法，所以我固执地在努力让逝去的时光重新回到我们面前，在如此近距离的餐桌前，喋喋不休地诉说着我们美好的回忆。她没有回应我，时而侧着脸，保持着脸上的微笑，像是在听，又像是纯粹是为了礼貌地应付。只是我没有留意到，她的笑容越来越僵硬。其实也就是十几分钟的时间，她匆匆地吃完了饭，站起来，微笑着和我告别，她轻声说：“我走了。”我挥了挥手，看着她的背影慌张地消失在餐厅的人流之中。

在余下的几天会议时间里，我和崔瑞云同学还邂逅过两次，都是在会场，只是点点头就过去了，我这才发现，她有些故意要躲闪我的意思。我很是不解。还有一次，我感觉她在偌大的会场一角，在偷偷地观察我。等我去搜寻她的目光时，却在人头攒动之中，无法找寻到她的身影。这让我一度觉得那只是自己的幻觉而已。直到人代会结束，我们也再没有机会见面。

时间就像是路边从来不曾留意的杨树一样，似乎是第二天醒来，季节已经变换了，树上的嫩芽全都变成了迎风招展的可爱的叶子，小小的，绿莹莹的。在我就要忘记还有那么一个同学的时候，有一天突然接到了崔瑞云的电话。我依稀记得她并没有向我要过手机号码。所以当她说出自己的名字时，我还是有些吃惊，她的声音并没有慢慢地复苏成熟悉的回忆。她过于热情的语气，完全出乎我意料，她说：“我到石家庄了。想和你见个面，一定要赏光啊。”

约会的地方是她定的，槐安东路，马克维尔西餐馆，很有情调的一个地点。我急匆匆地赶过去，一路上都有一个疑问在我脑子里缠绕：她为什么要急着见我？

显然她经过了刻意的打扮，穿着也不像上次那么板正，她在门口迎着我，我开玩笑说：“弄得这么隆重，我都受宠若惊了。”

我们边吃边聊，她非常热情，一点也不像上次那样冷淡。那气氛让我一度怀疑我们像是经常见面似的。她和我聊到了我们都曾经熟悉的那些同学，因为时间久远，再加上我只和大家同学了两年，大多数人我都忘记了名字，更忘记了他们的容颜。据崔瑞云讲，他们大都没有走出邯郸，留在我们共同生活过的那个城市。她说起了黄大军、张静、张佐……说起了他们的工作……

她说："雷红宇你还记得不？"

我摇了摇头。

"就是那个天天下课后，在南边操场上练嗓子的那个女孩。"

我想了想，这个场景却无法准确地复原，我说："我没有一点儿印象，我只能想起来操场的大致样子，在我们教室的南边，操场东边还有几个单杠和双杠。"

"她就想学唱歌，考音乐学院，这是她的人生梦想。我和她是最好的朋友，我们俩无话不谈，天天腻在一起。那个时候我就是她的影子，我甚至有些崇拜她，那么小她就有了人生目标，而我还傻傻的，关于未来什么也不知道。她练歌时我就站在操场边一边看书一边听她唱歌一边等她。我们学校的音乐老师章老师为她辅导，章老师特别喜欢她，每次上课都给我讲，雷红宇同学是只百灵鸟，总有一天会展翅高飞的。等她练完歌我们一起回家。她满心希望能考上音乐学院，她的父母，还有章老师，都以为她肯定能考上，大家对她抱有很高的期望。她曾经无数次地向我畅想过她美好的未来。她想成为和关牧村一样的女中音歌唱家，她要上中央电视台的春节联欢晚会。可是她全身心地投入音乐中，文化课就有些荒废，那年高考，她文化分考得太低，没考上。"她停顿了一下，喝了口咖啡，"第二年她想接着考天津音乐学院，可是嗓子却突然就坏了，发不出声了。看着她着急上火的样子我也替她担心，内心莫名地紧张，仿佛嗓子坏了的那个人是我。那年我考上了师专中文系，我请了假，陪着她跑遍了大大小小的医院，可是怎么也查不出个结果。只有中医院的一个老大夫说，她可能是神经太过紧张，心理因素造成的。她的说法谁都不相信，可是又无法找出确切的理由，慢慢地，大家也就信了。她怎么也不相信她再也发不出百灵鸟般动人的歌声，她哭了整整一个春天。"

我关切地问："后来她的嗓子治好了吗？"

她沮丧地摇摇头："没有，她的嗓子像是故意和她开玩笑一样，仿佛就固定在一种发声的模式上，从此失去了音乐的魔性。那一年她都无法接受这个现实。直到她的父亲因公负伤，她才极不情愿地顶替父亲的班进了棉纺厂当上了工人。”

我听得心不在焉，我一直在想着这个叫雷红宇的同学长什么样子，可是我怎么也想不起来。整个中午，她都在讲有关雷红宇的事情，好像那个久违了的女同学就是她自己一样，我静静地听着，偶尔提出一个疑问，她都耐心地解答。我们像是经常见面，相互间没有任何芥蒂。之后，她看看手机，笑着说：“好了，今天就到这儿吧。我还得去省厅办点事。不好意思不能陪你了。”

临分手时她给了我一个袋子，说是里面有她编的一本书，请我多批评指正。

回到家里，我随手从袋子里拿出那本制作精美的书，想看看是一本什么样的书，却掉下来一张卡，是一张超市卡。

从那之后很多天，我都有些忘记了那张卡的事，我妻子去超市查了查，里面有 3000 块钱。这更让我坐立不安，为什么她要给我这张卡？如果仅仅是因为我们邂逅，因为我们在一起吃了个饭，忆了忆旧？显然是讲不通的。虽然说 3000 块钱不是一个很大的数目，但是她平白无故地给我是极其可疑的，我与她之间，同学一场后从来没有过联系，而且没有任何的利益往来，究竟是为什么。后来我打消了顾虑，不再去胡乱猜想，是因为我感觉随后她还会找我，说出她想要我办什么事，这是当今社会的规则。也许，她会让我帮助给她单位出的书写个什么序，或者给她组织一些作家去采个风什么的。我瞎想了一通，便得到了安慰。

之后数月，我一直在等待着崔瑞云，等待着她给我打个电话，请我帮她办个什么事，好了了我心中的牵绊。我想，在我力所能及的范围之内，只要是涉及文化、文学领域的事情还是不成问题的，我能够全力以赴。事与愿违，我的等待像是沙漠中的水一样。我犹豫着是不是该给她打一个电话，是不是该提醒她一下，还有未尽的事情需要我们共同完成。

时间就在我的犹豫之中慢慢地流失，等我真的有事回到邯郸这座城市时，已经是半年之后，似乎那张卡已经要从我的生活中消失了，我甚至忘记了，我妻子是不是已经花掉了那张卡里的钱。接我的轿车在曾经熟悉的城市里穿行，我却怎么也找不到三十年前生活过的痕迹，它对于我似乎已经变成了一个完全陌生的地方，轿车经过我的母校十二中时，我才突然想到了崔瑞云，然后想到了那张卡。再也没有任何理由去推托了，我给她打了个电话，电话那头传来的正是她的声音：“你是谁呀？”

这让我很吃惊，她居然没有存我的手机号码？我记得清清楚楚，上次是她主动联系我的，她肯定有我的手机号码的。一丝不太妙的感觉涌上心头。

“是我，董仙生。”我说。

电话那头静得可怕，似乎对方陷入了沉思，在想我这个名字？我头皮有些发麻。足足有半分钟，她才有气无力地说：“啊！是你呀。有事吗？”

我愣了愣，那一刻我有种恍若隔世的感觉，我说：“啊啊啊，那个什么，我回邯郸了。”

声音还是慢悠悠的，不需要回答的拒之千里的声调，“啊，是吗。”

我干脆不去琢磨她的语气，不拐弯抹角了，单刀直入，“晚上一起聚聚吧，吃个饭。”

她又停顿了几秒，“啊？——好吧。”

她的态度令我对自己的行为产生了怀疑，我见她究竟要达到什么目的，连我自己都搞糊涂了。那天晚上，我谢绝了主办方的盛情邀请，在距离市政府不太远的一个咖啡厅和崔瑞云见面了。她穿着得体，笑意盎然，全然没有电话里头的冷漠样子。她先是怪罪我，不早点通知她，好让她早早地做个准备，或者多约几个老同学一起聚聚。“你好不容易衣锦还乡一次，我们还不得净水扑街，夹道欢迎呀。”她这种官场上的外交辞令说得并不真诚。

我敷衍道：“我这不也是突然接到开会的通知。”

坐下来之后，我就提醒她，是不是有什么事你忘记了？

她笑着说：“啊，没有啊。什么事也没有啊。”她一下子就把我的期待打到了谷底。

我还想申辩几句，她却不容分说，继续说起了雷红宇，她说：“你见我是不是想听雷红宇的故事，我知道，你们搞文学的人，对新奇的故事感兴趣，走到哪里都在搜集生活素材。”好像我们俩见面就是为了这个人。其实那时候，雷红宇的故事还没有真正地在我内心扎下根，没有让我想做进一步了解的欲望。

她却不管我愿不愿意，自顾自地继续她的讲述，她说雷红宇顶替父亲进入棉纺厂后，就再也没有开口唱过歌，仿佛歌唱从来都不是她身体的一部分似的，她专心当好一个纺纱工，连厂里的文娱活动都不参加。没两年她就结了婚，嫁给了一个开录像厅的，生了一对双胞胎儿子。

“她可是我们班最早生孩子的，她生孩子时我还去她家看了看，那对双胞胎可真可爱。”崔瑞云说，“后来我就忙于工作，从干事到股级、科级、处级、副厅级，每走一步就像是登上一个高高的台阶似的。我得专注着怎么能够够得着台阶的边缘，想着如何能以最佳的角度和方式，抓住它的边缘，考虑着自己的力量，不能一蹴而就，也不能漫不经心。就这么不敢丝毫大意地我上了一个个台阶，我无暇去观察别人的生活，所以我和其他同学几乎都失去了联系，所以请你也原谅我，连你这样的大名人我都不知道，真的抱歉。”

她滔滔不绝地讲着，我稀里糊涂地听着，慢慢地似乎也就听进去了，我甚至有些理解她了。我何尝不是在一步步地爬台阶呢。据她讲，后来她和雷红宇巧遇是因为拆迁。

“她成了一个拆迁钉子户，这是我做梦都想不到的。”崔瑞云忧伤的面庞隐在咖啡座高高的椅背阴影中，她并没有显得过于地忧伤，“当时我是副区长，就负责拆迁工作，我的压力巨大，晚上睡不着觉。每天早晨，枕头上都铺着一层头发。完不成上级交给的任务，我就是失职，我连死的心都有。我是无意间发现的她。我在看这家钉子户的资料时，发现了隐在这个钉子户家庭里的老同学雷红宇，就像她隐在人群之中完全忘却了她天才的歌唱本领一样，在这个看上去那么难缠的钉子户中，她是个无关紧要的一员。带头和我们对着干的是她的丈夫周杰。”

她停止讲述，接一个电话，她的声音是那种公务式的语气，始终保持在一个调子上，听不出内心的情感。打完电话，她抱歉地说：“总有事情就在那儿等着你似的。”

我说：“都是这样，身不由己。”

她接着讲雷红宇的故事，“你不知道周杰是多么难打交道的一个人，我见识过他的无知无畏无辜无赖，我都怀疑雷红宇的情商有问题，她怎么会找这样一个人做自己的人生伴侣。”

“你去找她了吗？”我问。

“谁？”

“雷红宇。”

她点点头，“是的。我去找了，我是想从她身上打开缺口。我想她会顾及我和她的同学之情，闺密之情，劝说她丈夫，做一些让步的。我去了纺织厂，纺织厂的刘厂长专门为我安排了一间会客室，然后去把她叫来。她看到是我，很是吃惊，没打招呼，而是转身想往外走。我拦住她。那天下午，我苦口婆心说了半天，她却只说一句话，我不当家。她的表情很幽怨，很无辜。到最后我也几乎放弃了努力，分手时，我突然想起了她的歌声，我问她，你还唱歌吗？”

电话又响了。她看了看来电显示，这次并没有当着我的面接电话了，她说了声“对不起”，便走得远远的去接电话。这次通话的时间较长，我等得有点不耐烦，雷红宇的样子开始慢慢地在我脑子里由一个模糊的点形成一个渐渐清晰的模样，但不是我记忆中的同学雷红宇，我早就忘记了她的模样。在崔瑞云的故事烘托下，渐渐丰满起来的那个雷红宇，有些不自信，是个内心在挣扎和徘徊的纺织女工。我在猜想，她与崔副区长对视时的目光一定是躲闪的，犹疑的。而她也不希望两个曾经的密友在如此的情况下碰面。就在我胡乱地想象着雷红宇的样子时，时间就那么快速地流逝，等她回到我身边时，她愧疚地说，她必须要走了，市领导找她有要紧的事。我看着她匆匆地收拾好她的包，匆匆地向外走，她就像是一阵风似的，好像带走了某种东西，让我感觉有些怅然。不大一会儿，走过来一个年轻男子，他自我介绍说是崔书记的秘书，他递给我一个信封，说是崔书记交代一定要给我的。秘书把信封放到桌子上就匆匆离开了，我第一时间没有反应过来，机械地拿起信封，打开，一张卡掉出来，和上次她给我的那张卡一模一样。

回到石家庄，我要做的第一件事就是让妻子找出那张购物卡。妻子摊开手说：“早被我花光了。它变成了苹果、菠萝、香蕉、各种蔬菜。”

“她一定是想让我做什么事。”我自言自语道。

“谁呀？”妻子问。

我回答：“曾经的同学。”

这张卡没有交给妻子，我把它保存在办公室的抽屉里，刚开始的时候，我每次上班走进办公室时，都能感到从抽屉里散发出一股令人压抑的气息，好在，我不是个能在办公室待得住的人，我时常会出席各种社会活动，开会、讲座、研讨等，从某种意义上说，我是个社会人，而不是个单纯的办公室职员。所以，很快地，那张购物卡的魔力就没有那么大了，对我的压力也在慢慢地变小，它也就消失在了我的抽屉中，被我淡忘了。

可是我忘不掉崔瑞云和她讲的那个故事。很是奇怪，我脑海中反复出现崔瑞云所说的那个场景，我在揣测，当崔瑞云终于问到唱歌后，会发生什么，会有什么神奇的反应。这种好奇超过了我对她频繁送我购物卡的疑惑，我多次设想过这两个地位如此悬殊的人，在截然不同的立场之下，各自会作出什么样的选择。这种想法日甚一日，侵害了我正常的生活，连我妻子都感觉到我对其他事情的心不在焉。她问我在想什么，我说：“唱歌。”

那个周末，我们来到我们家附近的一家歌厅，我想不起来我已经有多久没有来过这种场合，没有纵声歌唱了。那天晚上，麦克风似乎一直在我手里，我声嘶力竭的声音连我自己都感到陌生。妻子说，你今天晚上真奇怪，还有点可怕。

奇怪的并不是我，而是再次消失的崔瑞云。有关另外一个人的故事始终悬浮在时空中，诱惑着我。而再次见面已经是冬天了，又是一年的人代会。她更忙碌了，即使是在会议上，我要想约上崔瑞云也十分困难。直到会议快结束时，我们才相约好，在宾馆大厅的茶座间聊了一会儿。崔瑞云愧疚地说："你知道，我来一次省会不容易，有太多的人要见，有太多的事要打理。"

我万分愧疚地说："我不占用你太多时间。"

"你挺好的吧？"她漫不经心地问。

我说："不怎么样。有个事我一直想不通。"

"啊，说来听听。"她不停地看着手机。

"你为什么要那么客气？你想让我做什么？"终于说出憋在心里的话，我觉得有些爽快。

"没事呀。"她笑着说，"你能为我做什么？"

我尴尬地笑笑，"我想不出。可是，"我犹豫片刻，"我很内疚。"

"没有什么可内疚的，"崔瑞云安慰我说，"在这个世上，我们为了自己的良心活着，我们谁也不欠谁的。"

她说得那么有哲理，那么脱俗，我再去计较和纠缠一些毫无意义和世俗的小事，就显得太过迂腐和媚俗。我只能转换话题，"那么，雷红宇呢？"连我自己都觉得奇怪，我怎么会如此顺畅而自然地就转向了雷红宇。

也许是我的话题转换得过于突然，她一时没有反应过来，诧异地看着我。

我提醒她："我们的同学雷红宇。你说到了她，说到了她热爱的唱歌。"

"你说她呀。"崔瑞云像是早就忘记了上次我们在咖啡馆中的那一幕了，她沉思了一会儿，"是的。我说到了她，雷红宇。我们的同学。在学校时我们俩是最好的朋友，时间虽然短，却终生难忘。我还记得她去医院看嗓子时的情景，我记得一清二楚，我是真的替她忧虑。可是那天她却一点也不顾念同学之情。她像是一个受气的小媳妇，一点也没有当时唱歌时的自信。她听到我说唱歌时，便停了下来，她转过脸时，脸色非常难看、严厉，丝毫也不像刚才委曲求全的样子。眼里甚至露出一丝的凶光，她居然对我说，我告诉你，我从来不会唱歌，也从来没有唱过歌。我说，那以前可是你的梦想，你想当一个……她打断我，那肯定是你的记忆出了问题，我从来没有唱过歌，从来没有过梦想。她生气地夺门而出。她完全变了个人，以前的雷红宇是个非常和气的人，没有一丁点的脾气，我们俩在一起，永远都是她让着我。”

“她为什么要否认自己的梦想呢？”我不解地问。

“我也不明白。”

我对雷红宇的命运非常好奇，我真的想知道她到底怎么样了，一个曾经拥有的梦想那么容易就舍弃的吗？便接着问：“那她后来怎么样了？”

崔瑞云想了想，“我想重新唤起她对音乐的热爱，唤起她对以前美好梦想的回忆。”

我竟然有些紧张，“她有什么反应？”

她好奇地看看我，她不明白我为什么对此如此关心，她把目光稍稍地移开，看着大厅中来来往往的人流，“我特意安排了几次与音乐有关的场合，想让她一起参与进来，好让她想起往事。第一次是歌厅，我特意让秘书找了个离她家不远的位置，我记得她是个不容易拒绝别人的人，这一次，她犹豫了很久，还是没有说出‘不’字来。她比约定的时间来得晚，大约晚了有十分钟，她抱歉地说是家里脱不开身。为了避免她的无端猜测，我还邀请了我们同学张静，黄小元，你还记得她们吧？”

我摇摇头。

她的讲述让我能够忘掉大厅里来来回回的人。

歌厅里有一种久别重逢的氛围，张静和黄小元，一直在恭维我，这让我有点不能自持。不管怎么说，我和她们地位悬殊，这是我自己努力的结果。麦克风始终在张静和黄小元的手里转换，她们俩热情极高，很是亢奋。但是雷红宇没有，她坐在离我最远的地方，她始终不唱歌，默默地喝着饮料，偶尔抬头偷偷地瞄一下我，像是个局外人。那两个人是个不管不顾的主，而雷红宇又躲避着麦克风，这与我的设计完全是两码事，我几次把话筒从几乎玩疯了的两位女同学手中抢过来，递给雷红宇，雷红宇都像是躲瘟神似的，不去接麦克风。没有办法，麦克风仍然在两个沉迷于歌声中的女人之间轮转。我尝试了几次，都没有成功。一晚上下来，张静和黄小元的兴奋仍然在持续，她们说，下次还要聚还要唱歌。如她们所愿，在我的鼓励之下，张静和黄小元都各自召集了两次类似的聚会，我替她们结账，她们也都没有推辞，反而说，反正也不是你自己出钱，你能报销，我们想报销都不知道找谁。之后的两次聚会，仍然选择在歌厅里，两次分别由黄小元和张静邀请的雷红宇，两次，雷红宇也都如约而至。她的表现也一如既往，她总是歌厅里那个最不合群的人，她从来都不尝试着去碰那么一下话筒。而那两个人来疯的人，只要手一碰到麦克风便忘记了我的叮嘱，极其投入和忘我。最后一次结束后，雷红宇刻意留在后面，她的脸掩在阴影之中，说话的声音很轻，她说，我们能不能不来歌厅聚会了，我心里很烦。

我犹豫了一下说，其实我也不想来，我有那么多的工作要做，有那么的事等着我来处理，可是我又不得不来，我想听你唱歌。你以前唱得多好。你还记得学校的操场，记得我等着你回家的场景吗？

她不假思索地回答，不记得，我一点也不记得。

我陪你去医院看嗓子呢？

她摇摇头。

我是个不达目的誓不罢休的人，这么多年，我就是凭着这股劲头才一步步地走到现在的。我是不能轻易认输的。我不急不躁，锲而不舍。正好赶上张学友的演唱会在邯郸举办，我让他们给我找了两张票，他们还惊讶我什么时候对演唱会感兴趣了。我让秘书把票送给了棉纺厂的刘厂长，让厂长交给了雷红宇。这样雷红宇无法推托，就不得不来。

对于张学友来说，他到哪儿演出都无所谓，可是对于邯郸人来说，这可是件了不得的大事。街道早早就戒严了。堆着一脸的亢奋向体育馆冲去的大都是中年人，男人和女人。这是他们这个年纪的人的超级偶像，也是我和雷红宇的歌神。

这一次，她到得比我要早，坐在体育馆的座位上，冲我微笑着。这是我们重逢之后，她头一次露出笑容。我也感到心情愉悦，我感觉我将迎来突破的关键一天。我们很快就淹没在如潮的观众中。在炫目的灯光、夸张的烟雾和夸张的欢呼声中，张学友跑上台了，那一瞬间，我觉得自己一下子从现在的身体里跑了出来，像是换了个人，脱下了所有的伪装，还原成了那个曾经在音乐的天地里轻松自在的那个曾经年少的我，就像现在舞台中央的张学友，好像还停留在我记忆中的那个年龄。我偷偷地瞄了身旁的雷红宇，她和我一样，也仿佛回到了年轻时唱歌的那个雷红宇，容光焕发，身体随着音乐的节奏晃动着。张学友先后演唱了他的一些经典歌曲《吻别》《一路上有你》《爱如潮水》……当他唱到《每次都想呼喊你的名字》时，全场都跟着他在一起大声地唱，好像那个名字能感动我们一生似的，我觉得自己的嗓子都冒了烟，却仍然停不下来，跟随着所有人的声音拼命地唱着，唱着。突然间，我的身体一侧感觉到了压力，我一边唱着一边扭头观看，我看到，雷红宇正在一点点地向我靠过来，然后慢慢地向座位下滑去，像一条离开水的鳗鱼。我只看到她的脸色潮红，眼睛闭着。我急忙停止了歌唱，去抓她绵软的身体。

在医院里我见到了雷红宇的丈夫周杰，一个膀大腰圆的男人。他目光中透着仇恨，对我说："如果她有个三长两短，我和你们没完。"

讲到这里，有人在喊崔瑞云："快点吧，会议快开始了。"

接着是开会，其间我们再也没有碰面的机会。会议结束时都没有告别，有时候人生就是这样，邂逅比刻意的相遇更合情合理。我没有再去主动找她。但是我震惊地发现，在我内心深处，一个叫作雷红宇的姑娘，牢牢地占据着一片天地。我日益觉察到，我曾经见过她，她的容貌慢慢地清晰起来，她的身体微胖，脸是圆的，嘴唇很厚，嘴阔，声音低沉、浑厚。只是有一点令人遗憾，我始终看不到她的目光。不管我多么坚信，我曾经在三十年前的校园里，和她打过无数次的照面，和崔瑞云一样，站在操场边，听过她动情的歌声，可是，她的目光，却无法穿越时光，让我真切地感受到。

半年之后，童丰收来找我，他也是我在邯郸初中时的同学，能记得他是因为他是我的邻居，小时候经常被父亲打得满楼道奔跑。他以前是个瘦高的人，现在变得胖胖的，瘦高的记忆被打上了疑问。他的弟弟因为犯了人命，有病乱投医，找到了在省会工作的我，看我能不能帮上忙找找人，以减轻他弟弟的罪责。我无能为力，所以就顾左右而言他，我问起雷红宇。他想了半天，否定了我的问题，他说："我们没有这样一个同学，我们班的同学这几年我都见过，去年还聚会了，就差你和崔瑞云。你是因为和大家待的时间短，又在外地。而崔瑞云是从来不参加同学聚会的。"

临走时，他失望透顶，他说："同学们都说你很了得，我满怀信心而来，以为你无所不能。"

我惭愧地说："我就是一文人，抱歉帮不了你。"

他意犹未尽，无比感慨地说："他们都吹嘘你是个大名人，可是我看呀，你混得真不行。"

我老实地点点头。

他满脸的不甘和不屑，"还不如崔瑞云，她当时不显山不露水，学习也一般，只考上邯郸师专，可是人家却当了那么大的官。是我们班官最大的。"

我赶快做自我批评说:“是呀。人不能和人比。”

童丰收说:“唉,本来我是想请她帮忙的,她一定行的。她和省里的很多领导都熟,可是谁承想,她竟然……据说是……”

再一年的人代会,我没有看到崔瑞云,她已经被剥夺了人大代表的资格。开完人代会回来,那张卡竟然神奇地在我翻找文件时从抽屉里跳到我视线里,我拿起来,想了想,还是把它扔到了字纸篓里。

2018 年 8 月 25 日

鸽子的忧伤

胡性能[1]

1

回到昆明的时候，天空正下着雨，机窗外一片暗淡。中午时分，细雨密织，均匀而有序地滴落在机场的水泥跑道上。远方的天地间，混沌，视野尽头缺乏必要的过渡，建筑物轮廓模糊，铁灰色，这幕布上的水渍，沉重的阴影正在被溶解。导航车闪着警灯，在雨幕中无声穿行，像一只小小的甲虫。此时，果儿也许正在乌蒙山里穿行，它的身后，是从北方席卷而来的寒流。在去泸州之前，我们都注意过气象预报，但没有人意识到，那一年的第一场寒流会来得如此迅速。当飞机越过西凉山的上空，机身下，高海拔的山头已经被积雪覆盖，现在，我只有祈祷果儿能够在回途中，加入候鸟的行列，藏身于巨大的雁阵，隐忍、低调，以躲过沿途鹞鹰和猎隼的捕杀。

2000 年 12 月 25 日上午，我和昆明十多个养信鸽的朋友，在四川泸州放飞了一批信鸽，为了纪念护国运动 85 周年。12 月的泸州，灰蒙蒙的天幕下，江水无声流淌，城市形销骨立，让人感觉有些冷凉和忧伤。长江边的河滩上，大小不一的鹅卵石铺陈到水边，光滑、圆润，偶尔有黑色的昆虫飞来，

① **胡性能** 云南昭通人，1965 年 6 月生，1987 年毕业于云南师范大学中文系，现为云南省作家协会驻会副主席。中短篇小说集《在温暖中入眠》入选中国作协“21 世纪之星文学丛书”2004 年卷，另有中篇小说集《有人回故乡》《下野石手记》《生死课》，短篇小说集《孤证》。获第十届、第十四届《十月》文学奖，云南文学奖等。

藏身于相互混淆的石头中间。其实那个时候，我就隐约有不好的预感，可又心怀侥幸。抬起头来，我看到河堤上，悬垂的布标系在两根竹竿之间，上面张贴的大字有的清晰，有的因布标扭曲而变形。

鸽笼整齐地摆在地上，金属的、木条的、竹编的。信鸽被掬在各人手中，等待放飞的号令。这一天的果儿有些奇怪，当我把它从鸽笼里拿出来时，它就一直挣扎。蹬腿，扭动着翅膀，不安分，头前伸后缩，幅度很大，直到我把它颠倒过来，让它的头迎向我，果儿才安静下来。

鸽子的脸上没有皮肤，只有羽毛、角质覆盖的鼻瘤、坚硬的喙和镶嵌于头部左右两侧的眼睛，看不出它的表情。来泸州之前，果儿鼻子上的硬壳脱落，露出肉红色的鼻瘤。它的双耳外毛纵起，如同一丛茂盛的植物，将它的耳洞遮掩得严严实实。我发现，当果儿转过来面向我之后，它后脑上的羽毛突然耸起来，看上去像是戴了一个前低后高的无檐帽，这让我有些意外。

竞翔之前，果儿安静地窝在我的手中，我能感受到它的体温，以及它小心脏微弱的跳动，仿佛柔和的鼓点。这体温和鼓点通过果儿腹部的羽毛传递过来，纤细，真切。主持人是一个穿着黑色毛呢大衣的胖子，头戴一顶黑毡帽，围着一条灰色的围巾，看上去像一只肥硕的狗熊，正念着手中的稿子，流利的四川话随着江风传来，带着浓烈的辣椒和花椒味。我们一排人手捧信鸽站在江边，神情肃穆，感觉像是正在聆听队长号令的行刑队。当主持人吆喝一声，发出放鸽命令，几十只鸽子突然“噗噗噗”飞了起来，羽翅拍打空气的声音格外杂乱。我手中的果儿没有一点起飞的迹象，仍然淡定地卧在我的双掌间，歪了歪头，望着我。事后，我曾回忆起果儿当时的表现，也许它当时就意识到，此次的放飞，对于我们，便是永别。

2

为了迎接果儿的归来，放飞的那天上午，当果儿的身影在灰蒙蒙的天空消失以后，我立即打车直奔泸州蓝田机场，买了最近的一个航班赶回昆明。鸽舍必须得认真清扫，还得撒上除臭剂，让果儿的闺房变得清新宜人。我在鸽笼里圆形青花瓷盅里换了干净的矿泉水，在长条形的松木食槽里，放上果儿最喜欢的高粱和红米。数百公里的飞行，果儿到家的时候一定是精疲力竭，需要补充能量。做这一切的时候，昆明的天空令人揪心地下着雨。我很后悔，早知道气候会变得如此恶劣，我就不会带果儿到泸州去放飞。我错了。

整个下午，我一直心神不宁，除了打扫鸽舍外，我无法专注做任何事情，隔不了几分钟，我就会跑到阳台，看果儿是否会出现在它的鸽舍里。有几次，我甚至出现了幻听，我听到了熟悉的鸽哨声由远及近传来，天空中美妙的滑音，带给人一种渗透进骨头里的欣喜，可当我奔到阳台，果儿的鸽舍仍旧空空荡荡。黑夜降临的时候，我看着窗外茫茫天宇，意识到，果儿再也不会回来了。

果儿的失飞让我失魂落魄。当天夜里，我又一次梦到了那些昆虫。它们长着绿豆一样大的身体，八根细长的脚，与身子不成比例。我看见它们从远处爬行过来，感觉是在用几根发丝支撑着舞蹈，等它们爬进我的大脑，开始吞噬我的脑髓时，密集的昆虫，收敛的螯紧贴在圆形的脸部，这让它们在进食时，仿佛是得手的窃贼，躲在阴暗处，小心谨慎，面带笑意地清点手里的钞票。不幸的是，我还能在睡梦中，清晰地看见那些昆虫的表情。

欧阳医生对我说过，从来没有人能做两个完全相同的梦。他是一位心理医生，我找他看过失眠症。在一次催眠之后，我把几十年来如影随形的噩梦告诉了他，但欧阳医生认为是我的幻觉，或者梦魇。催眠之后我说些什么，我完全没有了印象。但欧阳医生说，当年，李小兵的欺凌，给我留下的阴影太重了。作为治疗的手段之一，欧阳医生通过催眠，试图改变我的记忆，他让我相信自己在年轻时，曾经无数次地痛打过李小兵。

我觉得，如果我重复的梦魇与李小兵有关，那么睡梦中钻进我大脑吞噬脑髓的，不应该是那种绿豆大的昆虫，而应该是蜈蚣。

李小兵脸上有条伤疤，从右边嘴角延伸到下颌，据说是在一次打斗时，被人用菜刀劈留下的。蹩脚的外科医生，医术过于粗糙，在缝合伤口时心不在焉，拆线后留下了明显的针脚，这让李小兵脸上的疤痕，看上去像是一条正上爬进他嘴里的蜈蚣。

幸亏梦见的不是蜈蚣。红头蜈蚣，身背绿黑色的铠甲，冰冷，阴暗，像一个秘密行动的执行者。想想上百条这种阴魂一样的昆虫扭动着身体，在我的大脑里吞食我的脑髓，哪怕只是设想一下，也令我不寒而栗。

3

果儿是只昆明瘤鼻鸽，楚楚送的。我曾经对她讲述过，童年时，有一只鸽子飞到我身边，帮我解除了劫难。她也许是希望送给我的这只鸽子，会再次给我带来奇迹。楚楚后来嫁到了挪威。我们在一起时，当她听说李小兵对我的欺凌之后，便像个小母亲一样，把我的头揽过去，善良的姑娘，用食指，轻轻抚摸我额头上那些看不见的伤痕，又用温润的嘴唇，贴在假想的伤痕上面。

我从来没有想到会与楚楚分手。那一天，我把租住的房子换了锁，请了工休假，到外地旅游。我给楚楚留了一封信，告诉她我喜欢上了别人。男人都是喜新厌旧的，移情别恋很正常。为了让楚楚死心，我后来甚至不惜糟蹋自己的名声，公开带着医院一位对我有好感的护士，出入各种场合，像热恋中的情侣一样。

最终还是得直接面对。两个月后的一天，楚楚约我到“火车南站”餐厅晚餐，她希望我们的感情有个正式了结。残存的法式建筑，过去是滇越铁路公司驻昆办事处，黄色的墙体、弧形的门头和窗楣、巨大的阳台以及上面依次撑开的遮阳伞。我和楚楚坐在二楼的窗户边。落座后我才吃惊地发现，这个位子是我第一次约她到这儿来吃饭时的位子，木质的桌子厚实沉稳，上面铺着蓝底白花的扎染，相对而放的两只凳子是铁铸的，上面放有铁灰色的坐垫和靠垫。我猜测楚楚特意早来，餐厅里除了服务员外，还没有前来就餐的客人，她可以随心所欲选择座位。

清冽的阳光从天空漏下，楚楚的身子藏在墙体遮挡的阴影里。她的两只眼睛泛红，圆圆的，兔子般的眼睛，无辜、温顺而又茫然。她告诉我，她已经厌倦了这座城市。说这话的时候，楚楚把头转过去望着窗外。夏天，窗外院子里的植物疯长，有白桫椤、云南苏铁、香子含笑，还一棵叶片巨大的芭蕉树。

最后的晚餐，我与楚楚吃得无比沉闷。那天，楚楚提了个要求，她想与我再住一个晚上。从餐馆出来，天已经黑了，我搂着楚楚的肩膀，能够感觉到皮肤下滑动的骨头。我能明显地感到，楚楚瘦了。

当天晚上的性爱疯狂又绝望。贪婪的小母兽，敲骨吸髓，让人欲罢不能，像是想用这种方式，把我的灵魂收入她的腹中。事后，她像一只乖巧的兔子，缩在我的怀里，可是我怎么也不敢入睡，我担心在梦中，我会再度把她当成李小兵，痛殴一顿。我就这样假寐到天明。

一大早我去医院上班，中午的时候我抽空回来，楚楚已经走掉了。她也许在我刚离开就起了床，除了床单和被褥，她把我所有的脏衣裤都洗了，屋子也收拾得干干净净。最让我意外的是，她像变魔术一样，在我的餐桌上放了一只鸽笼，里面有一只雏鸽。楚楚，楚楚，我叫了两声，没有回应。我在餐桌旁的凳子上坐了一会儿，来到了卧室，把身体埋在被褥下面，试图想触摸到楚楚留下的一丝体温。棉质的被褥，有一股若隐若现的熟悉气味，稀薄得像幻觉，想着楚楚温润的身体，此后可能会被其他的男人拥抱，我就忍不住抽泣起来。

我把楚楚送我的鸽子取名叫果儿，这是我对楚楚的昵称。果儿是纯粹的中国种，有点子鸽的血统，还有上海远程鸽的基因，杂交品种，在讲究血统和出身的信鸽圈里，并不被认可。但我没有料到，成鸽以后的果儿，毛色洁白，脖颈修长，羽翅光滑，抚摸上去有丝绸的柔滑质地，是鸽子中少见的美少女。曾经，它用了一天一夜从南京飞回昆明。

直到今天，与楚楚在一起的那几年，依旧是我一生中最快乐和满足的日子。是天性，或是幼儿师范教师的职业，让楚楚的性格温顺、柔软、懂事，作为一个备受欺凌的人，我也许在一个柔弱的姑娘面前，才敢暴露出我残忍的一面。这让我特别看不起自己。

4

与楚楚分手后不久，我分到了单位的房改房，位置在市中心的家属区，院子很小，却有一棵高大的银杏树。入夜以后，如果我不拉上窗帘，就能够看见周边楼房晚睡的灯光，朦胧地照在那棵大树的叶片上。扇形的叶片，光滑、经络均匀散开，看上去有如密集悬垂于树枝上的蝴蝶，一动不动，假死一般沉睡。果儿飞失的那天夜里，我毫无睡意，只能眼睁睁看着叶片上的光一点点褪去，直至那棵银杏树完全陷于夜晚的黑暗中。上帝终于关掉了最后一盏灯，屋子外面史前一般的静谧，只听见一个失眠者或轻或重的鼻息，像河流中大小不一的鹅卵石，被时间的水流覆盖。

噩梦、与楚楚分手、果儿飞失，这些事情让我原本就薄得透明的睡眠千疮百孔。许多夜晚，我只有借助红酒的劲儿，才能稍微入睡一会儿。作为一名医生，我知道自己不能再吃安眠药了。从十来岁起，我就患上严重的失眠症，这一生我吃过的安眠药，集中起来吃的话，可以让我死几十次。还是红酒好。酒意上头，我会短暂忘却一切。

但是，即使是喝了红酒，我也会在午夜后醒来，此后就再难入睡。每当夜幕降临，我就忧心忡忡。我仿佛是一个即将被夜晚施刑的罪人，我既渴望睡眠，又害怕睡眠。上床之前睡意沉重，可一躺平，大脑立即处于混沌中的清醒。我由此变得焦躁，会把两个枕头撤掉一个，再撤掉一个，让头平躺在床上。片刻之后，我又会从床的这一头搬到那一头。失眠让人苦不堪言，有时，为了惩罚自己，我甚至抱着被子，在客厅里走过来走过去。

是命定，还是巧合？果儿失飞的那一天，当我从泸州回到昆明，楚楚恰巧跟着她新婚的丈夫去了挪威，我们在昆明巫家坝机场擦肩而过，她得从这里先飞到北京，再从北京飞到奥斯陆。我后来查过航班，地图西北角的那个国家人口太少，从北京抵达奥斯陆的航班都得转机，这样楚楚在空中的飞行时间接近二十个小时，比果儿从泸州飞回昆明的时间还要长。

从此远了。率先竣工的昆明南二环高架桥凌空蹈虚，在城市的空中浮游。每一次，当我乘坐汽车穿过南二环赶往巫家坝机场时，我都会想起楚楚来。曾经肌肤相亲的人，从这座城市离开以后，她在地球的那一端如何生活，她的夜晚和白天，她的欢乐及无助，我都再也触摸不到了。

5

顶、抱、担、提、挎、缠，身随拳动，当我的拳头落在李小兵身上时，我能感觉身体里的力量释放之后获得的满足。移动的沙袋已经瘫软，但我并不准备住手，顶肘左右翻，抱肘顺步赶，我的每一招都充满复仇的杀机。李小兵跪倒在地，小声地哭了起来，我没有想到一个欺凌我的人，会哭出声音，这让我有些发蒙。

……耳畔传来女子嘤嘤的哭泣声，怎么会是楚楚？我努力睁开眼睛，头顶瓦斯灯黄色的光晕慢慢洇开，梦里的打斗紧张而又兴奋，我精疲力竭，仿佛有谁刚把我的骨头，一根根从身体里抽走。我挣扎着转过身去，抱住了发抖的楚楚。“怎么啦？楚楚！”

清晨，当我从洗漱间里的镜子中看到楚楚的时候，我的心猛地一沉。镜子中，她正眯缝着眼，查看眼眶下面青紫的伤痕。平常素面朝天的她，这会儿像一个老到而有耐心的裱糊匠，正在用一把小毛刷，小心地把粉均匀地涂抹在患处。她看上去很投入、专注，脸上一点也看不出受到暴力袭击后的忧伤。幼儿师范学校的老师，用一支粉笔，完成了只有化妆师才能抵达的魔术效果。她没有意识到，我在她身后借着一面墙的掩护，偷偷地观察她的脸。

其实，这不是我第一次在梦里实施暴力。我想起了在朱城生活的时候，那时我只有十来岁，有一天晚上，我突然在睡梦中听到妹妹的哭声，声音响亮，像一些突然被惊起翻飞的蝙蝠，刺耳、杂乱。醒来之后，听到妹妹向我母亲控诉，说我一脚脚踢她，直到把她踢到了床下。我向母亲解释说，我踢的是李小兵，愤怒的母亲突然从床上捡起谷秸绑扎成的扫帚，劈头盖脸地打在我身上。我痛得从床上跳了起来，母亲的手扬在空中，没有忍心再打下来，她看到了我睡的床上，有一摊尿渍。

母亲把妹妹安顿睡在她的床上，回过身来，把我的被子、床单和垫絮抱出了卧室。我只有横躺在床头度过长夜，身下是坚硬的床板，我把脸贴在上面，闻到了木头的朽味。第二天起床，我发现床单和被子晾在后院里的铁丝上，而堂屋里的地炉上面，罩着一个竹制的鸡笼，我的垫絮正放在上面烘烤。

为了防止我再尿床，母亲后来在我的垫单下面放上了一块油布，黄色的油布，纤维粗壮，用桐油处理过，防渗漏，在四十年前的长途货车上常常能见到。从那天起的很长一段时间，我重新像婴儿一样，变得需要母亲照顾。夜晚昏暗的电灯下，她用父亲破旧的裤子、妹妹不能再穿的婴儿服、我因长高之后淘汰的衣裤缝制尿片。家里时常停电，她就坐在煤油灯下缝制，安静的脸上，眉头轻皱，偶有微风灌进屋内，灯影就会在她脸上轻微晃动。

很快，母亲就发现，我会在睡梦中小声啼哭。她想尽了办法，不见效果，只好求救于道师。道师给了母亲许多符章，是一些红色、黄色和绿色的彩纸，上面用木刻印上了几句话：天黄黄，地黄黄，我家有位夜哭郎，行人念过一百遍，一觉睡到大天亮。

夜里，在我与妹妹睡着之后，母亲会偷偷出门，带着从纸盒厂拿来的糨糊，把那些符章，连夜贴在朱城一些不易被人撕掉的角落。每一座城市，清晨的行人，除了形迹匆匆的旅客，就是早起上学的孩子。南来北往的旅客见多识广，不会有人对突然出现的彩色张贴感兴趣。但孩子就不同了，他们会对出现在电杆、土墙和树干上的彩纸感到好奇，不少孩子会凑上去，照着上面的文字读上一遍，这才悻悻地离开。

道师的法术并不灵验。母亲说，我每次尿床，其实都有迹象。我会在梦中小声哭泣、哀告，有时还会发出凄厉的惨叫，有时又是愤怒的呐喊。“你怎么啦？”她忧心忡忡问我，“睡觉的时候怎么老是喊打喊杀？”

6

我与妹妹跟随母亲到朱城生活是1974年。那一年，我们家遭遇变故，父亲被下放到席草田监视劳动，母亲被开除工作，她只好带着一双儿女，来到离席草田几十公里远的朱城。此前，这座高原小城与我们家没有一丝关系，纯粹就是它离席草田农场近，方便母亲抽空去看望在那儿劳动的父亲。

房子是提前租好的。空旷的院子荒芜、诡异，但便宜。数十年历史的老房子，散发着一股陈腐的气息，不知道之前是什么人居住在里面，但我从住进那个院子的第一天起，就觉得鬼气森森。母亲是在租住进去以后，才在街坊的窃窃私语里，得知租下的是一座凶宅。

朱城是一座有着数百年历史的古城，瓦屋、木制墙壁，石板镶嵌的街道泛着青光。有一段时间，每到夜里，母亲就会听到有人在舂米，木制的捣杵砸在石臼里，发出沉闷的回响。问题是，当你侧耳倾听，却难以判断声音来自何方。街坊里的人都说，那声音就来自我们住的院子，仿佛到了夜里，就有一些看不见的人，在此开始热闹的生活，能听见开门关门的声音，而那舂米的捣杵声，则延续了半年，因此每到天黑，母亲都会把通向后院的门锁上。

母亲刚到朱城时，四处寻找学校，问需不需要代课老师。短短的几个月，她换了几个学校，没挣到钱，唯一的好处是让我进了学校读书。那时我就知道，交完院子的租金以后，母亲身上的钱已经所剩无几。坐吃山空不行，当她听说街道办的纸盒厂，原来的保管员脑溢血死掉了，就用家里仅有的几元钱，买了两封绿豆糕，带着我去找居委会的宋委员求情。月薪十八块的岗位，辛苦、耗时，当地没有什么人愿意去做。

前进街的大人物，住在几十米开外的王家大院。老地主的旧居，方形的院子，几幢房子围成南方常见的“一颗印”建筑，宋委员家住在靠北那幢房子的三楼，得沿着木制的楼梯往上爬，每上一级台阶，楼板就会发出叽嘎叽嘎的呻吟。到了顶楼，还得穿过一个十多米长的过道。过道的防护栏上，有一个用松木制作的鸽笼，十多只鸽子，在里面咕噜咕噜叫唤着。

此前，我曾经坐在屋后的天井里，看这群鸽子从天空盘旋而过。一只、两只、三只……我数了几遍才数清，一共十五只鸽子。

母亲要与宋委员谈事情，便把我留在了屋外的过道里。当时，宋委员的儿子李小兵在过道上伺候他的鸽子，他大我四五岁，穿着一件草绿色的军衣，同样草绿色的军帽，里面用一圈纸板做成帽箍，戴在头上轮廓分明，感觉相当地帅。见我站在他的身边，李小兵从鸽笼里拿出一只鸽子递给了我。灰色的鸽子，眼皮紧箍着眼球，圆圆的瞳孔里，是发黄的眼砂。在此之前，我只看见有鸽子在屋顶盘旋而过，但我从来没有触摸过鸽子。因此，当李小兵把鸽子递给我的时候，我不知道该用多大的力，才能捧住手中的大鸟。但我几乎在第一次触摸到鸽子的时候，就喜欢上了它，我能够感觉到鸽子的体温，它柔滑的羽翅和温和的表情。但让我措手不及的是，看上去温顺的鸽子，竟会突然挣扎，从我的手中挣脱，拍打着翅膀，飞到了对面的屋顶上。

我不知道如何是好，回过头来望着李小兵，而他只是冷冷地说："你把我的鸽子放飞了！"

"你要还一只给我！"他对我说。

"你养的鸽子，飞了，应该还会飞回来！"我怯怯地说。

"你放飞的那只是老子新买的，还不认识家呢，你这一放就飞丢了！"李小兵恶狠狠地说，"你以后每天放学要先到我这儿来，让我弹五十下脑门，直到你还上我的鸽子！"

就这样，我每天下午放学后，都会来到李小兵家外面的走廊，站在他的鸽笼旁边等他。李小兵会让我稍息、立正，命令我像树桩一样站得笔直。每一次，当李小兵绷紧手指，用力把食指弹在我额头上时，他都不允许我眨眼睛。

"不要给老子眨眼睛听到没有？"李小兵的样子很凶，"只要眨眼，刚才弹的脑门都不算！"

所以，我只能眼睁睁看着他的食指一次次弹过来。有时候，他会延缓时间，改变节奏，食指在我的眉心间打着转，往往是在我的眼皮发酸，快支撑不住的时候，他才突然弹过来，让人防不胜防。

我就这样牢牢记住了李小兵的脸。至今，我都能记得李小兵的嘴唇厚而鲁莽，口里是一撮快要爆炸的锯齿，错进错出。他的脸上，有一条粉红色的疤痕，从右边嘴角一直延伸到下巴上，看上去，就像是有一条活着的蜈蚣爬进李小兵张开的嘴里，却被他用锯齿死死地咬住。

7

每天清晨，我都会早早去上学。朱城地处高原，即使是夏天，早晨也会让人感到薄薄的凉意。天还没完全亮，间隔过远的路灯，彼此的光晕难以交集。我之所以早起，并不是要赶去学校，而是要赶在早晨大街清扫之前，看看地上有没有被人丢弃的牙膏皮。铅做的外壳，里面的牙膏用完以后，可以作为废品回收。大的中华牙膏皮，拿到废品收购站，一个可以卖二分钱，而个头小的白玉牙膏，只能卖到一分。王家大院后面，有一条细长的檐沟，钻进去，里面散发出一股呛人的霉味。住在一楼的人家，几乎从来不打开窗户，而二楼和三楼的人家，则把这条檐沟当成了随心所欲的垃圾场。我曾在里面捡到一只牙膏皮，外面覆盖着泥土，当我用木棍把泥土刮干净，发现是中华牌牙膏。上海牙膏厂生产的牙膏，几十年前风行一时，铅皮上面镀了层黄色的漆。走完三十多米长的檐沟，再也没有其他收获，檐沟上密布着蜘蛛网，灰黑色的蜘蛛不知道躲在什么地方。傍晚时分，天空开始暗淡下来，能听见街上有人呼喊自己家孩子回去吃饭的声音。

当然，每天早上去上学的时候，我也会留意路上有没有被人丢弃的桃核和杏核。如果发现了，路边就找一块石头，把坚硬的壳砸碎，取出里面的桃仁和杏仁，小心藏进书包里。我听说了，砸出来的桃仁杏仁，晒干以后，收购站也收，只是不知道多少钱一斤。至于纸烟盒，虽然收购站不收，但当时的少年大多喜欢收集，并且可以私下作为货币流通，最值钱的是中华和云烟，五分钱一张，但几乎见不到，其稀少程度，相当于今天80版的猴票。许多年以后，每当有人与我聊起香烟品牌，他们会奇怪，我从不吸烟，却知道“劲松”“团结”“翡翠”“芙蓉”“大前门”这些老牌香烟，这让那些资深烟客感到非常困惑。

朱城的城中心，有一个鸽子市场，当地人叫草市。历史悠久的老城，总是会隐藏着一批玩家。草市上有信鸽卖，也有肉鸽卖。肉鸽五毛钱一只，信鸽的价格太贵了，贵得根本无法想象。可即便是五毛钱一只的肉鸽，我捡了两个月的牙膏皮和桃仁杏仁，也没能买得起。

不过，承蒙宋委员的恩准，我母亲如愿以偿，去纸盒厂当了保管。七岁的妹妹跟着她，整天坐在堆满报纸和旧书的仓库里，无所事事地在里面翻看连环画。

通常，母亲回家比较晚，她得等所有工人走了以后，锁好纸盒厂的大门，才能回家。每天傍晚，从李小兵家出来，我都会坐在门槛上，眺望着街头，等待着她和妹妹。那些年，天好像黑得早一些，六点半的时候，街口渐渐模糊的电线杆上，高音喇叭会传来国际歌的乐曲。那是许多人的时钟，只要听到这首曲子响起，就意味着黄昏、归家、暮色降临。

后来我发现，李小兵喜欢在天黑前放鸽子。有一天，当我抬头清点那些从天空中飞过的鸽子时，我吃惊地发现，鸽群仍然有十五只。这个发现让我既激动又气愤．我跑到了李小兵家，告诉他我的发现，李小兵却对着我破口大骂：“那是老子重新花钱买来的！你敢诬蔑老子！”李小兵对我说。

话刚说完，一记耳光扇在我的左脸上，清脆的响声还没完全消失，第二记耳光随即而至，我的右脸也肿了起来，感觉像是浸泡在滚烫的水里，这时李小兵飞起一腿踢在我的肚子上，我的身体瞬间被抽空，内脏扭结在一起，我吸不进半口气，弯着腰，就像是肚子里钻进了一只锋利的刀子，我听见自己脚步踉跄的声音，也听到了自己摔倒在楼道里发出的闷响。

但是，更让人羞耻的是，李小兵走过来，提着我的两只裤脚，把裤子从我身上褪下来，挽成一团，丢到下面的天井里。我光着屁股，跌跌撞撞从楼上下来，到天井里拾起裤子，边跑，边穿。害怕，羞耻，只想早一分钟逃离王家大院。身后的楼上，李小兵扔了一句话砸下来：从明天起，每天弹一百个脑门！

8

记忆中的朱城，仿佛总是黄昏，只有一次例外。下午，广场召开万人大会，批林批孔。学生们站在粗糙的广场上，看台子上的人声嘶力竭地控诉。人太多，广场外面的公路边，用草帘搭起了十来个简易茅房，里面统一地摆放着两只粪桶。冤家路窄，我竟然会在简易茅房的外面，撞上了李小兵。

李小兵当时正带着几个人从简易茅房出来。我正准备偷偷溜走，被他一声喝住："小杂种，你跑什么？过来，今天的一百个脑门要提前弹掉！"

就在茅房外面，他让我稍息、立正，再稍息、再立正。有不少好奇的人围在一边，我无地自容，却又不敢反抗。众目睽睽之下，他的食指一次又一次弹在我的额头上，发出嘭嘭的声音。我感到很羞耻，盯住李小兵脸上的那条疤痕，死死咬住下嘴唇，泪花在眼眶里打着转，我努力把注意力放在额头的疼痛上，不让眼泪流下来。

用力过猛，李小兵弹到第五十个的时候，食指弹疼了。四鼻子、三弯腰、贩贩……你们过来，每个人弹十个！

我站在人群中间，额头上每被弹一下，只要声音响亮，围观的人都会发出一声欢呼，而李小兵则会得意地四周环顾，右手高高举起，打一个响指。就是那一次，当其他人弹我脑门的时候，我死死地盯牢李小兵，我暗暗发了誓，等我有一天长大，我会一次次暴打他，直到他跪地求饶。

"嘿！还敢瞪老子！嗯？明天就叫你老妈没得工作！"李小兵威胁说。

从批判大会的会场回到家里，天还早，我来到院子里，坐在天井边的条石上，想着明天还要去李小兵家让他弹脑门，我不知道这种折磨何时是尽头，心中充满恐惧。只要一闭上眼睛，我就会看到李小兵的手在我眼前晃动，那天下午，对李小兵的害怕已经覆盖了我对这个院子的恐惧。什么时候，我才能攒够五毛钱买只鸽子还他。这时，我突然听到有悠扬的鸽哨声传来。抬起头，我看到有一群鸽子飞过天井的上空，李小兵的鸽群，我数了数，十五只。

突然，我发现对面屋子的瓦脊上，站着一只鸽子。我的心突然狂跳起来。朝思暮想的鸽子，铁灰色，我能感觉到自己的身体在微微发抖，脚心到整个小腿和尾椎骨都在发麻，心脏缩成米粒那么大。屋脊上的鸽子，在上面踌躇了片刻，竟然展开双翼，无声地滑行下来，降落在我身边的石板上。近在咫尺的鸽子，令我难以自控地慌乱，我的身子僵硬，呼吸困难，所有的注意力，都集中在身边的鸽子身上了。直到今天，我都还记得当时的情景，我侧身朝那只鸽子扑了过去，它没有飞走，也没有挣扎，当我觉得已经牢牢把它抱在怀里时，我内心狂喜，如释重负。

李小兵对我突然归还他鸽子有一些意外，更让他意外的是，他发现鸽子的脚上有一个铝制的足环，上面有“济南”两个汉字和一串阿拉伯数字。“咦！”他偏着头斜眼问我，“哪来的鸽子？”

“自己飞来的，”我告诉他，“这只鸽子是自己飞到我家天井里的。”

李小兵不相信我说的话。怎么会有一只鸽子莫名其妙飞来，被你捉住？但他对鸽子的好奇代替了对我的怀疑。他对着鸽子的眼睛认真看了看，“眼砂好呢！”李小兵喜笑颜开，又展开了鸽子的羽翅看了看，装模作样说，“你的这只鸽子瘦，没我的那只肥，所以我还得最后弹你一百次脑门，才扯得平！”

最后的劫难。额头上传来食指弹击在上面的声音。有时候他因用力太猛，自己的食指也感到了疼痛，李小兵就会将它放在嘴唇边吹气，仿佛是他的食指被什么东西给烫了。渐渐地，他的速度放慢下来，似乎很是享受弹击他人额头带来的快感，还剩下十多次的时候，李小兵有点不舍得，他的食指绷紧，在我眼前晃过来，又晃过去，好一会儿才弹一个。因用力的缘故，我看见他指节皮肤的后面，透出了指骨白色的印迹。

9

当年，欧阳医生在替我做了一段时间的催眠治疗之后，又建议我去学学武术。身强体壮之后，他对我说，你心理上对李小兵的恐惧会减轻一些。

果儿飞失的第二年，我决定重返一次朱城，找李小兵打上一架。做出这个决定之前，我的武术老师曾经去师大体育学院给我找来了两位年轻学生，要我与他们进行实战搏斗。那时的我与练武前相比，已经换了一个人。尽管依然身材瘦削，可是手握成拳头后，就像一个铁锤。如果伸开，除拇指外，其余的四根手指，几乎是一般齐。指尖上全是老茧，指甲变厚，内卷，戳在人的身上，硬度就像是几根钢筋。虽说是以一敌二，我还是轻松地把那两位年轻的学生打趴在地上。教练拍了拍我的肩膀，点了点头，伸出了短粗有力的拇指。

楚楚去挪威了，就再没回来过。当我的身体强壮起来以后，我发现自己除了灵魂以外，身体也对她充满了怀念。曾经，子夜的十二点，我与她的身体相互追逐，直至完全叠合……就像墙上挂钟的时针与分针。现在，她的白天是我的黑夜，我们之间，隔着永远无法追赶的时差。我看着挂钟下面的地图，位于地图西北角的挪威，我记住了这个国家的所有城市、河流、湖泊、铁路、海湾……我甚至用支铅笔，就能把脑海里的挪威国境线画个八九不离十。尤其是楚楚生活的城市斯塔万格，我知道它每一天的气候、它的城市街景、大型超市以及海岸风光，想象楚楚在那座遥远城市的生活，已经成为我每一天的功课。残忍的功课，绝望的怀念，它是我无望当中的守望。

前往朱城的那年我三十五岁。临行前的那个夜晚，我看了看自己两只胳膊上鼓起的肱二头肌，觉得要搞定一个年届四十岁的男人，应该没有任何问题。在乘车前往朱城的时候，我想象自己就像在梦境之中那样，暴打李小兵。我把他打得求饶，还让他站起来，以其人之道还之彼身，让他做稍息、立正的动作。我也弹他脑门，不仅仅弹他的脑门，还要看他脸上什么地方青紫，我弹什么地方。甚至，我像他当年侮辱我那样，在大街上脱掉他的裤子，然后扬长而去。这样的想象让人快乐，我感到浑身充满力量，脑门中央青筋鼓起，有力地跳动，我的呼吸有些堵，并感到口干舌燥。

可是在朱城，我没有找到李小兵。离开这座城市二十多年了，此后我就再也没有回去过。我年少时与家人寄居的那条街，已经杳无踪迹，我甚至都怀疑自己来的是不是朱城。拓宽的马路、高耸的楼房，将我记忆里的朱城彻底窜改。只漏网了一些名不副实的地名。小石桥看不见石桥，月牙塘也不见水塘，而我小时候游过泳的南广河，现在成为朱城的下水道，被结结实实的水泥块覆盖。

前进街早就不在了。城市的花名册上，是靖远街。短暂的更名史，给我寻找李小兵带来了麻烦。街道的改造、拆迁，原来居住在前进街的人已经走散，不知去向。有人给我支了个招，说如果我要找人的话，退休在家的邮递员老苏，或许能够提供信息。

我记得老苏。那时的朱城，他每天骑一辆载重的永久牌自行车，像只大鸟一样，在石板路的老街，飞过来又飞过去。邮车后座的两侧，各自悬挂了一个大邮包，里面装着报纸、杂志、信件以及小型的包裹。找到收件人的家，老苏就会把邮车支起来，扯开嗓门喊：陈丛林，报纸；或者余永庆，包裹！他熟悉这座小城老街上的每户人家，如果是碰到不识字的年老妇女有子女寄来钱，比如郑汝玲，老苏就会在喊过名字之后，稍作停顿，补上一句话：拿章来盖！

老苏已经不做邮差了，他退了休，现在最喜欢的事情，是端着个酒杯，坐在家门外的一个方石凳上，看街上人来人往。一坐就是一下午。他不知道李小兵。但是他知道前进街曾经的居委会委员姓宋。

"宋委员死掉啦，她的儿子也死掉了，听说是强奸罪。1983 年严打，送到新疆那边去劳改，死在那边，太远了，尸体都没能运得回来。"

"死了？"

我有些缓不过神来，原本在身体中积蓄的力量突然消失，令人有些沮丧，也有些失落。从老苏家离开，我神情疲惫地走在街上，两条腿有气无力地拖着整个身躯前行，我的背包从右肩滑落，甚至我都不想去拾起。路边两个孩子在用水冾互滋，喷到了我的脖子和脸上，我的眼睛眯了一下，停住，水滴顺着额头的发梢滴在脸颊上。我蹲了下去，摊开双手，注视着上面毫无用处的老茧。

没有李小兵的朱城，我一分钟都不想停留。坐上朱城开往昆明的大巴时，正值一天的中午。车窗外面，阳光下的行人并不多，偶尔，会有一辆汽车驶进车站。我把额头顶在玻璃窗上，看见形形色色的旅客从车上下来，消失在车站门外的大街，感觉就像是一些散落的雨滴，在酷夏被烈日迅速蒸发。

不过，自从知道李小兵死在了新疆，那个数百只虫子吞噬我脑髓的噩梦，就再也没有做过。

10

都不知道在睡梦中把楚楚当成李小兵暴打过几次了。曾经，我是那样地担心，楚楚会因我夜晚难控的暴力离我远去，但她好像患上了斯德哥尔摩综合征，我的暴力让她痛苦、同情又依恋。与楚楚在一起的最后那段时间，每当夜晚到来，我根本不敢睡过去，梦中怀抱着的瓷器，发出幽暗的光。光滑、细腻，有着我身体长久接触留下的体温，我害怕自己在难以控制的梦中，失手打碎它。但越是这样，我如果真的睡过去，常常会在夜里突然发狂，把身边的楚楚当成了李小兵，一次比一次打得要狠。

最后一次梦里的殴打，可能用力太大了，至今我都无法回忆当时的情景。我想，如果谁把我的楚楚打成这个样子，我会毫不犹豫去拼命，我当时看着自己的双手，十个张开的手指，掌中的老茧、清晰而又简单的掌纹，本来我以为它们能够保护楚楚，现在却给她造成如此大的伤害。我甚至担心楚楚会失明或伤残，未来让我恐惧。

楚楚所在的学校，学生要升旗和晨读，每天早晨她都去得很早。往往是，缠绵、一起入睡，但醒过来时，除了周末，她都不在。如果不是夏季天亮得早，她离开家的时候，外面的天还黑着，尤其是冬天，冷风吹拂，冰冷的空气会像一些细小坚硬的针尖，刺伤她本已受伤的皮肤。

我决定离开楚楚。但对于以后的生活，却一片茫然。内心做出决定的那天，当楚楚下楼去上班，我来到阳台，躲在窗帘后面，看着她骑着自行车消失在街口。天空慢慢放亮，仿佛是谁，在我毫无知觉的时候，用净水清洗了黑夜。站在阳台上眺望远方，大地的轮廓开始清晰起来，由近及远，这人间的幕布徐徐拉开，山河的布景已然完成。光恰似水，又一个白天来临，阳光所照之处都是舞台，数以亿计的演员粉墨登场，而我与楚楚，也即将在这个舞台上走散，想想就让人感伤。

离开楚楚之后，我不知道回了多少次头，却只能看到她越来越模糊的背影。即使是到了今天，只要想起楚楚来，我的身体就会处于轻微的膨胀和持续的低热状态。我相信如果自己是皇帝，我会因为楚楚而冷落后宫的三千佳丽，甚至我也不要江山，而是要把江山，埋在楚楚的身体里。

11

宋为民，男，54岁。因发热、右上腹痛13天，于2015年2月18日入院。病起寒战高热，第三天感右上腹持续胀痛，向右肩放射，拟为胆囊炎，使用多种抗生素，但热不退，腹痛范围扩展，顽固呃逆。超声检查发现肝区多个液囊。曾有胃病史多年，有外伤手术史，有中风后遗症，无急慢性传染病史。经体检，腹水呈阴性，肠鸣活跃。血红蛋白 122g/L（12.2g/dL），白细胞 26×10g/L（26000/mm^3），中性粒细胞 94%，尿阴性。透视右膈抬高，右肋膈角少量积液，但肺和腹部无异常。拟诊肝脓肿及胆道系统感染……

原来李小兵并没死，而是更名为宋为民。1983 年的时候，他的确因强奸未遂被押送去新疆劳改，刑满释放以后，为了生存，他改跟母亲姓，此后结婚，生子，并在朱城郊外租了一个鱼塘搞养殖，也许，他还保持着少年时的爱好，养鸽子。

周三的下午，他被急诊科转了过来，要做胆囊切除手术。做梦也没有想到他会成为我的患者。几乎是在看到他脸的那一瞬间，我就认出他来了。他的龅牙，尤其是他右边嘴角的那条疤痕。

重新见到李小兵的时候，他穿着白底蓝条的住院服，躺在住院部肝胆科第 12 号床。见到一群穿白大褂的医生和护士进来查房，他一脸谄媚，想从病床上站起来，我这才发现他的身体，有半边僵硬。“还不扶我起来！”他厉声对床边的一个年轻小伙子说。站在他身边的一位头发花白的中年妇女身子激灵了一下，赶过去，与年轻小伙子一道，把李小兵扶了起来。

“中风！”李小兵有些含混地说。他的声音听上去有些沙哑，那一瞬间，我仿佛又听见他让我稍息、立正的声音。

晚上，我好不容易入睡，却又做了噩梦。密集的虫子爬行过来，数目多得难以想象，我被固定在床上，动弹不得，那些黑色的虫子，爬进了我的房间，我无路可逃，只能看着它们顺着我的鼻孔、耳洞，爬进了我的大脑里。疼痛，伴随着它们咀嚼的声音，我仿佛看到天空里，有一块黑色的幕布倾覆下来……

12

楚楚到挪威之后，住在斯塔万格郊外。海滨城市，步行不到一公里，就能到达海边。海浪在视野的尽头晃动着白光，松散的一条线，像被谁的手牵住了两头，慢慢向岸边移动过来。到了近处，海浪成为一堵移动着的蓝色墙壁，在大浪的最高处，水墙垮塌，海水摊开，泛着泡沫，谦卑而又执着，匍匐到楚楚的脚边。真正的前赴后继，海浪拍打过的沙滩上，楚楚赤足走过的脚印，短暂，易毁，消失在海水的浸湿里。

说起来也是医疗条件很好的国家，我在电脑上查询过，它的福利、环境、设施……宫外孕并不是绝症，楚楚的丈夫是一位石油工程师，一年中有一半的时间生活在海上的钻井平台上，我不知道，是他的缺席导致楚楚腹痛的时候没能及时送进医院，还是楚楚的延误，竟然没能及时打出一个紧急求救电话，使她失去了最后的抢救机会。

就地安葬，楚楚最终也没能回到她的故乡昆明，就像那只飞失的鸽子果儿，再无踪影。一晃眼，楚楚走掉已经一年了，我是在她去世两个月后，才得到消息的。那一天，我请了假，独自一人去了“火车南站”餐厅，找到了我们最后晚餐坐过的那张桌子，恍若隔世的体验，望着对面空着的椅子，我不知道楚楚在弥留之际，是不是想过万里之遥的昆明，想过，罪痕累累的我呢？

李小兵的手术安排在周五进行。那天早晨，当我走进手术室时，他已经躺在手术台上了。钨灯悬垂地点在手术室的顶上，明亮得有一些刺眼，当护士褪去李小兵身上的蓝底白条的住院服，把一瓶酒精倒在他身上进行术前消毒的时候，我注意到了李小兵的下体。垂头丧气的物件，在一丛花白的毛发中间，我想起了邮差老苏说的话，李小兵犯下了强奸罪。1983年的严打，从重从快，强奸罪极有可能被判处死刑，我不知道是什么原因让李小兵逃脱最严厉的惩处。现在，我觉得应该由我来主持正义。

手术刀锋利的刀刃划在李小兵腹部的皮肤上，感觉与我之前做过的数百次手术完全不一样。划开皮肤，剥开脂肪，再把腹肌破开，我感觉这个男人在中风之前，一直有着比较大的体力劳动，他腹部的肌肉紧密，与他这个年龄并不相称。坐在手术台边的护士，递过来一把又一把的止血钳，偶尔，我能听见镀铬的金属器械碰撞发出的响声。

此前，我曾经幻想要在做手术的时候，制造一个小小的医疗事故。是用过量麻醉药？还是先让他失血，然后在输血时给他输入被细菌或霉菌污染过的血浆？或者，我在他脓液较多的腹腔使用双氧水，引起空气栓塞？我还设想，将他胆囊附近的血管悄悄切一个小口，那样的话，当他的腹部伤口长好并拆线以后的某一天，不断渗透的血液会蓄满他的整个腹腔，从而彻底解除我的心头之患。

李小兵术前住院的那段时间，我没有与他相认，我相信他不会记得我了，我也不希望他记得。住院后，我为他采取了有效的治疗措施，主要是持续抗感染治疗，包括氨苄西林、氯霉素、链霉素、补液及输血。不是于心不忍，而是我幻想把他养好之后，再收拾他。

没有注意李小兵的脸，以及他下颌上的那条疤痕，职业的习惯让我短暂忘记腹腔打开的这个患者，曾经带给我那些刻骨铭心的凌辱。

一把小小的手术刀，能完成期待已久的复仇，在他的身体里面游动，从内到外的凌迟，让他痛不欲生；手术刀携带的病菌在他的体内发炎，红肿、灌脓，让他像一只存放时间过长的苹果，由内到外无可挽回地溃烂……

只是幻想。就在我把李小兵身体里的病灶切除的时候，我仿佛突然听见了熟悉的鸽哨声传来，悦耳，婉转，忽近忽远，感觉有只鸽子就在我手术室上空盘旋。嘤嘤嗡嗡的声音，让我的内心宁静而祥和。胆囊切除手术我做了数千例，不需思考，完全是下意识的动作。我的身体忙碌着，脑子却想象鸽子从我头顶上掠过的样子。我想起了当年在泸州放飞的果儿，也想起了当年在朱城，那只从屋脊上飞到我身边的鸽子。

鸽哨声里，手术结束了。

13

手术做完，直至出院，我都没有再见过李小兵。

我没想到给李小兵的手术会做得如此漂亮，他的家人对我充满感激，想有所表示，被我严词拒绝了。李小兵活着，楚楚却已经不在人世。上帝建构人世的时候，他把一切设计得如此精密，环环相扣，却又留下疏忽和遗憾。

我想，如果楚楚不去挪威，不住在斯塔万格的郊外，如果我这个外科医生就在她身边……作为一位优秀的外科医生，我曾做过数以千计的手术，却无以挽回自己最爱的女人。问题是这些假设都只能是假设。上帝只对信仰他的人施与宠爱。我想起了多年前，我从泸州放飞果儿返回昆明的那天，巫家坝机场的上空，正下着笼天罩地的细雨。那一天，机场引流道上滑行过的一架架飞机，其中的一架载着楚楚，消失在2000年冬天的雨雾中。

自从李小兵出院以后，我再也没有做过那个令我恐惧的噩梦，一次也没有。但我还是那么怀念，怀念楚楚在我梦里哭泣的时候，把我摇醒，用食指，一遍遍抚摸我的额头。她不知道，我是如此贪恋她的手指，她的嘴唇，她留在我额头上的余温。

今年春天，就在我快要把李小兵给忘掉的时候，有人给我送来了一只鸽子：荷兰奥斯卡信鸽。是李小兵的儿子送来的。我本来想拒绝，但想了想留下了。我不知道李小兵让儿子送这只鸽子来是什么意思。也许他认出了我，而且还想起当年他曾讹过我一只鸽子。但这些都不重要了。重要的是我想把李小兵送我的信鸽养大，我还想把它取名为果儿，等它长到三岁，我会带它到挪威的斯塔万格。楚楚，我的楚楚，你说，如果我在你的墓地放了它，我们的果儿，能否越过千山万水，飞回到我们的故乡？

南山寺香客

李约热①

闷热、潮湿，很多物品都在滴水。李大为坐在潮湿的沙发上，有刚刚从水中钻出来的感觉。镜子也在滴水，他瞟了一眼镜中的自己：一个湿漉漉的人。不知道摸骨师的屋子为什么会有一面镜子，摸骨师是个瞎子，平时根本用不着镜子，难道他是想提醒前来找他“指路”的人，看清自己的惨淡吗？

“驱逐之年”，李大为脑子里闪过这样一个莫名其妙的句子，这趟旅行，太像逃亡了，无头苍蝇一样，毫无目的，从一个城市到另一个城市。小时候在邕江边，李大为和伙伴们在水中玩找人的游戏，口令之后，他们跳入江中，乱潜一气。李大为现在就是这样的感觉——是差不多要溺水的感觉。

每年总有一些时候，他得靠这种不停的出行，来排解即将溺水的状态。这是多年积累下来的“病”。在很多回的“逃亡”中，那几个年轻人的嘲讽经常在耳边响起，咒语一样。他们是他学生那一辈，在南湖公园，那伙人在他身后大声地聊天，“我们要好好干，要不然像前面这个大叔那样，还不如不活呢”。他妈的，我到底什么地方得罪他们了，难到从走路的姿势，就看得出一个人的丧气。他停下来，转身面对他们，没想到他们根本不回避他，依然大声地说：“这样的大叔，我想不出来他对社会有什么贡献，污染源，绝对的污染源。”这几乎就是人身攻击了。李大为的心脏狂跳，“年轻人，你们怎么可以这样说话。”他的口气有些颤抖。“你还别不承认，你有什么出息？你对国家有什么贡献，你在单位肯定是地位最低下的，谁都瞧不起你，家里一

① **李约热** 小说家，有小说多篇（部）发表或出版，现供职于《广西文学》编辑部。

大堆事情，哪一件你都摆不平。你说是不是这样？”真是奇了怪了，小年轻想都没想就戳中他的痛处，大学学报编辑，一个所谓的日本文学研究专家，一年几篇论文、几场日本文学研讨会、几场讲座、平时给别人的论文修改错别字等，就是他工作的全部。单位有没有人瞧不起他，他不关心，和妻子离婚，为财产及儿子的抚养问题，撕得你死我活，最后落荒而逃，这倒是真的。“加油啊大叔，不要一脸的丧气样子。”几个人一起喊。李大为被激怒了，他五官变形，走到他们面前，扯住其中一个人的衣服：“你是不是很屌啊，你敢不敢跟我一对一？”他学会了网上粗鄙的言辞。李大为觉得自己的八十年代又回来了，对不讲道理的人，武力是最便捷最有效的解决问题的办法。读大学的时候，他练散打，得过学校的散打冠军，当年可是没人敢惹。想想也是很悲凉，散打冠军，一个八十年代的名头，一个落满灰尘的名头，现在不得不拿出来，给自己壮胆。他觉得自己还行。这下他就上当了，这几个小年轻还巴不得闹出点事情，他们在南湖边转了好久，至少挑衅不下十人，都没人理睬，到李大为这里，终于成功。“好啊，我现在又崇拜你了大叔。你先放开他，我来跟你打。”另一个小年轻掰开李大为的手，头几乎贴在李大为的脸上，浓烈的酒肉之气喷了李大为一脸，李大为一阵恶心，肚子突然翻江倒海，他忘了自己有胃病了。很奇怪的胃病，只要闻到浓烈的气味，他都会恶心到呕吐。他捂着肚子，移步到一棵榕树下面，头抵在树干上，干呕起来。小年轻们放声大笑。“我说的对吧，污染源，绝对的污染源，这棵榕树如果枯死，就要怪你了，大叔。”之后他们笑着离开。

摸骨师人干瘦，头老是半仰着，眼珠全是白的，也不晓得用一副墨镜来遮盖，看起来有点吓人。他家在小巷的尽头，门前一水的石板路，潮湿得很，在来的路上，李大为脚底滑了两次，差点跌倒。这样的巷子，跟摸骨这门古老的职业倒是很搭，潮湿破落悠远，很符合李大为的心境。摸骨师先是摸到饮水机跟前，从底座抽出一个纸杯，接水，然后走过来递给李大为，李大为说了声谢谢，那杯水只在他手中停留一秒，就被他放在茶几上。摸骨师绕到他身后，开始工作。他的双手搭在李大为的头上，像牧师给信徒摸顶，只不过牧师单手，他双手。李大为头皮发凉。当他觉得头皮由凉变暖的时候，摸骨师已将他的头细细摸了一遍。李大为觉得摸骨师像个打太极球的高人，一个球在他手中起起落落，出神入化。自己的头颅，就是摸骨师手中的那个圆球，他有时轻轻地捏，像按摩；有时轻轻地拍，像在判断是不是熟透的瓜。这个时候，李大为觉得自己太滑稽了，一张塞进酒店里的硬纸片，不是招嫖的卡片，而是给人摸骨算命的名片，就把他带到这里。他也只是好奇，人的命运地图，怎么样就藏在骨骼里？哪一块骨头，对应人生的哪一场欢喜与悲愁；哪一块骨头，主导人生的哪一个重要事件或者事故。这份古老的职业，在互联网时代，也算是另类。没想到摸骨师生意兴隆，轮到他时，已是午后。

摸骨师说："先生眉骨高耸、天庭润滑饱满，后脑勺有反骨，从这几个骨像看，你是能成大事的人。"

李大为想，我还有反骨，我他妈现在见人都想跪下呢。

摸骨师说："但是你颈骨弯曲，耳郭浅薄，江山到此，云淡风轻，可惜了。"

李大为想，我颈椎的毛病他都摸出来了，我还轻微驼背呢。想到这里，李大为挺直腰杆。

"没想到，先生还是个罗锅样。"瞎子的双手落在李大为的肩胛上，不停地摇头，"男人易折，你太累了。而且你还有暗疾。"他的手沿李大为的脊梁骨走了一回，就得出这样的结论。

连这个也瞒不了他，李大为暗暗称奇。李大为想到自己奇怪的病，只要一闻到浓烈一点的气味，白酒、香水、辣椒等，就恶心。

"人世险恶，你该放则放，不要与人论长短。气顺则心平，心像变则骨像变，说的就是这个道理。"摸骨师说。

李大为说："谢谢师父，你真说对了，我确实不大顺，而且我有严重的胃病。一遇辛辣浓烈的气味，就恶心难受。"

"你也不要太为这个操心，从你的骨像看，先生还算个有福之人，每遇不测最终都能逢凶化吉。"

"那我应该吃什么药？"李大为说出话后就笑了起来，他把算命当成是求医了。

摸骨师说："你到南山寺找李师。他能帮你。"

"李师？"李大为这下警惕起来，没准这是一条"产业链"，是下线给上线输送牺牲者。这些年互联网上的热门话题之一，就是佛门静地不再清净的各种说法。"李师是谁？"李大为说。

"我的好朋友，南山寺的法师，人称李师，我觉得你的气息发紧，需要调理疏导，你跟他聊过之后，会柳暗花明，花开富贵。"

李大为从来没有迈过寺庙的门槛。对待佛啊神啊，他是敬而远之。凡单位组织的活动，只要是涉足宗教场所，不管是教堂还是寺庙，他都是在停车场外等，完全是与此无关的闲人做派。那一年，他去日本四国参加一场关于远藤周作的作品研讨会，主办方请与会者去神庙观摩祭祀活动，他找借口不参加。很多人奇怪，问他为什么这样不待见佛？他只是笑笑，说，人贵有自知之明，不是我不待见佛，是佛不待见我，佛要打理的事太多，我就不要再去给佛添乱了。当然这是一种敷衍的说法。他真实的想法是，一个人在世上走一遭，太可怜了，还是多花点心思，想一想自己怎么照顾自己，佛经上说人不能贪，求佛也算是贪。如果说他有什么信仰的话，学术方面，他倒是投入太多的热情，这算不算是一种信仰？他觉得不是，那只是饭碗。如果你能为某件事牺牲自己，那才叫信仰。他不是那种人。当然了，他很尊重那些信佛爱佛的人，那一年去五台山，有一位女同事请了一尊铜铸的佛像，很沉，一路上还是李大为帮她背。后来他觉得，女同事从五台山请回一尊佛像，也不能叫作信仰，只能说是爱，因为确确实实，信仰一般都是跟牺牲连在一起，一说到牺牲，天下百分之九十九的人立马当缩头乌龟。大家都是可怜人。

所以当摸骨师叫他去南山寺找李师的时候，他就觉得那只是一桩生意。他马上敷衍道："我没时间啊。我晚上的飞机。"

摸骨师说："那可惜了，我只是觉得李师会帮你的忙，你们会聊得很好，不过不要紧，你什么时候找他都可以的。"当场就把李师的电话说给李大为听。

李大为觉得很奇怪，为什么他一定要我去见李师，真的不是帮嫖客拉皮条做生意的那种热情？我现在需要什么帮助？我的事任何人都帮不了。哎呀，现在什么事情，只要跟陌生人有关，人的第一反应就是会不会是个骗局？李大为想。其实他打算在这个城市再待两天，如果他想见李师的话，时间还是很充裕的。

南山寺在宣城的西郊，跟其他寺庙不一样的是，那里没有开发成旅游目的地，没有公交车，要去南山寺，得坐出租车或者黑车。第二天早上，李大为上了出租车，一路奔向郊区。司机是个话痨，以为李大为是个信徒，一上车就跟他介绍南山寺，"南山寺很灵的，很多大人物都来。一般香客来南山寺，主要求姻缘。"

不是说佛能普度众生吗？应该是什么问题都能解决吧，不可能只解决人类的婚配问题吧，李大为觉得司机故弄玄虚。

李大为说："大人物还求姻缘？"

"大人物也是人嘛。这男人女人的事，是最让人头疼的，不求行吗。"

司机这么一说，李大为觉得更滑稽了，我还求什么姻缘啊，这辈子我最后悔的事情就是结婚生子，一大堆麻烦事。很快他醒悟过来，怪不得司机刚上车的时候很怪地看了他一眼，司机肯定是认为这个人老大不小了，还去南山寺求什么姻缘，是二婚还是三婚。

“哦，是得好好求一求。”李大为说，他想，不会是有情人终成眷属最终都属于佛的功劳吧。术业有专攻，南山寺的和尚主导婚姻，也是很有意思的事情，如果真是这样，也是功德无量，他们会不会因此动了凡心？李大为想到这里，笑了起来。

“你不信？”

“我觉得很有意思。”李大为不能说信，也不能说不信，只好这样说。

“你不信就算了，但是你不能笑话佛。”司机很严肃地说。

“我没有笑话呀，我是觉得有意思，清心寡欲的和尚为凡夫俗子的婚事操心，会不会动了凡心。我是因为这个笑起来的。”李大为说。

“听你的口气，你不是去求姻缘的吧，如果求姻缘，就不会这么说。”司机说。

“是的，我是去看风景的。”李大为说。

“怪不得，你对佛教还真不了解。不知者不怪罪。”司机说。

李大为哭笑不得，这才注意到，出租车上，简直是个小型的庙宇，门两边上方贴有金色的佛像，方向盘前还有观世音的坐像，连车中的后视镜也挂有佛珠。李大为想，俗人对偶像的崇拜，也含有一股子世俗的力量。

“真不能笑话他们，我是亲眼看见的，有一次我去南山寺烧香，进来一伙人，恭恭敬敬地磕头、烧香，几分钟后，又进来一个人，没有烧香，也没有磕头，可能他跟他们是一伙的，说他们浪费时间，磨磨叽叽，都过了吃饭时间了还在这里弯腰撅屁股。他说你们上当了，只有活人管死人，没有死人管活人的，省下点香钱还可以买啤酒喝。这一下，报应来了，头上的一块牌匾，这时候就砸下来了，划破他的额头，血流不止。这可是我亲眼看见的，如果牌匾再偏一点，砸中他的头，可能就没命了。大概佛只是想警告他，佛并不是想要他的命，佛还是很慈悲的。”司机说，一副心服口服的表情。

“是吗，这也太神奇了。”李大为说，他想，这大概是巧合吧，司机是宁可信其有，如果像司机认为的那样，这些年来他一直都没有进入寺庙，真的算是件值得庆幸的事情，因为他难免贪、嗔、痴，难免心中动过对其他香客不屑的心思，他不进去，佛都没机会找他算账。

“所以啊，你到南山寺后，可不要动什么不恭敬的心思。”司机说。

“那是肯定的。我可不想死。”李大为半开玩笑地说。

“你就好好逛吧，那里还真有好风景，有山有水有树木，完全可以开发成森林公园。”司机的话题暂时离开佛。

“那为什么还不开发？”李大为问。

“你想想，如果开发成森林公园，又是开路又是炸山，坏了佛门清净，而且每天很多人涌进来，没准就不灵了。还有一种说法是，南山寺不让搞，政府也觉得不缺游客的几个钱，在这个地方，有一座寺庙，里面有一群和尚在修行，这就够了。”

“如果这样的话，政府真是功德无量啊，现在哪一座庙宇外面，不停有旅游大巴。”李大为说。

“那是，所以啊，南山寺还是非常清净的。你还可以住在那里，有吃有住。”司机说。

这倒是很新鲜，李大为很惊讶，“是吗？现在还有那么好的寺庙？”他说。

“这是很早以前就传下来的规矩，古时候，南山寺经常住着那些远道而来的香客和赶路的过路客，虽然条件不是太好，有地方挡风挡雨总比风餐露宿强，你说是吧，所以那里一直都住有各种各样的人。住的都是可怜人。”司机说。

住的都是可怜人，这一回司机说到自己心坎上了。

下车之后，还要走二十分钟的石板路，李大为想，这个南山寺真是孤傲得很啊，拒绝与外界对接，要来南山寺见佛，还真不容易。听了摸骨师的话，本来自己不当一回事，完全可以像以前那样，毫无目的地来，毫无目的地去，管他什么南山寺北山寺，但最终还是来了，摸骨师的话还是有些魔力呢，这到底是为什么？用司机的话说，都是可怜人啊。反正自己现在游魂一样，去哪里都是去，这些空虚的日子，先好好打发，至于跟李师见面，虽然有些期待，但终究还是无所谓，如果说还有点不一样的感受，那就是自己将第一次进入佛门净地。李大为想，我是不是过于认真了呢？以往那种对不感兴趣的人和事本能的拒绝，已经深入骨髓，所以自己坠入虚空，多多少少觉得有一些罪过。管他呢，反正过了几天，又得重新回去拥抱“火热”的生活。

当、当、当，南山寺的钟声在前方响起，他看见鸟群从树木上腾空，朝钟声响起的地方飞去，好像听懂某种召唤一样。钟声一直响，更多的鸟群腾空，大白天百鸟归巢，也算是一件稀奇的事情吧。李大为加快脚步。越往前走，石板路就越宽，这个时候，他闻到树木的气味，他站住，李大为觉得自己的麻烦就要来了，这是刚刚剥掉皮的樟树，气味很浓，李大为想，如果再往前走，他的胃，肯定翻江倒海。怎么办？也不能返回去了，像往常一样，他从口袋里掏出毛巾，将鼻子嘴巴遮住，在后脑勺打了一个结，又继续往前走。

终于，他看见人了，两个人，一男一女，穿着短袖，戴着黑色的人造革围裙，正在剥树木的皮，男的剥粗一点的树木，他手拿砍刀，先轻后重，树皮便没过刀片．他停下来，两手抓住树皮，反方向拉，边拉边走，拔河一样，一长条的树皮就这样垂在他手上；女的剥小一点的树木，她双手握锤子，锤树木，将树皮锤松，然后拿小一点的砍刀，秀气地削，树皮便在她的刀下一点点剥落。他们在石板路的旁边忙活，李大为经过的时候他们停下来看了他一眼，大概是因为他的这个装扮有些特别。李大为朝他们点点头，匆匆往前走。李大为想，他们不是要在这里造房子吧，他听说终南山中有很多人在那里修行，这里会不会又是另外的一个终南山。司机说南山寺这里也住着各种各样的人，指的也许就是他刚刚见到的男人和女人吧。

远离了新鲜木头的气味，李大为解下毛巾，他快步走，他想知道那些鸟群都飞到哪里，毕竟是他来到这里时看到的第一个大动静。拐了两个弯，视野越来越开阔．几座庙宇错落在山中，不新，红的白的黑的，都褪了颜色，新鲜的是那些树木，南方的树木根本不知道季节是什么样子，一年四季，从头绿到尾，一条道走到黑。李大为原来以为那些循着钟声而来的飞鸟会落满寺庙的屋顶，叽叽喳喳，像参加某种仪式一样。李大为没有看到鸟儿的影子，那些在钟声中腾空的鸟儿，其实就是从一片树林飞往另一片树林，这是它们生活的一部分，钟声不过是可有可无的点缀，其他声音，一样能让他们飞翔，它们根本就不是在听从什么召唤。这样一想，李大为平静下来，开始寻找来这里的拜佛的香客。

香客不多，三三两两，在李大为的视线中晃动，离他最近的一间庙宇只有两百米，但是他看到的香客确实在最高的那一座庙宇附近移动。

他一下子不知道该怎么办。是直接去找李师吗？他从来没这样找过陌生人。天还很早，他决定先在附近先走一走，司机不是说这里住有“各式各样的人吗”，他想去看一看到底都是什么人住在这里。反正先随便走走，如果是香客，我们就各走各的，如果是住在这里的“常客”，我就上去搭讪，香客和常客，我还是能分出来的。他想。

这个时候，李大为突然发现这几座庙宇错落在山间，被小路串起来，真像一道长长的闪电。他突然想起好朋友刘水。哎呀刘水，我现在看东西，都像是一道闪电。他想。他看一眼被闪电串联起来的庙宇，脑子被刘水的模样所占据：黑色的西服，白色的衬衣，擦得锃亮的皮鞋。那是躺在殡仪馆里的刘水的模样。哎呀刘水，可惜我不信佛，要不我真要到庙里找和尚给你超度。因为你，我就是走路，都感觉走在一道闪电里。

李大为的好朋友刘水是个天象迷，尤其迷恋闪电。他买房子买最高层，就是为了方便雷电天气到来的时候观测闪电。“大为，那种撕裂，那种咆哮，太美了。”“大为，你不觉得他击中你的灵魂了吗。”有两次，李大为还被邀请到他家里，他俩穿着雨衣，爬上楼顶，看一道道闪电在空中抽打，刘水兴奋得一直嚷嚷：“太美了，你不觉得他击中你的灵魂吗！”李大为不觉得闪电美在哪里，有的只是害怕，他害怕那些闪电，不知道什么时候会朝他抽过来。后来，刘水在海南被闪电击中……也不知道，死后的世界有没有闪电，李大为曾经梦到死后的世界：暗红色，不管是人还是物，纸片似的镶嵌其中，轻轻滑动，那样的地方，不会有闪电吧，观测闪电，最好的地方还是人间吧。刘水，委屈你了。刘水是他的好朋友，他死后，李大为就没有可以说上话的人了，他现在游魂似的外出，大概也有刘水的一份“功劳”。

“请让一让。”一个男声。李大为回头，刚才在路边剥树皮的男人和女人一人扛一根木头跟在他身后，他挡他们的道了。扛的不是他们刚剥掉皮的木头，从颜色上看，应该是晾了好久。他俩砍树剥皮，然后扛晾好的木头回南山寺，他们肯定是这里的常客。

女的有点吃力，她扛的那棵木头只比男人肩上的木头小一点。李大为说：“我来帮你扛吧。”

女人说：“好啊。”倒是爽快得很，木头马上从肩头立在地上。“我也是累了啊。”她脸红扑扑的，挂着汗水，不好意思地笑着。

男人说：“我叫你不要扛嘛。你偏要逞能。”之后目光跟李大为对上，笑着说：“谢谢你，兄弟。”

李大为上一次帮助别人还是在五台山上帮女同事背佛像，这一回在南山寺帮一个陌生女人扛木头，他突然变得快乐起来。他好久没有这种感觉了，是因为负重吗？一根木头压在肩上，台阶在脚下一级一级地往后退，体力慢慢消耗，到底吃得消还是吃不消？他已经很久没有关心自己的体力了，想的只是关键时刻不要掉链子啊，一定要把这跟木头扛到目的地啊。他没有问他们这根木头要扛到哪里，只要前面的男人没有停下，他就一直走下去。他脑子里突然蹦出“劳动改造”这个词，以前那些犯人，被罚干重活，不管犯什么罪，只要人困马乏，多余的念头会被榨掉，只剩下身体。现在自己就是这样，只剩下身体。不过我现在是快乐的，他想。“你对这个世界有什么用？”他想起少年的讥讽。“去他妈的。”他在心里骂了一句。虽然还在刘水的闪电上走，但是帮助人的感觉，还是很美妙的。

“大哥，你没事吧，你觉得累了你就吱声，我来扛。”女人在后边，她抱着李大为的双肩包。

“没事，不是很沉。”李大为说。

前面的男人说：“你是来上香的吧？不会耽误你给菩萨烧香吧？”

李大为说：“不要紧。耽误不了，现在还早着呢。”他们把他当香客了。李大为说：“这里香火不是很旺，倒是很清净呢。”

“初一、十五人会多些，现在的人啊，拜佛都到交通便利的地方，恨不得刚下汽车就到佛跟前。”男人说。

“现在什么事都讲究方便快捷，这里确实很偏僻，来进一次香不容易。”李大为想到在车上司机说的政府不希望把南山寺开发成旅游景点的事，又说：“不过这样也好，清净一些，出家人就可以安心念经修行，走远路来进香的人也显得心诚。”

“是的，这才是寺庙应该有的样子。”男人说。

“你们是这里的居民吗？”李大为问道。

男人停下来，扭过头，目光越过李大为，看李大为身后的女人。男人女人会心一笑，男人说：“是的。这不，正要建房子呢。”

“我猜就是，你们在路边干活的时候我正好从那里经过。看见你们剥树皮，就想是不是在建房子。”

“你是那个用毛巾裹鼻子嘴巴的人？”女人说。

“对呀。”

“害得我笑半天呢，觉得奇怪，这里空气很好，你为什么这样。”女人说。

“没办法，我气味过敏，只要太浓的气味，都会引起身体的不适。”李大为说。

“哦，你是来求医的。”女人说。

“就算是吧。”李大为说，李大为把自己无意中去摸骨师那里，摸骨师介绍他来这里找李师的事跟他们说了。

“是吗？我们也是摸骨师介绍来的。”男人说。

“是吗！”这回轮到李大为惊讶，原来他们跟他一样都是过路客，看来这个李师还真有“魔力”啊。

“李师有恩于摸骨师，摸骨师想多介绍点香客过来，就这么简单。”男人说。

“你们是喜欢上这里了。”本来李大为想问他们为什么留下来，但觉得那样不好，就改口了。

“是啊，没准你也会喜欢上这里。”女人说。

李大伟想，身边的这一对男女，他们究竟是什么样的人，什么原因使他们喜欢上这里？

“是啊，没准我也会喜欢上这里，到时我也砍树木建房子，跟你们当邻居。”他说。

三个人都笑起来。

还好，不是到闪电的尽头。半山，庙宇旁边一块平地，散乱着建房用的材料：木头、沙子、石头。李大为学着男人的样子，肩膀一抖，树木就掉在地上，跟男人不一样的是，男人肩上的木头稳稳当当就落在木头堆里，而李大为肩上的木头掉下来后，还朝他滚过来，害得他往后退了好多步才躲开。

送佛送到西，再也没有理由跟他们聊天了，李大为告辞。男人说：“我带你去见李师吧。”这回轮到李大为紧张了，想到要去庄重肃穆满是塑像的地方见一个高僧，青灯黄卷，木鱼声声，完全是另外一种场域。说佛？我不懂？说我那点破事？怪不好意思的，佛会不会笑掉大牙？

“去见李师，我该注意点什么？该说什么好？不瞒你说，我从来没跟宗教界人士打过交道，连庙宇的门槛也从来没进过一次。”

“小时候也没有烧香拜佛。”男人问。

“没有。”

“啊，看来是走投无路了，病急乱投医。”男人脱口而出，但是马上就笑了：“开个玩笑，你不要在意。我帮你约他吧，你不用到庙里面，你害怕佛祖呀观音呀菩萨呀，你就不用到庙里去找他，让他来找你吧。”

“我纠正一下，我可不是怕啊。”李大为说。

“反正有顾忌就是怕，没事，我以前见陌生人脸就红，那就是怕。你进到庙里你肯定会紧张，那也是怕。”说完掏出电话，开机，还没有打，手机嘀嘀嗒嗒起来，全是短信微信 QQ 的声音。男人无奈地摇头：“听到这些声音，就烦，那是人间的消息。”

人间的消息，这个男人和这个女人，得有多烦那个“人间”，才来此地砍木头建房子。

男人打电话，用的是方言，厉害，他跟电话那边的人还是老乡。男人说：“李师现在就过来。”

“你跟他是老乡？”

“不是。”

“那刚才……”

“他可厉害了，好多地方的方言他都会。说得还挺好的。”

“厉害。这年头当和尚也真不容易。”

“你看，他来了。”

循着男人的手指，在“闪电”的一端，一个穿和尚服的人飘在路上。有风，所以说看起来像飘。

还有五十米，李师就哈哈地笑了，“这个瞎子，又给我介绍香客来了。”他说。

男人轻声对李大为说：“他就是个笑面僧，他会跟你见面熟。”

这下李大为踏实下来。李师走近李大为。李师圆脸，脸色不怎么好，猛一看是白的，仔细一看是青的，有仙气，架着副眼镜，镜片还很厚，不是什么老师父，是跟李大为一样的中年人。李大为双手合十，他以为李师也会双手合十，然后口念阿弥陀佛或者说善哉善哉。没想到李师把手伸过来，李大为刚刚合上的手赶紧松开，右手伸了出去，两人握手，李师的手像棉花一样软，手腕上还戴着块手表，超出了李大为对和尚的想象。

“你好啊。”李师握着李大为的手说。

“你好李师。”李大为说。

“走，跟我喝茶去。”李师说。

李大为瞄了一眼男人。男人说：“李师是让你跟他去喝茶，不是带你去庙里烧香拜佛念经。”

李师说：“是的，我不会带你去烧香拜佛，我带了好茶。”说着从和尚袍里掏出一个塑料袋，里面是黑乎乎的茶叶。李师说：“是南山黑茶，自己制的，非常好喝。我们走吧。”说完扯着李大为的衣袖要他跟他走。两个人走了几步，李师又回头招呼男人女人：“你们也一起去吧，两个人喝茶太单调，人多喝茶才好玩。”李师这样说话，不像个高僧，而像个喜欢呼朋唤友喝茶的痛快之士。

四个人往“闪电”的另一端走。李大为以为李师的茶室会是庙宇旁边的某间小屋，没想到李师的茶室就是山间一个茅草盖的小亭子。亭子正中央摆着个石桌，桌子上方吊着个大篮子，李师摘下篮子，里面装有烧水用的开水壶，他取出水壶，把篮子放在一边，揭开水壶的盖子，从里面取出小紫砂壶和茶杯摆在石桌上，熟练得就像魔术师从百宝箱中取物件。之后，低头弯腰，从石桌底下拉出一个炉子，又拉出一小捆干柴，烧茶用的家伙都齐了。

“我去打水。”男人说。离亭子不远的地方有一条小溪，流水声哗啦哗啦。

“我来烧火。”女人把炉子和干柴提到亭子外边，在周围找了些枯草和小树枝，男人正好提着水壶回来，从口袋里掏出打火机递给女人，女人收拾好一把枯草，打火机伸到枯草下面，哒的一声，火苗蹿起来，手中的枯草噼里啪啦燃烧，这下炉子里就有火了，女人又把枯叶和小树枝松散地盖在火苗上面，火一下子就蹿了很高。最后是干柴，女人刚把干柴放到炉子里，男子的茶壶就稳稳当当地压在上面，浓烟舔着茶壶，火好像要灭了似的，这个时候女人把头低到炉子的通风口，使劲吹，吹啊吹啊，浓烟变成火舌，欢快地燃烧。

男人说：“你生火生得很熟练了。”

女人说：“还不是练出来的。”

李师说：“生火算什么，都会建房子了。你们俩真厉害。”

女人说：“多谢李师夸奖。”

李师说：“现在是五月，到八月，房子就建好了。”

男人说：“自己建房子，这是以前我想都不敢想的事。”

“事在人为，跟刚来的时候比，你们真的变成山里人了。”李师是笑着说的，好像在面对一件好事。

听他们对话，李大为脑子里出现男人女人在路边剥树皮的场面，还有两个人扛木头在路上走的情形。他们为什么到这里建房，他们真的是来修行的吗?

大概李师觉得他们三个人对话冷落了李大为，马上把话题转到李大为这里。这个时候他们四个人已经围着石桌坐下来，李师跷着二郎腿，看起来很悠闲，他对李大为说：“我刚刚见你的时候，就觉得你很面熟，我好像在哪里见过你？”

“是吗？”

“你是哪里人？”

“邕城人。”

“对对对，是邕城。”李师好像突然记得在哪里见过李大为那样，说：“你们邕城人长得都差不多，眉骨很高，清瘦，看起来干干净净。”

“李师到过邕城？”

“我到过邕城，邕城很漂亮，到处是鲜花。印象最深的是坐公交车，那里的人都喜欢给老人让座，有一回，我坐公交车，有高中生还把我当老人给我让座，大概他们以为和尚都是老人吧，弄得我挺不好意思。”李师说。

四个人都笑了起来。

“李师到邕城是干吗去的？是化缘去吗？”李大为说。

“不是，我是去看亲戚去了。我有一位婶婶在邕城，生病了，我爸爸叫我去邕城看她。我那是第一次去邕城，对邕城感觉很好。”李师说。

李大为有限的关于对佛教的了解，出家人一般都是断了尘缘，一心向佛，不理世俗的事情，这位李师不光是听佛的，还听尘世中的爸爸的。他真是一个好和尚。他的好奇心又上来了。觉得李师尘缘未断，跟他聊天，还挺轻松的。

“李师不光去探望生病的姑姑，农忙时还回老家帮家里人割麦，见小时候的朋友。”男人说。

李师不好意思地摸着光头，“我就是放不下他们。每一次回去割麦子，我爸爸妈妈都高兴得不得了。”他说。

“这是不是违反佛教的规矩呢？跟俗世的瓜葛未断。”李大为说。

李师说：“所有的规矩，都应该为众生而立，人心都是肉长的，和尚也一样。我是谁生的，我父我母啊，他们在尘世间，要面对衰老疾病死亡，我能扔下他们不管吗？现在我回家割麦子，就像你们每年春节都要回父母家一样，麦子熟了，我爸我妈就可以见到我了。再说了，佛何等慈悲，不会跟我爸爸妈妈抢儿子。”

“李师爱佛，也爱他爸爸妈妈，他一样关心世道，什么医保啊，农村城镇化啊，凡是跟他爸爸妈妈有关的事，他都了解。”男人说。他对李师好像很了解。

女人说：“李师是既要念经，也要学习国家政策，怕自己的爸妈吃亏了。”女人说，看来平时他们和李师没少聊天。

“是这样啊，我以为你们一天到晚就是面壁打坐，苦心修行。”李大为说。

“其实我跟你一样。只是我在这里，你在邕城。”李师说。

李大为听不懂李师话里的意思，我怎么跟他一样呢，我尘世间一个受苦的俗人，被各种各样的俗事缠绕，太多烦恼，他怎么跟我一样？一年到头就回去帮家里割一回麦子。

“你跟我不一样，太不一样了。”在李大为看来，佛遥不可及，大概在佛那里，距离会成为问题，佛看得见人间，未必看见每一个人。就是说每一个个人，在佛那里，大概是模模糊糊的吧，所以啊，这人世间的事，到底还得自己扛。至于信佛的人会怎么样想，他从来不关心。他还是第一次离佛这么近呢，不过既然来了，他也很想听听李师说佛，我来这里的目的就是听他说话。

这时候水烧开了，男人去提，李师把紫砂壶的小盖子掀开，男人往里面倒开水，李师盖上盖子，将四个小杯子聚在一块，端起紫砂壶往茶杯淋热水，石桌热气腾腾，石桌上凿有水槽，热水沿水槽流到地上。一紫砂壶里的热水浇完，李师从和尚袍里掏出装有茶叶的塑料袋，抖开口子，掏出茶叶，又一次掀紫砂壶的盖子，往里放茶叶，男人往壶里倒满水。李师盖上盖子，之后把四个杯子摆在每个人面前。

“你喜欢喝茶吗？”李师问李大为。

“我平时不喝茶，渴了就喝水。”李大为回答。

李师说：“如果你不习惯，你也可以喝白开水。”

“好，我喝水吧。”李大为说。他不喝茶，喝白开水，三个人都觉得很意外。

李大为以前就不怎么喝茶，自从得了胃病，受不了辛辣浓烈的气味之后，就更加不喝了。这下有些麻烦，茶泡在紫砂壶里，白开水在烧水的壶里，还好石桌足够大，摆得下一大一小的壶，三个喝茶的用一把小小的紫砂壶，一个喝白开水的独占一个大壶。这样一来怎么往一个小小的杯子斟水就成了问题，李师先帮李大为斟水，他双手提开水壶，慢慢朝茶杯倾，但是力量拿捏不好，手一抖，一股水柱直冲向茶杯，他急忙收手，水太急，把杯子给冲倒了。李师哈哈大笑。三个俗人也哈哈大笑。

女人说：“我来吧。”

男人赶紧把杯子扶起来，女人屏住一口气，大家都紧张地看着她，热水在四个人的目光中缓缓流出，轻轻地注入茶杯，女人手一抬，刚刚好，小小的茶杯竟也装了一杯白水。

李师说：“还是你厉害。”

李大为说：“哎呀，喝杯水都不容易。真是谢谢你们。”

女人说：“你放心喝吧，你不要因为壶大杯小倒水困难就不喝，你喝了我再给你倒，”

李大为这个时候突然觉得自己在这里被好好地对待，第一次有融入这里的感觉，到底是什么原因？那是因为他们三个人，给他感觉太好了，一对要在这里安家的男女，一个孝敬菩萨，也孝敬父母，佛祖心中留，父母也心中留的和尚，他们看起来都很舒服。李大为也知道这些感觉只是瞬间，属于虚无中厚实的那部分，他跟他们很快就没什么关系，他们只是他这一趟无聊旅行中的过客，尽管这样，他心里还是很感激。包括那个介绍他来这里当香客的摸骨师——他大概很失望，他介绍的人是个从来没烧香拜佛的俗人。

"谢谢，我还真的很渴。"李大为拇指和食指捏住茶杯，拿起来在嘴边吹，然后轻轻啜，水还是很热，他又放下杯子。三个喝茶的也跟他一样，拿起杯子吹了一圈又放下。

"李师，你到这里多久了，为什么来这里？这里香火不旺啊。"李大为说。

"我佛学院毕业就来这里了，有十年了吧，为什么来这里？我也是服从分配，跟以前大学生服从分配一样。"

李师说完，几个人都笑起来，原来当和尚一点都不神秘，就像到一个新单位报到一样。

"香火旺不旺不重要，重要是有佛在，寺庙不是汽车站，不能比人多人少，人多还是人少，佛都欢喜。"李师说。

"李师，我很想知道，你是怎么跟佛结缘的，我特别佩服有信仰的人，你怎么下决心学佛修行？这很了不起。"

"我入佛门，是我爸的主意，小时候我太调皮了，我父母就把我送到离家最近的庙里，相当于现在城里的兴趣班。结果，我喜欢上这种生活，所以说，兴趣是最好的老师。后来慢慢长大，考上了佛学院，就成了职业和尚。"

李师这么一说，三个俗人又笑起来了。但笑之后，女人神情有些落寞，是走神的那种落寞，被李大为看见了。

李师也看见了，李师说："对不起对不起，我不小心说到孩子了，罪过罪过。"他双手合十。

李大为不解，为什么不能说孩子？

女人说："没事的，没事的，李师，那是另外一回事。我想到你说的，就好像看到你小时候的调皮样，我也乐了呢。"女人摇头，强露笑脸。

男人看到李大为一脸茫然，跟他解释："我们家孩子现在还在医院，等我们在这起好房子，就把他接来。李师说到自己小时候，她就想孩子了。"

原来如此，夫妇俩要在这里建房子，原来是为了孩子。

李师说："都是可怜的人。"

"都是可怜人"，李大为心头一震，摸骨师这么说、司机这么说，李大为心里一直都这么说，现在，李师也这么说。

李师眼睛闪亮闪亮，竟有眼泪，这是一个怎样的和尚啊，说笑就笑说哭就哭。他确实是一个可爱的，慈悲的和尚。而且，用一个眼下很流行的词来形容，李师是一个很接地气的和尚。

男人说："哎呀李师，你别这样，我们家孩子很快就出院了，到时还少不了麻烦你呢。"

女人说："就是，你不是也说了吗？有多可怜，就有多有福。我们也都是有福之人啊。"

"是啊，我们都是有福之人。你们家孩子，也是。"李师擦掉眼泪，轻轻说道。

这时候，李大为心中起了波澜，他们三个人的对话，使他隐约感觉到一个故事的轮廓：夫妇俩，为了孩子，准备苦修。这背后有着怎样的故事啊。他们的孩子，到底是怎么样的一个孩子？内心的波澜反映到表情上，就变成对一个未知事件的迷茫。

"看把你给弄糊涂的，其实也没什么，我跟她吧，现在的状态，是既要为孩子活着，也是为自己。"男人手指女人，又指自己，对着李大为说。

"是的，我们现在心里特别坦荡和充实，什么也不怕。"女人说。

"你们真的要带着孩子在这里生活？"李大为说。

"是的。"女人说。

"我们是有罪的，一开始都想不要他。都想他快点死才好。"男人说。

李大为心头一惊。这对男人和女人慈眉善目，没想到也藏着狠，他们为什么不想要自己的孩子？

女人说："李师，如果当时我们不要这个孩子，现在肯定会后悔，如果那样的话，你现在会收留我们吗？"

李师说："我不知道。"

李师的回答使李大为大感意外，一般和尚在他心里，都是能解答"十万个为什么"的高人。原来也有不知道的时候。对犯罪的男人女人，佛难到不该包容吗？

李师说："要修现世啊，要修现世。"

要修现世。李大为是听得懂的，就是一个人修为，不是为了来世，而是为了现世，大概佛对一个作恶者，是不会原谅的吧。所以李师说他不知道。

李师说：“我很感谢那个瞎子，他老是觉得我这里冷清，老是给我介绍香客，可是来这里的，没几个人信佛。”

男人和女人相互看一眼，不好意思地笑了。“确实，我们不去烧香拜佛，你也不赶我们走。”男人说。

原来这夫妇俩也跟李大为一样，从不烧香拜佛，他还以为他俩是俗家弟子，为了孩子来这里苦修。

“原来我们都是一路人。”李大为说。

“是啊，李师还对我们这样好。”女人也这样说。

李师用手挠挠头，像做好事不留名但最终被人发现那样羞涩，“南山寺历来都这样啊，烧香也好，不烧香也好，首先都是个人嘛。只要想留下来，南山寺都欢迎。”李师说，“信与不信，又有什么关系呢。”

这个李师太好了，不因为他们不是信徒，就拒绝他们，不拒绝他们，也不向他们“布道”，李大为突然觉得一股暖流，这个李师一点都不像和尚，就像平平常常的一个好人。

“不管信佛还是不信佛，我都喜欢跟你们这些陌生客在一起，我平时念经，空闲时出来跟你们喝茶，听你们聊一聊自己的事情，也很好，你们也是在帮我的忙啊。”

当、当、当，寺院的钟又一次被敲响，这一次没有鸟群飞起来，南山寺的鸟群，一天只飞一次。

男人说：“几个月前，我也是像你今天这样，在棚子里跟李师喝茶。”

李大为说：“他是个好和尚，我根本没把他当和尚。而是一个平平常常的人。”

“对，当初我也是这个感觉，我们俩之所以想留下来，还真是因为他呢。他身上超越宗教的人情味儿吸引我们，正好我们也走投无路。”

“一个人对另外的一个人太重要了。”李大为说。

“是的，我们都太慌乱了，都需要另外的那一个人，李师就是这样的一个人，跟宗教没关系，我们跟你一样，都不信任何宗教，现在是这样，以后也是这样，但是李师我就是觉得亲。”

“你刚才说了，是超越宗教的人情味儿。”李大为说。

“可能这是最大的宗教吧，你看，我们跟他说我们不要自己孩子的事情时，他、他……”

“他怎么了？”

“他竟同意了，他想让我们解脱。让我们突然感觉到，我们在做这个决定的时候，灵魂是不在场的。”

说话的时候，已是晚上。李大为之所以留下来过夜，完全是想听听男人说他自己。没准有一天，自己要来这里跟他做邻居。他们两人躺在帐篷里，太黑了，男人的声音在夜晚缓缓流动，李大为听得惊心动魄。

男人第一次看见自己孩子的时候还是醉酒状态。

因为预产期是一周以后，他有点大意，跟朋友喝酒去了，为庆祝他一周以后当爸爸，每个人都跟他喝好多杯，最后他瘫在桌边，妻子的电话还是朋友接的。朋友在他耳边吼：“你当爸爸了！你当爸爸了！”爸爸这样的词让他酒醒了三分，他又是茶又是酸梅汤，灌得后来在朋友摩托车上的他像只水桶一样。他进到产房的时候，孩子已经出世。因为是早产，又是剖腹，孩子一出世就进了保温箱，连妈妈都没见到。妻子正在输血，他浑身酒气闯进来，“男孩还是女孩？”他说。

“你快去找医生，打了麻药，孩子我都没见着，医生也在等你呢。”妻子气若游丝，脸上有怨气。

在医生办公室，医生先是盯着他看了几秒，他感觉情况不对，果然，医生说：“新生儿状态不错，就是有点小问题。”

男人心就慌了，他还在醉酒状态，以为自己是在梦中，晃了晃脑袋，医生说：“哎呀，怎么喝成这个样子。”医生要给他倒水，他说：“不用，你告诉我孩子怎么了。”

“你现在是清醒的吗？我跟你说你会明白吗？”

“明白，明白，你尽管说。”

“你先跟我来。”

从医生办公室到护理室50米左右，男人跟在医生后面走，恨不得跑起来。一块透明的玻璃把他们挡在护理室外面，他们只能从这往里看。好在这块玻璃离保温箱很近，能看清楚里面的婴儿。

“从左到右第三个保温箱，是你儿子。”

他眼光对着第三个保温箱，儿子是紫色的，头朝着他，这时他被吓着了，儿子不像其他保温箱里的婴儿，他的面部，隆起来，眼睛、鼻子、嘴巴，几乎凑到一块。

“怎么会这样？怎么会这样？医生，医生……”男人慌乱起来。没想到自己的孩子长成这个样子。

“你儿子先天畸形，这还不是主要的，我们怀疑他得了先天性水脑，就是俗称的先天性脑积水，这个病，治疗起来会费些力气。你要面对，既来之则安之。”医生说。

要不是医生扶着他，男人肯定就瘫在地上，他摇头，“医生，你确定第三个保温箱是我儿子吗？”他说。男人的第一反应是希望他们抱错了孩子，第一个和第二个保温箱里的孩子，容颜安详，在睡着呢，他希望他们中的一个是自己的孩子，而第三个保温箱里面的婴儿，整个表情，像是在面对一场灾难，他不相信他是自己的儿子。

“你不要怀疑，这可不是开玩笑的，这是要负法律责任的。你先冷静下来，然后我们再商量，如果我们的判断没有错的话，接下来怎么治疗还要好好商量。当然了，你先得告诉你妻子，她还不知道呢。好吗？”

男人这个时候就像掉在冰窖里，周身发麻。他酒完全醒了。“医生，我想跟你聊聊。”他说，他不知道其他人面对这样的事情时会怎么办，他想从医生这里得到更多的支持。医院里的灯光从来没有这么惨白过，他仿佛听到白瓷盆里那些手术器械被人拿起来又放下去的冰冷的声音，那些声音全部都冲着自己，响个不停。

医生说“好”，医生用怀疑的眼光看着他。

又一次来到医生办公室。“我怎么这么倒霉，胎检时都没查出来。”男人说。

“这属于低概率事件，让你碰到了。”

“医生，我……你明白的，这孩子……将来……肯定很难，从……出生到……现在，也刚几小时，我……不知道，他、他算不算……一个……一个生命。”男人很艰难地说这些话，眼睛根本不敢看医生。

“当然算了，打他在娘胎里就算了，国外很多国家都禁止堕胎的。”这个时候，医生突然觉得男人话里有话，急忙问道：“你想怎么样？”

“医生，我接受不了，这是灾难你知道吗，这是灾难！”男人情绪有些失控，“我们就想过正常人的生活，我们可以过不上正常人的生活，但这孩子他得过呀，他以后怎么生活？他会有大麻烦。”

“是你怕自己有大麻烦吧，你是不想要这个孩子才这样说的，是吗？”

男人求助的眼神望着医生。

“你是想借我的手把孩子处理掉，是这样吗？”

男人低下头。

“亏你想得出来。你不是跟我谈孩子以后该怎么治疗，竟然第一时间想要我把孩子……你想快刀斩乱麻是吗，你是这样当爸爸的是吗？太冷漠了吧。”医生说，大概医生觉得自己话说得太狠了，大概他也觉得这个父亲碰到这样的事情绪容易失控，他拍了拍男人的肩膀，开始可怜起他身边的这个人。

“对不起，我话重了点，你先冷静下来。”医生说。接下来，值班室死一般的沉寂，白瓷盆里那些手术器械被人拿起又放下的声音重新在男人耳边响起。男人看起来更可怜了。

“可能，换成我，我也会这么想。我理解你。”医生说，“我也听说有些医生会听家属的意见把孩子……可我做不到，对不起。”

孩子就这样活下来了。

一个月后，伤口刚刚愈合的女人抱着他们的孩子坐在车上，男人开车，目的地是南山寺所在的宣城，他俩此行的目的，是想把孩子给扔了。

一个月来，夫妻俩备受煎熬，他们都觉得不能再这样下去了，决定要把孩子，扔在远离他们居住地几百公里之外的宣城。

一路上，两人全程无交流，一个像出租车司机，一个像冷漠的客人，孩子哭了，就停车，喂他喝牛奶，他们走走停停，傍晚的时候来到宣城。他们打听到宣城福利院的地址，是在比较偏僻的城郊。他们转了一圈之后，把车停在离福利院一公里左右的荒地上，像是来这里自驾游的驴友，想等深夜的时候实施他们的计划。

月亮升起来了，一条瘸着腿的老狗来到车边，因为要透气，男人把车窗摇下，狗就隔着车窗跟他对视，是一条流浪狗，瘦得不成样子。大概是饿了，男人把包子扔给它，它一张嘴巴就把包子吞下去，一连好几个都是这样，大概是吃饱了，就躺在车门边。这里太偏僻了，根本没人看到一辆车和一条狗在这里。时间静止了一样，好像在屏住呼吸要看人间这场离别戏。

深夜两点，女人给孩子最后喂一回牛奶。男人下车，狗跳了起来，在他脚边嗅来嗅去。男人打开汽车的后备厢，取出装孩子的竹篮提到车门边，铺上毛毯。男人打开车门，从女人手中接过孩子，放到篮子里，再盖上小棉被。男人提着篮子往福利院方向走，那条狗在后面一瘸一瘸地跟着。

半个小时后，男人回来了，女人这个时候哭了起来，不敢大声哭，用手掌捂住嘴巴，身子不停地抖。男人把她揽过来，紧紧抱住她。两个人平复自己的情绪，上车。车子正准备起动，不远处狗的惨叫声传了过来，有人在拿棍棒打狗，是往死里打的那种，男人以为是偷狗的人在袭击流浪狗，没想打狗人的声音这时候和婴儿的声音跟狗惨叫的声音混杂在一起，打狗人喊"叫你吃孩子！叫你吃孩子！"男人赶紧推门跳下车，飞奔而去……

"冤枉那条流浪狗了，他闻出孩子身上有我的味道，咬住篮子，从福利院那里一瘸一瘸地朝我们停车的方向拉，是想把孩子带回给我们，被晚上游玩回来的两个中年人当成正在啃孩子的疯狗打死了。"男人说。

李大为一惊，说："天啊，这样的事情，说给别人听别人会说是瞎扯。"

"可这是真的，从那时起，我就下定决心，无论如何我们都要跟孩子在一起。"男人说。我们总不能连条狗都不如吧。这是李大为心里边想的，他没有说出来。

"后来遇到李师，我们把这些事都跟他说了，李师说万事如流水，如果当初在医院我们狠心不要这孩子，他也不会说我们狠，李师说，如果你觉得难，就说明你们就是弱者，弱者有逃避的权利，就是孩子也不能把自己的'难'强加给你们，除非你们觉得孩子跟你们在一起是喜悦的，否则你们可以选择放弃。他太了不起了。我和妻子现在觉得，我们跟孩子在一起是有大喜悦，不管他身体是健全还是残缺。孩子正在医院治疗，我爸爸妈妈在陪他，等房子建好了，我们就接他来这里。"男人说。

"那为什么选择在南山寺建房子？"李大为问。

"我们一家三口，想在这里重新开始。不管以后有多难。"在帐篷里，男人对李大为说。

2017年11月19日至12月18日于南宁

拾月光的小女孩

张世勤[①]

1

在那东山顶上。佳怡想不到麦穗开口第一句话就这么说。在那东山顶上，麦穗继续说，太阳每天准时升起来。每天升起的太阳都会被山角剐蹭一下，掉出一些火种。这些火种藏到土堆里，石缝里，春天的时候它们一点一点往外拱，拱出来，慢慢就长成了大树。这些树开始是绿的，到秋天的时候就变得火红。

那这种树就叫太阳树了？佳怡说。

不，妈妈说这种树叫枫树。麦穗两只眼睛像猫眼，圆圆的，萌萌亮，闪着光，佳怡被她一板一眼的叙述吸引住了，一度忘记了两人的话题是由月光衫引起的。

在麦穗还没到来之前，佳怡妈妈就嘱咐佳怡，一定要找几件好看的衣服送给麦穗。佳怡早早挑选好了，麦穗来的第一天，佳怡就抱给了麦穗。当时麦穗正在床边写作业，佳怡便把衣服摊开在床上。佳怡认为麦穗看到这些衣服后，一定会很高兴，想象着她会跳起来，或者脸红红的，手捻着衣角，说

---

① **张世勤** 中国作家协会会员，山东省文学院副院长，在《收获》《人民文学》《解放军文艺》《北京文学》等发表各类文学作品200余万字。作品被《小说选刊》《小说月报》《中篇小说选刊》《中华文学选刊》《散文选刊》《诗选刊》《散文海外版》等多次选载。散文随笔在全国近百家报刊发表。著有红楼随笔专集。

不出话来。可她没想到麦穗看到这些衣服时，很平静，只停下作业，歪着头看了一眼，说谢谢，我不要！佳怡不明白，说为什么呀？并动员麦穗穿穿试试。麦穗没动身，说我有好衣服，只是来的时候没舍得带。

佳怡看看麦穗，只是一身很简易的上衣小裤，跟自己送她的衣服没法比。但麦穗说，我那衣服是世界上最好的，你肯定从来没见过。

佳怡想不出世界上最好的衣服会是什么样，只好问，是什么衣服啊？这么好？

麦穗说，月光衫。

为什么叫月光衫？

麦穗说，因为衣服上往外透着月光。白天你看不出来，只是一个一个圆点，可到了晚上，那些圆点就一个一个亮了起来。

你干吗不带过来呀？

奶奶说，不能把月光衫带到城里，城里没有晚上，带到城里月光就丢了。

那你这月光衫是怎么来的呢？

麦穗就开始说了，在那东山顶上……

2

我问你月光衫，你怎么说起太阳来了？

麦穗说，必须先说完太阳才能说月亮。月亮不跟太阳在同一个地方升起，它在东山顶的南侧。东山顶高高的，又宽又大，是我们村里的光明顶。光明顶的山崖下有一条深深的沟壑，村里人都叫它月亮谷。谷里有一条水溪，清清的水，常年流，被石头一硌，就发出清脆的响声。谷里经常起雾，月亮就从一团雾里升起来，把雾也带到了天上去，雾茫茫的，一圈月晕。奶奶说了，那是月亮还没睡好觉，上到中天，却还在犯困。

住在城里的佳怡从没认真地看过一次月亮。月亮那么高，那么远，没想过会跟自己有什么关系。然而麦穗来了，麦穗却说月亮是从她们村里升起来的。

不从我们村升起来，那从哪个村升？麦穗反问佳怡。

是啊，从哪个村升？佳怡一下说不上来。

圆圆的月亮就是从我们村的月亮谷里升起来的，麦穗说，月亮从月亮谷里升起来后，就开始往下落月光。月光不光落到月亮谷里，也落到光明顶上。我爸就趁着夜晚，领我去拾月光。那月光落到月亮谷里的，被水溪冲走了，拾不起来，落到光明顶上的，一个圆连着一个圆，闪闪发亮，就被我爸和我拾了回来。我妈正想给我做件衣裳呢，我爸说，那可是巧了，我和麦穗拾回来一些月光，你就给她做了吧，一定很漂亮。就这样，我妈就给我做了一件漂亮的月光衫。

月光……也能拾？佳怡觉得不可思议。

当然能拾！麦穗说得很肯定。

你去拾了？

是的，是我爸带我去的。我妈做的月光衫上有大圆点，也有小圆点。我爸说，那些小圆点就是我拾的。

那你们是怎么拾的呢，总不会是用竹篮吧？

当然不会用竹篮。我那时还小，跟着爸爸，忘记怎么拾的了。麦穗说，不过，我爸会，他说等我长大了，他再好好教教我。

你爸教你了吗？

我爸还没顾上教我。

为什么顾不上？

因为我爸去外地了，一直没回来。

你爸去外地干啥？

麦穗说，我爸去外地拾月光去了。

佳怡说，月亮不是从你们村升起来的吗，你们村就有月光啊？

麦穗的眉心皱了一下，郁郁地说，月亮搬家了。

好好的，月亮怎么搬家了呢？

麦穗说，月亮谷里的那条小溪没有水了，很少再起来雾，奶奶说月亮住不习惯，就搬家了。

那月亮会搬到哪儿去呢？

麦穗说，所以，我爸去找去了。我爸说，他一定能拾到最好的月光，回来再给我做一件更漂亮的月光衫。

3

妈，佳怡说，我问你件事。

什么事？

你说月亮是从哪里升起的？

佳怡妈妈说，这个你们老师没教吗？

课本上没有。

佳怡妈妈便问，那你说从哪儿升起的？

佳怡说，麦穗跟我说是从她们村里升起的。

佳怡妈妈说，她这么说，也对。

这么说月亮真是从她们村升起的，为什么呀？

因为她们村叫月亮湾。

噢，是这样。那我再问你，你说月光能拾吗？

佳怡妈妈觉得这个话题很有趣，便问佳怡，你觉得呢？

我觉得不能拾，月光怎么拾啊！

那你为什么还要问？

佳怡说，可麦穗说月光能拾，她和她爸去拾来后，她妈还给她做了一件月光衫呢！

呃，这样？那你该问问她，她妈是怎么给她做的呢？

问了。佳怡就把她和麦穗的对话详细给妈妈说了一遍。

4

佳怡妈妈给月亮湾小学的洪老师打电话，是洪老师吗？我是星城佳怡的妈妈。

佳怡妈妈好，我们麦穗在您那儿表现怎么样啊？

星城是一座很漂亮的城市，佳怡在星城小学读二年级。星城小学与远在山边的月亮湾小学结对子，学校要求有条件的家庭，暑期时每家接一个月亮湾小学的小朋友到城里来，一起度过一个有意义的暑假。这样佳怡家就选了麦穗。

选麦穗，是佳怡妈妈亲自选的。佳怡妈妈从一摞照片中一下就选中了她。单从照片上看，麦穗并不像是生活在乡村的女孩，模样儿清秀，灵动，皮肤跟山里的苹果一样，一看就让人喜欢。见到本人，竟比照片上还要漂亮和灵透。

因此佳怡妈妈说，好着呢！打电话就是想问一句，麦穗这孩子是不是很会讲故事？

洪老师说，她是不是又讲她的月光衫了？

是的。都把我家佳怡给讲信了，缠着要我也给她做一件呢。麦穗的月光衫到底怎么回事？

洪老师说，唉，这孩子也是苦啊！她爸妈生下她一岁多，交给爷爷奶奶后，就到外地打工去了。读育红班的时候，她爸回来，从外地给她买回来一件小衫，是点点服，但不同于一般点点服的是，每个点点里面都有发光体，一通电，就全亮了，晚上看的确也跟透着月光差不多。因为她小，她爸就给她编故事，说里面的月光是领她去东山顶拾回来的。她爸离开的时候，她哭着不让走，她爸只好说，你还想不想要月光衫？想。那想的话我得拾月光去。可月亮搬家了，已经不在咱们村了，我得到外地找月亮去，先找着月亮，才能把月光拾回来，也才能拾到最好的月光。所以在她印象里她爸是去外地拾月光去了。

佳怡妈妈说，可她现在已经是二年级的学生，按说应该知道这是大人讲的故事了。

按说是这样，洪老师说，可问题是她爸妈一直没回来，所以她就不厌其烦地给小朋友一遍遍地讲她跟着她爸拾月光的事，谁如果不信，她就很不高兴，不再理人家。

孩子这么小，她爸妈也舍得，怎么着也得回来看看孩子不是？

怎么说呢，她爸妈回不来了。说到这儿，洪老师停顿了一下，然后才说，她爸妈在外面出事了，爷爷奶奶都知道，可到现在还一直瞒着她。

这么好的孩子！显然佳怡妈妈也有些伤心。

洪老师说，麦穗这才去了没几天，关于她和月亮的故事还多着呢。无论她怎么讲，别管你家佳怡信不信，我希望你信。这样麦穗这孩子会高兴的。

洪老师，你放心吧，我信。佳怡妈妈说。

5

这个假期佳怡妈妈给佳怡报了舞蹈班，佳怡不管什么都能吃，不忌口，差不多已经吃成一个小胖墩，所以佳怡妈妈很想让佳怡练练舞蹈。佳怡妈妈带着两个孩子一起去了舞蹈班，心想麦穗如果想学，也可跟佳怡做个伴，一起学。佳怡进去了，可麦穗摇摇头，不想学，佳怡妈妈自然也不能勉强。带着麦穗出来，正好碰上一个熟人。熟人打过招呼后便说，啊呀，想不到你还有一个这么漂亮的女儿呀。麦穗抬头看了看佳怡妈妈，佳怡妈妈竟没辩解，而是说，可爱不？太可爱了，熟人说。

舞蹈班外面有一片绿地，佳怡妈妈牵着麦穗的手，在绿地上走，心里泛起阵阵舒心。走了一会儿，佳怡妈妈问麦穗，咱在绿地上坐一会儿怎么样？

望着麦穗，佳怡妈妈既像问麦穗，又像自言自语地说，你爸妈到底是怎么生的你呀？

佳怡妈妈并没指望麦穗回答，但麦穗盯着佳怡妈妈说，我给你说，你信吗？

佳怡妈妈说，你说吧，我信。

麦穗说，在那东山顶上……麦穗已经习惯了这么开头。在那东山顶上，有一大片枫树林，在月亮谷里，有一大片桂花树。除了枫树和桂花树之外，还有一种树是板栗树。最高最大的那棵就在东山顶上，我妈说，那是我爸种的。我妈说，有一次她和我爸去东山顶上干活，干了一阵子，累了，就坐下来歇息。这一歇息，我妈就睡着了，然后做了一个梦，梦见头顶上的板栗树结满了毛毛果，因为是正午，太阳照着，其中一个毛毛果就炸开了，你猜怎么着？

怎么着？

麦穗说，毛毛果一炸开，我正好从里面露出头来，妈妈看见是我，便喊我。她这一喊，我就从毛球里面掉出来了。因为我妈是躺在树下，所以正好掉进我妈的肚子里去了。所以我妈一直喊我坚果。

佳怡妈妈笑起来，下意识地想把麦穗揽到自己怀里。

麦穗说，你是不是不相信？

佳怡妈妈说，我信，你可不就是一枚坚果！

停了一会儿，佳怡妈妈说，我其实今天是希望你和佳怡一起学舞蹈的。

麦穗没说话。佳怡妈妈说，是不是不想学？

不是，麦穗说，我有舞蹈老师，可我跳不好，还没学会。

你有舞蹈老师？你们村里也有舞蹈班？

麦穗说，没有，我是跟月亮姐姐学的。

月亮姐姐？佳怡妈妈会心地笑了，那你好好给佳怡说说，人家月亮姐姐是怎么教的。

6

妈！

怎么了？

佳怡说，跟你说个事。

佳怡妈妈大体能猜中佳怡要说什么事。

佳怡说，你说奇怪不奇怪，麦穗说她也学舞蹈，你猜她的舞蹈老师是谁？

谁？佳怡妈妈问得很认真。

是月亮姐姐，佳怡说。

佳怡妈妈说，月亮姐姐在月亮上，怎么教她？

是啊，我也这么说，可麦穗说，每个月月亮都要到她们村的东山顶上来一次。我问她，你不是说月亮已经搬家了吗，干吗还来？她说是搬家了，是她爸让月亮来的。你爸？我觉这怎么可能呢？可麦穗说，是啊，我爸认识月亮姐姐。你爸怎么会认识月亮姐姐呢？我爸因为拾月光就跟月亮姐姐认识了。我爸让她每个月都要过来看我。所以麦穗说，每个月月亮都要到她们村的东山顶上来一次。她早早就在那里等着，两手托着腮就行，就看到月亮越来越大，越来越大，就来到她跟前了。月亮上也有桂花树，和她们村月亮谷里的桂花树长得一模一样。月亮姐姐躲在树后，先是扶着树干，露出大半个脸，见没其他人，就从月亮里走出来了。麦穗就跟着月亮姐姐从东山顶上学舞蹈。而且，月亮姐姐还把麦穗带到月亮里面去了。

月亮姐姐怎么把她带进去的呢？

麦穗说，月亮姐姐的袖子很长，她拽着月亮姐姐的袖子，就能进去。

月亮姐姐为什么要把麦穗带到月亮里面去？

佳怡说，因为麦穗给她说，她想爸妈了。月亮姐姐知道她爸妈在什么地方，麦穗拽着月亮姐姐的袖子央求，月亮姐姐只好答应带她去。麦穗说，她和月亮姐姐乘着月亮船，月光暖暖的，不一会儿工夫，就飞到天上去了。

麦穗找着她爸妈了吗？

找着了。月亮姐姐说，你看。顺着月亮姐姐指的方向，麦穗一看，可不，爸妈就在下边呢。麦穗一下就哭了，一边哭一边问月亮姐姐，她爸妈为什么老在那儿打招呼，却不过来？月亮姐姐说，你看清楚了没，隔着老大一条河呢！麦穗一看，是一条河，是星星排列成的一条河，泛着鳞光。麦穗问，那她爸妈怎样才能过来呢？月亮姐姐说，只能用月光铺出一条路。麦穗一听很高兴，但是我爸还没教我怎么拾月光呢。月亮姐姐说，没关系，我送给你一个月光宝盒，你带上它，回去就可以拾月光了，什么时候你觉得够用的了，我去接你，咱们一起铺路。于是，麦穗就经常去东山顶上拾月光……妈，你怎么哭了？

佳怡妈妈擦了擦眼泪，说，妈是激动的！其实在佳怡转述的过程中，有那么一刻，佳怡妈妈已经把自己当成了月亮姐姐。

佳怡说，麦穗太好玩了，她老说月亮。

佳怡妈妈问佳怡，麦穗说的这些你信不？

我不信。不过她说的就跟真的似的。

佳怡妈妈说，我相信。

啊，你信啊？

佳怡妈妈说，我信。

佳怡说，麦穗说她和月亮姐姐的事，其实并不想让别人知道。

7

两个小朋友到底还是闹起了别扭，起因并不是因为月亮的事，而是两个人说到板栗时，争执起来。麦穗说板栗树不是直接结出外皮光滑的板栗，而是先被一个毛毛球包裹着，毛毛球有刺，跟圆溜溜的刺猬差不多，等它炸开后，掉出来的坚果才是板栗。而佳怡不信，说你天天净讲故事骗人。麦穗便不理她了，嚷着要回月亮湾去。

佳怡妈妈说，麦穗说的话，你该信。

她又说对了？

当然，等什么时候我带你去亲眼见见，你就相信了。

8

佳怡妈妈带佳怡到月亮湾来的时候，正是秋天，遍野的绿透着浓浓的秋的气息。洪老师带她们娘俩来到东山顶上，麦穗说自己要写作业，没来。东山顶上并没有麦穗说的火红的枫树林，月亮谷里也没有麦穗所说的桂花树，小溪的确干涸了，裸露着一些光滑的石子。但成片的板栗树从山顶上扩展开来，整座山都是板栗树的天下。佳怡感觉这儿就跟隔着太阳近似的，阳光很足。在一棵硕大的板栗树下，洪老师说，你伸出手。佳怡一边把两只小手伸出来，一边仰头望着板栗树。板栗树上，真的有一些毛毛球，小刺猬。不一会儿，听到啪的一声，佳怡看到毛毛球真的炸开了，两个可爱的红皮坚果便掉落下来，稳稳地落在了佳怡的手掌里。

麦穗正在写作业，佳怡把两枚坚果放到她跟前。佳怡说，东山顶上根本就没有枫树林，月亮谷里也根本没有桂花树。麦穗头也不抬地说，枫树林和桂花树也搬家了。佳怡说，你又在骗人。麦穗说，我干吗要骗你！佳怡看到麦穗手边有个漂亮的铅笔盒，正要打开，麦穗说，别动。

怎么了？

里面盛着月光呢。

佳怡说，我正要问你，你的月光拾足了没有？

麦穗说，不告诉你。

佳怡说，等晚上我们一起去拾月光好不好？

你不会，我自己去拾。麦穗说。

这天晚上，月亮特别大，特别圆，看上去像真从月亮谷方向升起来似的。转了一天山的佳怡早就累了，不等月亮升多高就睡下了。佳怡和麦穗睡在一床，夜里佳怡做了个梦，在那东山顶上，佳怡和麦穗一人一个月光宝盒，一起拾月光。过了一会儿，月亮姐姐来了，月亮姐姐真美，长长的水袖，教她们舞蹈。月亮姐姐走的时候，佳怡也想拽着她长长的柔滑丝袖，进到月亮里去，刚有飞翔的感觉时，梦却醒了。

第二天，佳怡仍然怅怅的，闷闷的，不说话。回走的时候，佳怡问妈妈，怎么没见着麦穗的爸妈？佳怡妈妈说，她爸妈在天上呢。

佳怡说，这是麦穗说的。

佳怡妈妈说，麦穗说的是对的。

禁 指

斯继东[①]

羽

隔着积雪的道望进去，堂前有些晦暗。近檐处，亮晶晶的冰凌底下，一个瘦颀的老头正身伏在几上。远远地能看见他的手指上下移动着，好像在净心一顾地拨着算盘珠。

介绍人朝我做手势，俩人就噤声立在油冻的石门槛外。

搁在桌几上的是一块长条的板，乌漆墨黑，又肉沉沉泛着光亮。声音就是从板上发出来的，叮一声咚一声，无心搭脏，却每一记都不含糊。不能说不好听，却也说不上来是怎么个好听法。

那个人就是曾先生，那块板就是曾先生的琴——晦庵。

那年冬天曾先生刚刚从上海越剧院退休回乡，因为需要有个人照顾起居，兜三转四的，就找到了我。在这之前，经人介绍我曾去上海做过几年保姆，城里总归不习惯，就又跑回了乡下。

曾先生收声立起。介绍人上前招呼，又急出乎拉说了我的不少好话。曾先生问我怎么称呼。我说别人都喊我操嫂，曹操的操。曾先生用嘴呵呵手，

---

① **斯继东** 1973年生，浙江绍兴人。中短篇小说散见《收获》《人民文学》等刊，多次被《小说选刊》《小说月报》及各类年度选本转载，曾进入《小说选刊》“2009中国小说排行榜”、中国小说学会“2012年度小说排行榜”和羊城晚报“2016花地文学榜”。著有小说集《白牙》《你为何心虚》《今夜无人入眠》等。现为《野草》杂志主编、绍兴市作协主席。

连声说，这姓好，这姓好。

这姓怎么就好了呢，奥滋答味的。可姓又由不得人挑，对吧？

总之，事情就这样三对六面定了。

第二日一早我便踏着小三轮去上班。我出门都踏小三轮，小三轮比脚踏车多个轮盘，骑着安心，还有个车斗，轻便些上街买点小菜，负重时下田畈搁几袋化肥，不大不小，都服帖。从桃源村到曾先生住的廿八都，大约有七八里路，一大半是机耕路，一小半是水泥马路，雪野煞静，连只麻雀也没有，小三轮吃着雪吱吱嘎嘎就半个来钟头。曾先生的住处也好找，后街中段拐进去，一条两边长满青苔的狭狭的弄堂，笔直踏到底就到了。曾先生祖上应该是大户人家，青石板砌的台门，一门到顶，门楣上“竹苞松茂”四个砖雕大字有些年份了。给小三轮上链条锁时，我又听到了琴声。天寒地冻的，曾先生这么早就起来了？果然，曾先生又在老地方拨他的算盘珠了。走到门槛脚跟时，我有点犯难，好比戏文里林妹妹初进大观院，不知这一步该跨不该跨。曾先生在里面喊了，进来吧操嫂。我轻手轻脚地走过去，他又续了一句，你忙你的，不用做忌我。说这话时，他的头还是没有抬起来，一双细细长长的手顾自拨弄着丝弦。

我给曾先生沏了一杯茶。递过去时发现案几太小，我就搬了条骨排凳到横头。搁下茶后，我就顾自忙了。

那天的日头很好，确实是扫扫涮涮洗洗晒晒的好时节。

我里里外外忙碌时，曾先生坐在道地里晒日头暖看书。

日头挪一挪，藤椅就跟着挪一挪。

等壁壁角角都清理干净，已到晏饭脚跟。我就问曾先生晏饭想吃什么，曾先生说随便，我又问那夜饭呢，曾先生又回对了句随便。没办法我只好问他早餐。这句曾先生回答得倒是细，说是六点光景去大街上吃的，一张大饼两根油条，加一碗咸豆浆。我再问：“那么曾先生，晏饭简单些，放碗麦面，夜里烧饭，一荤两素，侬看好不好？”曾先生说嗯。

打扫灶间时，我细细察看过，煤气灶高压锅电饭煲等大件都是预备的，但锅碗瓢盆却不齐整。十个人是吃，一个人也是吃，少了哪件灶间都不是灶间。我就扳着指头一件件跟曾先生讲。才扳到第二个指头，曾先生把我打断了：你看着买吧。

曾先生放下书本站起来，口气更和缓一些：操嫂，以后屋里缺什么，该需该用，你都直接添置吧，不用跟我商量。

等我踩着雪七袋八袋从市场返归来，就看见曾先生在屋子里来来回回地踱方步。像个小孩一样，曾先生显得有些兴奋。

清爽，清爽，煞煞清爽梅兰芳。曾先生说。

这不是大圣遗音过了管平湖先生的手吗？曾先生又讲。

梅兰芳我知道，曾先生这是在夸赞我。但后面那句我就听不懂了。大圣遗音是啥，管平湖先生又是哪个啊？

曾先生耐耐心心地告诉我说，大圣遗音是一床唐琴，国家一级文物，但之前因皮相破败不堪，一直被弃置在故宫的库房里，无人理睬。后来真身得以重现，靠的是王世襄的慧眼和管平湖的妙手。据说管平湖用了数十天的时间擦拭磨褪，一千多年过去，金徽与面漆居然都完好无损。看似灰白无光、漆皮尽脱的琴面，其实只是因长期水沤而凝了一层泥浆水锈。

呵呵，原来曾先生是调笑我把他家的陈年夹垢都洗掉了。

临近月尾，曾先生就会把工钿放到堂前的八仙桌上。

钞票是装在信壳里的。一个右下角印着“上海越剧院”的黄色信壳。每次都介。曾先生真是不怕麻烦。曾先生确实不怕麻烦。每次弹完琴，他都会把琴装入那只茄皮色的锦囊，小心翼翼地放到搁庋上，然后再在下一遍弹的时候取出来。有一次，曾先生笑眯眯地指着锦囊问我，你知道这个叫什么吗？我当然不晓得。曾先生又笑眯眯地跟我说，人都得穿衣服是不是？琴也一样。所以这个就叫琴衣。这名称取得确实稀刁，我就顺嘴回对了一句，既然是衣裳，那曾先生为什么冬冷夏热的都给它穿同一件啊？曾先生呆了呆，然后哈哈大笑，连连夸我驳得好。接着正色讲道，礼只是一种仪式，心里有、意思到便好。比如节头年尾我们拜天地祭祖宗，也只是一份心意，还能当真计较下饭够不够丰盛，祖宗大人老酒有没有管饱？

曾先生每月发我工资，我每天做三件事：烧饭，洗衣裳，打扫卫生。

说打扫卫生，其实并没有多少卫生可让我打扫。曾先生每天一杯茶、一本书、一张琴，他不抽烟，不吃零嘴，水果也很少碰。灶间没事是从来不进的，卫生间用过后总是归置得齐齐整整，连牙杯里牙刷牙膏的朝向也是定煞数的。寝室兼书房的书桌，堂前的桌几和琴案，我每天都用热毛巾过一遍，面盆里汏出来的水总是清水一样。

衣裳倒是日日要洗。曾先生不管冬夏每日早起都冲澡，替里布衫隔手便换。热天是一条内裤一双袜，冷天再加一套棉毛衫。对了，曾先生穿白袜，一目光的白色棉质运动袜。运动鞋白袜，皮鞋白袜，落雪天公穿暖鞋，还是白袜。我一直想问问曾先生，总归问勿出口。现在做人爽快，洗衣裳有洗衣机，放放进去，再拿拿出来。不光衣裳服脚，床单被套一塌括子都是洗衣机。也有洗衣机勿会洗的，像换季时脱下的厚衣裳，我都拿去干洗店。

要花点儿心思的是一日三餐。早餐我都是去大街上买归来。曾先生点什么我就买什么。大街上哪样没有啊！只要你想得出来。冰清水冷的店我不去，我是宁可排队，买归来的早点曾先生总说落胃。中午为得省点时间我不烧米饭，我是榨面年糕麦面日日换，今日放，明朝炒，后日拌，番茄是红番茄，团笋是嫩团笋，草籽是出市草籽，丝瓜是上架丝瓜。偷懒也要会偷，就像曾先生说的，哪怕一碗汤面，心意总归要到。夜饭是正餐，一荤两素，色香味，偷不得懒。曾先生吃硬饭，饭前照例要呷大半汤碗黄酒。曾先生总是夸我手艺好。油盐酱醋的事其实也没那么难，眼睛生了好看，嘴巴生了好问，说到底也还是看你用不用心。

起首的那段日子，我一直是这样踩着小三轮来来回回地跑。早上去一趟，顺道带上早点，然后买菜、洗衣裳、打扫卫生，晏饭去一趟，吃完晏饭匆匆回家，夜饭脚跟再去一趟，安顿好曾先生的夜饭，再回家。我觉得这样挺好的，曾先生这头顾到，家里的生活又不塌落。小三轮在我脚底越踩越轻。冬天日脚短，晚上回家天已经墨黑，好在路熟，闭着眼睛也踩不到溪坑里。

徵

曾先生没事也会跟我闲聊两句。

我在天井里剥蚕豆，曾先生端着茶杯摇着棕叶扇走过来。

曾先生说，我们喊蚕豆，北方人偏生称豌豆。我说，他们就没蚕豆？曾先生说，他们也有蚕豆，就是我们讲的罗汉豆。我说，意会意会，还是我们的喊法得当。曾先生说，怎么讲？我随手剥开一节蚕豆示他：排排齐卧在壳里，像不像一条蚕？曾先生点点头，倒是像。

我又说，再看罗汉豆，嫩的出了荚，像不像青皮小和尚？长熟的，油锅沸一沸捞出来，像不像半披了袈裟的老罗汉？曾先生听了哈哈大笑，经你这一说，还真是形象。

曾先生顺嘴问起我屋里老小。我就据实告诉他，男人早没了，有个儿子，成家了，但没在身边。我儿子做小笼包生意，蜒蚰螺一样浪过很多地方，后来在云南昆明落了脚，隔两年老婆孩子都带过去了。生意很忙，过年也很少回家，平时每两月打归来一通电话。曾先生知道小笼包。说是在上海的时候亦去光顾，都是夫妻店，打着“杭州小笼”的招牌，进去听听口音熟，问哪里人，说是会稽，问会稽哪里，说是瞻县，问瞻县哪里，剡源长桥堰底马仁八郑棠头溪廿八都什么地方都有。

“原来你也是独个人啊，”曾先生颇有点意外，“看你每天急出乎拉地往回赶，我还以为……”

“田稻是老早判给邻舍隔壁了，还留有一块地，种点瓜果蔬菜，地里也不是日日有生活做，倒是屋里的鸡啊鸭啊，早晚都要有人饲。”

“一年到头，有多少收入啊？”曾先生问。

“算钞票的话，倒也没多少。”我说，“可人活着，总得弄点事情忙忙，是不是？”

“操嫂啊，要我看，你就安安心心一门心思在我这里做吧——”曾先生说。

“房间现成有，吃饭添条筷，你呢省得起早落夜来来回回跑，我呢也多个闲讲闲话的人。”曾先生讲。

看我不响，曾先生又说：“地里的收成我每月贴给你，好不好？讲句实话，我的退休工资多落来，也带不到棺材里去。”

我说，“让我想想吧。”

“嗯，跟儿子商量商量看。”曾先生说。

“这倒勿用。”我说。

我自己的事从来都是自拘主意。那年去上海做保姆，事先我也没跟儿子商量。

曾先生住里间，我住外间。这样夜里有事，随时喊得应。

不过曾先生倒是从来无事。

晚上睡觉前，我照例要看两集连续剧。搬被铺的时候，我把家里的电视机也搬来了。机子搬来，却没地方搁。曾先生家没电视，自然也没电视机柜。曾先生搔搔头从里间移出来一只矮柜，电视机搁上去倒也落位。在自家屋里，我没事也会把电视机开着，有戏文咸咸淡淡听两句戏文，没戏文声音响着也闹热。曾先生喜欢安静，所以我平时不开电视，夜饭吃过后看连续集也会把声音拧得很小。曾先生在里间看书，我在外间看电视。驱蚊的艾把燃着，淡淡艾的烟，淡淡艾的香。曾先生三勿知头喊一句：“操嫂，你把电视开响些，勿可做忌！”我连说好的好的，当然音量并没有拧大。曾先生这是客气，我不能当福气。

曾先生每日弹琴，但也有规定。一般都是早饭前弹一阵，夜饭后弹一阵。听得多，我也能辨出来了。今日空腹弹的是《平沙落雁》《渔樵问答》和《阳关三叠》，昨日夜里奏的是《渔歌》《忆故人》，还有《普庵咒》。曾先生心耐，我问一句，他会答我五句十句。《平沙落雁》是他跟张先生学的第一只曲，《渔樵问答》是吴先生教的，《阳关三叠》《普庵咒》是卫先生教的，《渔歌》是跟刘先生学的。我说《普庵咒》好听，曾先生说，那我再弹给你听。他就调调息又从头开始弹了。曾先生有心，我这样讲过后，每日夜头就都能听到《普庵咒》了。听曾先生讲解，《普庵咒》是一首佛教题材的琴曲，《神奇秘谱》上有记载，在佛教里“普庵咒”是禅门日诵的科目，相传为南宋临济宗普庵大师所创，念此咒可消灾解厄，令蛇虫百脚远离，凶神恶煞走避。曾先生每夜弹《普庵咒》，屋里的蚊虫果然就少了不少。

有时候曾先生白天也抚琴，只是声音时有反复，疙里疙瘩不成调。那是曾先生在打谱。什么叫打谱？曾先生顺手拿桌几上的一本古书给我看，上面印的字稀奇八古，像是字又不是字，反正我一个也看不懂。曾先生讲，以前没有简谱五线谱，老祖宗聪明，所以发明了这种以字记谱的方法，叫减字谱。“喏，这就是减字谱的曲谱。”曾先生随意挑了一句，用指头一个字一个字掐到弦上。这谱不是直接能弹吗，为啥还要“打”呢？曾先生又耐耐心心地讲给我听，所谓打谱，就是按照琴谱还原出琴曲的过程。琴人需要反复弹奏，揣摩曲情，直至句逗清晰，音乐流畅，结构完整，力求再现原曲的本来面貌。“大曲三年，小曲三月。”打谱时最需琢磨和费时费力的是琴曲的节奏安排。因为减字谱记录的弦位和指法一清二楚，但节奏却是粗疏的，大模光景的，有很大的伸缩空间。那么标准的节奏又是怎么样的呢？这个没人知道，各人可以有各人的理解。这是减字谱的缺陷，也是它最有意思的地方。嗯，确实，我一个外行人听听也蛮有趣的。

除了弹琴和看书，曾先生还写字。用毛边纸对着一本法帖一笔一画地写。第一遍写小字，第二遍再在小字上写大字。曾先生写字不用墨汁，都是现磨。先在砚盘里注些清水，再用墨碇一圈一圈地磨。曾先生讲，墨水新鲜，写出来的字才鲜洁。每次砚盘里的墨写完，曾先生就收手。毛边纸不还空着大半张吗？急什么，还有第二日啊，墨会干掉，纸又跑不掉！毛边纸写过曾先生会把它收起来，四角齐齐整整地摞在桌脚边。

夏日悠悠长长，桌脚边的墨纸越摞越高。

商

早上去菜市场前，我都会讲一声，曾先生我买菜去了，曾先生会答一声好。那天曾先生答完好后，我多加了一句，你去不去啊？曾先生呆了呆，说，你等歇。曾先生早琴弹过后刚吃完早饭。

曾先生问天热不热，我说勿热。

我把小三轮拉出来，让曾先生坐车斗。曾先生坐上去又下来了。怎么了？有点滑稽，曾先生说。我忍不住笑了。倒也是，小三轮太小，曾先生生得长大，苍蝇套豆壳——不相称。那要不走着去？嗯，大不了归来坐黄包车。

曾先生走路泰悠悠，我得步子放慢些他才跟得上。入了秋，天确是凉爽了不少。两个人并排走着，出弄堂过后街再走大街，菜市场买了菜，再原路返回来。这一路上得讲好多话。

曾先生在上海呆了四十年，从来没上街买过菜。问他吃什么，他说食堂。一直吃食堂？一直吃食堂。休息日起得晚会上街吃个早点，偶尔也会跟同事下次馆子，但这样的事一年到头也没几回。我在上海做保姆那几年，曾先生也还在上海。曾先生笑说，说不定在大街上碰见过呢。额角头撞着也不认识啊！这倒也是。曾先生一直在越剧院做伴奏。越剧是从我们瞻县沿剡溪曹娥江唱到黄浦江去的，本地人从小看到老，曾先生说的伴奏，我们叫后场头。早些年的草台班子，前台后场并不隔开，那些伴奏的乐器大多也认识，锣啊鼓啊，笛啊箫啊，二胡啊琵琶啊梅花啊，但不记得有曾先生在抚得乌漆墨黑的古琴啊？曾先生跟我讲，他在团里奏的就是琵琶。曾先生讲，琴只是个人喜好，琵琶才是他的吃饭家生。怎么从没见你弹琵琶啊？我都退休了，还抱着那吃饭家生做啥？

曾先生说，改变他命运的就是一把琵琶。

曾先生的琵琶最早是跟父亲学的。曾家在当地也算大户，不忧衣食的父亲喜好丝乐，尤其是琵琶。耳濡目染，十几岁时曾先生已将琵琶弹得非常娴熟。忽一日，有人捎来口信，说是青溪的张先生想见见这位琵琶童子。张先生在当地是个大名鼎鼎的人物。三考出身，科举废除后就读上海震旦大学，肄业后曾在天津南开大学、北京高等师范任教，后来退休于商务印书馆，张先生擅弹琵琶和古琴，被马一浮认为是那个年代数一数二的“善工琴者”。

本地玩丝竹的都知道，张先生家里藏有一把前明陈圆圆的琵琶。“当天晚上，张先生真的就登门了，灯烛之下，他让我弹，我就弹了一曲《春江花月夜》，讲实话，在他面前我不大放得开。听完后，张先生问我学过《十面埋伏》没，我就放胆又弹了一曲《十面埋伏》。两曲下来，张先生只说了句‘不错不错’，略坐一坐就回去了。张先生非等闲之辈，眼法自然高，我也就死了心。谁知一周后，又来了个口信，这回是张先生主动问，愿不愿意跟他学琵琶。这还用问吗？自此，我就成了张先生的徒弟。那年我14岁，张先生65岁。开始是每天都去，后来变成每周一次，再后来是一月一次。每次学完，张先生都会亲自把我送到村口。张先生有两个女儿，没有儿子。张先生曾经吐过口，想收我为义子。但我母亲板，勿肯答应，张先生只好罢了念头。”

那后来曾先生怎么又去了上海呢？我听得性急，那已经是菜买归来的路上了。秋高气爽，大街上的杨枫树金灿灿的。我们没坐黄包车，挈了菜继续一路宽宽绰绰地走。

“后来就是解放了，琵琶童子也成了琵琶后生。我21岁那年，张先生应马一浮先生之邀离开瞻县去了杭州文史馆。此前为谋生，我已做了几年小学教师。正当我苦闷之际，半空掉落来一只绣花鞋。由傅全香带队的华东戏曲研究院考察队忽然来了瞻县，当时是周总理提出越剧要‘男女合演’，考察队就是专程到越剧故乡来招男演员的。其中金采风带队的一支驻在廿八都。考察队原本没有演出计划，但老乡们的盛情拒绝不得。队里只来了一位鼓板师傅，于是我这个‘琵琶童子’便被推荐了去，给金采风配《楼台会》。结果金采风对我很满意，就又把我介绍给了傅全香。这真介叫拔萝卜带出泥，就因为这一次非正式的演出，半年后我便来到上海，做起了剧团的琵琶伴奏。剧团先后来瞻县招过两批男演员，因为变声、合腔和观众口味等原因，几年后一个不剩全都改行转业，反倒我这个救急的却被留了下来。”

“谁想得到呢，阴差阳错的，这一留便是四十年。”曾先生叹了口气，把菜袋子从顺手换到了借手。

角

开春时，曾先生生了一场病。

一开始是感冒，我去药店给他配了些药。吃一段时间，喉咙不痛了，鼻头清水也没了，却干咳起来。到后来整半夜喀喀喀地咳。我起来摸伊额头，滚烫。

曾先生也顾不得体面，虾米一样坐我小三轮去了镇卫生院。

片子出来，急性肺炎。

住院手续各种碎烦，柜窗里面的人都像吃了生米似的。没办法，只能热面孔贴冷屁股，“侬个同志、侬个师傅”客客气气地问，然后一趟一趟跑脚头。照顾病人，在我是明份。看我上上落落跑，曾先生却过意不去了。一遍遍讲：“亏得侬，亏得侬。”

病房是三人间。病友都把我们错当成了夫妻。护士进来查房不见人，也问我，你老头子呢？头一次忙乱中迟得一迟疑，之后就没有了辩解的机会。有家属揶揄曾先生老婆讨得嫩相，曾先生被弄成红脸关公。我坦坦荡荡地替他回了句：“是啊，他做人做得好，前世修来的。”

每天下午打完吊滴，我都会陪曾先生在院内走两圈，再在花坛的紫藤架下坐一歇。

有一天曾先生问起了我的丈夫，问年纪轻轻得的什么病。

我男人的事，我从来不跟人讲，自己也尽量不去想。一提起来，我的胸口就会发堵，一口气悬着半天咽不下去。当着曾先生的面，我忽然就想讲了。

“哪是什么病，我男人壮得像头牯牛，连个头痛发热都从来没有。他是被人活结结害死的。”才开个头我的眼泪水就不争气地氽了出来。

“你要不想讲，我们就不讲。”曾先生有些着慌，他是只见过我开开心心的样子。

我说我想讲。

曾先生给我递餐巾纸：“那你慢慢讲。”

我就一五一十原原本本跟曾先生讲。

那天我男人半早上出门，等他吃晏饭等到晏过不现身，我便让儿子出门去寻。不多久，儿子妈啊妈啊声音异样地喊着跑回来。

一走出屋门，抬眼望见村口大晒场乌泱泱的人头，我的脚就先软了。

晒场数丈高的坎下是整畈整畈的香草地，我男人的尸首仰天躺着，像只翻背的乌龟。

晒场边有条毛狗路，我跌跌撞撞地跑下去。香草腥烈的气味野狗样扑过来，一浪头高过一浪头。就像梦魇似的，在我眼前，香草开始拔节生长，密密匝匝，无边无际。香草越长越高，男人的尸首被吞噬了。我厥倒在田坎边。

后来公安入村调查，我直指吕家。

吕姓在我们村是大姓，那吕家有五兄弟。老村长去世后，吕家老大做了村长，五兄弟在村里越发横强。我男人看不入眼，仗着从部队带归来的一身腱子肉，事事做出头椽子，于是自然而然就成了吕家的眼中钉。

公安的人说，想当然没用，要有证据。我说我有证据。我男人那天半早上出门，跟我提过一句，说是吕家老大找他谈事情。公安就找到了吕家。吕家老五站出来挡事。最后的调查结论是，我男人与吕老五因言谈不合起争执，不小心失足坠崖。卵话三千，我头皮割掉都不信。找我男人的明明是吕老大，谈事情也不会到大晒场去谈，个对个动手，掉崖的更不会是我男人。

结果呢？结果是吕老五因过失杀人被判了十多年的刑。七八年后，长一身膘归来了。邻舍隔壁都说吕家县里有人。

你儿子就是因为这个才出外的吧？嗯，村里的路狭，抬头不见低头见。

人在做，天在看。嗯，后来吕老大因为贪污问题被村里人举报，头发花白也进了牢房。

放下吧，事情过去这么多年，饶得别人饶得自。我也不是想翻案。人都死了，翻了案又怎样？我就是想知道我男人当年到底是怎么死的。对，人都要死，可死也不能死得不明不白啊？

这倒也是。可真相只有吕家五兄弟晓得，如果他们烂在肚皮里，那就真当只有天晓得了。

曾先生不再言语。风吹过来，不时有紫藤花瓣掉落到脚跟。

宫

后来，上街买菜便成了俩人的事情。

菜市场里，摊贩们把蔬菜都码得崭齐，萝卜白，茄子紫，红的是番茄，黄的是菜心，茭白雪白蕈嫩，芹菜梗青滴绿，水产区鱼活虾鲜，熟食摊鸡糟鸭酱。曾先生这个看看，那个问问，欢喜勿煞像个蒙童。

菜市场每日走，一日三餐一荤两素之外，岁时节令也跟着讲究起来。元宵节烧亮眼汤，清明节包青饺，立夏吃健脚笋，端午插菖艾吃五黄，重阳做重阳糕，腊八喝腊八粥，大年初一搓汤团。吃食归吃食，曾先生倒是照旧不祭祖不敬神。

曾先生日日陪我买菜，我也隔三岔五陪他出门。去药店配药，去书店看书，去剃头店理发，去商场添置换季的衣裳服脚。

有时无事也出门看热闹。

正月灯，二月鹞，三月上坟船里看姣姣。

每日同进同出，一路有讲有话，曾先生的肤色越发红润起来。

曾先生不大提父母，倒是常常讲起张先生。

在张先生家，曾先生看到了神秘兮兮的前明陈圆圆的琵琶。琵琶还是琵琶，一式斯样，看不出有什么稀奇。让曾先生眼热的是另一样东西——琴。

张先生有两床琴，一床唤“晦庵”，另一床称“虎啸龙吟”，都是宋琴。

教徒弟弹琵琶间歇，张先生自己操琴。

曾先生头次听就着了迷。

“琵琶的好只在皮肉间，琴的声音却入骨沁心。”

曾先生提出要改学琴。张先生很生气，“学一样，像一样。我最讨厌的，就是朝三暮四之辈。”

张先生不肯教琴，曾先生只好继续学琵琶，却于张先生抚琴时，刻刻心记手摹。这样过了大半年。有一趟曾先生去得早，张先生出外未归。看见几上那床琴，曾先生手痒难忍，便私自除去琴衣拨弄起来。也不知过了多少光景，等曾先生惊觉，张先生早已立于身边。“我以为铁定要吃先生的栗凿了，居然没有。有了第一次，我的胆子就大了。每次琵琶学完后，我就磨蹭着不走。张先生忙别的去了，我就坐下弹他的琴。张先生屋里坛场小，张先生‘剁剁剁’在灶间切菜我能听到，我‘叮咚叮咚’在堂前弹琴张先生也能听到。张先生到底听不下去了，攥着薄刀走出来，跟我说，这里这里指法错了，那里那里节奏快了。就这样，死皮赖脸的，我跟张先生学起了琴。”

后来便是师徒分隔沪杭，但关系并没有断。曾先生随剧团赴杭演出，不愿出门的张先生也会兴致勃勃前去观看。剧团在杭州停留，张先生就会带着曾先生逛西湖，访名胜。晚上又会支开师母，师徒促膝讲大半夜的话。“那时，张先生已经弹不动琴了，他就听我弹，听完了还是初见时那句话：‘不错不错。’史家一向称张先生为‘新浙派’，但张先生说自己没派，有派也是‘山林一派’。张先生一生狷介，如闲云野鹤。陈果夫请为幕僚，他说自己只会教书。赵观涛请他为其父写墓志铭，他直接回绝说：马屁文章我勿会写。北京大学音乐会邀他，礼堂门口看见‘一张票时价两毛’，张先生抱着‘晦庵’返头就回来了，说是‘我的琴不卖票。’张先生有些老派，瞧不入眼白话文，反对简化字，又说西医是石板医驼背。”

曾先生翻出一张照片给我看。邮票大小的黑白照片上，曾先生正在抚琴，面容清秀，一身中山装笔挺，笔袋里插了支钢笔。照片背后用蓝墨水记着：1967年3月摄于上海。曾先生说，张先生就是这一年在杭州去世的，享年八十六岁。令人遗憾的是，曾先生没能见张先生最后一面，他见到的是一纸遗嘱——张先生把“晦庵”留给了曾先生。

曾先生总跟我讲张先生的旧事，我其实更想听他自己的故事。曾先生人生得长长大大，貌相好，又有才学，怎么年轻时就没婚配呢？俩人谈天时我有意扯起话头，曾先生总是轻描淡写三话两句答对。说是没碰上对眼的人。说是人跟琴一样，有缘分才能走到一起。说是早些年也有同事做介绍，总是琴弹着弹着就忘了约会时间，热心人也就一个个冷了。

有一年落雪天公，我陪曾先生游大佛寺。山脚碰到一对高鼻子蓝眼睛的游客问路。不晓得是不是触景生情，曾先生主动讲了一桩事体。

曾先生说他在上海时，曾经碰上过一个丹麦女孩。由人陪着找到越剧院来，说是上海外国语学院的留学生，想跟他学琴。“我没有直口答应，让她先来听听。那时我的单身宿舍里每天都有人跑来听琴，有时椅子不够，地上、床上甚至书桌底下也坐人。她会说中文，除去一些专业术语，交流没有任何障碍。女学生来听了几次后，越剧团的领导被惊动了。他们专门派了一个人到我宿舍，告诉我跟外国友人接触要注意分寸，不该讲的话千万不可讲，临走时还说‘你宿舍里的卫生要好好搞搞了’，意思大概是我代表着中国的形象。女孩来我宿舍听琴的时间不长。当时国内正搞运动——‘清除精神污染’，大街上不时有游街之类的事发生，我们越剧团原来自发跳交谊舞的人都不敢再跳了。她可能是担心出事情吧，就回丹麦去了。”

那后来呢？我问。

哪里还会有后来啊？！曾先生说。

大佛寺的老蜡梅开得很旺，鼻头都要烂掉了。

也不晓得曾先生为啥要跟我讲这个。

少　宫

梅雨季节，曾先生的屋顶漏雨了。

开始只是外间有一处，后来出现了好多处，外间有里间有，家里的坛坛罐罐都对付不过来了。

等天放晴后，我去找了个泥作师傅。泥作架梯上墙，折腾半天，下来说，可能还得找木作。我又去找了个木作师傅。木作上去折腾半天，下来说，屋顶年久失修，好多椽子都烂了，要长久打算的话，得把所有瓦片揭去，重新钉椽子，而且梁有没有坏还是个未知数，总之是个大工程。

曾先生未置可否。我做不了主，木作就先回去了。

晴天筑漏．越筑越漏。

于是，楼上雨滴叮叮咚咚，楼下曾先生的琴叮叮咚咚。

曾先生无事一样。

可总不是一个事吧？

有一日，曾先生开口了：“秀琴，要不，我们搬你家去住吧？”

曾先生起初叫我操嫂，不知哪天起，突然改口叫我秀琴了，我还是曾先生曾先生的叫他。曾先生也不用信壳了。有一天堂前八仙桌上放信壳的地方多了张银行卡。我有点着慌。曾先生还是那句话：我多落来的钞票带不到棺材里去。曾先生又说，以后你自己支用吧，密码我改过了，你的生日。

我家的屋倒是空着。可曾先生也真想得出来。

曾先生曾经去过我家。我去收地里的庄稼，曾先生没事跟了去。桃源村在半山脚，我家的屋地势更高。曾先生回来连连称许，说我家的房子轩舒，开门见山又朝南晒阳，不像他的老宅压闷压气。

“曾先生就不怕别人讲闲话？”

“有什么闲话好讲？”

我一时舌短。

曾先生又说：“各做各的人，别人的闲话哪听得过来啊？”

看来曾先生也不是随口出。既然曾先生不在乎，那我还有什么好讲究的呢？

怕我反悔似的，曾先生说，择日不如撞日，干脆明朝搬。

后街的墙弄角落有许多搬家公司的红戳子。一个电话打过去，一架中型卡车一早便准点停在了弄堂口，车上下来两个厚皮厚肉的后生哥。

就这样，半日工夫，我和曾先生干手燥脚地挪了窝。

日子还是原来的日子。

我继续打算我的一日三餐。曾先生照旧叮叮咚咚弹他的琴。

搬家后，还是曾先生里间，我外间。

曾先生夜里从来无事。有一夜却喊脚冷。我说我给你冲个热水袋吧。

曾先生说要不依帮我焐焐。我就帮曾先生焐脚。之后，我和曾先生就在一起了。

日子还是原来的日子。

我继续打算我的一日三餐。曾先生照旧叮叮咚咚弹他的琴。

曾先生的琴案还是摆在堂前的近檐处。我家是三间两层楼房，没有围墙和院门。天高地旷，声音便传得远。村里人都被琴声吸引过来。秉堂老汉有几个字眼，懂一点三脚猫的星象，评论说，曾先生抚琴的样子，颇像戏文里演空城计的诸葛孔明，就是少了把鹅毛扇。猪革也好牛革也罢，看过一遍西洋镜，村里人也便各忙各的田畈生活去了。

唯有孩子们，却像蚂蚁见了出土的曲蟮，日日一下学便聚拢到我家堂前。

曾先生面相和善，没大没细，有时还散零嘴，孩子们都欢喜他。

有一个孩子也来，只是每次都不近身，站得远远的，像落单的雁。

曾先生注意到了，问我是谁。我告诉他，是吕家老五的孩子，刚上小学一年级。吕家五兄弟生了大大小小一堆囡，就老五这一个是麻屌拖门槛的。吕家老五出来扛事时，并不知晓他媳妇怀了孩子。否则，出来扛事的估计也不会是他。

曾先生噢了一声。

隔两日，我无意间发现，那孩子也夹杂在小孩堆里听琴了。吃夜饭时，我就问曾先生，你主动招呼过来的？曾先生笑笑，这事你别管。

虽然看着碍眼，可大人是大人，小人是小人，这个道理我还是晓得的。

曾先生抚琴时，螺丝屁股们都嘻嘻哈哈，有时还相互打闹。吕家那孩子却听得入神，痴痴呆呆的，零嘴抓手里也顾不上吃。

有天傍晚，等别的孩子散去，曾先生把那孩子单独留下了。

我正把灶间的菜朝外端，就留意看着。

曾先生把那孩子招到身边，指着琴问：想不想拨一拨啊？

孩子看一眼曾先生，伸出食指拨了一拨，又烫着似的缩回手。

曾先生说，没事，你胆大一些。

孩子这回把两只手都伸到了琴面上，声音零零落落。

“你想不想学啊？”曾先生又问。

孩子答得很轻，但我看见他的头像鸡啄米。

曾先生又耐妥妥加了一句：“学琴这件事情，得你屋里大人来讲，才好算数。”

听到这句话，我的心里咯噔了一下。赶紧放下手上的菜碗进了灶间。

夜里，曾先生呷酒，我吃饭。曾先生没说什么，我也没有问什么。

接下来的几日，那孩子没再现身。曾先生问起，有孩子答说，那谁谁谁已经好几天没去上学了。

又过了三天，曾先生等的蛇出洞了。

但那日夜里上门的不是孩子爹，而是他的大伯——吕老大。斩头胚的头发全白了，一张脸干姜瘪枣皱皮打裥，再也没了往日的威势。他要找的人是曾先生，我正好避进灶间，眼不见为净。

曾先生客客气气请他坐，问他何事登门。

“曾先生侬晓得我为何事来。”吕老大说。

曾先生笑笑，侬不讲我哪会晓得。

“我也晓得我没脸皮来求恳，但是为了孩子，死马活马我都得来试试。”

“孩子怎么了？”

“不肯去上学，爹做规矩，干脆勿吃勿喝了。”

“那孩子是想学琴吧？”曾先生不再绕弯子了，“我确实不带学生。但这事——也不是不可商量——”

“曾先生，只要能学，条件侬开——”

“那我直讲了——我就想晓得操嫂的丈夫是怎么死的。这事你跟公安讲过，但我想听的是另一个版本。”曾先生说。

于是。

斩头胚在堂前一句一句地讲，我在灶间一句一句地听。

我才晓得，这么些年过去，我眼眶里蓄的眼泪水，竟然一滴也没有少去。

“秀琴，你出来。”曾先生喊我。

我收声走到堂前。

“你都听到了吧？”曾先生问我。

没等我答对，旁边的斩头胚忽然扑通一声跪了下来。

“对不住啊操嫂，对不住侬操嫂，是我们兄弟寻事作孽——”老头嘴里念叨着。

“其实我们只想让他服个软，可他就是不松口，一步紧一步，死活不松口——”老头边哭边念叨着。

“事情做了我也懊悔啊，越老越懊越老越悔——”老头哭着念叨着连连以头磕地。

后来，老头终于像个女娘一样哭哭啼啼走了，似乎连替小孩求托的前事都忘记了。

“晓得真相有什么好啊？”曾先生说，“旧事重提，反倒害你难过一场。”

“哭一哭，我爽快多了。”我跟曾先生说。

事实也是，经这一哭，我心里头的那个结似乎就此化解开了。

“那，我弹琴给你听吧。”曾先生说。

弦声窃窃如流水。曾先生弹的还是我欢喜听的《普庵咒》。

少　商

好像是北京奥运会之后吧，来看曾先生的人忽然多了起来。除了弹琴的、弄音乐的，还有搞书画的，自称作家的，报社电视台的，后来甚至还来了当官做生意的。

各种回绝。曾先生有点烦。

我宽解他，别人欢喜琴，你应该高兴啊？

你看他们是真心喜欢琴吗？一个个穿戴得今不今古不古，三不像六样生，架子十像淘镬冰冷。曾先生说。

还有，我什么时候变成大师了？一夜之间我怎么就生出这么多的徒子徒孙啊？还不是拉虎皮扯大旗，行坑蒙拐骗之实？曾先生说。

一只手明明有五个指头，为什么要立一个禁指，他们知道吗？曾先生说。

为什么啊？我问，我也好奇。我只知道禁指就是小手指，曾先生从来不让它碰琴弦。

《说文》上讲，琴者，禁也。立一禁指，就是告诫世人，要有所为，更要有所不为。曾先生说。

生气归生气，人来了，曾先生照例还是客客气气。

这其中，小余于曾先生是个例外。曾先生在上海时，读大学的小余是琴听得最多的一个。曾先生一人一琴回乡后，俩人便断了音讯。某一天，小余忽然寻到了桃源村，问他说是辞掉银行工作回会稽开了家琴行。之后小余就成了常客。每年中秋过年两节必到，平时来也从不空手。小余来曾先生都留饭，我得加一荤一素，曾先生也会多喝一汤碗黄酒。一老一小端着酒碗，不聊别的，就聊琴。

讲得最多的是“文王操”。

曾先生这些年翻来覆去在打的古谱就是“文王操”。据曾先生讲，古籍中就有周文王渭水之滨访吕尚而作《文王操》和孔子向师襄学弹此曲的记载，之后历朝历代文士琴人的诗作琴论中每有提及。重奏此三百多年前的绝响，一直是近世琴人的梦想。但《文王操》有据可考的曲谱有十多种，各种版本曲名不一、段数不同、曲调相异或有辞或无辞。这中间的甄别、择选和糅合，远非简单的打谱所能一言道尽。面对这块无处下嘴的硬骨头，诸多琴人不是忘而却步，便是半道折返。这抱憾的琴人中，就有曾先生时时念叨的张先生。曾先生总说自己是在混吃等死，要说有什么心事未了，那大概就是“文王操”了。

小余每次来都会带一些空白的五线谱。喝完酒听完琴，临走的时候，两个人总要抱一抱。我不知道这是什么礼数。曾先生跟我说，他去杭州看张先生，每次分开也会抱一抱。曾先生又说，七老八十的人了，谁知道下次还能不能见面啊？曾先生这话让我难过了好几日。

西哈努克去世后的某一日，曾先生终于把“文王操”打好了。

我所以能记得，是因为那个奇出古怪的名字。电视里在播新闻，我带眼看到，哎，这名字怎么这么耳熟啊？后来想起来，是曾先生闲谈时提起过。八十年代时这个叫西哈努克的国王曾经看过曾先生他们的戏，谢幕时还上台跟演职人员一一握手呢。

曾先生呷好夜酒，我收碗盏。曾先生做手势让我等等。说是要给我听一首曲。

曾先生从楼上拿下来一沓谱，我就放下碗盏净了手坐下来听。

曾先生抚的就是“文王操”。

收声后曾先生问我好听不好听，我说好听。

可我说好听有什么用啊，我又不会弹琴？

曾先生笑笑，说，会弹勿会弹不要紧，琴是弹给会听的人听的。

道理我是掰摘不过曾先生的。反正看见伊高兴，我也便开心。

过几天，小余来把那叠谱拿走了。

同一年的秋天，还发生了另外一些事体。

我陪曾先生去体检，曾先生说一带两便，让我也做做。曾先生执意，做做就做做。过几天去拿体检结论，曾先生没事，倒是我查出了问题。曾先生拿了我的化验单去问主任医生，问了很长时间。出来曾先生只说有几个指标不太好。

小医院靠不住，我们去上海看看。曾先生说。

我会吃会困上好贴通一个人，空劳劳去什么上海啊？我不答应了。

我带你去嬉嬉外滩，看看东方明珠塔，曾先生说，顺便查一查，放心些。

曾先生平时不太用手机。这次找出电话本打了不少电话。

小余开的车。对了，吕家孩子后来曾先生托的就是小余。

送到医院，一切就都由不得我了。曾先生托了熟人，住院部住下来后，胸透CT、核磁共振生化全套、胃镜切片一样一样做。我虽然字眼少，阵势还是看得出。是癌吧，我问曾先生。曾先生倒也不瞒我：问题出在胃里，好在发现得早。我请了上海最好的医生给你做手术，侬勿要怕，胃跟韭菜差不多，割了就长。临了大事，曾先生照旧泰悠悠，不慌不忙。我要给我儿子打电话，曾先生拦我，忙就让他忙着吧。手术前后，曾先生一步勿脱守在床边，怕不周到，还请了个陪护。虽然请了陪护，事情曾先生还是抢着做。

原来曾先生也不是只会弹弹琴。

“这倒好，变成你服侍我了。”我对曾先生说。

曾先生把手上的书放下来，笑眯眯回对我：“不着慌不着慌，等你病好了，还让你原模斯样服侍我。”

“这么久没摸琴，你郁屈煞了吧？”我问曾先生。

曾先生呆了呆，说，还好还好。

院前前后后住了一个多月。曾先生没食言，出院后真当带我去嬉了外滩，爬了东方明珠塔。在塔前，我俩还合了个影，是曾先生提议的。我后来才知道，其实曾先生也是第一次爬东方明珠塔。

归到家的那个晚上，曾先生破例没有弹琴。

第二日一早掸尘时我才发现，搁庋上的琴——不见了。

我慌急慌忙喊曾先生。曾先生关了门在卫生间冲澡。

洗得干干净净的出来，曾先生无事似的答了句：“你住院期间，我托小余把‘晦庵’卖了。”

什么？？？我杵在那里。

“秀琴啊，”曾先生喊我一声，“人也好，琴也好，总有一天是要脱手的。”

我的眼泪水又一次不争气地氽了出来。

那天早晨，曾先生又跟我提起了张先生。他说张先生惜物却又不恋物，“文革”初期，前明陈圆圆的琵琶被砸，“虎啸龙吟”被盗。别人问起来，张先生淡然一笑："这天下都是今天你的，明天他的，一张琵琶一床琴又算什么？"曾先生说，张先生的书房里挂有马一浮先生持赠的一幅字，其中有两句他近年总会时不时想起。

我问哪两句。曾先生破例用普通话吟了出来——

他日移居山溪里，取琴为我召阳春。

之后，一直到过背，曾先生的手指再也没有碰过琴弦。

天上的街市

曹军庆[1]

1

我迷路的地方是在下山之后。我本来应该回到飞沙镇。我那辆又破又旧的黑色别克车就停在镇子南头名叫拖拉机旅馆的院子里。可是我回不去。从白龙山下来天就黑了，我找不到去飞沙镇的路。夜幕在山里降临得特别快。就跟变魔术似的，门里门外一个是白天一个是夜晚，你都看不到门是怎么关上去的，它就关上了。门一关上，天就黑了。你也听不到门轴转动所发出的声音。我找不到路，手机也没有信号。罗爷后来告诉我，飞沙镇地区就响堂村这一块的手机信号不稳定。白天还好点，有时有，有时没有，到了晚上就完全没有了。罗爷说移动公司可能会在白龙山顶建一座信号塔，那样的话就能解决山里面的通信问题。这个动议仅仅停留在筹备阶段，迟迟没有动工。罗爷说孙叔伟不止一次去找过移动公司，孙叔伟说移动公司答应他很快就会建塔。罗爷说他信得过孙叔伟。孙叔伟说他给移动公司提过多次，移动公司应该不会糊弄他。可是这会儿我的手机就是没有信号，发不出信息，也打不出电话。我只能开着手机，拿在手上当手电筒使用。看来这地方也经常停电，后来弄清楚了响堂村是个什么样的村子，我便想那天是不是飞沙镇故意停了他们的电呢？这种可能性不是没有。镇里动不动就断了他们的电。我迷

---

① **曹军庆**　湖北省作家协会文学院专业作家。出版过长篇小说《魔气》《影子大厦》和多部中短篇小说集。已发表文学作品三百万字。

路那天响堂村里没有灯光，手机上散发出的一点点光亮就像是鬼火。它让我心虚，越发没有方向。我于是又把手机关掉了，我不可能再回到飞沙镇。最好的选择就是——我应该找到我在白龙山顶看到的那座村庄，在那里投宿，天亮了再想办法回到镇上。山里的黑暗实在就是水深没顶的水库，水库里的水全是墨汁，我就落在这满是墨汁的水库里了。波纹、水草都是用墨水画出来的，用墨水画在墨汁里面。那些灌木、岩石、树枝和纠缠在这些东西里面的弯弯曲曲的小径也都是用墨水画出来的，也都画在墨汁里面。没有路，都是墨汁。我在树木里胡乱撞着，在墨汁里撞。我自己也是墨汁。山里面的夜就有这么黑。墨汁是割不破的。我不管不顾，乱走，竟误打误撞地进入到响堂村了。

奇怪的是迷路之前我在白龙山上就看到了响堂村，我俯瞰到了那辉煌的一幕。正是看到响堂村让我耽搁了下山时间。我错开了必须下山的时机。在荒芜贫瘠的山岑里，我突然看到了一处村落。村落里竖着一栋栋楼房，也不高，都是两三层或顶多三四层高的楼房。整齐漂亮，每栋房子都是一个模式，房顶上盖着红瓦、白墙，房屋后面有院子。如此荒凉的地方却有这么漂亮的房子。我在白龙山上看呆了。正是傍晚，一大团火烧云落在村子里。那红彤彤的光亮就像是燃烧着火光。那分明就是天上的街市，天上的街市落在人间。有一首诗歌的题目好像就叫《天上的街市》。我忘了照相，只知道傻站在那里。错落参差的楼房镶嵌在山谷间，配着猩红的夕照。漂亮极了，简直就是一幅油画。可是没多久，那不可一世的刀剑般的光线就收走了。那楼房——当时我并不知道它叫响堂村——忽然间又变得平凡了，变得陈旧，色彩里有些灰蒙蒙的了。但房屋依然夺人眼球。放眼远望，除了更远处的飞沙镇，这崇山峻岭里再没有这样的村落。我意识到天将黑了，急急忙忙往山下赶去。刚走到山下天就黑了。记得拖拉机旅馆的老板警告过我，他说他姓杨，你叫我杨老板就行了。

杨老板说："你上了白龙山最好早点下山，最好在上面看到天还大亮着的时候你就要动身往下面走。否则的话你可能会迷路。"

果然让他说中了，我刚到山脚下天就黑乎乎的。飞沙镇的方向好像在白龙山西部，我往西走才是。可是西边在哪边呢？我并不知道，我一下子跌进到白龙山的夜色里。

听到狗叫，我才恍惚走进了某个村子。但是我并不能确定，不能确定进入了村子。狗的叫声很虚弱、胆怯。仿佛狗在发出叫声的时候被什么东西卡住了喉咙。那声音因此听着很像是哀叫，很像是在求救。你会以为它落入了陷阱，或者也不是狗，虽然它叫出来的声音听着像是狗的叫声，但也有可能是别的什么动物。它在陷阱里被捕猎的夹子或什么东西给夹住了。因为没有灯光，没有人出现，所以你不会觉得我这么想有多么不正常。恰巧这会儿罗爷走出来了。他手上端着一根燃烧了大半截的蜡烛。蜡烛是白色。罗爷身边跟着一条狗，刚才我听到的声音说不定就是它的叫声。它看上去很强壮，两条后腿支撑它直立起来差不多有一人那么高。这么强壮的狗却叫得那么虚弱。它可能是故意的，我从它那张狗脸上看到了隐藏不住的狡狯和恶作剧。

罗爷是个残疾人，瘸了右腿，他拄着拐杖走路。

我说："我迷路了。"

罗爷咕哝着说："每一个像你这样的人都会说他迷路了。"

我不理解他为什么这么说，他显然很不耐烦。反感我，也反感我给他带来的麻烦。他腰背笔直，我当时想过——他的腰部有没有像做手术那样在里面植入钢板呢？他带我走进他的屋子。我仰起头来，屋子里有楼梯，楼梯通往上面的楼层，楼梯在房屋内部而不是外面。窗户上挂着厚厚的窗帘，难怪从外面看不到一丝光亮。

"你们村子里都挂着这样的窗帘吗？"我问罗爷。

"都挂着，我们村子家家户户都挂着不透光的窗帘。"

"为什么？"

"没有人问为什么，这是孙叔伟的规定。"

罗爷的脸很像是刚从地里拔出来的一只白萝卜。萝卜上面枯萎了的萝卜缨子就是他的头发。他的鼻子肯定在他年轻的时候被谁打断了里面的鼻骨。它就那样凹陷着趴在他的嘴唇上方。如果凹陷的鼻子里也露出了白色的牙齿，你一定会以为他长着两张嘴巴。但是他端着半截蜡烛的手上似乎虎虎有生气。

"你可能不知道我们这个村子叫什么名字，我可以告诉你，这个村子名叫响堂村。"

"我在白龙山上看到的那个有着漂亮楼房的村子就是你们响堂村吗？"

"应该是的，傍晚的时候会有一团火烧云落在村子里，那就是我们响堂村。周边几十里，响堂村是最富有的村子。你看到的不会是别的村子。"

"为什么你们村子才是最富有的村子呢？"

罗爷没有正面回答我，他说以前——在我们没有富起来之前，我们村子却是最穷的村子。我们封闭，地少。我们村子里的鬼魂每到鬼节都不愿意留在我们自己村子里，他们成群结队地游荡到别的村子里去。别的村子里的鬼魂因此就会群殴我们村子里的鬼魂。他们愤怒地叫喊着，快把响堂村的穷鬼赶出去。我们村子里的鬼魂——他们是我们村子里的祖先——总是被别处的鬼魂打得鬼哭狼嚎。每年鬼节，我们村子里烧的纸钱全都纹丝不动。别的村子里烧的纸钱却总是阴风阵阵。呼一下这堆纸钱的灰烬吹到那里去了，呼一下那堆纸钱的灰烬又吹到这里来了。他们那些烧纸钱的人眼睛里吹入了纸灰，他们于是揉着眼眶哭着喊着。他们幸福啊，他们从泪眼里看到了亲人，看到他们正在领取烧给他们的纸钱。可是我们村子里的纸钱灰烬——你烧成什么样子它就是什么样子，一连好几天它都不会改变形状，原封不动地留在原处。

"罗爷，你们村子里的鬼魂为什么不热爱自己的村子呢？"

罗爷嘿嘿笑着，"你不要忘记了，鬼魂是世上最势利的东西。他们记着生前的穷困，又怎么会在他们死后还留恋这个地方呢？"

2

我们村子虽然后来富有了，但却是个空心村子，只有漂亮房子没有人。

"人呢？人都去了哪里？"我有些心惊，"这么漂亮的楼房都空闲着吗？"

"只有老人和孩子，没有青壮年。没有青壮年男人，也没有青壮年女人。"罗爷说，"你不要再问了。你要么知道，知道了你还问，那就是想打听什么。即使你真不知道，我也不想你再问了。"

罗爷递给我一杯水，又给我一块饼。我想这大概就是我今天的晚餐吧。我倒真是又渴又饿，没几下就把饼和水吞进肚子里去了，我给罗爷一张钞票，罗爷不要。他说这些玩意儿不值钱。可是，我说，我还要在你这儿住一夜。住吧，住也不要钱。我被安排在楼梯下面的小屋子里。整栋楼房就住着罗爷一个人，这么大的房子他不孤单吗？空闲了那么多房子他为什么不让我住大一点的房子呢？被套和枕头还算干净，没有想象中不洁的味道。罗爷把他端着的半截白蜡烛搁在小桌上。床的对面也拉着窗帘。我走过去把窗帘扯开，窗帘握在手上显得厚重。我把窗帘拉开后却意外发现墙壁上并没有窗户。是这间小屋子拉着窗帘的地方没有窗户呢？还是所有拉着窗帘的地方都没有窗户？没有窗户他紧闭着窗帘干什么？罗爷可能出去了一会儿，我正对着墙壁疑惑不解的时候他又回来了。他拿着一支新蜡烛，就着那半截蜡烛又把新蜡烛点燃了。

“你为什么要把窗帘拉开呢？”

罗爷脸上陡然变色，他瘸着腿挪到墙边，唰一下又把窗帘拉上。窗帘上方的滑轮看来很润滑，关闭或拉开时的滑动相当顺畅——还能发出一串爽朗的脆响。罗爷重又变得温和，或许是对他刚才的粗暴有些歉意，他又递给我一只红薯。是烤红薯，握在手上热乎乎的。“你要是还没有吃饱，再吃个红薯吧。”

我没看到红薯他是怎么拿进来的，它好像就在他手上。可是他一只手拄着拐杖，一只手端着蜡烛，红薯拿进来时搁在他身体的哪个地方呢？没看清。我确实没吃饱，罗爷对我的饥饿心知肚明，他递给我食物的动作明显是在施舍。他也知道自己正在施舍，他脸上因此出现了一层光芒。我相信罗爷此时是个高贵的人，他心怀慈悲地看着我在他面前大口大口地啃着烤红薯，这也正是我愿意做的事情。接受施舍，并在施舍者的注视下吃掉它。此时让施舍者开心比我自己开心更重要。无论什么时候我都不会忘记，红薯是我这天晚上所能吃到的最好的美味。

罗爷坐下了。

我说：“我想洗个澡。”

“洗什么澡呀，”罗爷说，“你以为我这里是酒店呀，我这里没地方洗澡。你就将就一夜吧。”他拿着拐杖敲打窗帘，“你知道我这腿是怎么瘸掉的吗？”

问题问得太突然了，我说，“不知道。”

“我在城里做过乞丐，乞讨了二十多年。我以两只手撑着地面，拖着瘸腿，我用屁股行走。你要我现在做给你看吗？”

他是要示范给我看，就像写诗的人在喝过酒之后在酒席上表演朗诵。我马上想到了那种情景，于是我说，“不要。”

罗爷却坚持要做，他坐在地上，双手撑着，把屁股抬起来一寸一寸往前挪。他瘸着的腿和好腿一并在地上拖行。示范结束，他仰起头来对我说就是这样。我说我明白。他说我手掌磨烂了，屁股也磨烂了。我身边放着一只又破又旧的铁皮碗，接着人家扔过来的硬币和零钱钞票。旁边还有个音箱，音箱里循环播放着菩萨音乐。我用那种音乐告诉每一个扔钱的人，他们扔钱的时候都有菩萨心肠，也都有菩萨看着他们的善行。你不要小看乞讨。我赶紧说我没有小看乞讨。在我做乞丐的时候我养活了全家人。我老伴身体不好，老有病。我们生了两个孩子，两个孩子也都是靠我做乞丐养大的。老伴现在不在了，她是前年去世的。我有个儿子，还有个女儿。儿子是哥哥，女儿是妹妹。我儿子娶了以前我们邻居钱家的女儿，我女儿嫁给了以前我们邻居钱家的儿子。罗家和钱家换了亲。我们村子里很多人家都要换亲。你要想你儿子能娶到媳妇，最好你也能有个女儿，刚好可以嫁给那个人家的儿子。那些做单身汉的绝户头，往往是那些家里没有女儿的人。只要你有女儿，你儿子就不愁娶不上媳妇。我儿子就是这样娶上媳妇的。因为这个，我心里老念着老伴的好。她死了我也念她好，她为我生了儿子，也为我生了女儿。

“可是，”我忍不住还是问出口了，“既然你们这么穷，又怎么能在这么偏僻的地方做起这么多楼房呢？”

“房子是在我儿子手上做起来的，光靠乞讨做不了房子。让我高兴的是我老伴看到了家里的新房子，她活着的时候就看到了。她还在我们的新房子里住了两年，住了两年以后老伴才死去。”

“你儿子怎么就能做起新房子呢？”我继续问。

“因为孙叔伟呀。”说到这里，罗爷警惕地望了我一眼，“你真不知道孙叔伟吗？”

“不知道，”我说。

“那就奇怪了。”罗爷摇了摇头。

我们村子里都是因为有了孙叔伟，孙叔伟让我们这个穷村子富裕起来了。他不是一个人富裕了就远走高飞，他不是那种没良心的人，他心好，带着大家一起干，要我们和他一起富。大家也都是因为跟着他干才家家户户做了新楼房。不说这些，不能说，再说我就要掌自己的嘴巴了。罗爷很麻利地从地上爬起身，他拍了拍屁股，你也该睡了吧，我不打扰你。我可以晚点睡，你没有打扰我。没有打扰你，我也不说什么了。说着，罗爷就要出去。他咧开嘴笑着，他说我这条瘸腿是，我自己敲断的。为什么你要敲断自己的腿呀？不敲断自己的腿，我就连做乞丐也没有资格。敲断了自己的腿我就有资格做乞丐了，还能做得心安理得，也更容易讨到钱。做什么事情都需要成本啊。我就靠着这条瘸腿乞讨了二十年，养老伴养孩子。后来我儿子、我儿媳妇、我女儿、我女婿都跟着孙叔伟去了，我就再没有做乞丐。我儿子我女儿说要让我享福，他们说有能力让我安度晚年。我就拄着这条瘸腿又回来了，拄着瘸腿住在我儿子新做的楼房里。我女儿女婿新做的楼房在村子另一头，和我住的这栋房子一模一样。我想把我那条废腿锯掉，反正现在又不乞讨，再也用不上它，安上假肢更方便。可是我儿子不同意，孙叔伟也不让我锯。我儿子说留着它是我们罗家的纪念物。孙叔伟说留着它是我们整个响堂村的纪念物。有一次孙叔伟喝多了，他指着我的断腿说，它不是纪念物。在你们罗家它是纪念物，在我们响堂村它是纪念碑。纪念碑啊，孙叔伟说它是纪念碑，我哪还敢锯它？从此我就小心地保护着它，比保护好腿更仔细地保护着它。再过多少年，弄不好我的瘸腿就变成了我们村子里的文物呢。

孙叔伟是谁啊？罗爷走了之后，我好半天睡不着。这家伙是个人物，还是个不得了的人物。但是罗爷一直语焉不详，他似乎在忌讳什么。我想这无关紧要，明天我到镇子上去一问就能问个水落石出。一个人凭一己之力做出了一个村子，而且还是一个这么漂亮的村子。罗爷是这意思吧？这个人会是什么人呢？

3

这段时间我在一个隔离强制戒毒所里体验生活。那个戒毒所的地理位置是这样的：它的东边是火葬场，南边也就是它的大门正对面是一座监狱，西边是刚刚开发的一所花卉度假庄园，北边也就是它的背面则是大片农田。我在强戒所的办公楼里有一间住房。每天早晨叫醒我的是火葬场的哀乐和鞭炮声。我在这混响声里起床，拿着饭盒到后面院子里的食堂去吃饭。后面的院子才是戒毒学员住宿和做手工的地方，前面的院子则是办公区域。要走到后面院子里去，我必须穿过空空荡荡的前院。东边的火化炉正挨着强戒所的院墙。我抬起头来，一边往后院走，一边望着烟囱里冒出的淡淡黑烟。火葬场上空冒出的黑烟和工厂里冒出的黑烟有什么区别呢？我想象着某个死者正在融入天空。

每月十五号是强戒所的会见日。这天我看见一个女人来探视她的儿子，我在他们会见之前采访了她。她在南方打工，一个月收入三千五百块钱。出租屋的租金八百块钱。她是个白血病人。她儿子二十一岁，因为吸毒进了强戒所。她强调了好几遍，对我说她儿子是个吸毒者。儿子的父亲也就是她的前夫（对了，她离婚了）也是个吸毒者。他好像还犯了另外的事情，被关在监狱里面。关押她前夫的地方就是强戒所大门对面的那座监狱。她前夫在她之前还有另一任前妻，他和另一任前妻有个女儿。那女儿是她儿子的同父异母姐姐。他那个同父异母的姐姐也是个吸毒者，他姐姐所嫁的男人也就是她儿子的姐夫也是个吸毒者。女人很羞怯地对我说，你明白吗？我儿子只能依靠我。我是我儿子唯一的依靠。因为化疗，女人的头上已经没有头发。她掀掉头巾，让我看她的脑袋。她说为了儿子，她现在要好好地活下去。她还要多挣钱，每个月给儿子打一千块钱零花钱。打在他卡上，她说，卡上有钱他才可以每周在内部超市里买点东西。

会见日的第二天我离开了强戒所，我想找个地方独自静一静。强戒所里的故事总有一天我会慢慢写出来，但是现在我要离开那些故事。那么去哪里呢？我想到了白龙山，白龙山上有个白龙寨遗址。如果白龙寨遗址可以过夜的话，我倒是愿意住在那里。即使不能住在那里也没关系，那地方人烟稀少，现在我只想到一个没什么人的地方去。去那里干什么呢？也不知道干什么，反正我就需要这么一次旅行。我想远离那些吸毒者。我并不认为他们的生活才是破败的生活，但是我至少还可以见证另外的事情。去一个遗址。据说白龙寨里曾经出现过某种很奇怪的文明。有一篇题为《装在蛇皮袋子里的手稿》的小说讲述过那里的故事。

我开着车来到飞沙镇。这镇子的一半像是乡村，另一半则像是城镇。街道和房屋混杂不堪。没有指路牌。房屋的门脸上也没有门牌号码。有人在大门口——也有人在马路牙子上摆开桌子打麻将。我问一个人去白龙山怎么走，那人站在路边。他像是这个镇子的旁观者，嘴上叼着烟，手插在牛仔裤兜里。“你去那里干什么？”他说，“那里什么也没有。”

我说：“我想去那里看看，走走。”

“随便你！”他随后给我指了一条路，“你从这里一直往前走。可是去白龙山不能开车上去，那只是条羊肠小道。”

“走到山上有多远呢？”

“不远，也就十几里地吧。”

看来我只能先找个旅馆，把车停在镇子里，徒步上山。从山上下来后，我还得在这里住一晚上。镇子上的旅馆倒是有不少，我入住的那家旅馆现在想起来非常像是一家屠宰铺。睡在罗爷楼梯下面的小屋里，我闭着眼睛也能回忆起旅馆的院子里杂乱无章。它的名字就叫拖拉机旅馆。招牌是一块小黑板，旅馆的名字用白粉笔写在黑板上面，房间的价格也用粉笔标在上面。院子里到处都是废弃的等待清理的杂物。角落里还真停放着一辆报废的手扶拖拉机。叫拖拉机旅馆就一定要有一辆手扶拖拉机实物吗？旅馆的老板也太实诚了吧。我之所以说它像是屠宰铺，是因为我怀疑这个院子很适合吊挂白晃晃的动物尸体。我可能刚做了一个梦。那些在我梦境里被屠宰完毕的猪狗，或牛羊，或猫，或狗在大木桶里煺完了毛发。然后吊挂在木杆上开膛破肚。院子中央果然就有几根这样的木杆子。木杆子之间平素里也可以拉上铁丝或绳索，晾晒旅馆里洗过的衣被。等到屠宰的时候，就可以吊挂动物尸体了。地上污水横流，从污水里很容易辨认出动物的粪便或血迹。我那辆又旧又破的黑色别克车就停在那些杂物的缝隙里。

旅馆的男人看上去有些蛮横无理，他说，“我姓杨，你就叫我杨老板吧。”

杨老板要求查看我的身份证。我从钱夹里掏出身份证递给他。他拿着我的身份证翻过来倒过去看了好几遍，样子就像是超市里的收银员收到了一张怀疑是假币的钞票。可我的身份证不是假的。杨老板这时皮笑肉不笑地对我说，“这上面的照片是你吗？”

我说，“是我呀。”

“你怎么比照片上的人老了那么多啊？”

我不知怎么回答他，这算什么话。

“你的头发掉了不少，你看你都快谢顶了。”

“那跟我没关系。”我抢白了他一句。

“你别怪我。”他又把身份证还给我，“以前我才懒得查看身份证，我们又不是什么大宾馆，我们只是个小旅馆罢了。可是现在风声紧了，不查不行。你知道吗？这几天上面的人要到我们镇子里来检查？”

“检查什么呢？”

“全面检查呀，”杨老板说，“检查完了还要验收，我们镇里领导全力以赴都在忙这个事呢。所以风声紧得很。”

他自顾自地说着，我还是不明白他在说什么。“你这儿有吸毒的吗？”我突然问他。我这问话里其实设了圈套。可以说是你这儿有吸毒者吗？也可以是你这儿有吸毒的东西吗？或者是你这儿可以吸毒吗？我在强制戒毒所里和那些吸毒者打交道时练出了这一招。我要看他怎么接招。

杨老板的脸上变了颜色。他左边的脸痉挛了几下，右边的脸尽管故作镇静，却也变得铁青。他把脑袋凑到我跟前，在我耳边轻声问，“你跟我说实话，你是不是第三方——被派来暗访的人呢？”

“我不是。”我往后撤了一步。暗访的人是什么人，第三方又是哪一方，我不想骗他，也不想吓唬他。“我不是暗访者。”

“那你是贩卖消息的人吗？”

“也不是。”

“真不是吗？”杨老板死死盯着我的眼睛，他好像要把我的眼珠子抠出来。“看着还真不是，”他抽了自己一耳光，“吓死我了。”他脸上的铁青色于是退去了。他假惺惺地拍了拍我的肩头，“既不是暗访的人，你问这个干什么？”

“习惯，”我说，“我这段时间就有这么个习惯，杯弓蛇影。”

“是不是你自己也喜好上了这一口？”

“没有。”我皱着眉头说。

“听说你要去白龙山，不就是一座光秃秃的山吗？山上的寨子早就毁掉了，不知道你为什么要去那里？”

我告诉杨老板，“我也不知道。”

“你要早点下山啊，别说我没提醒你。”杨老板反复告诫说，“太阳还在头顶上你就要赶紧下山。”

我说，“记住了。”

他看着我的背影摇着头说，“真是一个奇怪的人啊。”

4

我不知道是在做梦还是在回味上山之前的事，脑子好像没闲着。我因此以为我睡得并不踏实。但是罗爷说我睡得死沉死沉的。他来叫醒我的时候天已经大亮了。罗爷比昨天晚上看上去开朗多了。昨天晚上他是个晦暗的人，是个时刻在诅咒别人同时也在诅咒自己的人。今天早晨他像是换了个人，换成了一个能够祝福别人，也能够与人为善的人。

他说，“我错怪你了。”

他瘸着的那条腿倒是比我初次看到时更触目惊心一些。它明明断掉了，却又外挂在他的大腿根部。外挂着的多余的那一截无所事事地摆动着，飘荡着。它并不能支撑他的身体。支撑他身体的是他拄着的那根拐杖。它是他身体上面多余的那一部分。我记得昨天夜里罗爷说过它的纪念意义。他还说有一天它或许还会成为响堂村的文物。这么想着，我便多看了它一眼。

“错怪我什么？”我在他那张窄小的床上伸着懒腰，准备起床。

“你不是公安局的人。我原本以为你是公安局的人，可是我证实了一下，你不是！”罗爷有些羞涩，他站在我床前，拄着拐杖。他那条外挂着的断腿正兀自悠闲地摆过来摆过去，就像是一截空着的裤腿在他身体一侧荡秋千。

“你是怎么证实的呢？”我在穿衣服，好奇地住了手，穿了一半的上衣停留在胸前。

“我可能忘了告诉你，我做乞丐时不光乞讨，我还做过小偷。”

“你的确没告诉我。”

“等你睡着了，我掏遍了你所有的衣兜。”

“你掏我衣兜干什么？”我紧张地翻掏自己的衣兜，检查有没有丢失什么。结果发现钱夹子还在，证件还在，车钥匙也还在。

“没少什么吧？我不是要偷你东西，我只是要证实一下你是不是公安局的人。”

“掏衣兜就能证实身份吗？”

“那当然，一个男人，你都掏遍了他所有的衣兜，难道还不能确认他的身份？”

“那么你知道我是做什么的？”

“我即使不知道你是做什么的，但是至少我知道你不是公安局的人。”

原来是这样，罗爷唯一要确认的是我是不是公安局的人。公安局的人怎么了？你那么在意公安局吗？公安局把我们村子里的青壮年全都抓走了。我儿子、我儿媳妇、我女儿、我女婿——还有我的大孙女全被他们抓走了。我的大孙女才十六岁。他们从我们村子里抓走了七百六十一人。我们村子里所有的青壮年全蹲在监狱里了。

这个鬼村，这个空心村子原来是这样形成的。难怪这个村子里没有人。它里面的人全都蹲监狱去了。我还没有听说过这样的事情，居然把一个村子的人全都抓走了。罗爷把面条端到桌子上，那是我今天的早餐。我问他吃过吗，他说吃过了。我的早餐比我昨天的晚餐要奢侈得多。面条里多了两只鸡蛋，汤面上漂着厚厚的油水。我很快吃完了面条。吃得这么快是因为我肚子早就饿了，还有一个原因是我心绪不宁。我开始意识到——因为迷路我无意间陷落到一个充满了罪恶的村子里。这里毫无疑问是个有罪的村子。尽管我看不到人，到现在我也只看到了罗爷一个人。但是这里所有的人都是有罪的人。我看不到的那些罪恶的面孔都曾经飘浮在这个村子的空气里。有罪的气息即使在我刚刚吃着的那两只鸡蛋里也冒出了墨汁的味道。必须离开响堂村，我要回到镇上去。

罗爷说他愿意带着我在村子里走一走。这也正是我求之不得的事情，告别离开之前，我也想一窥村子的全貌。村子并不大，但整洁。我大体上估算了一下，差不多有三百多栋楼房。接近四百栋，应该还不足四百栋。朝向一致，共分为四排，所以出现了三条街道。每栋楼房的面积和样式全都一样，街道上有路灯，有垃圾箱。楼房与楼房之间的空间也都是等距离的。我仍然没看到人。有几条狗，昨天晚上跟在罗爷身边的狗在领头。它们从这条街道呼啸着跑向另一条街道，又从另一条街道跑回这条街道。罗爷说村子里还有十来个人，他们不敢出来，害怕和我打上照面。这十来个人也都是老人或残疾人，可能还有一两个孩子，这一两个孩子实在是因为没地方可去。村里其他上学的孩子都住到外村亲戚家里去了，他们还要上学。罗爷说他们肯定都躲在窗户后面看着我们。我说他们为什么不走出来呢？他们害怕陌生人。不是害怕把他们抓走，他们才不怕这个。他们害怕的是别人向他们打听孙叔伟的去向。虽然没有人知道孙叔伟在哪里，但是所有人只要经历过对他们的询问——他们都会自认为对孙叔伟是一种背叛。没有人会出卖孙叔伟，为此，他们甚至还要刻意躲开对他们的询问。他们以这种方式来保证对孙叔伟绝无二心。

“照你这么说，孙叔伟还没有被抓住？”

“没有，”罗爷开心地笑了，“这也正是令我们感到欣慰的地方，我们的孙叔伟还在外面，没人能抓住他。”

街上所有的房子都是一样的，只有一栋建筑有些特别，看上去很像是二十世纪六十年代的电影院。罗爷说每家房屋的样式都是孙叔伟设计的，他自己的房子也和我们一样，孙叔伟的房子没有搞特殊化。街道是他出资修建的，街上的垃圾箱、路灯也都是他买来的。还有这座像旧电影院的房子也是孙叔伟出钱修建的，它是我们村子里的灵堂。孙叔伟心细，他给村里人建了灵堂，哪里都要死人，死了人总要有个摆放的地方吧。只有响堂村有自己的灵堂，别的村子都没有。我老伴死了就停在这里。那时候村子里的青壮年还没有被抓走，那时候村子里多繁华啊。

“他们是因为什么被抓走的呢？”我等到现在才直言不讳地问罗爷。我已经走到村口了，再不问他我就离开了。虽然我也知道到了镇子上我也能打听清楚，但我还是更想听到罗爷亲口告诉我。

“他们做生意。”

“做什么生意？”

“他们做生意就是给人打电话，不停地给人打电话。给陌生人打电话，给不认识的随便什么人打电话。这个人挂掉了就打另一个人。”

我接着说，“然后告诉人家说人家得奖了，得大奖了。是这样吗？”这是我的直觉，我不知怎么就有了这种直觉。

罗爷说，“好像是这样。”

“再折腾上几个来回，让人家把钱打过来，是这样吗？”

“好像是这样。”罗爷说。

“这就是电信诈骗啊。”我说。

罗爷挺了挺腰，把头转到一边去。

“我在白龙山上还没有下来的时候就看到了你们村子，一大团火烧云落在村子里。我当时感叹着，在偏僻的山谷里面，你们村子真像是天上的街市。整齐划一，确实漂亮。可是现在我明白了，你们的钱来得不干净。”

罗爷这时急了，他扯着我的袖子，好像不准我离去。“那么你说，这世上谁的钱来得干净？你说，你告诉我。”

我忽然很厌恶这老头，厌恶他的拐杖，厌恶他那半截在拐杖之外摆动着的废腿。“你听说过那些被你们骗了钱之后的人吗？你听说过他们的悲惨故事吗？要不要我随便讲一个给你听听？”

我以为我击中了罗爷的要害，我以为他会软下去。但事实却并非如此。罗爷比刚才更激动。他单腿站立着，之前我还没见他这样站立过。他这样子很像是在表演金鸡独立。他举起拐杖，啷啷啷地敲打着他那条不受约束还在摆动着的断腿。

“你当然会讲那些故事，那些故事当然悲惨。可是我们响堂村从前的故事就不悲惨吗？你要不要我随便讲一个给你听听？我的故事——我敲断自己这条腿的故事难道就不悲惨吗？”

我猛地往前冲去，向着飞沙镇的方向奔跑。正是我这个动作，让罗爷扑倒在地。我这才记起来，罗爷还有一只手揪着我的袖管。看来他刚才能够金鸡独立跟我也有关系。他一条腿站着，另一只手敲打断腿。可是他还有一只手揪着我的袖管在保持平衡。我往前奔跑，挣脱了他的拉扯。罗爷于是扑倒在地。我回头看了一眼，罗爷扑倒在地腾起了一团灰土，他就躺在那团烟雾一样的灰土里。我只是看了一眼，并没有回去把他扶起来。

5

回到飞沙镇，拖拉机旅馆的杨老板问我昨天晚上怎么没有回来，我说我迷路了。我是不是早就提醒过你？他笑逐颜开地说道，又问，你在哪里过夜呀？我说响堂村。响堂村？杨老板大声喊叫着，那可不是一般的村子，你在那里过夜就不害怕吗？那个村子的人全在坐牢呢。我是没办法，误打误撞进去了。然后他提到我在拖拉机旅馆开的房间，按理说我又没在这里住是不是可以不收住宿费呢？我要这么想他也觉得有道理。可是，杨老板又说，你已经登记了，我就不能再让别人住那个房间，事实上昨天来住宿的人很多，因为没有房间我不得不放走了好几个旅客。所以那个房间的住宿费你还是得交。

我不知道杨老板说的是不是真话，有了响堂村的经历，我不会再轻易相信镇子上的人所说的话。但我还是如数交了住宿费。这是规矩呀，既然我开了房，我就得交住宿费。

杨老板把需要找补我的零钱递给我。他说，“响堂村是个诈骗窝子。应该抓起来的人都抓走了，可是公安局的人怎么也抓不住孙叔伟。”

“你也知道孙叔伟？”

“瞧你说的，谁不知道孙叔伟呀？”

“为什么就抓不住他呢？”

“为什么呢？也不能说孙叔伟就有三头六臂。我在想，一定是响堂村里的男男女女老老少少所有人都在保护他，所有人都在掩护他。他们宁愿自己被抓走，宁愿自己的家人被抓住，也要想办法掩护孙叔伟逃出去。”

我在响堂村待过，只待过一夜，也只见过罗爷一个人，可我认为杨老板所言极是。

“孙叔伟到底是个什么人啊？我到现在也没有弄清楚。”

杨老板的右手原本捧在肚皮上，他就在那里竖起了大拇指。然后那只竖着大拇指的手慢慢往上移，一直移到他的额头上。“整个飞沙镇，孙叔伟是唯一让我敬服的人，”杨老板说，“这个人真有本事。”

孙叔伟并没有多少文化，小时候也很穷。他在外面打工，找了个四川女朋友。临到结婚时，女朋友被人骗了。两人打工攒了几年的钱，还要加上家里借来的钱一并被人骗走了。女朋友只是接听了几个神秘的电话，就心甘情愿地把自己的钱打给别人。孙叔伟心平气和地听完了女朋友的讲述。女朋友还在痛哭流涕，他却已经转身走开了。孙叔伟正是在那时候找到了一条生财之道。

虽然杨老板敬服孙叔伟，但同时他又认为他很傻。“我就不理解，他那么聪明的人怎么就那么傻呢？傻到极点，傻到家了。”

“他怎么傻？”我倒是要问问杨老板。

“跑路呀，只要搞到钱就迅速跑路，那才是上上策。”

孙叔伟是响堂村第一个在外面搞电信诈骗的人，也不知道他是怎么弄通那些弯弯绕绕的技术的。这里面肯定有技术，不知道他是怎么无师自通的。听说他后来还编写了专门的小册子。接通电话先说什么后说什么，对什么样的人说什么样的话，全写得清清楚楚。跟着他干的人只要照着他的小册子一步一步去做就行了，照本宣科就行了。问题是他搞到钱了没想着跑路，却带着村里的人一起干。什么七姑八姨、乡邻四舍的一串串的全给他捎出去了。这还不算，他还要回来做楼房。这不是显摆吗？你这么显摆不是明摆着树大招风吗？

不过呢，公安局怎么也抓不住他，也是咄咄怪事。按说警方的侦破手段越来越先进，怎么就抓不住一个孙叔伟呢？

我说，“是啊，不知道有没有人知道孙叔伟在哪里。”

不知道。

我开着车驶离飞沙镇。路上我打开车载广播，电台里在播放音乐。隔上半个小时，电台主持人就用武汉方言插播一条广告。孙叔伟是响堂村的首领，是他们的王。这个村子里国王级的人物——这会儿正在不知道哪个地方逃窜或隐匿。我想起了罗爷说过的一段话，他好像在扑倒在地之前这样说过，“不能让他们抓走孙叔伟，我们还要指靠着他呢。被抓进去的人没有杀人也没有放火，他们犯的不是死罪。因此不会被枪毙。总有一天他们还会出来。有的早点出来，有的晚点出来，他们都会出来。等到他们出来，我们再去找孙叔伟，让他再带着我们干。”

“再干那种事吗？”

“干不干那种事？干什么事？还是由孙叔伟说了算。”罗爷说。

我正是在这个时候突然想起来要拼命往前奔跑，猛地挣脱他的手，摆脱他对我的撕扯。我做到了，我看到罗爷扑倒在一团灰土里。

"杭州鲁迅"先生二三事

房　伟[1]

春天来了，上海的风还透着湿冷。某日下午，章谦来和我讨论鲁迅的话题。他四十出头，师从著名鲁迅研究专家金教授，近些年致力于鲁迅交往史。我们都是大学教师。在上海这座热闹的现代化都市，他独自蛰居在我楼上，像安静的蜗牛，不问世事，整天研究学问。

章谦坐在我那张发霉的床垫上，摆弄着床边凌乱的书籍。他瘦高，忧郁，头发有些花白。言辞木讷，却有双细长灵动的手。那个下午，章谦的手神经质地抖动着，翻翻书，又插回口袋，好像兜里藏着什么东西。看他兴奋的样子，应该是有好事。

老章，有什么好玩的？我问。

杭州鲁迅事件，知道吗？章谦说。

我晓得，没啥大惊小怪。

我用这个素材写了一个小说。章谦又说。

想混点润笔？我笑着说，还是骗骗女学生？

就是好玩，章谦涨红了脸。

---

① 房　伟　1976年出生于山东滨州，文学博士，中国作协会员，苏州大学文学院教授，博士生导师，中国现代文学馆客座研究员，山东省签约评论家。小说作品十余次被《小说月报》《小说选刊》《作品与争鸣》等刊物转载，小说《中国野人》入选2016年中国小说排行榜，曾获国家优秀博士学位论文提名奖，刘勰文艺理论奖，紫金山文学奖、叶圣陶文学奖等。著有学术传记《王小波传》、长篇小说《英雄时代》等。

我劝他不要不务正业，评上副教授才好过活。他没房，没车，没女人，连朋友也没几个，虽然勤奋钻研学问，但文章发表得少，人到中年，职称还无法解决。

这样的男人不会有了，这个世界上。章谦喃喃自语。

简直穷酸得让人倒牙。有这功夫，不如帮出版社编资料，或者上几节函授课，都能搞些快钱。这么多年，我还真没看出，章谦有啥“创作才能”，这纯属于瞎耽误功夫。

室内陡然黯淡，我寒碜的教师宿舍仿佛深穴幽墓。我揉揉酸涩的眼，仰起头。一束莫名的光，从铁锈斑斑的窗棂猛地咬进，落在章谦纤长灵活的手上。那双手抖动着，掏出一沓写好的稿纸。

匆忙间，我只看到“鲁迅”两个字。

章谦的手按在稿纸上，继续抖动，好似跳到烈日滩头的鲑鱼……

一

我姓周，绍兴人。我写作。民国十六年冬，我就在杭州孤山，家里人都称呼我大先生，但这里，没人认识我。

初级师范毕业，我在绍兴本地教书，勉强度日。绍兴的学校解散，我又冒着初春潮冷，来孤山附近的小学谋食。我时常倦怠，懒得上课，懒得吃饭，也懒得说话。不知何时，我开始咯血。我自小瘦弱，家贫无力调养。父病逝后，母亲艰难养大我们兄妹，后来妹妹远嫁苏北。我把血咳在手绢里，不敢让别人看到。手绢沾染暗红的血，被我攥在手心，好像破碎的心脏。

学校有一百多个孩子，十名教师。校长总忘记我的名字，叮嘱我干杂活，才挠着头，含糊地说，那个周什么先生，辛苦跑一趟。我应着，下次他找我，还是记不住我的名字。

校长不爱读书。他原本是洋布贩子，趁着国家动荡，赚了几个钱，又要附庸风雅，这才活动当了校长。他还在上海小纱厂投了点股份，格外关注时局，什么上海工人罢工失利，红党被清除后在南昌暴动，蒋司令大婚，都是他在校务会讲的。只是学校太小，没什么“左”倾分子，让他拿来做进身阶梯。我和同事也少有言语，只和梅先生谈几句。梅先生很年轻，和我一样穷。他只读过中学，黑矮，肥胖，是个大大咧咧的山东男子，似乎有点义气，他总拍着胸脯说要帮我。我曾听他在校长那里告我的小状，说我上课经常走神。当然，那也许的确是事实。

女同事中只有一个未婚的姜小姐，也和我一样教国文。她也是初级师范毕业，自小发蒙上过“女学”，不欣赏白话文，喜欢班马史笔，韩柳古文。我和她说不到一起。她圆胖的脸上落满雀斑，我不喜欢她，她也没正眼看过我。学生也愚笨怯懦。他们大多出身小市民家庭，有的来自附近乡下，对大多数人来说，读到小学就可以了。即便如我这般，多读了点书，出路也有限。

我悄悄读鲁迅的作品，对这个有名的同乡非常羡慕。有消息说，鲁迅离开厦门，又出走广州，将来杭州隐居。我期待着，如有可能，要当面向他请教困惑。我已不是青年，不过比他小几岁，但也急盼他指点一二。像我这样，既无财产，也无能力的小知识者，如何才能找到活路？想要从文，写的东西浅陋，投稿石沉大海；即便闹革命，像我这般衰老，革命党也不愿顾看我。年轻时我便无胆气。有当革命党的同学，也曾劝我入伙，我不敢应承。还有同学跟着秋瑾起事，被贵福知府砍了头，我当时还庆幸命大。死的革命党同学成了烈士，受香火供奉；活着的大都当了官，飞黄腾达。我是活着，但卑贱谨慎，默默无闻。如今共党又闹工农起事，我衰弱老病，连“壮烈”的机会也没有了，不过挣扎着“不死”罢了。

我秘密地热爱文艺。冬天黄昏，最后一节课，我给高年级学生讲解嵇康的诗，不知为何，就扯到白话文，不知不觉讲起了鲁迅。学生们当然是不通，懵懵懂懂地被我严肃悲哀的样子骇得不敢说话。我低声朗诵《呐喊自序》：“我在年青时候也曾经做过许多梦，后来大半忘却了，但自己也并不以为可惜。所谓回忆者，虽说可以使人欢欣，有时也不免使人寂寞，使精神的丝缕还牵着已逝的寂寞的时光，又有什么意味呢。”

我的童年比鲁迅先生更不堪吧。先生出入当铺，好歹是大户人家，我的父母不过是开小商铺的普通人。这生意不好的小铺，也因洋货冲击倒了灶。父亲欠下高利贷，吐血而死，只剩下母亲带着我和妹妹。可怜母亲凭着几分姿色，周旋于本家几位富有叔伯，才给我争来学习机会。我年幼就知道，觉得丢人，只想早些挣钱，不让她太辛苦。革命的事我断不敢参与。我年青时候的梦，是做文学家，写出让人赞叹欢喜的小说。这个可怜的梦，我现在也大半忘却。

我又向孩子们讲起小说《在酒楼上》。破落的小教师吕纬甫，简直是在说我！我甚至怀疑鲁迅先生早知道我。我是山阴县人，离会稽不远，先生祖父介孚公是翰林，大家都晓得。我的同学也有和先生相识的，只不过我们不认识，鲁迅怎知道我说过类似的话呢？“我在少年时，看见蜂子或蝇子停在一个地方，给什么一吓，即刻飞去了，但是飞了一个小圈子，便又回来停在原地点，便以为这实在很可笑，也可怜。可不料现在我自己也飞回来了，不过绕了一点小圈子。”

天色愈发昏暗。我背对黑板，黄昏的光流过，仿佛在我身上涂上一层暗金。那行白粉笔痕迹也模糊了。我剧烈地咳嗽，嘴角有点腥甜的东西钻出。我使劲抑制住胸口剧痛，抿着嘴，许久才平抑住了。我缓缓转过身，教室很静。学生仰着小脸，呆呆地看着我，鼻子和眼睛慢慢融化了。他们的表情也在我眼中渐渐模糊了，飞散了，好似荒野漂流的白蒲公英。

先生！一个瘦高个子男学生站起，兀自喊道。

我被吓了一跳，难道校长来了？我慌乱地看向四周，没有校长的身影。也许这正是我想要的。我厌倦了这里的一切，学校的薪水不固定，时断时续，我早想离开这里，去别处谋生，不过没有一刀两断的勇气罢了。

您是周先生，男生的脸上迸发出极大光彩，嘴角抽搐着说，您一定是周先生……

我是周先生呀，我不解。

不！男生摇头，营养不良的脸竟充血到了红润，您是鲁迅先生，我在报上看过您的照片。

我哑然失笑。这个男生是班里天分最高的学生，喜欢阅读思考，家境贫寒，经常饿肚子，我有时接济他，也借给他书看。

您是鲁迅先生，男生激动地跑上讲台，揪着我的衣衫，我看过您用毛笔写的小说草稿。您和照片上的鲁迅就是一个人！

我明白他的意思。因为都是绍兴人，我也个子不高，清瘦，蓄须，浓眉。如果穿上鲁迅先生的大褂，留起先生式的短硬直发，还真有八分相似。从前也有同乡开过这方面的玩笑。我的那个同学，和鲁迅兄弟都认识，就惊讶地说，预才，你长得真像鲁迅，如果刻意模仿一番，能乱真了。

我没想冒充鲁迅。我将男学生劝回座位，宣布下课，自顾自地踱回宿舍。不知怎的，我的步履分外轻盈，连咳嗽也几乎忘记了。回到房间，我平复了心情，拿出《狂人日记》，想抄写一遍，再去吃饭。小学有包饭，我们几个单身教师都在门房凑合，每月交伙食费。正在这时，梅先生冲进来，看到我，一下子停顿住，有些拘谨紧迫。我问他什么事。

梅先生悄声说，大先生不赌钱，也不叫局，安安静静地写东西，您是有大志之人。

我怀疑地看了他一眼。我写东西的事比较隐秘，还有我的私人称呼，他如何得知？因为我在家中是老大，家人朋友通信，都称我为周家大先生。我给母亲写信，也是这样题头："母亲大人膝下敬禀者"，落款是"大男预才恭请金安"。

梅先生黑黝黝的脸泛起酱红色。他讷讷地说，我，我偶然发现先生抽屉没上锁，就学习了大作，都是顶好的文章。看来先生准备在这里蛰伏休养，再拿出去发表吧。

您是不是……梅先生激动地结巴了，他指着我，好半天才说，是鲁迅先生？

我又好气又好笑。孩子们无知也就罢了，梅先生好歹是教员，怎能犯这样常识错误？我正色对他说，我不是鲁迅，我是周预才。

对呀，梅先生抓住我，怕我溜走似的，鲁迅就是周豫才，大家都知道。

梅先生，我挣脱他，又郑重地说，我真不是鲁迅。我怎能和鲁迅先生比？我不过崇拜鲁迅。我这个预才是预备的预，不是"豫才"！

不会错，梅先生的头摇得像拨浪鼓，只不撒手，大文豪都喜欢化名。您是绍兴人，我在报上看过照片……

我冷笑几声，奋力挣扎而去。梅先生的品性，我了解一点。我不想和他有什么瓜葛。谁料，梅先生奔出，扯着喉咙喊"鲁迅在咱们学校！……"

小院涌出很多人，老师和学生把我紧紧围住，好奇地打量着，连校长都被惊动了。梅先生热烈地说，校长，鲁迅先生在咱学校哇。

谁？校长没反应过来。就是周豫才先生呀，梅先生仿佛要做我的代言，急忙说，校长大人，您不是看过周先生的家信署名吗？

周预才？校长想了下。

绍兴的周豫才先生！梅先生愤怒于校长的迟钝怠慢，就是闻名全国的文豪鲁迅先生，鲁迅是笔名，周豫才是真名。

这位周先生是……校长嘴唇乱抖，脸上不断冒出油汗，分明有几分窘迫。我知道他误会了，但也不急于点破，我喜欢看这个傲慢的家伙吃瘪的样子。

真是鲁迅先生！校长高兴起来，仔细地端详着我的脸，说，文曲星下凡，您怎么跑到我这个小地方？我刚想回答，又是梅先生抢着答道，先生隐居在此，寻找创作灵感，创造不朽之作……

是"隐士"？校长想出这个词。

有什么奇怪？梅先生不耐烦地说，这是孤山！唐宋以来，就有很多隐士隐居。苏曼殊也在庙里居住了两年，“梅妻鹤子”的大诗人林和靖，不就在此终老？

校长恍然大悟，重重地攥了我的手说：“真是蓬荜生辉……”

我想开口反驳，又有些不好意思。梅先生面孔好似炸裂的黑糖，嘴里喷溅着阿谀之词。我甚至看到他凸显的肉色牙龈，闻到他焦黄的牙齿冒出的腥臭气。我厌恶地扭转头。还有无数张大大小小，胖胖瘦瘦的脸，都好似洪水退却的河床散露出的鹅卵石，彼此拥挤着，闪烁着危险的光，暴露出岁月冲刷的牙印。

我看到姜小姐也跻身在人群。她的眼中闪烁着崇拜的神色。或许，还有别的东西。我的目光停留在姜小姐鼓鼓的胸部。我渴望有一个这样的女人，慰藉我饥渴的肉身与灵魂。那两块胸部犹如两只硕大，湿漉漉的白水母，漂浮在人群的喧嚣之上。姜小姐奋力拨开人群，捉住我的手，狠狠地捏了一下，又无意地用胸蹭了下我，才被人们挤走。这是女性的身体接触呀。

我四十多岁的人生，这是如此荣耀的时刻！

二

多年后，我时常想起那一幕。那个寒冬下午，我不是周预才，而是周豫才，是鲁迅先生了。确切地说，是鲁迅先生的“影子”了。我仿佛被鬼魂占据肉体，只剩下没有灵魂的躯壳。下午的阳光很快过去，校长有点犹豫，和梅先生小声地说，鲁迅先生谈俄国，不会惹麻烦吧。梅先生鄙夷地说，党部也没说通缉他。先生是名人，和高层也能说上话。他在这里是我们的荣幸。

院子的人走光了，空气骤然冷下，似乎又有空虚寂寞袭来。这便是名人的感觉吧。我这才想起，没有吃晚饭。我摇晃着想去门房，又感到不妥。黏稠潮湿的气息缠绕着我。院内那株黑褐色老槐树，树叶摇落，几只小虫飘下，落在脸上，毛茸茸的。树身也似浮肿病人颤抖着，在我的掌心留下湿滑的苔藓，死亡的树皮，还有诅咒般的吻痕。

我再也不能回到从前了。

事情有些失控。访客络绎不绝，各类邀请信和公函也非常多。我的课也没法继续上，课堂挤满了慕名而来的人。我的咳嗽病又犯了，只能暂且休课。姜小姐自告奋勇照顾我。开始我对她并不领情。姜小姐流着眼泪说，她也喜欢白话文，只因父母逼迫读古文，时间久了，受到很多毒害。自从读了我的文章，也知道反封建古文了。

我不明她是真是假。姜小姐细心，饭菜烧得可口，我也就随她在身边了。梅先生以“鲁迅发现者”自居，暂且充当我的办公秘书，替我与外界联系。我对他的品行十分厌恶，但实在不擅长应酬，又不敢过多讲话，就由着他安排。校长慷慨地让出一处幽静小院给我，梅先生和姜小姐也跟过来。小院环境不错，家具和器物，都是校长和当地乡绅凑的。

几个教员跑来哭诉，让我帮助讨要拖欠薪水。我踌躇了一下，让梅先生请校长说明情况。我的工钱也许久没发放了。校长痛快地答应，提出让我给当地乡绅好友题字，并帮一个富绅去世的母亲写碑文，说有丰厚报酬。我想到校长借给我院子，还送来不少肉蛋和日常用品，硬着头皮应了。反正都让梅先生帮我写。梅先生拍着胸脯说，会帮我和校长谈个好价钱。

先生来休养，写世界名著，怎能浪费笔墨于什么老太太的墓志铭？梅先生义愤填膺，校长不断作揖，俩人又在门外嘀嘀咕咕，终于谈妥。借鲁迅先生的名，干这样的事，我内心不安。但我也无法想更多，至于被人识破，或是灰溜溜走掉，也只能等过些日子再说了。

梅先生挡住很多求办事的人，还是有些人不屈不挠地挤来。穷苦人家的孩子，上不起学来哭诉。他们的父母也来下跪。我对他们说些鼓励的话，支援几块钱。还有几个小贩。他们是西湖旁讨生活的小摊贩，剃头匠，因为有碍市容，住处简陋失火，被政府勒令迁走，不走就要拆房子。

他们满满地跪了一地。我照例将政府骂了一通，答应为他们呼吁。我想鲁迅先生这样品德高尚的人，一定也会挺身而出。可惜的是，我是冒牌货，只能说大话，无法真正行动。他们对我也并未抱特别大的希望，他们只希望有一个有权威的名人，倾听他们的苦难，同情他们，为他们鼓吹，就满意感激了。

也有比较危险的事。一天晚上，几个学生模样的青年翻墙进了院子。我在夜里惊醒，点起灯，看到几个略显稚气，紧张兴奋的青年的脸。他们都是附近的学生，慕名而来，问我哪有红党，要投奔布尔什维克革命军。见到这些热血青年，我的内心涌动着激情，也担心惹麻烦，只能应付过去。如果我真认识那些英雄豪侠，该有多好，如果我是鲁迅先生，那有多好！我一定带这些青年，从荆棘之中踏出一条路。

姜小姐和我的关系比较微妙。她在我隔壁厢房住下。她经常痴痴地看着我问，你真是鲁迅先生吗？我沉默不语，或者说，我不是，你弄错了。我越这样说，她越殷勤体贴，有一次，伊掉下眼泪。她摸着我的脸说，你的身体是为中国累病的，我一定给你养好。她为调养我的身体，变着花样做饭、熬汤，我的气色明显好起来了。

她也期期艾艾地问家里情况，看来她多少知道些先生的事。她说，晓得我在绍兴老家有原配，她不介意做小，只要一心一意地喜欢她，不要和从前的女学生联系便好。我大声斥责她，不要痴心妄想。她开始惊惧，怕我赶她走，看到我只是说说，就笑嘻嘻地转移话题，说，母亲小时给她算过命，说她会嫁给天上下凡的文曲星。

我们也有点身体接触，我躺在床上读书，闭目养神。她凑过来说话。她丰满的胸部蹭着我的胳膊，我几次涌起冲动，又按捺住了。有个声音在脑海指责我，你不过是冒牌货！真正的鲁迅先生绝不会喜欢这样庸俗不堪的女人，也绝不会利用声望占有女性，你是卑鄙小人！

我僵硬的手臂，触到姜小姐软鼓鼓的胸部，滑腻腻的。羞愧的心情占据上风。我缩回手，流下热汗来。看到我如此表情，姜小姐还以为我发热，赶紧给我拿药。我的欲望之心也就慢慢平复了，赶紧将她撵回隔壁房间。

昏昏乱乱过了几天，我的病居然慢慢好了。我不再咯血，讲话也有了威严气度。我这个“杭州鲁迅”当得有模有样。西历耶诞节后的一天，我想去孤山转转。梅先生强烈反对，说对我的健康无益，但姜小姐同意，说走走恢复得更快。更何况，春天来了，她希望与我同游。梅先生见如此，勉强应承了。校长听说，也要跟着去，被梅先生严词拒绝了。

我们一行三人去孤山。姜小姐紧紧地依偎着我，一阵阵女性体香传过来，我舒畅无比。梅先生更像忠心耿耿的保镖。他前后吆喝，胖大身躯在我身前身后跳来跳去。油黑的胖脸，汗珠子滴滴答答地掉下。初春天气还透着湿冷，梅先生反而热气腾腾的。我和姜小姐打趣他，他也不生气。孤山附近的游人不多，那一刻，我的内心恍惚，仿佛我真是鲁迅先生，仿佛这样温暖幸福的时光永远伴随着我。我从没有这么被重视过，关心过。我甚至为这种虚假的幸福感动。我贪婪地呼吸着冷冽的空气，步伐渐渐加快。春天的泥地也像被酒灌了浆，起起伏伏带了弹性。

一座孤坟赫然出现在面前。坟前数点梅花，已露出红意。梅先生抢先跑来，说，大先生，这是苏曼殊的墓，我点头。我有一个同乡留学日本，认识苏曼殊和鲁迅先生。据他说，鲁迅和苏曼殊是认识的，虽说一个在仙台，一个在横滨，他们后来在东京相识，起因是鲁迅的弟弟，也就是周启明君。周启明在南京水师学堂读书，苏曼殊在南京陆军小学当教员，俩人热爱文学而熟悉。鲁迅弃医从文，滞留东京，和弟弟弄文学，搞过杂志《新生》，苏曼殊也曾参与。鲁迅不喜欢苏曼殊的颓废冲动，俩人的关系也不冷不淡。

民国七年，苏曼殊辞世。如今也已过了十年，墓地有了衰草，字迹也模糊了不少。我怔怔地望着孤坟，心中涌动起复杂感情。曼殊虽短命，还有后人凭吊，我空活这些年，不过是一个虚伪骗子罢了。鬼使神差地，我向梅先生要了笔，在墓碑旁写下这样的文字：

> 我也君寂居，唤醒谁氏魂？飘萍山林迹，待到它年随公去。
> 鲁迅游杭，吊老友。一，一〇，十七年。

梅先生与姜小姐连声夸好。旁边凑过来两个穿蓝色棉袍，围白色围巾的女子。她们好奇地看着我，又看看墓碑。一个女生尖叫着说，您是鲁迅先生？您真的……近来我对于崇拜，已渐渐习以为常，不复从前的慌乱紧张。抓住我的女孩，皮肤白皙，身材苗条，梳着齐耳发，明亮的双眼笔直地盯着我。她比姜小姐漂亮很多，从衣服布料和气质来看，出身也明显很好。

这引起了姜小姐的不安。她赶紧插过来，略显尖酸地说，先生很忙，不便打扰。女生歪歪头，不回答，只自顾自地和我对话。她又问，先生离了厦门，暂居于此？先生是否打算一直隐居在这小地方，还是去大上海看看？那里文坛很热闹呢。

我应付着说，暂居于此吧。我终究要走。女生见我答话，脸上更现娇羞，说，先生，我是上海法政大学的女学生李珍，您到上海就好了，方便的话，我会常去请教您。

美丽女性容易让男人生出遐想，让女人产生敌意。姜小姐脸色惨白，好像有些自惭形秽，低着头不敢讲话。我不忍心，就辞谢了两个女生。女生们不依不饶，又请教我短诗来历。我不愿多讲，只把眼神暗示梅先生。梅先生早就不耐烦了，迅速地将女生隔离开。两个女生叽叽喳喳地讲了阵话，才不舍地与我告别。

没走出多远，那个叫李珍的女学生，又飞速折回，将张纸按在我的掌心，笑着说，这是我家的地址，我就是上海人，鲁迅先生是中国青年的导师，可不是某些人的哟。

说完，她努起鲜红的嘴唇，斜着眼看了看小姐和梅先生，又笑着跑开，只留下那小小的纸片和可爱的背影。回去的路上，姜小姐和梅先生都有些沮丧。我劝慰他们说，暂时还不走的。姜小姐的眼圈红了，听了这话，又展颜笑了，她又紧紧地依偎过来，让我不能移动分毫。

姜小姐不停问我要那有地址的小纸片，我没有给她。

三

每天早上醒来，我都感觉自己死去了一点。我变得越来越像鲁迅了。我的四肢逐渐僵硬，好似提线木偶。我感到死去的部分，在晚上化身为灵巧的黑蝴蝶，悄悄飞走了。姜小姐和梅先生对我愈发恭敬。梅先生忙着替我应酬，应了很多事，整天忙得不照面，只是晚上有时过来问安，大体向我汇报情况。姜小姐多了一项工作，就是安排我的服装打扮。她带着我梳理了短直发，每天为我清理胡须。她还为我置办了深蓝色大褂，黑色布鞋，还给我买了一管象牙黄的外国牌子烟斗，以及一面精致小圆镜。

她举起镜子，让我看自己。我简直惊呆了，这还是我吗？我的脸更加瘦削了，刀砍斧刻般。我的目光少了原有的自卑与怯懦，而是充满了严肃悲哀，蕴含着人间的大悲苦和大痛恨，仿佛喜悦和陶醉会让这张脸变得肤浅。我的头发愤怒地挺立，胡须浓黑而紧凑。我缓缓地点燃烟斗，深深地吸了口，烟斗里塞着姜小姐给我买的漠河烟叶，味道很冲。烟雾升腾，我便隐身在其中，镜子也慢慢模糊了，只剩下那黑硬的轮廓，还残存在空气中。

“文章巨公，百代文宗……”姜小姐软软地跪倒在地上，嘴里喃喃地说着，手却不自觉地抱着了我的腿。伊的目光中满是崇拜和期冀，还噙着泪，令我不能直视。

你不要这样，我挣脱她，怜惜地说，我又不是韩昌黎，不要这死人封号。

有什么分别呢？姜小姐破涕为笑，韩愈是古文的文宗，大先生您是新文学泰斗，能和您亲近，是我的福气。

看到姜小姐迷离的眼神，我赶紧走避，但伊扯着我不放。伊是太热爱文豪了，但不是爱我。不知为何，姜小姐圆胖的脸，单眼皮的小眼睛，连带那点点的雀斑，都变得不那么讨厌了，在我的内心深处，甚至有可爱的意思了。

梅先生突然闯进来，看到我和姜小姐脸上的红潮，戏谑地哈哈笑着，也不知是嘲弄我，还是对姜小姐。伊白了梅先生一眼，自顾自地离去。梅先生意味深长地说，大先生看样子要常驻孤山喽。我脸色慌乱，支支吾吾地问他何事。梅先生说，替我写了墓志铭，已给了那乡绅。梅先生悄悄塞给我 10 块大洋。我依稀记得，当时校长开价是 30 块大洋。我也懒得和他计较了。

不久之后，事情还是败露了。还要怪那次出游。我来到校长办公室，看到校长愤怒的脸，就明白了，我这个做了两周鲁迅的家伙，好运到头了。果不其然，校长"啪"地将一本杂志拍在桌上。我仔细看，是《语丝》四卷十四期。《语丝》我也常看，上面有不少先生的文章。

校长朝我嫌恶地努努嘴。我翻开杂志，目录有一行标题，赫然写着《在上海的鲁迅的启事》。我震惊，羞愧，又有些好奇，还有点激动。我这个冒牌货，早晚会被戳穿，这是理所当然的。鲁迅先生会怎样看我？

先生笔锋冷硬，这也是我崇拜的风格。我还是感觉内心被狠狠地插上了一把刀。先生写道：那首诗不高明，不必说了，而硬要替人向苏曼殊说待到它年随公去，也未免太专制。去呢，自然总有一天要去的，然而去随苏曼殊，却连我自己也梦里都没想过。

我的心里有声音狂喊，先生，你误会我了！我不过是生活太苦，徒生幻觉，聊以自慰罢了。我也爱着曼殊先生，觉得你俩是中国顶好的文学家。说是要随曼殊而去，不过是自怨自艾，绝不是造谣污蔑您。

鲁迅先生最后写道："要声明的是：我之外，今年至少另外还有一个叫鲁迅的存在，但那些个鲁迅的言动，和我也曾印过一本《彷徨》而没有销售到八万本的鲁迅无干。"我的脸皮简直要滴下血。我从没有说这样的话。这都是梅先生替我宣传的。

校长的身躯摇晃。他咂着嘴，光线遮住了表情，想必又羞怒又蔑视，只听到他冷冷地说，杭州鲁迅大先生，敝校浅陋窄小，不能容您这样的大文豪，请退出院子，明天勿要再来。

他又沮丧地嘟哝着说，原以为是上等洋布，原来不过是本地土布。真是吃亏了。

我气愤地说，我根本没承认是鲁迅，是你们这些人自己想的。校长盯着我看了会儿，突然伸出手摸了摸我的头，叹了口气说，真他妈像，和报纸上太像了，难怪我们会看错。

我将他的手拨开，踉跄着走出去，校长又对我说，还是快些离开吧，我看你也是老实人，听说梅先生弄了不少钱。

我浑身冒冷汗。梅先生到底背着我做了多少事？我急匆匆地赶回小院，家里已是一片狼藉，姜小姐和几个商人模样的人正在争执。说是鲁迅让梅先生向他们借钱云云。我恰被这些人抓了个正着。混乱中，我的胡子被扯断，头发被薅去不少，蓝色大褂被割破了几个洞，简直像乞丐服。我的眼睛也被人打成青紫。我索性蹲坐地上不再起来。

我闭着眼，朦朦胧胧地听到杂乱的脚步声，家具搬动的声音，还有嘈杂的争吵，姜小姐无助的尖叫。我摇摇头，微微睁开眼，透过一丝缝隙，看到院子外影影绰绰还有不少人，他们的影子重重叠叠，在初春的下午，变成一层层雾气。

听说那个鲁迅是假货哟！

一个小贩模样的黑瘦男人喊。我认出，他是那位学生家长，在早市卖糕点，被市政驱逐，跪在我面前求情。因为我这个“假鲁迅”的帮助，他留在了城里，巡警还赔偿了砸坏的财物。他怎么来闹？我有些糊涂。小贩带着一个大大的粗布口袋，怒视着我，说，早看这贼不顺眼！头发那么硬，胡子也黑硬，牛皮哄哄的，肯定是假货，哈哈。

小贩揪着我的头发，冲着我的脸狠狠地吐了口浓痰。青绿的痰，还带着丝菜叶梗，就挂在了我的半截胡子上。我那狼狈的样子，肯定像极了涂着糨糊的寺院泥胎。我听到姜小姐愤怒地喊着，他帮过你！你怎能这样对待他？

小贩愣了愣神，理直气壮地说，那是鲁迅先生帮的俺，和这假货有啥关系？

众人快意地哄笑，又加快搬东西。小贩也鄙夷地丢下我，匆忙地夺走一件红木椅子，也因为众人笑声褒奖，满脸都是得胜的神气。

我的心一阵绞痛，不是为梦的幻灭，而是为梦的醒来。我不是鲁迅先生，我不是登高一呼，应者云集的英雄。这人心又怎能看透？我咳嗽起来，大团殷红的血鼓出来。

周先生，你好些吗……听到有人唤我，我抬头，是姜小姐。她的脸被人抓伤了几处。她怜悯地看着我，欲言又止。我咧嘴想笑，却笑不出。她大约也知道了我的真实身份，不再喊我鲁迅先生，倒也难为她了，到如今还在护持着我。

她趁着众人忙乱，悄悄地扶我走出院子，默默地拿出一个包袱，里面有衣物，几块大洋，那面被踩踏出裂痕的圆镜，粘着泥水的象牙烟斗——想必都是她奋力保下的。她脸色惨白地对我说，我对不起你，周先生，真的，我们不该这样对你。

我没有力气说话，挥挥手，表示不介意。伊又踌躇着，最终拿出张皱巴巴的纸片，原是写有李珍地址的那张纸。从孤山回来后，那张纸片就神秘地丢失了，想必是姜小姐藏了，但现在给我这些，还有什么意义？李珍还会搭理一个假冒鲁迅的骗子吗？

我终于走远了。姜小姐的留恋不舍，让我非常感动。我活了四十多岁，异性的温柔，我才得到，又很快就要失去。我分明听到她喃喃地说，你怎么会不是鲁迅先生呢……

我坐了去上海的火车，我想见见真正的鲁迅先生。我仔细将前因后果梳理了，也明白了大概。梅先生可能最早真以为我是鲁迅，等他看出破绽，转而利用我这假身份敛财。他和校长肯定有什么见不得人的默契，否则，校长也不会容我轻松离去。可能只有姜小姐对我有点真情。她最晚知道我的身份，但还是帮我拿出包袱，让我不至于光着屁股去外地漂泊。但是，这一切对我已没有意义了，我不再是鲁迅了，我只是周预才，潦倒的小学教书匠。我的确冒充了他的名字。开始是误会，后来就是我心甘情愿地被人当成鲁迅。

《战线》周刊登出一个叫潘汉年的上海文人的讽刺文章，嘲骂鲁迅和我：“那位先生，看中鲁迅先生名字有些魔力，所以在苏曼殊和尚坟墓旁、M女士面前，题下‘鲁迅游杭州吊老友’的玩意儿，现在上海的鲁迅偏偏来一个启事，不过是叫来访的女士们，认清本店老牌，只此一家，并无分出了吗？这至少让另一个鲁迅显着原形哆嗦而发抖！”

鲁迅先生因为我被无聊文人中伤，我多想写篇文章，辩解一番。我不禁又埋怨鲁迅。我不过无意冒用您的名字，您却写下如此嘲讽的文字。我丢了饭碗，也丢了对文学的梦想。你不过是因在北京，靠着同乡蔡鹤卿的提拔，北京大学仲甫先生的奖掖，才有了如今的地位。如果我当年也是乡绅官宦背景，有钱去留东洋，有种种机缘，我不会比你差！我这个“周预才”大先生，如今也应名满天下。鲁迅的名字不过是代号，任何人都可以叫鲁迅。

我在上海宝山路附近找到一处地方。所幸，咯血病虽然也会犯，但好了不少，因为有些文化，我应聘印刷厂当检字工。工作辛苦，每天看大量文字，头昏眼花，还好可睡在印刷厂杂货间，省下几个钱。我没成家，大城市热闹，活路多，我业余写点东西，居然糊口之外小有盈余。我发表了一些小游记散文，记载家乡趣事的小品。我还尝试写小说，可惜无从发表。一个编辑惋惜地说，旧家庭故事，现在不受读者欢迎了。日本占着东四省，还成立满洲国，读者喜爱看打日本的故事。沪上还流行革命加恋爱小说，要写工人的惨状，青年的抗争，恐怖的革命手段，再加上罗曼蒂克，肯定受欢迎。这类故事我不会写。我想见鲁迅的心情更加迫切了。

就这样，几年过去了。我也会想起李珍，大多是在梦里。我这样一个四十多岁的孤老头子，卑贱的骗子，是不应奢望这样一个青春女性的。我的梦常常回到青年时代，那时我也算清俊，读书饮酒，与几个文友相交甚好。我们在春日相约登山，激昂意气，也看踏青的女人。那间潮冷的杂货间，我梦到春日的山中飘满树叶清新的气息，李珍在一株红叶李树下对我盈盈笑着，向我伸出热情的手。我欣喜若狂，急忙奔过去，李珍化为一片雾气消散……我哭着从梦中醒来。每次如此，我异常羞愧。我这样的年纪，在乡下要做爷爷了，还谈什么爱情，当真可笑至极。

世界上的事就是这么奇怪，你想寻的人找不到，你躲着的人却偏偏能遇到。那天印刷厂机器出了故障。据说老板经常帮助刊印抗日书报，受到党部和书报检查委员会的点名批评，没过几天，机器就坏了。工友说，看到日本人在厂房附近出现。老板急忙找人修理机器，又多方疏通。印刷厂难得放假半天，我正好在大上海好好欣赏一番。那天，我换了干净衣衫，悠闲地在法租界贝当路游逛，手里还特意提了包蟹壳黄酥饼。大上海的繁华自不是杭州可比，我正走着，看到迎面走来了一个时髦女性。她足蹬红色高跟鞋，身着月白色长马甲，外罩一件淡绿色镶金边的披肩。我疑惑此女在哪里见过，谁料她竟也停下了脚步，是一个烫着头发的女人，她身上的香水气直冲我的鼻子，我仔细看去，依稀就是李珍，又不敢相认，倒是她目不转睛地盯着我，迟疑地说，鲁……先生，怎么称呼？在哪里高就？

我见躲不过，只好低声说，我姓周，在印刷厂检字，小姐有事？

李珍看着我，许久才说，先生很像我认识的一个朋友。先生在杭州孤山呆过吗？

我摇头。李珍失望地说，也许是我认错了，我叫李珍，原在法政大学读书，现在点金银行做职员。如果先生见到我这位朋友，就告诉他，知错能改善莫大焉。

瞬间，我一切都明白了。她认出我来了，但不能相认，难得她没有出言讽刺。说完，她自顾自地走了，眼圈竟然有些红。看李珍的情况，也不是几年前清纯的学生了，也许早已嫁为人妇。就当是人生的一场梦，终生或不会再见到了吧。想到这里，我掏出了那张当年李珍写给我的小纸片，缓缓地点燃了。这张写有她地址的纸片，我一直保留着，如今是该说再见的时候了。

我看着燃尽的纸片，仿佛是我那可怜的爱情春梦。我笑着吃光了那一大包酥饼。

说也奇怪，自从那次见面，我的梦中再没出现过李珍。

我常去街角一家叫“雅集”的小书店。雅集书店坐落在报馆东北角，主要卖新书，也捎带替客人寻珍贵古籍。它门头不大，灯光昏暗，除了老板，只有一个伙计。毕竟是大上海的书店，门口挂了铜铃，店里有留声机放西洋音乐，也有南洋咖啡，日本茶食，俄罗斯各式面包，不过数量品质不高。书店也卖时髦杂志，《现代评论》有卖，附带左翼杂志《北斗》。伙计很殷勤，待我拿杂志，就低低地说，虽然贵，物有所值，有神秘奉送哟，一般书店拿不到。

他紧张地看看四周，小眼珠滴溜乱转，又压低声音，竖着肥肥的手指，说，《北斗》哟，共匪左翼牌子，刺激货，勿要外传。我看先生是老主顾，又本分谨慎，这才推荐给先生。

我又好气，又好笑。《北斗》是违禁杂志，书店要弄钱才搞来，又不敢明着销售，就想出搭售诡计，看着两本杂志都便宜了，其实趁机提高价格，又不承担贩卖共产书籍报纸的罪名。这些伎俩我是知道的，他们卖《良友》杂志，也搭售美女月份牌。我如果本分谨慎，自不看这些东西。我如果是激进的人，自然默默搞革命暗杀，不会看招人碍眼的杂志。这种拙劣劝诱，对涉世未深的青年学生，连带我这样不得志的小知识阶级，还是非常管用的。我犹豫了一下，还是买下了两本杂志。《现代评论》我大体翻着看，并不喜欢。《北斗》我读得非常认真。特别是有鲁迅先生的文章或编者按。

伙计看我读得入神，撇着嘴说，您看的是读鲁迅的文章吧。我愕然，伙计略带些卖弄地说，您第一次来，把我吓了一跳，长得真像鲁迅！但仔细看，又不像，鲁迅不会像您这样穿工装，他的眼睛也比您的大。您没有鲁迅黑硬的胡子。您还戴着帽子，有深度眼镜。如果没猜错，您八成是附近印刷厂的文字工，我闻着您身上有油墨味呢。

我不由赞叹，看似平庸的伙计，竟也是个精细的家伙。为了在上海不招惹麻烦，我刻意与鲁迅区分，但还是被他看出来了。我半开玩笑地对他说，你见过鲁迅？

那是自然，伙计骄傲地说，我跑很多书店，替老板看同行的新书，鲁迅先生我仔细看过。

内山书店，伙计摊开手说，日本的地方。鲁迅和内山是朋友，常去那里。

这个消息，我也早知道。我一直没勇气去见他，说什么好呢？讲讲我这个“冒牌鲁迅”的经历？还是让他看我的文章，指点一下？先生即便肯原谅我，想必也不愿与我多言。我想方设法，打听到他的住处，原在宝山路的景云里，后来搬到北四川路的拉摩斯公寓。

我永远无法忘记，一个细雨飘飞的春天的傍晚，我站在了先生家的楼下。上海里弄是热闹的，尽管拉摩斯公寓对面不远，是日本海军陆战队司令部，但上海小市民生活，还是不紧不慢地过着。公寓高大洋气，出入的大多是外国人。公寓后面却都是幽暗弄堂，时不时冒出玩耍的孩子，拉客的暗娼，挑着担子卖酒酿、云吞的小贩，匆匆赶着回家的职员，还有“莫名其妙”的行人。他们穿行在窄窄弄堂，仿佛只是风景必不可少的一部分。从弄堂底下望向天空，人会变瘦。或者说，感觉这世界瘦了。巷子铺着白色鹅卵石的青石板是瘦的，背阴处湿滑的青苔和漫卷的虎耳草是瘦的，带着铜锈味道的路灯是瘦的，黄昏将尽时从阁楼挤出来的微弱光是瘦的，连那一面面红墙也都是窄窄瘦瘦的；甚至这上海的弄堂男女，也少有胖子，仿佛存心刻进风景，老死也不能变成痴肥的样子。只有那些挂在铁丝上晒着的衣裤，花花绿绿，忘了收，无人问，鼓鼓扬扬地飞着，却始终无法摆脱夹子的束缚，变成那长条像块瘦天空上倏然飞过的白鸽，及悠长悠长的鸽哨。

我隐身在公寓后弄堂的某处阴暗角落，远远地看着三楼，像孤独的影子。据说鲁迅先生就住在这里。我这样一个矮瘦男人，悄无声息地站立此处，也与环境相宜。巷子已冒出晚饭香味，街上的人少了，一切静谧祥和。只有我是多余的，我不属于这里，我也不应该出现在这里，但我还是来了。我听到楼里有孩子咯咯的笑声，也有妇人的声音，不久就慢慢归于沉寂。我看到一个影子映衬在窗前。影子也是瘦削的，严肃的，头发短短的，嘴里似乎叼着烟斗。它有时定格不动，有时也在窗前走来走去。

人影立住，窗子打开，一个威严的老年男人的声音传出，居然是老家绍兴话：夜头式阿泽人在此？我终于听到鲁迅真实的声音！我不敢抬头，飞也似的逃开了。我不能面对鲁迅先生，这是我的悲哀，也是我最后的骄傲。

我终于有了一次机会，和鲁迅先生面对面地接触。

四

圣诞节过后，再过些日子，就是旧历春节，上海却没有一点喜庆之意。要打仗了，到处人心惶惶。我在报社印刷厂，自然消息多些，日本僧人和无赖浪人，冲进上海租界马玉山路的三友实业，殴打正在操练的华人义勇队。日本人在租界游行，又和中国人冲突，死伤无数。日本军方不断增兵，十九路军虽然忍让，也不断准备，街垒也慢慢修起来，学生在街头演讲，市民也开始捐款，有不少人大包小包地逃难，说不相信中国人能守住上海，也有市民说日本不怕中国人，但忌惮租界鬼佬，没理由担心。

炮弹还是飞了起来，一声声划破夜空，仿佛地狱逃出的厉鬼的狞笑。我看到黛青色天空游动着无数"吱吱叫"的红鼠，屁股冒着臭臭毒焰。无数喊杀声，哭泣声，惊叫声，连带无数莫名声响，从天边掩杀过界，吞噬了一切敢于在阳世行走的生命。我没见到兵，就被工友拽了进屋。大家躲在床底，瑟瑟发抖。我不害怕，相反，还有点跃跃欲试。

我担心先生的安危。他是中国的指路明灯，不能出危险。高塔路内山书店总店，紧挨着日本海军陆战队司令部，离拉摩斯公寓也不远，如今兵荒马乱，想来门口也戒备森严。听说内山书店隔壁的鸿德堂，住着蒋牧师一家人。因为收留逃难中国人，蒋牧师被日本人残忍地杀害了。炮连续打了几天，有天清晨，突然停了。

我冲出屋门，大街两侧都是逃难人群。所有人都急急地逃命，但人挤人，人挨人，拥堵碰撞，发出低声咒骂，丢下无数物品。我浑浑噩噩地跑到拉摩斯公寓，上面伤痕累累。一楼门窗也被拆去，不复当日光鲜样子。大楼空荡荡的，想必太靠近战场，人们逃出去避难了。我仰头看看三楼，窗户开着，左面阳台窗下，赫然有个大大枪眼，不知什么枪打出来的。我悄悄地喊了几声"鲁迅先生"，一片死寂，只有呼啸的冷风在大门口徘徊。

我急匆匆地离开，心里一团乱麻，先生提前躲避了，还是遭到连累？我辗转不宁。我突然想起，福州路附近，内山书店有家中央支店，离战斗地点远，可以去看看。眼看天色暗下来，上海却没什么烟火气。大批难民涌出，剩下的人都缩在家，街面愈发冷清。我慢慢地走着，心下有些茫然。我也不明白，就算见到鲁迅，又有什么意义？我永远不能走入他的生活。我脚步踉跄，泪几乎流了下来，我想扭头回去，不知为何，有一种魔力牵引着我，继续向前走。

内山书店的门半掩着。我推门，匆匆跑出一个伙计，说上海打仗，不营业。我支吾着，伸头向里面看，影影绰绰，似乎有不少人。伙计不耐烦地推我说，老板内山先生的朋友一家人，避战乱暂住这里。黄昏时分，店面光线暗，点着几盏油灯，也不甚明亮，想是战时管制，电力供应不上。灯光摇曳，店内桌椅都挪开了，书也都摆在一边，木地板铺着简易被褥，十几个男女老少各自散在那里。我辨出坐在南首的是一个瘦瘦的，五十上下的中国人，穿一件牙黄长衫，外面套一件青石湖的夹心短袄。他直竖着寸把长的头发，脸上有隶体“一”字似的胡须。他的嘴里咬着一只烟斗，跟着那火光一亮一亮，腾起一阵一阵烟雾。他那张黄里带白的脸，瘦得让人担心。

是他！我的心里悲鸣着，有要向前相认的冲动，这就是我在梦中见过无数次的先生。有个男人迎出来，问我何事。我无法回避，硬着头皮说，在《申报》印刷厂做排字工，平时喜欢集古书，特别是酒牌类东西，听闻内山支店有陈老莲的东西，就来问问。我晓得鲁迅先生喜欢收集酒牌，果然说到这里，先生的目光转移过来。那男人失笑说，你这人年纪也不小，也藏书成癖，兵荒马乱，你倒心系“叶子”？

众人都笑，鲁迅先生也笑了。男人又说，先生有几分绍兴口音，不知桑梓何处？我羞赧地说，山阴县人。鲁迅先生听闻，站起身，踱步过来，未和我搭话，只是静静地听我们讨论酒牌。我原有这爱好，当下也不怵，举了陈老莲的《博古叶子》、任熊的《列仙酒牌》和万历无名氏的《酣酣斋酒牌》。鲁迅先生也点头，看来也颇为认可我是行家，才能如此识货。

我正犹豫是否告知鲁迅先生我的来历，忽听到尖厉警报声响起。瞬间房屋剧烈摇晃，有人惊呼，耳边爆炸声似要鼓破耳膜。我也卧倒在地，店伙计赶紧关门，火光和爆炸持续不断，不断有窸窸窣窣的木屑、土屑从头顶落下。屋里再无一人讲话，连孩子也被妇人抱在怀里，惊恐地不敢出声。先生不害怕，微笑向我示意。我趴在地上，和先生面对面，好像看到另一个自己，心里感到前所未有的平静。如果能和先生一起葬于日本炮火，也算得偿所愿，不枉此生。高塔路北侧听闻一片急促脚步声，侧耳听去，还有刺刀碰撞声音，不断传来的日语军令。借着腾起腾灭的橙色火光，先生慢慢爬起，面色严峻地踞坐地上，深沉的目光投向窗外，久久不动，只有那烟斗的火光，忽明忽灭，映衬着先生青白脸色，仿佛古代庄严的宝相佛座……

趁着炮火间歇，我悄悄地离开内山书店。我回头看，屋内的人已入睡，先生也靠在桌旁，微微闭上了眼。我是先生的“影子”，不能走到阳光下。我必须默默地消失，像战争的硝烟和烈日下的水气。我朦朦胧胧地想，几十年后，如果有学者研究先生的生平，是否知晓我这个“假鲁迅”和“真鲁迅”曾相对无言，共处一室呢？

上海战事打了一阵子，又达成协议，十九路军也撤出来整顿。国事如此，新年也凄惨，多少人破了家，街上乞讨的人也越来越多。好在局面慢慢稳定了。我的年龄也不小了，不过是老"毕单"罢了。绍兴老家，母亲去世后，还留给我一间祖屋和几亩薄田，我找人帮着打点。原来还想通过写作在十里洋场打出名气，然而时间长了，年龄越来越大，这份心也淡了。我甘心当业余文学爱好者。可对鲁迅先生的敬仰之情，却一点也没有减少。闲下来，我就到鲁迅先生住处，默默地关注他。先生通常是深夜写作，白天也出去会客，买书，带着夫人和孩子去吃饭。他喜欢去宝泰酒店吃饭，去青莲阁喝茶，去大光明电影院看电影，他还喜欢在各大书店买古书，有次，我见到他一口气买了《王子安集注》《温飞卿集签注》《商周金文拾遗》《九州释名》《矢彝考释质疑》《四洪年谱》《梅花梦》《古籀余论》等十几本古书。

几年后，我突然在报上看到，杨杏佛被暗杀，有传言鲁迅先生也遭到通缉。我非常着急，就跑到先生住处。那是一个阴雨天，鲁迅先生撑着伞走出家门。他穿着藏青色长衫，瘦削的身躯笔直挺拔，像一管铁铸的笔，只是脸色越发青白忧郁了。看他出门的方向，估计要参加杨先生的葬礼。我跟随后面，感觉先生的身体摇晃，仿佛兀自支撑并努力反抗着。杨君是鲁迅先生的好友，先生是愤怒的、绝望的，他用肩膀扛起黑暗闸门，让中国人逃出铁屋子，孰料竟是加倍的黑暗涌现。

天空翻滚着乌云，好似褶皱的巨大枯叶，不时有酸酸的小雨点射出，击中我和先生。先生身体单薄，我也是单薄的，先生的长衫下夹着黑雨伞，我携带着一把褐色的伞。我同情地望着先生，我多想分担他的痛苦。许是我跟得太紧，先生猛地转头，发现了我。他稳稳地站定，脸上显现出愕然的神色，继而是疑惑，怀疑，愤怒，异常冷峻。他盯着我，眉毛仿佛拧成两道黑剑，额头的雨滴闪着光，他用绍兴家乡话问我，我们认识吗？

我窘住了，怎么回答？上次我没有吐露真实身份，这次告诉他？我犹豫着，嘴角抽搐，始终未能说出话。先生冷冷地说，请远离我，暗探要在暗处，我不怕你们。

先生将我当成蓝衣社暗探了。我无法争辩，只得深深地鞠躬。先生昂然从我身边走过。我非常沮丧。都怪我太冲动。影子要有影子的觉悟。我应该默默地隐藏在阴暗之地。

我怅然若失地望着鲁迅先生，腰部突然感到有什么硬硬的东西顶住了。回头看去，是三个戴墨镜的家伙，把我挟持住了。他们把我拖到巷子口盘问了半天。我说不认识鲁迅先生，他们搜查了我，记录了我的工作地点和住址，痛打了我一顿，将我丢在垃圾堆旁。我明白，这些人肯定是真正暗探，他们也将我当成某方势力了。我的鼻骨被打裂，鲜血涂满脸颊。国难当头，日本人步步紧逼，他们却盯住先生。我也冷冷地盯着他们说，请远离我，暗探就要在暗处，我不怕你们。

那几人嘻嘻地笑了，其中一个胖大的家伙，用皮鞋踢我的肋骨，摸着胡子说，好笑，这老小子的语气真有点像鲁迅。另一个穿西装的男人，盯着我看了会儿，说，没错，这小子如果化妆，就像那个摇笔的鲁迅了！

几个人又哄笑。胖子揪起我的头发，凑到我的脸前，狰狞地说，老头，你真以为自己是鲁迅？还敢教训我们？

胖子摔倒我，将我的头按在街边的一堆狗屎上。我挣扎着，其他几个暗探也冲上来打我，大声要我骂鲁迅先生。我咬紧牙关，最终支持不住。如果他们拔出枪打死我，我是不怕的，但他们只是打，太疼了，打断了我的肋骨，踢断了我的牙，他们还不收手，仿佛要打死我，就当是“打死鲁迅”解气了。

雨停了，肮脏的街口充满着快活气息。他们自顾自地散去，只有我躺着，身上涂满了狗屎。这残酷的世界！黑暗如死水一潭！我擦干血迹，心中涌起绝望。我向暗探求饶，我没法子像先生一样勇敢。我就是天下最大的懦夫。我一步步地挪到鲁迅先生刚才站立的地方。先生的力量真大，他站立的地方，还留有两个深深的脚印。雨水积在脚印里，仿佛两只青玉色小船。我踏在这两只小船上，感到浑身有无穷的力量。我触着鲁迅先生的气息了。我踩在他的脚印上，就和他融为一体了。我仰起头，哈哈大笑……

五

时局时好时坏。先生加入左联，成为领袖。先生和正人君子笔战，先生面临诸多困境危险，我都感同身受。我总是梦到那个炮火纷飞的晚上，我和先生无言而对。这就是我的宿命了。我也老了，守着先生老去。

民国二十五年秋天，我等的那个“最后的日子”出现了。

上海的秋天还热着，我刚从印刷厂下班，浑身油污和铅味。我又忍不住咯血。经理看我做得年头久，还算兢兢业业，也有文化，就让我到门房听差。按理说，这差事比厂房轻松，可我还是愿意在厂房，那里工资高。母亲去世后，妹妹生活不顺遂。妹夫早逝，她一个人拉扯几个孩子，无奈回到绍兴老家，艰难度日。我是妹妹和几个孩子的指望，只能咬牙坚持。等到妹妹最小的儿子能自立了，我就回绍兴去。

那几夜，我都梦到了先生。先生还是瘦，青白的脸冒着冷汗，但他的眼神依然锐利，他立在我的床前，看着我，对我的呼唤不理不睬。后来，我才明白，这是先生找我这个影子来告别了。先生在《影的告别》写道：“我不过一个影，要别你而沉没在黑暗里了。然而黑暗又会吞并我，然而光明又会使我消失。然而我不愿彷徨于明暗之间，我不如在黑暗里沉没。”我这个鲁迅先生的影子，能真正告别先生，开始自己的孤独远行吗？我不能回答自己。

我刚下班，手里拎着宿舍钥匙，就听到有人议论，说文豪鲁迅病重不治，今天凌晨故去了。我的脑袋“轰”的一声，钥匙也掉落在地上，我猛烈地咳嗽起来。

我冲到先生住处，发现那里已高挂白色挽幛。据说追思游行和下葬仪式定于三天后举行。

先生走了，我的魂也走了，我也将不久于人世。谁听说过，人走了，影子还能存活于世界？

我最后一次为自己化妆。我拿下帽子，剪了鲁迅先生的发式，我修剪了胡须，我还摘掉眼镜，换上先生常穿的月黄色长衫。我还找出了当年姜小姐送我的镜子和象牙外国烟斗，再围上蓝色围巾。肮脏的工区宿房，在那块裂纹的圆镜前，我打扮起来。远处厂房机器的轰鸣声还在耳边，铅板“咔咔”作响，那些我熟悉到要呕吐的油墨味，工装散发出的汗臭味，此时都变得不重要了。我将最后做一次“鲁迅”。

我跨出厂区，门房老张首先发现了我，热情地打招呼说，老周哇，收拾得这么利整，是要去相亲？老张没读过书，他不知道鲁迅先生。我不屑和他争辩。我离开印刷厂，跨过一道水洼，走过两道弄堂，迎面走过几个玩滚铁环的孩子，一对亲密的情侣。我注视他们，他们的目光不那么自然，没有人将我和鲁迅联系起来，甚至根本没人回应我的关注。我稍微有点慌乱，但还是安慰自己，这些人都是普通市民，没在意今天的新闻，各大报纸都登出了鲁迅先生巨幅照片。

到了治丧会场，已是人山人海。人们拥挤在一起，真诚地悼念鲁迅先生。每人胸前都佩戴小白花，点点白色连接，就是一片白色的星星之海。前行开道的几辆黑车，也都佩着白色挽幛。人们缓缓地移动，面色凝重，连维持秩序的警察，也都眼圈红红的。

还是没人注意我。我的惶惑渐渐地变成愤怒。这些庸人需要的只是先生的死，而不是先生。他们需要一种氛围，来释放崇拜英雄的感情。就是鲁迅先生复活，亲自和我走在这祭奠他自己的游行，也未必会被大家认可。我抓住了一个学生模样的男青年，严肃地说，你读过鲁迅先生的文章？青年戴着黑色学生帽，脸很白净，冒着几个红肿粉刺。他扫了我一眼，点头说，嗯，那是当然，鲁迅先生是我们的人生导师。

你看我像谁？我启发他，心里咚咚直跳。

他皱着眉，看了会儿，仿佛恍然大悟，你长得像鲁迅先生！穿得也像！

几个打着标语的女生也围过来，叽叽喳喳地议论。我挺着胸脯，正准备讲一通。谁料，有个女生，不以为然地说，准是辅仁大学爱美剧社请来的，大家都想排演鲁迅先生的街头剧，没想到被他们占了先机。

喂！另一个女生毫不客气地说，你这老头子，辅仁那边给你多少钱？你是不是也想在我们学校演出？如果你代表我们学校，工钱加倍，我还多介绍几个学校给你赚钱！

什么？我目瞪口呆，半晌，才结结巴巴地说，我不是为赚钱。

学生浮现出不相信的神色。一个男生不耐烦地说，这个鲁迅先生一点儿也不好玩，不会讲笑话，笨手笨脚，也不会骂蒋光头和国民党，我们还是到北四川路的内山书店门口吧，那边据说也有人也在装扮成先生演讲，口才很好。

学生呼啸而去，只留下我剩在了原地。还有人装扮鲁迅？游行的人很多，果不其然，我又发现几个扮成鲁迅模样的人，大家围观着，发出阵阵掌声。那些鲁迅，有的高，有的矮，有的太胖，有的太瘦，全不像先生，不过是粘了胡子，梳了直发，叼上了烟嘴，居然就胆敢声称自己是鲁迅？

我浑身发抖，恨不得冲过去和他们厮打，又怕被人误解是抢生意，只能默默前行。当我跟随游行队伍走到内山书店门口，发现那里围着很多人。一个人站在桌子上，正在演讲。他也是模仿鲁迅先生，不过此人黑胖，显得几分猥琐，可他的口才真好，一会儿流着泪悼念鲁迅，一会儿悲痛欲绝地念纪念文章，大家都泪流满面；他还模仿蒋介石的丑态，骂日本侵略者，大家也哈哈大笑。那人还放了一个铜盘，说是要募捐，为鲁迅先生建纪念小学。人们纷纷慷慨解囊。我仔细地揉揉眼，认真地看看，那人我居然认识。

他是孤山小学的同事梅先生。

他怎能扮演鲁迅？我想起他利用我诈骗的恶劣行为，不禁冲上前去揪住他。他看到我，竟也不吃惊害怕，笑嘻嘻地对大伙说，这是我的同行，他扮鲁迅可在行呢。说着，他不由分说地鼓起了掌，其他人不明所以，也跟着鼓掌。

我的手松开了。我也不过是鲁迅的模仿者罢了，有什么资格揭穿他？我颓然地坐在地上。梅先生收了摊子，拉着我到了一个馄饨摊前，点了两碗小馄饨。他嘱咐摊主多放辣椒，又看看四周无人注意，压低声音说，我晓得，你今天肯定会出现。

为什么？我冷冷地说。

你喜欢鲁迅先生嘛，他的眼中露出狡诈戏谑神色，你还当过鲁迅。

我脸红了，怒气也消散了不少，当年的事，我的错也不少，只是我比较愚笨罢了。

我平复了下心情，淡淡地说，一时糊涂。这些年，我再没冒充过先生。

梅先生盯着我看，叹口气说，你呀，还是老实人。

梅先生的鬓发也已花白，不如从前那么胖了，有些颓唐之意，脚边还放着鲁迅宣传画册。他用指甲轻轻地在馄饨碗里剔出一片香菜叶，长长的指甲缝都是污泥。

我们慢慢谈起来。梅先生当年发了点小财，逃离孤山小学。由于投资黄金，亏得血本无归，只能搞点小生意糊口。他笑着说，我老婆一会儿就来，你们还是老相识呢。

我有些好奇，那是谁呢？我心中也有一个模模糊糊的答案，只不过不能确定。但当那个身影转过来，果然是姜小姐，不，应该是梅太太了。

姜小姐看到是我，先是吃惊，继而脸色浮现出羞赧、哀怨又期冀的神色。她在馄饨摊前立住，说，真是周先生，老梅说你一定会来。没想到这么快就见到了。

姜小姐也老了，腰身变粗，脸也变得黑紫，堆积了很多皱纹，曾经丰满的胸部，如今干瘪下去，向下扯着，露出脖子上一片片松弛的皮肤，仿佛冬天里裂开的树干。

姜小姐注意到了我的目光。她将衣服向前襟扯了扯。兀地，她看到了我的象牙烟斗，身体竟有些颤抖。她努力微笑着说，这些年了，烟斗你还带在身上。

梅先生看到如此情形，目光有些冷，扭过头去。

我说，平时不拿的，也不知忘记在何处，今天要祭奠鲁迅先生，偶然发现，顺手带了过来。

姜小姐情绪缓和了一下。她走过去，轻轻地抚摸着梅先生的头，自嘲地说，造化弄人，咱们居然又凑在了一起。

我和他们互相看着，不禁哑然失笑。梅先生喝光了馄饨，站起来，沉声说，老周，当年不该利用你。我遭了报应，这些年到处漂泊，连个孩子也没有。

馄饨摊前的人很多，他脖子的青筋仿佛都要挣出来，蚯蚓似的蠕动着。

我轻轻地拍了拍他，又看了看姜小姐。我只能摸了摸他的头发说，梅先生，你的头发用了太多发胶，都硬成了纸板，可不太像鲁迅先生。

我们躲在避风处，又聊了一会儿。梅先生说，鲁迅看得深，看得远，人们不能忍受讲缺点的人太严肃。鲁迅不能改变什么。他不过是犟脾气的文人罢了，和你我没什么根本不同。

对这点我不能苟同。梅先生又说，现在中国是乱世，日本的压迫一天天地厉害，蒋司令还在讲攘外安内，新生活运动。就算日本人不来，中国人也难有希望，只要日子好过些，中国人就开始折腾自己，历朝历代都是这样。鲁迅是没有用的，不如多积点真金白银。中国打烂了，去美利坚，美国投降了，就去东京。

所以，你就在这里装扮成鲁迅喽。我忍不住讽刺他。梅先生也不生气，笑嘻嘻地说，老周，我希望你也能同我们一起演出，这世上再也没有人比你更像鲁迅先生了。

我的心一动，我明白梅先生想利用我挣钱，但这倒是我最好的纪念方式。也许这也是我今生最后一次装扮成鲁迅先生了。演出后，我就回绍兴老家去，从此终老残生。

我们来到极司菲尔公园，上海最热闹的公园，旁边就是圣约翰大学。我认真化了妆，梅先生扮成《祝福》的鲁四爷。他穿了黑长袍，戴着小圆帽，那骄横愚蠢的样子，还真像。姜小姐散了头发，在脸上抹了黄蜡，捏住一管长长的，上端开裂的竹竿，披上几片破衣，让我猜测人物造型。不用说，就是祥林嫂了。我这个“假鲁迅”，就扮演小说中的“我”，手里拿着小说集《彷徨》，参与故事，也用旁白方式介绍剧情。

天气闷热，腥湿，天空积着淡墨色的云，一层层地铺排过去，有明有暗，遮蔽了大部分阳光，又无心似的漏下点点滴滴，好似河滩濒死的鱼独有的光泽。我们站在公园一处高台，身旁是成片绿黄色法国梧桐，低矮的青灌木，还有红叶李和即将衰败的白玉兰树。下面挤满好奇的观众，我们置身于花与树之间，成功地掩盖了拙劣演技。我们举手投足的姿势动作，都被这个悲伤的下午赋予了神奇光芒。那是鲁迅先生的光芒，不是我们的。我们永远只是暗处的影。

梅先生横眉立目，叉着腿，站在中央；我举着小说集，叼着烟斗，站在台子侧面；姜小姐衣衫褴褛，蹲坐在地上。那一刻，仿佛无数七彩光线映射过来，我们三人瞬间定格成三角状，仿佛万年冰川深处被冻毙的三条小鱼。那一刻，我看到台下无数观众也都被定格住了，那里仿佛有李珍、校长，还有无数我们认识的和不认识的人。他们都无言地张大嘴，等待着演出。就让我们这三个骗子，以这最后的戏剧祭奠鲁迅先生吧。

姜小姐太投入角色了。她哀哀地坐在地上，一手捏着竹竿，一手扯着我的衣服，用沧桑的语气说：“你是识字的，又是出门的人，见识得多。我正要问你一件事——一个人死了之后，究竟有没有魂灵的？”

姜小姐哽咽了。我浑身一震，姜小姐长满皱纹的眼睑，泪水不断涌出。我无言地扶助她的胳膊，也流下眼泪。观众静默着，几个学生模样的女孩，也被感染了，低低地哭出声。突然，人群爆发出暴风雨般喝彩声。姜小姐枯槁蜡黄的脸，迸发出了焕然神采。

她悄悄地说，我就知道，烟斗你不会丢掉的。为什么不带我一起走？那天我把你的包裹拿来，也带了自己的，难道你没看见？只要你开口……我晓得你不是真鲁迅，就是假的，我也认了。总算没白活一回，白白地做了一回女人……

暴雨般的掌声依然没有停歇，仿佛天边卷积的乌云，全都裂开，化作了黑紫碎光，砸落在这熙熙攘攘，茫然无边的世界。到处都是闪着乌光的叶子，掌声，尖叫，哭泣，还有持续飞腾的尘埃，装点着这个残忍的秋天。梅先生在忙着捡拾雨点般落下的零钱，乐得眉开眼笑，全然没注意姜小姐对我说的这番话。我也假装没听见。我猛地蹿起，站在高处演讲。

世上再也没有鲁迅先生这样的男人了。人死了，有无灵魂，祥林嫂的困惑，也是我们所有人内心的困惑，其实并无意义。无论灵魂有无，我们都逃不掉卑微人生的命运锁链。死亡对鲁迅先生来说，不过是生命的另一种辉煌延续。我们大多数人的死亡都是丑陋的，无意义的。时代揪住了我们的命，揉捏了我们的命，然后用恐吓与欲望，让我们彼此毫无关联。它把我们变成无数“不知已死”的鬼魂。传说，死后的人变成中阴身，很长一段时间，不知道自己死了。他们会游荡在熟悉或眷恋的地方。难道我已变成了鬼魂？

我站在繁华魔都高处。我获得千万掌声和欢呼。我挥手，高歌，长久地静默，含着泪水望着人群。我带着血色滚烫温度的声音，将穿透魔都的呻吟声，化成无数招展的红旗和丛林般的刺刀。我站在高处，挥舞着小说集《彷徨》，仿佛是件伟大的武器。不知何处而来的风，吹得书页沙沙作响，里面的插图随之立起。木刻画的黑太阳，浮雕般抽象线条小人儿，都被书页释放，化为一群群燕子和云雀，浸润在极司菲尔公园闷热的乌光里。我的意识渐渐模糊。我掐住书脊，使劲抖动，我看到巨大的玫瑰在书中奔跑而出，层层叠叠的玫瑰花瓣，变成无数蓝色的眼。它们围绕我不断纷飞，亲吻着我的长衫，烟斗，围巾。我瘦小的身体，慢慢地也变成一页页白底墨色的纸，一串串字符，盘旋着飞奔而出……

我的呐喊回荡在极司菲尔公园上空：

“黄金世界我预约给了你们，我拿什么留给自己？”……

六

半年后，章谦吊死在单身教师公寓。我平时和他关系尚可，被学校委派去整理他的遗物。

章谦的电脑密码已被公安破解。按照他的遗嘱要求，我将那个六成新的苹果电脑，卖给了旧货市场，把换来的钱寄给他远在安徽乡下的老母亲。

我进入电脑，看还能不能找到小说遗稿。说不准，这家伙和卡夫卡似的，也能成为死后成名的作家。非常遗憾，电脑里没有小说，只有几个不成型的论文，还有多部黄色小电影。我非常惊讶，木讷的章博士居然有此雅兴。公安叮嘱我删除这些“精神污染”。如今网络管得严，黄片资源可不好弄，多半是章谦多年的存货。这些小电影大部分我没有，特别是小泽玛利亚“东京热”系列后几集。我终于收集全了。

桌上还有半瓶喝剩下的牛栏山二锅头。据法医检验，及他临终的微博留言，我了解到，他走之前喝了酒。

“我要喝点酒，上路就不害怕了。”他这样写道。

学校宿管处很愤怒。章谦的死，让这间青年教师公寓，只能变成杂货间，没人敢再住在这里。这在寸土寸金的上海，无疑是很大损失。

我无处搬走。章谦走的那段时间，我彻夜难眠。风声在窗外呼啸，大门铁插销发出奇异声响。我点亮灯，微弱的灯光下，一只巨大的灰蜗牛，顺着玻璃爬过，留下一行亮晶晶的涎迹。

我在床脚找到那本小说手稿，附着一张退稿信。现在是网络时代，投稿都用邮箱了。可能编辑被章谦虔诚的手写态度打动，才寄给他一封不多见的退稿信。信也是打印的：

章谦同志：

您好！大作收悉。经编辑部讨论，有几点意见。第一，这部小说知识丰富，有一定氛围带入感。第二，想象怪异奇特，但毫无意义，相当无聊。第三，小说有历史虚无主义嫌疑。鲁迅是伟大文学家与思想家，任何对他的拙劣模仿，都应被禁止。第四，鲁迅去世至今，极少有以他为原型的小说问世。先生太伟大了，不是凡人能虚构的，更何况是假鲁迅？小说人物呆板苍白，故事结构松散，缺乏精彩情节和吸引力，未能塑造鲁迅的光辉形象。

遗憾地通知您，大作未采用。希望继续支持我们！

编辑部

年月日

文殊坊夜遇

卢一萍[1]

一

恋爱过的人都知道，她那一眼有多要命。

这是最后一班地铁。车上的人不多。晚归的人大多一脸倦意。一些人合眼假寐，其他人几乎都在看自己的手机。而我的手机刚好没电，只好无聊地坐着。我就看人。我是回过头去看人时看到她的。我看她时遇到了她那要命的眼眸。

她站在两节车厢的接头处，我不知道她是多久站在那里的。她云髻高耸，面部化妆纤白明媚，额饰梅花花钿，面靥斜红，项戴璎珞，腰垂红色腰带，饰有香囊，穿着齐胸襦裙，酥胸半掩，肩披红帛，上着黄色窄袖短衫、脚穿凤头翘头履，完美地托起石榴色曳地长裙，手腕上戴着玉镯，手里看似随意地拿着一枝玫瑰。她手里没有手机，耳朵里没有耳塞，她的样子过于古典，与周围的一切都不搭调。我想她或许是个演员，太晚了，没有卸妆就往

① **卢一萍** 四川南江人；毕业于解放军艺术学院文学系；有26年军旅生活经历，曾在帕米尔高原、喀什等地工作，2016年退役；巴金文学院签约作家。主要作品有小说集《天堂湾》《父亲的荒原》《银绳般的雪》《帕米尔情歌》，长篇小说《激情王国》《我的绝代佳人》《白山》，随笔集《不灭的书》，长篇纪实文学《八千湘女上天山》等；作品曾获解放军文艺奖、中国报告文学大奖、上海文学奖、天山文艺奖；《白山》曾被评为“亚洲周刊2017年十大小说”。现居成都。

家里走；或者是那种唐装秀——文殊坊一带经常有穿汉服、着唐装的女子出没。

我忍不住想再看她。没想她也在看我，还朝我微微一笑。好像认识我似的。她的微笑多么迷人啊。我不由在心里赞叹。我也报以微笑，然后羞涩地移开目光，心里不禁有些伤感地想到，她也不过是我偶遇的无数人中让我心动的女子而已，一世一面，无缘再见，不知其姓名、年龄、住处、故乡，不知她是干什么的，更不知她人生的故事。这就是人生的无奈。我低下头，不知为何，眼睛潮湿。我记得我还是第一次这样。

车门开了，几个人下了车，几个人上了车。我仍没有抬头，但我希望她没有下车。我希望她还在这列地铁上，希望她在我的不远处多停留一会儿。有人坐在了我身边，我没有去看。有无数人在我身边坐过，很多人没有必要去看，但我看到了那唐朝的履、唐朝的裙裾，闻到了一阵清爽的气息，微微有一种花的香味，是几种花香混合而成的香气，沁人心脾。我侧眼看去，发现端坐一侧的正是她。她的身体坐得很直，腿和脚是并拢的，双手安静地放在膝盖上，一副大家闺秀的样子，而她的骨子里也的确散发着这种气质。我也不由得端正了身姿，深深地吸了一口气，想把她弥散在空气中的气息全部吸纳到我的肺腑里。我有些沉迷，每一秒长似百年，挨着她的半边身体因为紧张，没了知觉。我想和她说话，但心里涌出了万千言语，却说不出半句。

列车提示到了骡马市站，车随即减速，停下时的惯性让人身体往前倾斜。她的左肩触到了我的右肩。她转过头来，声音很轻、却十分清晰地说，公子，冒昧了。

听到这样的称呼，我觉得她很俏皮，忍不住笑了。我本想应以“小姐，无妨”，但想到“小姐”这个名词已被败坏，便用成都通常的称谓说，美女，无妨无妨。

她含羞一笑，未露一点牙齿。

蒲柳之姿而已，公子何往？

我到文殊坊，马上就到。

真是凑巧，小女子也是。

说着，车已到站。她礼让说，公子先行。

我很听话，似乎愿意做她让我做的任何事情。

我感觉到了人们为她的美而投射过来的目光，感觉到了那目光中以前未曾察觉过的重量。我有一种前所未有的自豪感。上电梯时，她小心地提着裙子，跨前一步，与我并排站着。

请问公子是回家吗？

是的，美女要到哪里？

小女子吗？我还真不知往何处去。

美女从外地来？

正是。小女子对成都一点也不熟悉，又是晚上，有些害怕，见公子面善，便想寻个依靠。

我听了，心中欢喜，便说，美女，没事的，文殊坊附近有不少旅馆。

多谢了！她的手在身侧一礼，道了声万福。

我又笑了，你可真是幽默。

幽默？她想了想这个词，是好笑吗？

你看，你又幽默了。

哦，我叫你公子，你该称我小姐的，可你叫我美女。美，只是一个人的外貌，而它如同烟云，转瞬即逝。

是应该这么称呼，可是小姐这个称呼……

公子这么说，是不是现在不能那样称呼了？

我本想告诉她，又想只要是中国人，都知道这个词现在是啥意思，她只是假装不知道罢了，所以没有说什么。但她却追问道，为什么？

因为会引起歧义。我有些尴尬地笑了笑。我没想到她真的不知道“小姐”这个称谓的词义已经演变。我想她此前是不是一直在国外生活呢，即使那样，她也该有所听闻的。我说，你真是不食人间烟火啊，小姐现在成了那个什么呢？我想着措辞，也就是过去青楼女子的代称；而公子除了在古戏里，已没人这样称呼男人。

怎么会这样？

因为……现在的世界已堕入恶趣。

哦，原来如此！她有些吃惊。那小女子该怎么称呼他们呢？

正式场合一般称女的叫女士，年龄大的女人就叫阿姨或老人家，年轻点的一般叫大姐，与你差不多的可以叫美女；男士一般叫先生。

原来如此啊，但我还是习惯公子叫我小姐。

我们来到了地面上。街道和楼房有些颓靡。车辆已少，路灯如昼，夜空昏昧低沉。

美女，哦，小姐……你想住哪里？

小女子也不知道。我想在文殊坊里先走走。公子如不便陪我，请回家去，不过，公子该告诉小女子您的尊姓大名。

免贵，姓王，名实甫。这么晚，我怎能让你一个人转文殊坊呢，我肯定要陪你。

王实甫？难怪与公子有缘。小女子姓崔，名莺莺。

崔莺莺？那不是《西厢记》里的美女吗？是网名吧？我也有个叫张生的网名呢。

真是凑巧。公子这样想，那就是了。

你那名字作为网名也太正式了。

我喜欢正式一些的名字。那我就叫你张公子吧。

无妨。我差点对他拱手一礼，那张生和崔莺莺不是王实甫笔下的一对有情人么？你看，我们多像是在网聊。

是吗？她低头前行。你看，我们都可以演《西厢》了。

崔莺莺待月西厢，可这成都难得有月。

不管有月无月，那个崔莺莺都会等着张生。她的声音略带惆怅。

二

白家塘街的路灯被稠密的小叶榕遮挡住了，显得很是昏暗。除了两家美容按摩店，其他店铺都关了门。这是一条普通的街道，过去的痕迹已难以寻得。

过了红石柱街，我们从金马街拐进文殊坊。仿建的旧建筑给人一种恍然回到民国、回到晚清、回到元明、回到唐宋的感觉，一切如梦。只是电灯和偶尔开过的汽车会提醒你，你还是活在当下的这个朝代，不可能有张生，也不可能有崔莺莺。这个叫崔莺莺的女子，只不过与我叫王实甫一样，最多与《西厢记》中的主角同名而已。

莺莺小姐，小生冒昧问一句，你是到成都来旅行的吗？

也算是吧。我很早就想来看看，我是卓文君的粉丝，也喜欢薛涛。但我主要是来寻一个人，以了却一份前世之缘的。

我看她说得那么正式，就开玩笑说，小姐该带着红娘的。

红娘到美国去了，给一个司长做了小。

是小三的意思吗？

小三？公子说的是小妾吧？也算是吧，反正是跟了那个司长。

我忍不住转过头去看她，但她很正常，容貌是人间的；灯光可以照见她的脸庞，身上的香味虽然独特，但也是人间的；她走起路衣裙“簌簌”，脚步也有声响。我想触摸一下她的手，她挨着我的那只手拿着那枝玫瑰。

小姐手中的玫瑰像是真的。

小女子上地铁时，一个小孩卖花，跟着我，说是为了挣学费，我就买了一枝。

那就有可能是假的，我看看。我说完，伸手去拿她手里的花。我的手触到了她的手背，她手背上的皮肤温润细腻。我轻轻地摸了摸玫瑰花瓣，又闻了闻，有玫瑰花香。我说，真是一枝玫瑰。

小女子从没想过花会有假的。

世界变得让人难以相信。我给自己找了一个伟大的托词，把花递给她。我有意地再次触到了她的手。她的手娇小，手指修长圆润，每一枚指甲都是完美的，在路灯的照耀下，隐隐有些透明。你的手真美啊，像观音的手！

她害羞地转过了头，把接玫瑰花的手也收了回去。

公子，万勿轻薄小女子。

小姐，我是由衷赞美，无半点轻薄之意。

“小姐”这个称呼叫了几次，似已恢复本来意味，但我老怀疑自己身处的时代。我穿着运动鞋、牛仔裤、T恤，背着双肩包，但走在她身边，我老有穿着古人袍服的感觉；我也有在古代的文殊坊带着一位大家闺秀闲逛的错觉，我的目光会不由得越过文殊院的飞檐，去确认那些高楼是否还耸立在那里。

小女子喜欢公子的君子之风。

时下哪有君子！这个词早就没入古籍了。

那时下还有闺秀吗？

人都变得粗鄙了，并已习惯了粗鄙，如果还有闺秀，那就是你。

纲常是朝廷的事。

朝廷的事不妄议也罢。

我们来到了白云寺街。她看了一眼街边的座椅，说，小女子要歇一歇了。

我忙掏出包里的纸巾，帮她擦了座椅。

谢谢公子，公子先请。

小姐坐，小姐坐。

她坚持让我先坐。我推辞不过，只好坐下。她随后才在离我两尺远的座椅一头坐下来。我望了一眼对面的爱道堂。这座尼姑庵在都市的数百万家灯火的俯瞰下，显得格外静谧，像一尊吉祥卧的佛。

三

小姐，听你口音，并不是四川人，冒昧地问一声，你从哪里来呢？

从你的戏本中来。她回眸一笑。

小姐又幽默了。

我不是叫崔莺莺吗。

哈哈，小姐说话真有意思。

小女子也冒昧地问一声，公子怎么取了王实甫这么一个名字？

父亲给我取的，我姓王，甫是辈分，父亲希望我诚实为人，所以名字中就有了这个实字。他哪知道历史上有王实甫这个人啊。我呵呵笑了。

所以说，这就是所谓冥冥之缘。正是那个叫王实甫的用笔墨创造了我，才使你我得以在文殊坊相会。

你是演电视剧的演员？

公子是说戏子？小女子不是。

那就是研究古典文学的，古代戏剧？

她摇摇头，淡淡一笑，没有作答。她的笑带着一丝伤感，更让人心动。

那你怎么穿了这身衣服？这也太大唐了。

好看吗？

好看，像古戏中的仙女。

公子净说好听的。

我说的都是真话。

刚才走着，感觉不明显，坐下后，就觉得夜晚有些寒凉。

你冷吗？我一边问她，一边把外衣脱下，要给她披上。

她触电似的一下站起，连连推辞，公子，我不冷的。

小姐，莫要嫌弃。我执意给她披上衣服。

谢谢公子体贴！公子如愿意，可否再陪我走走？

求之不得，即使这样一直走下去，我也乐意。

文殊坊面积并不大。但街巷相连，曲径交叉，像是永远也走不完。路过汉服馆，我说，有不少女孩子也喜欢像你这样，买件古服穿上，玩点穿越感。但我见过那么多，都没有小姐穿着好看、相宜，因为她们没有那种古雅的风度和气质。

公子难道就没想过我穿的是真正的古代衣服？

要是那样，你身上的衣服就无价了。

公子难道就没有怀疑过我？

怀疑什么？小姐骨子里透着妖娆，有些妖艳。难道你是妖？我想起了前几天刚在电影院里看到的电影《捉妖记》，接着说，那我就可以写一出《新捉妖记》了。

小女子倒希望公子写一篇《新西厢记》，这样，你和你前世的那个王实甫就有了呼应。她回过头来，嫣然一笑，小女子倒不是妖，但可能是鬼的，公子难道不怕吗？

我看她一眼，笑道，如果你是鬼，我愿意在鬼里加一个未字。

公子知道，魑魅魍魉都是鬼。

有小姐这样的魅力鬼，鬼不是比人更可爱吗？

没想到公子对美如此执迷。

对小姐的美，谁能不执迷啊！你这么漂亮，只身出来，父母不担心吗？

双亲早已仙逝。

那，小姐还有什么亲人？

她神情黯然，小女子曾定过终身，那位公子姓元名稹，我与他青梅竹马，后来他金榜题名，将小女弃了，娶了豪门闺秀韦丛。

我听她这样说话，忍不住笑了，好在没有笑出声。小姐肯定是学古文的，都知道元稹娶了韦丛。元稹是真写过《莺莺传》的。我语带嘲讽。

小女子没学什么古文，但就在古文里活着。

我就说嘛，不然你说起话来，怎会总是这么古雅。那个元公子为了富贵荣华，无情无义，属势利小人，小姐不嫁也罢。

可小女子无依无靠，沦落风尘，孤苦之状，公子哪能体会！她说完，忍不住长叹一声，以袖拭面，楚楚之状，令人心碎。

同是天涯沦落人。我沉默良久，鼓起勇气，站定后，对她说，小姐，我还没有女友，你若看得起我……

她羞涩地低头道了个万福，多谢公子不弃！其实小女子深知，我与公子的缘分，是前世注定的，我来成都，正是为了见你。

我没想到会是这样！激动地揽她入怀，紧紧拥住，以致害怕这是梦境而不敢闭眼，不敢呼吸，生怕在双眼闭合之时，一呼一吸之间，成为泡影。我……我没有做梦吧？

她在我怀里轻轻挣扎了两下，似在告诉我，回答了我刚才的疑问。我闻到了她头发的清香，感觉她的双手有些迟疑地、轻轻地揽住了我的腰。

我爱你！我说。

小女子亦然。

我低下头，捧起她的脸。她的脸朦胧、精美，像世上最完美的工艺品。她的眼睛开始是睁着的，黑而幽深，有路灯闪亮；然后，她的眼眸慢慢合上；她若兰的气息洒在我的脸上，进入我的肺腑。我的嘴唇触到了她的嘴唇，她的嘴唇微微颤抖着，这种颤抖一下波及开来，遍及她的全身，然后传递给我……

她的身体变得更加轻柔，似乎正在化开；我的身体也倍觉轻盈，跃然欲飞。

四

我把她带回我的家里。那是我租的公寓，就在文殊院西侧，临人民中路。文殊院就在文殊坊内，迄今已有1300多年的历史，我喜欢黄墙青瓦，暮鼓晨钟，所以一到成都就住在这里。公寓只有一居室，有些像酒店的客房，有卫生间、一个很小的厨房。家具只有一个简易衣柜，一张1.5米宽的床，一个双人沙发——上面堆着我的脏衣服，四个塑料小圆凳，一张小方桌——我在上面吃饭和写作——上面放着我已用了七年的笔记本电脑，到处堆着我的书；还有一个一直没法用的空调，一个很难出现图像的电视机——从一开始，它们就是老板的摆设。

我想成为作家。但只在几家小刊物上发表过几篇小说，没有一点名气。我靠在一家小书店打工维持生计。每天值十七点到二十四点的班。这个时候去书店买书的人很少，我可以看书，也落得清闲，但收入微薄，每月不到两千元。所以，我只租了这个位于楼角，没有窗户的房间。

带她回家时，我一直在犹豫是否该把她带到这样一个寒酸的地方。但我也知道，对于相爱的人，即使狗窝，也是仙境。

穿过很长的走廊，来到走廊尽头，打开门，推开房门，一股潮湿的酸味扑面而来。我只好说，请小姐在门外稍等，我要让屋子透透气。

公子，无妨的。吻过她后，她似乎更害羞了。

就两三分钟。

邻居听到说话声，推开门。她就是我们通常所说的小姐，靠在网上招揽顾客，是个脸色发青的漂亮女孩，我和她相处不错。作家，怎么这么晚才回来？跟谁说话啊？还有女人，听声音很迷人啊？

晚么？跟平时差不多吧。我敷衍道。

怎么只有美女的声音啊？藏到屋里去了？

我牵着莺莺的手，有些自豪地看了她一眼，这是我女友，你没看见啊？

她朝我身边看，是有一股女人香。然后用不屑的口气接着说，你会有女友？是小姐吧？找小姐就找小姐呗，不要不好意思了。知道找小姐了，进步了啊。不过你他妈的也太不够意思了，我就在你隔壁，也不照顾老娘的生意！

我想告诉她，我的女友是一位真正的小姐，话到嘴边，又觉得说出来也不对劲，就说，你神经哟！

你才神经呢！她说完，“砰”地关了门。

我牵着莺莺的手，把她让进屋，请她在圆凳上坐下。

屋子脏乱。我很是尴尬难堪，忙着收拾。

她站起来，公子，我来帮你拾掇吧。

不用，很快就好的。我说着，把沙发上的衣服塞进衣柜里。

这么多书啊？她顺手拿起一本，翻了翻。

都是在文殊坊和一些旧书网站淘的。我喜欢那些旧书。

她把手里的书放下，又拿起一本。是《全唐诗》中的一册。

曾经沧海难为水，除却巫山不是云。取次花丛懒回顾，半缘修道半缘君。她轻声吟道，声音婉转，十分动听，吟罢，像是自语道，没想有这么多诗流传到了现在。

刚才那首诗就是那个唐朝负心汉元稹写的，那前两句谁都会引用。

她没说话，继续翻阅，突然掩面而泣。

我连忙放下手里的东西，关切地问道，小姐，你这是怎么了？

这一问，她哭得更伤心了。我看她打开的书页，是元稹的《春晓》：

半欲天明半未明，
醉闻花气睡闻莺。
猧儿撼起钟声动，
二十年前晓寺情。

我不知道她看到这首一千二百多年前一个唐人写的诗为何如此伤感，所以不知道该怎么劝她。我把那本书从她手中拿过来，把那首诗又读了一遍，还是不理解那首诗与她有何关系，只当是因文生情，就劝慰道，小姐，你不要这么难过……

她点了点头，背过脸去，拭了眼泪，带着哭音说，真是对不起公子。

小姐多愁善感，读诗生情，可以理解。

没想这等诗，也流传至今了。

是的，这么好的诗，流传下来也很正常啊。

小女子喜欢唐朝，但有时也令人感伤，因此失态，请公子谅解。

任何一个朝代都有令人感伤、甚至悲怆的事。

也是啊。我知道唐朝距今已过千余年，如今的天地已大不同了。我看到飞机像宫殿一样在天空来往，地上跑着火车和汽车，再也没有马车了，也没有骑马的人，甚至很难见到马了。

只有在留下的文字里才能找到那个朝代的气息了。其实人并没有变化多少，不过长衫变短褂。

人心古今同吧。

正是。因为爱、因为情、因为生离死别依然，人就还是古人，世界也依然老旧。

但现在的生活倒真是便捷简单。小女子和公子在一起，已无须父母之命，媒妁之言。

我看《西厢记》里崔莺莺的大胆、开放，和今人其实无异。

那是公子写的戏本，只能说作者希望崔莺莺那样罢了。

我笑了，我哪能写得出那样的经典啊。

谁让公子和那个王实甫同名呢？王实甫凭了一个女子的悲剧，得以不朽。你何不再写一出新西厢记？

可惜我没有那样的才华。我笑了，岔开话题，小姐肯定饿了，我给你煮碗面吃。

小女子不饿，公子烧点水喝即可。她迟疑了一阵，说，小女子走了远路，还想……洗漱……那个“洗”字发音很低，几乎听不见。她说完，低了头，满脸绯红。

好的好的，我先给你放热水。我说着，进到卫生间，打开热水器，把里面自己的袜子、裤头扔进洗衣机，又把里面拾掇了一番，然后看着温度上升，把冷水放掉，再出来，找了一条毛巾，递给她，满是柔情地说，水温是调好的，你打开就有热水。

多谢公子。她进到卫生间，又退了出来。公子，水在哪里？

是热水器，我用的是热水器。我再次进到卫生间，教她怎么使用。

这个是干什么用的？她指了指抽水马桶。

我看着她，不相信她没有用过这东西。我不知用哪个合适的词来回答她，想了想，就说，用来……出恭的。我说着，打开马桶盖，坐在上面即可。

啊？她颇是惊讶。

现在都用这玩意儿，完事后一冲即可。我给她指了指马桶开关。这些东西小姐难道没有用过？

她点点头，羞涩地笑笑，我说过，我来自戏文里，戏文里哪有这些东西！

我也笑了。小姐真会开玩笑。

说完，我让他试着开了热水器的开关，见她会了，才走出来，替她关好门。

我烧着开水，听着卫生间里传来的水流声，终于放心了。

小姐，水温怎样？

公子，刚好的。她的声音里带着水汽。

我打开煤气灶烧水时想着突然拥有了这么一个绝世美人，还是有做梦的感觉。

二十多分钟后，水流声停了，过了一会儿，她穿戴整齐地走了出来。她面色红润，头发湿漉漉的，乌黑发亮，披到了臀部。

我把泡好的茶递给她。

茶很香啊。她用纤手端起茶杯，闻了闻，嘬起小嘴，吹了吹，品了一小口。

这是今年的春茶，我妈采摘、制作的，前几天刚找人带来。

没想到公子老家还有这等好茶。

是的，老家云顶山上产云顶茶，虽无名气，但茶确实好。

如此好茶，我有清福了。她端坐在凳子上，一边品着，一边翻我堆在地上的书。

公子有《西厢记》吗？

没有，不过，你如果想读，我可以给你买一本。

不用，我只是问问。

我想起她对现代生活的陌生，颇是好奇，便问她，小姐，你老家是哪里的？

小女子博陵人氏，幼居崔庄村，真名崔小迎。十岁时，父亲去烟粉作坊做工，举家搬迁，到了沁园。后来，小女子到了浚县，住在浚县第一实验小学里。

浚县当属今天的鹤壁市，沁园在博爱县，可惜我都没有去过。

公子以后或许会去的。

小姐喜欢看《西厢》？

小女子就是那里面的人。

我“哈哈”笑了，是啊，你叫崔莺莺嘛，这么说来，我叫张生，也是里面的人了？

也许的。但你是王实甫，这个张生的原型是元稹。

真是大诗人元稹？

正是。小女子和元稹邻村而居，八岁时他父亲逝世，我父母将他带到我家，视同己出。我和她从小一起玩耍，可谓青梅竹马，两小无猜，便在沁园私定了终身。沁园是汉明帝刘庄为其五女刘致建造的园林，颇为有名，常有名流大家、士绅官宦来此游玩，元公子因此结识了令狐楚、韩愈、白居易、李绛等人，受其熏陶，习诗学文，元贞十七年春，十五岁的元公子以明两经而擢第，人夸他少年俊才，说小女子是出水芙蓉，郎才女貌。不想元稹后受太子少保韦夏卿赏识，与韦家千金成了婚，从此再未谋面。

我听得云山雾罩的，突然怀疑她的思维是否有什么问题。我说，元稹曾作《会真记》，也就是《莺莺传》，写了张生对崔莺莺始乱终弃，那个崔莺莺难道就是你吗？

正是小女子。她一点儿玩笑的意思也没有。最让小女子不解的是，元公子为何要借张生之口，诬我为“尤物”“妖孽”“不妖其身，必妖于人”，甚至以“予之德不足以胜妖孽，是用忍情”。他的说法我不作辩解，时人自然心明。

是啊，后人都说元公子借张生美化自己，有污德行，被人诟病。鲁迅说他的《莺莺传》“篇末文过饰非，遂堕恶趣”。

这个鲁公子说得好！欲盖弥彰，元公子定然没有想到。

我有些害怕起来，我一次次偷偷地观察她。但她的确是人——一个令人心醉神迷的美人。她看上去也是正常的，但我感觉她似乎无法区别现实与梦境。

那小姐为什么要找我？

我要感谢你重塑了我。《会真记》在世六百年，我都是一个尤物、妖孽，你写了《西厢》，才让世人对小女子有了新认识。当然，小女子不是相国小姐，而是贫寒闺秀。因为爱元公子，才与他私订终身。他攀附豪门，娶了韦丛，我心中痛苦，无人能知。小女子知他用心，为他着想，从此隐退，未做任何纠缠。可元公子为了荣华和浮名，辜负天高地厚情也罢了，最后却那样写我，真是令人心伤。

可我跟王实甫确无关系。

公子若与他无关，为何取了一样的名字。

我前面说了，是我父亲给我取的。

除了公子，自王实甫逝后，极少有人取这个名字。

我不信。说着，打开手机百度了一番，发现今人的确很少有用这个名字的。我有些无奈地望了她一眼。这能说明什么呢？我和他相隔数百年。

这说明公子和他有缘。

我淡淡一笑，不知该说什么。

和她虽然相识短暂，但我已深深地爱上了她。她恍惚的状态让我忧虑。但她又回到了现实中，似乎一下从唐朝回到了当下。她品了一口茶，请问公子高堂可好？

高堂……我想了想，终于知道她说的是什么意思了。父亲已经去世，母亲年事已高，身体尚好，但我一事无成，婚姻无着，所以老人时常为我忧心，现在，她如果知道我有了你这个仙女，一定高兴得很。

公子，小女子出身贫贱，哪是仙女？但小女子相信缘分到后，一切都会水到渠成。

但愿真有这样的缘分。

"愿有情人都成了眷属"，这是公子在《西厢》里写的话，那公子可愿与小女子遂了前世缘分？

我的心颤抖起来，我愿意，永生永世。

可不能立誓，不然，小女子每生每世都会来找你，你每一生每一世都爱着同一个人，那会多么无趣。

我愿意。

我们已定终身，那小女子该怎么称呼公子？

我们可以称呼彼此的名字，结婚后你可以叫我老公，我叫你老婆，当然，也可互称亲爱的。

已无名讳？也不能叫相公？

那是老规矩、老称谓了。

那小女子和公子就互称亲爱的吧。

但在长辈面前还是叫名字好些。

亲爱的，我听你的。她说完，咯咯地笑了。这个称呼也不错。

我有些奇怪地看着她。我发现她不是因为幽默，也不是因为好玩，而真的是对现实世界一无所知，好像真的来自古代。

亲爱的——，老公——！她像好玩似的，把两个字音故意拖得很长。

亲爱的老婆。我也叫了她一声。

老公是老公子的意思？可你不老啊！老婆，听着也怪，但我的确是很老了。

亲爱的，你永不会老的。

亲爱的，你怎么知道？

我就是知道。我觉得她是那么美，那么迷人。我把她揽入怀里，开始吻她。她喘息着，那种娇喘，令人迷醉。

我感受了她完美的、令人沉醉的肉体和娇柔万端的激情。柔情蜜意充满了这个简陋的房间，溢满了这座庞大城市的每一个角落。因为爱，这个房间变得像整个世界一样丰富了。

她安静地躺在我怀里，温润如玉，气息喷在我的胸口，痒酥酥的。我打开灯，我想看到她的脸，她的肉体，我要记住她肉体上比尘埃更微小的部分。她如花绽放，比花娇艳。我抚摸她，充满无限柔情。

五

屋子没有窗户，我醒来时，屋里依然很暗。但从过道的动静可知，很多人已经起床，街上已渐渐喧嚣。

摸摸枕边，枕是凉的。摸摸另半边床，床是空的。小姐。我轻声唤道。没有应答。莺莺——仍无回应。亲爱的——还是无人答应。我心头一慌，翻身而起。开了电灯，看卫生间没人，推门去看过道，过道也是空的。我跌坐床沿，神魂俱散，又问自己，莫非是春梦一场？回想之后，一切都无比真切，细看枕上，竟有她的四根落发。我把它们小心拾起，想把它放入书中。才见餐几上多了一册书，竟是旧版的《西厢记》，书上放着一缕青丝，青丝下压着一张纸，展开之后，是用毛笔写的娟秀繁体小楷：

昨夜歡情深，
今朝别意濃。
西廂無覓處，
白雲付西風。

我读罢，悲声难抑，胸中疼痛，吐出一口血来，人不由得往下倒去，人还没有触地，便没了知觉。

醒来时已不知何时。我艰难地爬起来，屋子还是空的。我踉跄着推开门，一束强烈的阳光像一柄巨刃，劈开过道。我沿着昨晚走过的路去找她。我怕她只是出去了，特意留着门，没有锁。我神不归位，恍惚着，但每一步我都记得很清晰。我一步不落，在文殊坊里转了好几圈。每间店铺、茶舍、饭馆，包括文殊院、爱道堂，我都去找了，但没有她的踪影。然后，我又进到地铁站，在昨晚与他相遇的地方站了很久。我希望她能像昨日那样重新从地铁里走出来，但那么多人涌出地铁，就是没有她。我沿着昨天的路径走出地铁，再走入文殊坊，再走回家。我多么希望她坐在那个简陋的餐几前，正一边安静地翻看一本书，一边等我。但屋子里还是空的。

我又从屋子里走出来，走进文殊坊，走到地铁站，再返回。就这样往复多趟，以致引起了地铁站保安的怀疑。

我突然记起她昨天说过她住在河南浚县第一实验小学的话。我想那里至少可以问到她的下落，便决定到那里去找她。

我敲开了邻居女孩的门。她开门见我，惊讶得张大了嘴。你怎么了？

我没怎么。我想去看一个朋友，想跟你借一千块钱。

你这个鬼样子怎么去看朋友？她把我拉到她屋里的穿衣镜前。

我看到自己的确像个鬼。头发凌乱，嘴角和左脸都有血迹，胸前的衣服上也有。我早上起来，有些不舒服，可能是感冒了，吐了一口血，没有收拾。

你不会是去看哪个女人吧？昨晚你还对着空气说你有了女友，我看你是想女人想疯了！她从钱包里抽出十张百元票子，递给我，你知道，这是老娘的卖身钱，早点还我。

谢谢，谢谢！我三个月内一定还你。我回到屋里，换了衣服，洗了脸，把她留给我的书连同那缕青丝包好，带上，小心地装好钱和身份证，就准备出门。临出门之际，担心她会回来，便把钥匙交给了那个女孩，说如果有个女孩来找我，可以把钥匙交给她。那个女孩不屑地撇了撇嘴，鬼来找你。

我还不放心，又在门上贴了纸条：

莺莺：

你如回来，钥匙在邻居女孩处。

万望等我，我最多十日即归。

实甫，6月11日

六

我买了当晚从成都去安阳的火车，在安阳下车后，我坐班车到了浚县。到达那里正是下午，我迫不及待地找到了第一实验小学，在学门口，我问保安，大哥，您是否认识这学校里姓崔的人家。

保安把我打量了一番，说，俺这学校里只有教师宿舍，只有一个姓崔的老师。

我心中不禁一喜，她是叫崔莺莺吗。

保安摇摇头，她刚从河南师范大学分过来，俺只晓得她姓崔。他指了指来客登记本，说，你写下来俺看看。

我工工整整地写下了“崔莺莺”三个字。

崔莺莺？崔莺莺，保安在嘴里念叨了几遍，突然转过头来奇怪地盯着我，你找崔莺莺？

我点点头。

保安又吃惊地盯了我一阵，怎么和古戏里的崔莺莺一个名？

我不知该怎么回答，犹豫了一阵，说，她是我的女朋友，我前两天在成都还见过她。

保安吓得往后跳了一步，你不会碰到鬼了吧？俺们这学校里还有一个莺莺坟。

我不相信自己的耳朵，你说什么？

俺们这个坟里的崔莺莺死了一千多年了。他朝校园里指了指，你看，那里还有一块莺莺碑。

他的话把我吓住了。我顺着他手指的方向看去，果然立着一块古碑。

这怎么可能呢。

保安打量了我一番，小伙子，俺看你是想进去参观这个古迹吧？这里不收门票，你何必搞这些名堂，大白天的，瘆人得很。

那我可以进去看看吗？我扯了个谎，我其实是四川大学的研究生，要写一个崔莺莺生平事迹的论文。

不行，现在还莫放学。

那我放学再来。

等到孩子们都出了校门，我给保安买了一包烟，又到了校门口。他接过烟，抽了一支，打开了校门，带我来到坟前。

我看到，那碑高宽均约一米，左边及右下角已残缺，上有“唐故荥阳郑府君夫人博陵崔氏合祔墓志铭”的正楷碑文，历经沧桑，许多地方已漫漶不清。

我对保安说，碑文中只说崔氏，并未提及崔莺莺。

崔氏就是崔莺莺嘛，俺们这里的人都知道，这地儿埋的是唐朝的那个崔莺莺。保安说完，转身回校门口的值班室去了。

四围寂静，夏蝉凄切。我抚摸碑石，呆立良久，恍若梦中。想起与她的相识、相爱，心里凄然，头抵碑石，不禁泪如雨下。

正在这时，那个保安来叫我，小伙子，那个姓崔的老师从教室里出来了。

我偷偷地抹了泪，往教室那边望去，果然看见一名女老师正在锁教室门。但从背后只能看到她的齐腰长发和直垂到脚后跟的白色连衣裙。当她转过身，我吃惊地张大了嘴巴，那不是崔莺莺吗？我抑制不住内心的激动，几步跑到她跟前，莺莺，你真跑回来了！

她站住了，看着我，您是——？

我是王实甫啊？你走时怎么也不告诉我一声！

王实甫？你是哪个孩子的家长吗？

你怎么啦？不认识我了？三天前，我们在成都一起相处过。

她笑了——是那种我见识过的含蓄、古典的笑。您肯定认错人了，我大学刚毕业，还从没去过成都呢，不过，如有机会，我倒是很想去玩玩。

你是崔莺莺吗，跟《西厢记》里那个崔莺莺的名字一样？

是啊，怎么啦？

我拿出那首诗作，面对她念起来。昨夜欢情深，今朝别意浓。西厢无觅处，白云付西风。

这首离别诗很有意境，不好意思，我大学虽然读的是中文系，可我记不得它是古代哪位诗人写的了。

小姐，我还有个网名叫张生。

她一听，顿时芳容变色。我是一名人民教师，你怎么能用这样的话骂我呢！她说完，气呼呼地转身走了。

走了好远，她又回过头来，盯着我，你这个家长真没教养！她的目光冰冷，满是寒冰。

猫的故事

文 珍[1]

我从未试过这么快完成一个小说。它其实根本就不是一个小说。它就是发生在某天下午某条北京街道的事。你也可以说这是每一分钟都可能发生在这个国家、这个城市、这些好人们之间的事。

故事也许要从前一晚上说起。如果不嫌这个开场过分冗长的话。

前一晚上我在拼命赶一个书稿。正在神思枯竭无计可施之际，穷极无聊地打开了微信，发现一个女朋友就在几秒钟前刚在小群里发了一条消息：我刚才做了一件特别傻的事！巨尴尬！

我的好奇心一下子被调动起来，目不转睛等她说完。

她说，我朋友圈有个小诗人一天到晚总是在感叹他没钱，没年终奖，我实在受不了了，刚给他发了一个红包，平常几乎从不联系的。然后他被吓到了，不敢收。我尴尬得癌都犯了，是不是傻到家了？

我随口问，噢发了多少？

五百。女朋友说。

我一下子就被这数字刺激到了：这么多！你有红包干吗不发我们群？

---

① **文 珍** 女。青年作家，中山大学金融本科，北京大学中文硕士。历获第五届老舍文学奖、第十一届上海文学奖、第十三届华语文学传媒最具潜力新人奖、第十四届十月文学奖、第二届山花双年奖等。出版有小说集《柒》《我们夜里在美术馆谈恋爱》《十一味爱》，散文集《三四越界》，台版自选集《气味之城》。部分小说、诗歌被译成英、法、阿拉伯文等。

其他群友也纷纷表示赞同。

关键是那孩子并没有收。女朋友坦白地说：我刚才为了缓解聊天氛围，还劝了他半天，说年轻人初到社会，穷点正常。

她比我稍年长几岁，因为有个诗人家属，多年来混迹京津高校诗歌圈，也算对诗坛怪现状见怪不怪。主要还是因为衣食无忧。她随即又补充道：这孩子还不算诗人圈里特别 LOW 的呢——我有个死党还挺欣赏他的诗。

他朋友圈都怎么个哭穷法值得你这么慷慨解囊？让我也学习一下如何和熟人讨赏。我刻薄道。

她过了一会儿发过来七八条截屏，风格泰半如下：检视自己的身心，发现其实我什么都不拥有。除了放浪于尘世痛苦中的形骸，和被世俗价值体系低估的才华……

此外就是长达半年的年终奖主题：

> 当上帝极端失望，最后准备弃世界永远于不顾时，有一些天使不同意他的做法，计划被阻碍，上帝极为生气，命令天使永远手持这世界上最糟糕的东西：年终奖。
>
> 三年工资，都换了烟酒与绝症。窥看杯中，可有年终奖？到了别处，不是姓党，就是姓资。
>
> 有时候我们不倦地追逐年终奖，冒着失败的风险。更多的时候是我们被年终奖狼狈地强奸。
>
> 把年终奖献给身后这座辉煌的都市。

我真是惊呆了。镇定了好几分钟才说，My god，这人真自恋……而且，傻。这叨逼叨朋友圈永不落幕的年终奖协奏曲，加起来并不值五百块钱。

女朋友说：这不是一诗人吗？我们读书那时候的诗人，比这酸得还过分。

我说，也许我对诗人圈见识少。不过我觉得这种人纯属自作孽不可活。我要是他领导，也绝对不给年终奖，这么眼高手低怎么可能好好工作？就欠教育。不给钱也毫无反省意识，还敢哀怨长达半年。这倘若不是奇葩，什么是奇葩？

为了更好地发表意见我还专门打开了微信网页版。明天是截稿日，我的稿子还八字没一撇呢，也是醉了。与此同时群里面还有俩男性友人，一位表示赞同我的奇葩论，但立刻又打圆场说：睡觉睡觉！发了一个晚安的表情图，就此隐没。另一个由始至终潜水，好像昏过去了一样。

女朋友硬撑道：你不觉得这位小哥很好玩吗，我都快被笑死了。

开了微信网页版的我运指如飞，有如神助：这有什么好笑的？我不觉得。要是我早就把他拉黑了。你竟然给这种神经病加自恋狂发红包！这样的人就不配有工作啊。就应该当一个穷愁潦倒的自由职业者，为文学和不值钱的尊严献身。一天到晚为那点年终奖哭穷，俗话说得好，救急不救穷。这就是典型的穷！穷不光是一种物质占有状态，还是一种人格障碍，精神痼疾。

不知道触动了哪根愤青神经的我滔滔不绝。

她说：我倒是没想那么多。还有个朋友挺欣赏这小孩的诗的呢——咦，他居然收钱了！本来还以为他不会收，明天会自动退回来。

我只恨自己翻的无穷白眼那边看不到：你发给他，他干吗不收？又不是开口和你要的。事已至此，你就当花钱买了一教训，好比买了一山寨名牌包。

可能因为这人真的收了钱，这更加坚定了我对他是个奇葩的判断：这人要是认定你仰慕他才华怎么办？这么自恋的人。后患无穷。

女朋友说：以为我暗恋他不至于——他暗恋过我。当众表白过的。可能因为这个，我才这么慷慨。

我越发较真：暗恋就能骗钱了？那我到处和人说我爱你，是不是就不用工作了？

她抗议道：喜欢过我的人又不多！我还是很珍惜的。

也许是因为写稿写不出来憋的，也许是一直讨厌被情感绑架，我开启了抬杠模式：所谓暗恋还让你知道，那就不叫暗恋叫示爱，叫情感绑架，叫要挟，叫僭越，叫自己给自己加戏。感情关系很多时候是一种权力模式，深究起来没那么美好。还涉及了许许多多的自我麻醉和渴望他人认同。——不过，这和我们刚才说的已经是另一个话题了。

女朋友沉默了一会儿说：我觉得我挺好的。至少喜欢我、被我喜欢应该是件美好的事。

我气结，一时间口不择言：我还真没你这么自信。别人喜欢我，我基本上都当是误读。我对别人也一样。

其实更多难听的话我没说出来：向一个明知道不可能喜欢自己的有夫之妇——很可能还认识她先生因为是一个圈的——表白，到底想怎样呢？这不是一个真正的诗人。只有伪文青才会定义这自我感动是浪漫多情。收暗恋过的人红包，这更匪夷所思了。

女朋友又辩解了几句，说自己懂得爱而我不懂。最后断言：你大概是在此前为他人着想太过了，受过不少伤才退回到今天的状态。

我被引诱得说了一个不太熟的朋友借我几千块钱一直没还的事。这人借钱之后两年问：我向你借过钱吗？我老实说：借过。——总不至于为了考虑他人感受就说没借吧？这人从此就从我的世界里消失了。一笔勾销。从此清净。

我说：这种事并没有真正伤害我。我只是觉得你不应该给一个长年哭穷的人钱。这感觉很怪。这样他会觉得哭穷有效，或者你侮辱了他，讹你一下也是应该的。

她辩解道：我就是一时冲动，压根没想那么多。

我说：我也有强迫自己当好人的漫长过程。现在想想，过分善良是荒谬的。我们每个人都对自己的道德判断偏高，其实不过都是些凡人。自救尚且困难，当什么救世主呢。

女朋友打了一个笑脸：我觉得这事戳到了你的痛点。你一定做过很多这样的事。

我说：我早已不再想当一个好人，只想当一个诚实的人。我们至少必须了解我们自身。了解何谓“诚与真”。你看过特里林这本书没有？

她说，哎呀，我从来不纠缠伦理学的。斯诺宾莎我都不读。

至此，群里终于彻底死寂。

往窗外看了一眼，让我今晚变成狼人的罪魁祸首正高挂在中天。清冷，嘲讽，置身事外。这个陷于无效争执的月圆之夜就这样过去了。不知道为什么，我非常难过。就和前两天看到众人刷屏某育儿嫂一样难过。我觉得好些转发的朋友完全不知道自己是被什么给绑架了。但也有可能，只是我自己的问题。我对这种无用的甚至是荒谬的善彻底厌倦了。而我犯的错误，是希望所有人和我一样。

从小，父母就教育我们要当一个好人。而好人坏人的定义究竟是什么呢。

尼采说，成为你自己。你现在所做的一切，所想的一切，所追求的一切，都不是你自己。

我在不知道是不是自己的思想里陷入了某种无法可想的困顿。走到阳台上长时间地凝望那轮月亮。月亮的阴影是它固有的山丘，但是很长一段时间人们说那是嫦娥和兔子。身份难明的吴刚隐没在背面。我们都活在我们所在时代的局限里，但总有人想要提着自己的头发离开。阳台窗户大开着。那一瞬间我好像看见有人扑通一声跳了下去。那是过去的自己吗？自己总是在迫不及待地死。每天都死一点点。然后，剩下那些貌似最坚固的东西也如此不堪一击。

我不仅仅只是在说友谊，爱，惺惺相惜。

那天晚上我睡得其实很晚。但因为忘记拉窗帘，第二天仍然被明亮刺目的夏日阳光早早弄醒了。看了看表，只睡了四个多小时。

我们总是容易对一些斩钉截铁的句式留下印象。比如说，一个人就要像一支军队。比如说：人类总是习惯于给自己自设障碍。我喜欢的一个女作家如是写她笔下的一个德国女子：

“以理性与节制去理解。”

“莱泛爱拉这样理解时间。如果舞蹈课九时三十分开始，每逢星期一至五，她从来没有缺过课，早上九时二十五分她就坐在舞室的地板上等，永远是第一个。‘没有什么事情可以改变我。’她想。同样她也无法改变任何事情。”

“她这样理解命运。”

不知道为什么我对这个女子印象很深刻，那还是二十岁那年看的香港小说。也许那个时候我就应该知道——仿佛提前掌握某种真理——一个人仅仅只能够要求自己。

然而我却不知道过度相信自己甚至只相信自己，同样也是在与命运和他人作战。同样也是必败的悖谬和荒唐。

贾木许的《帕特森》里有一段对白很有趣。每天早上公交车司机帕特森在出车之前总是要问候一下负责夜班的搭档：你好吗。往常他都说，我很好。突然从有一天开始，他每天都告诉帕特森说：我不好。然后就开始絮絮叨叨到底有多少不好：婚姻、亲戚、子女、疾病……帕特森听了以后总是不知道说什么好。但是他仍然出于习惯每天都问。然后搭档每天都回答不好。终于有一天，帕特森有点恐惧地看着他，但是照常问，你好吗。搭档刚刚拉开大谈一番的架势，突然间叹口气说：算了，反正你也不想听。

我觉得当代很少有寥寥几个镜头就能把现代原子社会中人和人礼貌之下的毫不相干表达得这么好的电影了。这就是我们的日常，我们都想当一个好人但事实上并做不到，也没人真正需要。但这和这篇文章其实没什么关系，也就是在这里随便起一个话头。我们每个人很多时候都并不真的想得到回答，不过是一种资产阶级的闲聊罢了。我们真正感兴趣的事情是那么少——除非有机会表现得比他人更重要/聪明/高尚/成功。为此我们几乎可以付出一切代价。

帮助他人只是为了鹤立鸡群的迷思。永远正直、正确的好学生的迷思。

耶稣在十字架上的迷思。

因为晚睡早起，工作到临近中午我便饿了。很久不见的一个不在同一层楼的要好同事，她最近怀孕了，我一直挂念着要去看她，但总是忙。工作效率最低的一日，反倒心血来潮打了座机，问她中午要不要一起吃饭。

窗外的风景是好的、初夏青枝绿叶充满希望的好。在这样微微有风不热的季节，我可以陪孕妇一起散一会步。

同事告诉我说没有通过昨天的孕期糖尿病筛查。小心翼翼地忌口了几个月，毫无改善。她的声音在话筒里听来非常沮丧，说，要不你就自己去吃点好的吧。反正我什么都吃不了，只能吃粗粮荞麦面。

我说，没事，那我就陪你吃粗粮荞麦面。

走在去荞麦面馆的小路上，初夏正午的阳光中我很轻地捏了一下她的手臂：怀孕还瘦了，营养怎么够？

瘦了也仍然是糖尿病。昨天十三个孕妇去检查，只有我和另一个没通过……怎么会这么倒霉！

我不知道怎么安慰她：还在医学可控制的范围内吧，这没有什么。

她沮丧地依偎着我，手臂凉而无力。我忍了又忍，还是脱口而出：要当妈原本就是很麻烦的事……这还只是麻烦的开始。要做好思想准备。

我们几个要好的女同事本来说好这两年都不要小孩的；说句玩笑话，毕业不久，还正是事业的上升期。但我其实也能理解她们何以一个二个都迫于种种压力当了逃兵。这才是正常人生有所牺牲、有所选择、有所得到的完满。那边沉默良久，我还以为是我这话说得不好，过分冷酷扫兴。正反思自己最近何以如此好辩，她突然说，你看。

什么？我问。

猫！

真的是猫。

一只猫赫然出现在临街某熟肉店橱窗内。

在玻璃窗内的陈列台上，在若干鸡胗、鸡爪、鸡腿、鸭脖子、鸭掌、完整的卤鸡和盐水鸭，夫妻肺片和豆皮海带之间，突然出现了一只活生生的猫。而且很脏。

一个高个子的年轻店员正试图拿扫把赶这只猫。如果它的毛皮不是那么褴褛稀脏，大概可以勉强称之为白猫，但身上几乎已经看不出来完整的白了，眼角爹满眼屎，长毛打结，肉眼都可以判断出细菌无数。

我几乎是立刻忘了同事孕期糖尿病的事，失声尖叫起来：住手，不要打猫！

就像是苍蝇见血，橱窗边立刻就聚拢了看热闹的一小群人。有些男的飞快拿出手机照相——很奇怪，全是男的，无论年轻还是年老。更多人指指点点，议论纷纷。除掉用手机全程拍照记录的，大部分路人脸上都是一种事不关己的诧笑：熟肉店里怎么会有猫？一个大妈道出了大家的心声：这猫从哪来的？这一层熟肉可全毁了。总得好几百上千吧？

真的。我抬头看了看那店的招牌，以前走来走去那么多次从未留意过：紫燕百味鸡。橱窗里一如往常密密麻麻地摆满肉的零件和整体，正是一家街面最常见不过的卤味店，不知道怎么回事，居然蹿进去了一只猫。那只猫明显恐惧得发狂，还淋漓着卤汁油水的长毛尾巴炸开来回横扫，眼睛肿得眯成一条缝，头上还有一道长长的血痕，不知是刚被那个卤味店小哥打的，还是此前不知在哪儿和同类厮杀地盘受的伤。偏偏那个玻璃橱窗还从外面没法打开，只有顶上两个不过一本书大小的方形窗口用于交钱取货。玻璃橱窗不断被猫头撞得嗡嗡作响，但猫也没法从窗口逃出来。太高了，又没有懂猫语者为一只发狂的野猫指一条逃生明路。

我此前也听说有麻雀误闯入办公室慌不择路一头撞死在玻璃窗上的事。玻璃大概是动物最难以理解的人类发明之一，明明看得到外面，却有一层看不见的坚硬屏障。关键是，后有追兵。

阳光越来越刺眼。周围的看客走了又来，始终围成一圈。我这时陡然想起找那个怀孕的同事，才发现不知何时她已远远地躲到人群外围了，未能照顾好孕妇的内疚感不禁油然而生。赶忙过去用身体护住她，又问：这可怎么办？这事我们得管吧？要不然卤味店小哥可能会把那猫打死的。

她看上去有点恐惧，脸色比离开单位时更不好了，也许是饿了——这也难怪。怀孕的人容易饿。我说：要不你先去店里吃饭。我一会儿过来。你肚子里还有个人呢，别饿着。

她犹豫了一会儿：那好。那你一会儿也快点过来。

我说：好。

她步履蹒跚地走后，其他大部分人还在原地。更多的过路吃瓜（男）群众兴高采烈地举起了相机，一个新来的大妈问：这猫是怎么进去的？看样子是只野猫。饿疯了？

有早到几分钟者讪笑道：可不是。这么多熟肉都被糟蹋了，这猫就算可劲儿吃，也估计能吃到春节。

不管外面的人怎么议论，那只猫心思明显不在吃上。它只是疯狂地在那些熟肉上来回狼奔豕突，但凡小哥敢把棍子伸过去，就疯狂地在橱窗里乱窜，好几次都在玻璃上撞出了巨响，仿佛立刻可能血溅当场。这家店专卖鸡鸭，我原本不吃禽类，随着时间分秒流逝，那些构成复杂的卤味渐渐浓郁起来，钻进鼻腔让人有一种强烈的不适应感。但因为养过猫——到现在也还在养——我没法见死不救。

有人大声说：你看那猫尾巴奓得多蓬！它吓疯了吧！

好可怜。好几个姑娘都在异口同声：这猫太可怜了……

也有人同情店主的：这一柜子肉，市值怎么也得上千。这下可都完了。老板也是倒了八辈子血霉——这该死的猫到底从哪来的？

小哥还在试探着用棍子驱赶，但是随着每次伸出去随后都伴随着一声猫头猛撞玻璃的巨响，接下来，和我第一次目睹一样，周围好多姑娘当即响起山呼海啸的“不要打”，这声势阵仗震慑了那位小哥，他眉头紧皱，暂且举着棍子停止动作。如果想看到一个绝望的人类样本，那么这玻璃橱窗里就有一个完美的例证：他看上去就像是世界末日提前降临了这不到两平方米的卤肉店，眼神里充满了极端厌恶和仇视——他恨这只从天而降、毁掉了他这一天以及之后的若干天的猫。他是唯一无法置身事外的人，必须对老板负责、必须处理这一烂摊子的倒霉鬼。真正值得同情的是他，而不是老板。

猫的状态也糟极了。它炸着毛蜷缩在玻璃柜最边上，充满恐惧地看着外面的人群，间或又转头看向手持棍棒的小哥。它的状态也蛮可以用几个成语概括：鱼死网破、负隅顽抗、玉石俱焚、但求逃生。

身边惊呼“不要打”，声音最大的是一个穿碎花格子长T恤的姑娘。这场人猫大战已经进入了胶着的对峙状态，最外围的人群接连散去，也有边走边回头恋恋不舍看有没有最新进展的。

那碎花格子姑娘却一直不走、我也没走。

因为一直养猫、也被猫挠过的缘故，我心不由自主地揪紧了，知道这猫此刻已近癫狂，靠近它，不是它受伤，就是小哥受伤。说起来，人和疯猫之争，还真不好说谁处于劣势。

小哥看人群渐渐散尽，再次试探性地举起了扫把杆。说时迟，那时快，那姑娘猛地发出了一声比此前更尖锐的惨叫：别打！

这时人都走光了，她这声显得特别突兀，立刻吸引了几个新的路人驻足。

她浑然不觉，继续大声说：这猫太可怜了！你不要动手，我负责把它捉出来！

我试图阻止她：这猫现在处于极度恐惧中，很容易伤人，你过去大概也不行。

她一把推开我，就像没听见我的话一样开始径直找进店的途径。

小店当街并没有门，得从旁边包子铺的后门绕过去。很快她就和小哥并肩站在了店内，正对他说些什么。橱窗里那只猫极端恐惧地看着她，腰高高弓起，持续哈气不止。它显然无法承担它造成的后果。而那姑娘看上去却对可能的危险毫不知情。

从玻璃橱窗上的那俩小门里我听见她开始喊：你们所有人都让开，让开！这只可怜的小猫吓坏了！你们走开！

紧接着，她又厉声把那个小哥赶出了房间。

然而现在所有人更舍不得不看这热闹了。一只在熟肉堆里尽情打滚的似乎极之幸福事实上却极之不幸的猫，还有一个见义勇为的护猫女侠。虽然这女侠身材微胖，并不够美，但此时此刻，这一切都不重要，看热闹最重要。

人群渐渐有越来越多的趋势。猫的眼神狂乱，不断冲围拢过来的玻璃窗外的人徒劳地哈气。这让我不禁想起不久前那个被老虎咬死的年轻人，是不是也看到过同样多人类好奇的眼神？当时是不是也有很多人举起手机来拍照？

在最坏的事还没有发生之前，一切新鲜事都是值得上传社交工具的。多难得的街市奇观。并不是每天，都能看到一只猫从屋顶上掉到熟肉铺子里的。

——店外人乌泱乌泱。我打了个寒噤，遂也从包子店后门绕到卤鸡店里去。眉头紧锁的小哥守在后门，原来他一直没走。店面实际比外面看上去更小，幽暗狭深，那姑娘满脸一筹莫展地站在中央，看见我立刻命令道：你去把外面那些人喊开吧！就是他们围观猫才搞得这么怕！

她好像已经忘记了刚才不理会我的事。我想她说的也有道理，就跑到大街上对那些人说：你们走吧，走吧。那只猫特别怕人，看人多更不敢出来了。

也是胶着局面毫无进展久了，新来的看客终于三三两两地散去，有个刚路过的大叔却不理会，饶有兴味地弯腰靠近橱窗端详：咦，这猫怎么进去的？

我说：天知道怎么进去的。您还是别凑这么近啦，这猫已经吓疯了。

他满脸都是好奇的笑容。不远处有个方脸小伙子也边用手机照相边笑。很奇怪他们的笑点如此一致：可这悲惨局面到底有什么可笑的呢。一个处于绝对困境的人，和一只处于绝对困境的猫，不过如此而已。

那个大叔看那小伙子拍照更来劲了：好玩好玩，我也拍。非但不走，更把脸和手机贴近橱窗来了好几张。猫一开始还冲他哈气，后来知道他造不成实质性威胁，便在橱窗玻璃后恶狠狠地盯着他看。大叔敌不过猫的眼神，更敌不过那个方形门洞里碎格子姑娘一声比一声大的驱赶：你们快走，都走开！终于恋恋不舍地走开。

方脸小伙子还没有走。和我一样，既然不走，碎格子便在里面指挥他找来几张有色纸板盖在橱窗上：没什么好看的。都别看了。

我重又回到店铺后面。碎格子看我一眼：你怎么又进来了？还不到前面去让那些人都走开？

我到这时还没有意识到她一直在使用命令语气，只说：人已经走得差不多了吧。过路人好奇看看也正常。而且这猫也不光是怕前面的人——它也怕你，怕里面的人。你这样堵在它面前，它怎么敢下来？

碎格子转过头去，拒绝对我的话做出回应。守在门口的那位小哥短暂消失了几分钟，大概是去打电话报告老板了，这时又愁容满脸地进来。碎格子看见他就大喊道：你快出去！出去！

小哥不说话。和橱窗里的猫一样死瞪着她。

我说：他不会打猫的——他干吗打它？就是想赶它走罢了。倒是这猫现在已经失去理智了，都别逼它，就让它在里面待着吧，到晚上自己就走了。

小哥郁闷地看我一眼：你们也走。我都赶了半天了，下午还得开工。一口塑料味十足的川普，把猫念成"焖儿"：你们都要小心点儿，这焖儿已经疯了，真会咬人。

我们真的都走吧。我轻轻伸手拉了一下碎格子：到晚上再说。现在这猫不会下来。

她冷哼一声，用力挣脱了。

现在的局面就是我们仨面面相觑地站在天井里和一只猫对峙到底。小哥的手机不停地响。他的状态已经从绝望转化成了烦躁：老板让我赶紧把猫弄走，非让我下午继续开门做生意。他神经病。

我说，你越赶它越不会走。它现在吓瓜了！

小哥说，我再进去试一下。——"下"说成"哈"。很特别的咬字，大概不是成都人，是底下县市的。

我忍不住问了那个所有人都在问的问题：这猫是从哪来的？

小哥说，我晓个知道？就是从天花板上掉下来的。

碎格子质问道：好端端的猫怎么会从天花板掉下来？

小哥电话锲而不舍地又响。他不再答，背转身子，连背影都写满焦头烂额。

我和碎格子解释说：这是临街的平房，房顶都是通的，从天花板上掉下来很正常。好多家养的猫要是被放在家里太久，也能把天花板吊顶掀开蹿上去。我朋友家里有只猫，就是这样。

碎格子似乎听见了，又好像不感兴趣。她过了一会儿说：噢。我就是怕他们又打它。

我觉得这个小哥不会打，他也怕猫咬他，但这话反复说来说去也没有意思，于是沉默。我俩一起望着橱窗上的猫，碎格子却焦躁起来：这猫也真是的，趁乱逃走得了，怎么老不下来？

无效重复：你在这儿站着它是不会下来的，它也怕你。

她又好像没听见一样，我就又说了一遍。她说：我不能走，我怕他们打它！这只猫太可怜了！就是太饿了，才这样！

小哥接完电话，又走进店面。

我拦住他：现在它特别怕，你过去了它只会更怕。你小心它伤了你，我有一次遇过这样的事，受惊吓的猫因为启动防御模式，攻击起人来速度极快，根本没人抵挡得住。你们最好就是歇业半天，人都走开，这猫自己就出来了。

小哥不知道从哪里找来了几个塑料袋套在手上：下午还是得开业，没法。

这样你会受伤的。我说。

碎格子见势也闹起来：你又要打它！这猫太可怜了！我也开过餐馆，其实你们把那些卖不掉的碎肉边角留在这个院子里，那只猫吃饱了估计就不会进去偷了。

现在说这些还有什么用呢。我说：这猫应该不是故意来偷的，就是不小心掉进去了。

同样的话，一分钟前其实已经说过一次了。她也许选择性失聪，也许。

为生计和老板所迫，小哥还是比我有决断力。也可能是被这两个吃饱了撑的女人逼的。他不耐烦地绕开我们，直接向柜台走去。那一瞬间我简直不敢看。只听得柜台上锅碗碟盆一阵乱响——猫没捉住，出溜到柜台下面了。下面是横七竖八的铁架子，这下猫找到了一个固若金汤的避难所：黑洞洞的，都看不到它在哪了。

碎格子说：我说了吧你看！之前还能看见，现在找不着了！

小哥呆呆地看着柜台下面不可知的黑暗。这时，手机又不屈不挠地响了。

他从后门出去，只剩下我和碎格子在一起了。我觉得她基本还是善良的，就是脾气轴点：现在该怎么办？

她说：我就是怕那小哥打猫，所以只要猫出来了我就走。说真的我都愿意养它，现在和人合租，大不了专门为它租个房——其实那猫洗干净了挺漂亮的！我就喜欢猫！

我已经说了很多遍小哥不会打猫了。这时候也陡然为自己对他人行为的无效承诺感到疲倦。到底会不会打其实我也不知道。该怎么把猫弄出来，我更不知道。

前面几百米有个宠物店。我说，不知道他们有没有办法。

要去你去。碎格子道：我不能走，我怕我一走，那小哥会打猫。你让那个宠物店的人过来帮忙抓猫行吗？

宠物店的人估计不管抓猫。我叹口气：只能问问有没有麻醉剂什么的，或者买点妙鲜包，把猫诱出来。

那家店差不多也是我们单位附近的一家宠物店了。另一家在朝阳门，更远。一进店就看见老板娘正在仔仔细细地给一只比熊剃毛，工作台上一小圈洁白的废弃的绒毛。象征中产阶级的，安全的，无害的，和那只疯狂凄惨的猫完全不在一个世界。

我简单介绍了一下情况。老板很瘦，五十来岁：麻醉剂我们没有。找个逗猫棒？

逗猫棒得在太平盛世歌舞升平针对宠物猫才用得上，再也没有比这兵荒马乱下更不适用的了——我懒得解释那么多还是买了妙鲜包。又沿途找了家快餐店买了个一次性饭盒，盛了水，把妙鲜包倒在盒盖上。回到后面猫还没出来，换成碎格子姑娘在门口的院子里守着，小哥已经走进房子了。我刚把妙鲜包和水拿过去，小哥说：你别进屋！有监控。生人勿进。

刚才明明还可以进来的。大概是老板电话里的新指示。

我说：刚买了妙鲜包，还有水，你们都出来让这猫镇定一下，没准儿就自己出来了。

小哥把妙鲜包放在离橱窗还有点距离的地方，不耐烦地继续轰我：快出去！

我说，好。你把水也给它。

他把水放在工作台上，就是不肯放下去。估计觉得这姐们还把这破猫伺候上了，毛病。但他只说：这猫不会吃喝的，眼瞎。

其实我也这样怀疑。但因为毫无作为，以为这样聊胜于无。看他坚持不肯放水，只好把水重新端出来，放在院子里。

碎格子问：宠物店的人呢？不肯过来？那些人真够呛。没爱心还开什么宠物店！

我嗯一声不想就这个话题继续：你刚才说你是开餐馆的？

以前开过。她说，后来关了。想歇一段。你可别怪我对那小哥没爱心，只关心猫。可能我这几年改吃素食了，觉得这种肉食店天天杀生，伤天害理根本就没有开的必要。而且我告诉你，那些东西他们肯定洗洗还会拿出来卖的，糟蹋什么呀。我反正是真的完全不同情他们，我只担心猫。我一走，他们肯定得打死这只猫，所以我不能走。你也别走，下午没什么事的话，就陪我在这儿待着吧。

话题七绕八绕，又回到老路上。我也只好车轱辘话再碾一遍：你还蛮负责任的，真的，特别有爱心。不过我下午还得上班。我也真的觉得小哥不想弄死猫，就是想赶它出来。我不走是怕你们不了解猫的习性，把猫逼急了被它伤着。都走了，留个门，到晚上猫没准就溜了。人越多，猫越不敢出来。你看小哥都不见了，咱们还是走吧。

要走你走。碎格子本来还笑了笑，眼瞅着就不笑了：它只要出来，我立马走。我本来也就是过来办事的，招谁惹谁了呀。但是既然看到了，就得负责到底。

宣言掷地有声，激昂无比。我突然想起前段时间有个作者公开解释为什么写那么多政治意味的小说：只要政治不停止干预文学，我就不会停止用文学干预政治！

但这完全是两回事。尤其是这“干预”并不真正有效、甚至隐晦到无人在意的情况下。除了个人形象和现世声名，这隔靴搔痒毫无意义。

我说：那我先走了。——要不你留给我一个电话，有什么事要帮忙的你再找我。我就在这附近上班。

碎格子看我的眼神就像看一个临阵脱逃的士兵。像是鄙夷至极，又像是意料之中。她扭过头说：你走就走吧。别管了。

我们的短暂同盟也许就是在她拒绝留电话的那一刻开始破裂的。但我还是坚持了一下：真的，我可以帮你，或者咱们一起走，在这儿那个小哥更为难。

要走你走！碎格子彻底不耐烦了。那猫不出来，我不会走。你快走吧，去上你的班吧。

迟来的气恼和憋屈像小火烧了很久才开的鱼眼气泡涌上心头。我这才意识到她不光是不信任那个小哥——不管小哥怎么解释——也压根不信任我。亏我还一直听她指挥，跑到外边去帮她驱赶那些路人，又去宠物店买妙鲜包。其实那些路人在不在，对这事件的走向影响不大。说不好是被她气的，还是被自己的软弱无能气到。手机正好适逢其时地响起来：领导真催我回去上班了。

那我走了啊。

碎格子完全不看我，继续虎视眈眈地看着那道门。

快到单位了，我打电话交代几句，还是不放心——不放心猫，更不放心人——那只猫已经疯了，这俩人貌似都对抓猫没什么经验，而且各有偏执。小哥奉命赶走猫继续开业，而那姑娘非等那猫出来不可。这种情况下我其实毫无办法，可不知道为何终于还是慢慢踅回，一路又托朋友辗转找到了一个国际动物保护组织里面的人的电话。在电话里我问这种事一般专业人士怎么处理。那工作人员自报家门叫李佳，热情地回答道：听起来这猫已经吓坏了，又躲藏在很难触碰的角落里，又是一只不知是否带狂犬病毒的野猫……这种情况通常建议不要着急处理。就让那猫继续待在那儿，给门留条缝，到了晚上夜深人静，那猫自己就出来了——现在这阵势，那猫是绝对不会出来的。硬赶还危险。

我说：这些话我都说了，不管用。小哥被老板逼着下午开业必须把猫赶走，而那路人姑娘猫不出来也不走。现在的局势挺危险的，不管谁出手。

李佳说，那路人感觉挺偏执的，我觉得那小哥情况有点悬，你让他千万别用手去捉啊。

小哥之前刚套了俩塑料袋把猫从台上赶到台下柜子深处了。我说，估计一会儿实在急了还会上手。不知道你们能专门过来一趟吗？凭专业身份，说话至少比我管用。

现在公司没其他人，我手头刚巧有事也走不开。关键是现在公司里也没抓猫的笼子。李佳抱歉道：要不然这样，我下班后去看看。

话说到这份上，我也不好意思强迫人家过来了：好的，就是向专业人士求助一下应该怎么处理。谢你了啊。

紫燕百味鸡里的灯已经关了。百叶窗也放下来了。正午一点半，这黑洞洞的提前关门的卤肉店静静地散发出一种不祥之气。我深深呼吸一口气，从旁边的小胖包子店绕进后门。

一进院子就吓了一跳，才转瞬之间，不足十平方米的后院站满了人，还不乏大盖帽的——警察都叫来了。不过也难怪，旁边就是朝内小街派出所。一个眉头紧锁的光头胖子和小哥站在一起，看情形是老板。俩警察一个在院子过道，另一个正试戴一双很厚的劳作手套。

怎么还报警了？我问。猫呢？出来了吗。

那个戴手套的警察看我一眼，摇摇头。小哥坐在角落里，抱着头。

后门半开着。只能看见碎格子蹲在柜台前面的背影，仔细一看才发现她正气急败坏用一根比之前小哥赶猫的扫把还粗的铁棍往底下捅：快出来，小猫。快出来。

猫悄无声息。就好像柜台深处并没有这样一个现行通缉犯，一个走投无路的动物罪犯。我也随她一起蹲下去，只看见黑暗中一双瞪大了的惊恐的猫眼，闪着绿光。

光头老板此刻正在外面唉声叹气：这让我怎么办！我每天都要交房租水电的呀。他看上去没和任何人说，又好像在对着全世界呼天抢地：我那些上好的熟肉怎么办？这谁来赔偿我？

小哥闷声不响。估计警察是他叫来的，因为碎格子不肯走。但警察来了也没用，碎格子继续无视强闯民宅的指控，死活不让任何警察或者外人进去，说她能把猫弄出来。

这当儿所有人都在外面等着，看她绝望地用一根铁管哐当当地猛敲那个很深的柜子下面，和绿眼睛的白猫对峙。地老天荒猫都不会出来了，就这情势。如果我是猫，我也不敢。

热血涌上脑门。我走进房子，关上门。

碎格子回头看到是我，反应出奇地大：你怎么又来了？干吗关门？等会猫怎么跑出去？

现在所有人都堵在门口，猫不可能出去。不如让它镇定一下，再拿食物和水引诱它出来。

我不行你就可以？碎格子近乎歇斯底里：好，你比我善良可以了吧？你能不能给我出去？

我走过去蹲在猫前面。深处的猫看上去真的累了。眼睛眯起来一霎。不再拼命哈气，也可能只是养精蓄锐，等待着鱼死网破的最后一搏。

我轻声说，咪。猫咪。出来吧。

碎格子在一旁嗤笑起来：你太天真了。这就是只野猫，疯猫，会听你的好言相劝？我倒要看你有什么能耐把它弄出来——现在那么多人在外面等着，警察都来了！那个店老板下午还要开门做生意，没时间让你慢慢招安！

这些话应该都是刚才外面那些人和她说的吧。现在她全部扔给我，一次性，充满报复的、快意的。善良和善良原本不能互相谅解。我背对她，继续蹲着，心底这才明镜似的雪亮。这姑娘恨我。恨我掺和在这场原本预计没我的戏份，影响她一个人出演上帝。我的干预大大降低了她高尚到底的存在感。这比抢饭碗还可恨，因为会影响她的自我价值判断。

顾不得她了。咪咪。我继续轻声叫：咪咪，出来吧。

她继续阻挠我。你得了吧大姐！你这么关着门不让猫走算怎么回事？

你给我一点时间。我轻声说：我们所有人刚才也都没有拦着你想办法是不是。刚才我在外面一直在给动物保护组织打电话。那些人也说了，硬来只会受伤，任何一方。

现在没时间让你慢慢来了！她大吼。你不可能把它弄出来。你把门关着，它怎么出去？

那一刻我也恼了：它如果肯出来，我就抱它出去。我养了十几年猫，很了解猫这种动物的习性。

你牛！那你和它慢慢沟通！

说完碎格子就啪地甩上铁皮门。旋即门又开了。她在门口大声诉说我的种种可笑，这一刻她和正常的全世界站在一边。我是不正常的——自以为是上帝。

连指控都一模一样。

我继续和那只猫对望着。它眼神里有刹那的清明，可惜稍纵即逝。门口太吵了，而且门并没有真的关上。碎格子留了一条不小的缝，让外面的声音可以完整清晰地传进来。这样猫永远镇定不下来。它此刻正肿着眼可怜地看着我，像一个自知命不久矣、垂死挣扎的犯人。稀脏的毛在无风的暗处一动不动，不知道是台上还是台下传来卤肉的气味。今天它可算是祸害了不少吃的。我要是老板，估计也起杀心。但是它毕竟是一只无助的，不懂事的流浪动物。它甚至很可能并不是因为觅食而不小心掉下天花板的——平房天花板，是另一个我们不了解其秩序运行法则的秘密世界。掉下来后估计也是被小哥吓的，一步就蹿上了最不该上的地方。

我看着这只没名字的猫，它看着我。我用眼神告诉它：不要怕，我会保护它、带它走的。它甚至可以洗干净身上的油污，找个好人家，打疫苗。以后天天都能吃饱，也不会被围剿追杀。永永远远忘了这一天。永远。

猫轻声呼噜起来，和我养过的那些猫反应一样，只是声音十分轻微。猫是一种一害怕就会整个身体颤抖的小动物，也是一种擅长用呼噜声表达自己对情感渴望的动物。温热的，脆弱的，容易过度防御的。皮囊藏有小兽的灵魂。这对于它而言，同样是流浪生涯里极为艰难的一天，噩梦一样的时刻。

外面那么多人，个个看上去都不怀好意，包括那个号称是要保护它到底的姑娘，包括我。

但它居然开始呼噜起来，在这样艰难的时刻。

我把食物和水推得离它更近一点儿。它刚刚踏出一步，说时迟，那时快，微笑还没来得及在脸上绽开，我俩就同时听到外面那姑娘大声地说，好了吗？你好了吗？

猫立刻退回最角落。同时呼噜声停止，眼神重新变得抗拒。它一定知道我是在骗它出去了，我和外面那些人本质上是一样的，都不可信。

不用再看它，就知道一切全完了。这刚刚建立起来的脆弱信任感一击即溃。就像不可逆的爱情，人世间所有自以为心意相通的时刻。

我站起身，因为蹲的时间太久会出现短暂地头昏眼花。我从那道没关的门里走出去。

它不出来。我低声说。你们都走吧，真的，它现在不敢出来。人越多，越不敢。

碎格子胜利地笑起来：还以为你多厉害，还是让我来吧。她像一个笑到最后的女战士，手持铁管冲了进去。接下来就是一通好敲。刚才那只猫已经镇定下来了，这时再看到她管子差点戳到它身上去，一阵揪心的难受。

你快出来啊猫咪，你要懂事，啊？人家还要开门做生意呢，你快出来！你再不出来我打你了啊？

她的声音高亢，嘹亮，真的在用那根铁管横扫它。比小哥最初的力道也许略轻，但是方式毫无二致。我心底有一个声音绝望地在狂笑：这和之前她担心的猫被其他人打有什么区别？

所有人都在外面眼睁睁地看。老板，小哥，警察，宣告束手的我。我说，动物保护组织的人一会儿就过来，可能得下班后。

那眼前怎么办？光头老板说：我还得开门做生意呢，下班后管什么用？你能不能让他们行行好早点过来？

就不能歇业半天吗？这也是事发突然。

歇业半天，谁给我交水电房租？谁管我的死活？光头老板双手齐挥，声情并茂：我还有一篮子肉没卖掉呢，不算那些被猫糟蹋的。大家讲讲理，谁来管我的死活？

碎格子说过，他们把那些肉洗洗还会往外卖。我不知道是不是真的。我也不知道以前我犯过这样的错误没有，因为觉得自己动机高尚，就把别人看得低到尘埃里，以为其他人都在作恶和犯罪。什么人都信不过，除了自己。

因为所有其他人的缄默，他实在找不着叫屈对象了，冲屋里大喊：这位小姐你出来吧，我还要做生意！

碎格子渐渐找到了敲铁管的崭新节奏。她边敲边回嘴：你还卖肉啊？我还以为你要把这猫也卤了卖了呢。

光头老板终于气得闭了嘴。警察在一旁摇头，防爆手套戴上了又脱掉，脱掉了又戴上。一个警察仔细地低头看那手套的厚度，大概在估计多厚能敌得过猫爪的锋利。小哥脸色持续发青。我终于再次拨通了李佳的电话：亲爱的，你能不能早点过来？

李佳问：怎么了？还一直担心呢。

我大致介绍了情况：老板逼着小哥报警了。猫不出来，姑娘不走。她不走，老板没法做生意。警察无法可想。现在就是所有人都僵在这儿。猫已经彻底失去对人类的信任感，随时可能攻击。

李佳说：那我现在赶紧去借笼子？笼子还在建国门，过来还得一会儿。

与此同时，铁管敲得越来越响。像是委屈，也像失控。小哥走过去试图阻止她，她恶狠狠地回过头：你别过来！你打了猫还不够，还想打人！警察可在这儿呢！

道理因果全满拧了。警察对视一眼，笑了。他们打算走。

我说：你别敲了，你这样敲，除了把猫吓死没别的作用。

她更狠地瞪了我一眼：你走开！你别管我，我不认识你！你是谁啊来教训我！知道你养过猫，养过猫了不起吗？

小哥看我一眼。我俩都不知道说什么好。

管声如噪。像有人持续不断地拿最大功率的电钻装修。中午两点整，正午的太阳悄然从头顶上方移开，但所有人的太阳穴却同时被噪声击中。那个年长一点的警察终于把防爆手套交给那个年轻一点的警察，大步走到我面前：那啥啥组织怎么说？

我说：在路上，应该很快。

他又对光头说：一会儿你就该干吗干吗，该收拾收拾，该卖就卖。也别赶猫了——这猫一时半会儿出不来。等会儿动物保护组织的人过来了再用专业工具捉猫不迟。你也别真一生气把猫打死了——上面就是柜台，把猫打死在里面自个儿生意不也犯晦气吗！这么着，姑娘你看成不成？最后一句是向着那女的说的：别敲了，出来吧！一会儿动物保护组织的人就过来了，比咱有办法。

那姑娘又猛击十几下，终于戛然而止。整个世界刚为这猝然到来的清净松了一口气，她手持钢管威风凛凛地出来了。大家都以为她要走了。不料她整理了一下包带子，说：那我就在这儿等着。等那个动物保护组织的人过来把猫弄出来。

我说，还不知道要等到什么时候。要不我们先走吧。他们答应过来，一定会过来的。你如果想养这只猫，可以留一个电话，我让那组织的人把猫抓住了留给你。

那姑娘显然还恨着我，冲我大嚷：我不认识你，你别和我说话！

年轻的警察问：刚才老板报警，你不是说这是你家的猫吗？这时怎么不要了？

警察和我使了个眼色，我便和他们出去了。老板也跟在后面。

在院门口他们对我说：你别和她说了，说不着。等动物保护组织的人来吧。

我说，说是在路上。就让老板正常做生意呗，别管她。

光头说：她不让我进去。说我进去就会虐猫。她是不想让猫死，她想要我死！最后一句话说得很悲壮，字字血泪。我没事虐猫干什么？这猫能放过我们，不来给我们找麻烦就不错了！

这姑娘就是陷到一种情绪里了。老警察摇着头：现在这社会，有戾气的人不知道为啥越来越多。他们还都觉得自己特别对，特别高尚，特别的不容易。

手机又响起来了。我这才想起下午两点还有一个会。

有谁要动物保护组织的电话吗？我得走了。我问：否则那姑娘找不到这里怎么办？

光头说：那个组织关我什么事？猫的死活我不管。他摇着头。

小哥呢？

小哥站在稍远处，就好像没听见一样满脑门自己的官司。他在发呆。

还是那个年轻一点的警察找出一个本子记下了李佳的电话，又报了自己的号码：你就告诉她在派出所附近。到这了还找不到，再给我打电话。

我没什么别的好说的。除了说：谢谢大哥。

然后我就回去上班了。当时是两点二十。从发现这件事的十二点半到现在，两个小时已经过去了，一个完整的午休时间，而我的怀孕的同事吃饭了吗？我本来想和她好好聊聊，宽慰她的产前抑郁倾向的。可这整整两小时我都做了些什么啊。

开会到中间，手机响了一声短信提示音：我快到了，李佳。

又过了五分钟：那家店到底在哪？怎么进去？那个警察的电话一直占线，打不通。

小领导不满意地看着我：你今天怎么了，一直神不守舍？

我终于说：我有点儿私人急事要处理。说着就匆匆离开了会场。

我带着李佳急急地在太阳地里走。从下车到院门口不过二三十米路，却心急火燎地觉得无比漫长，提着她带过来的笼子，听李佳一路告诉我如何借不到笼子，这笼子原本也是她们的，送给一个收养流浪猫的老太太后，老太太如何要求她必须在五点以前还，因为还要去公园捉别的流浪猫……

我听着，就好像听另一个世界的事。每个人都有自己的使命感和固执己见。同时不知道为什么左眼皮一直跳个不停。也许是因为天太热了。是左眼跳财，还是左眼跳灾？

院门的确隐蔽。而且院子陡然间空无一人：警察，老板，小哥，其他看热闹的闲杂人等。除了满脸无辜的碎格子站在中间：你们总算来啦。

人呢。我轻声问。

都走啦。

走了？猫呢？我还提着那个很沉的长方形诱捕笼，一时之间回不过神。

刚才小哥去捉猫，猫把他手咬了，跑了！你是不知道，那猫一嘴血！心疼得我呀！

并不知道心疼的是猫还是人；但血大抵是人的。因为是猫咬人。天实在太热，刚才走得又急，我脑袋一阵嗡嗡作响，他们终究还是没等来专业人士就下手了。

和李佳提着笼子沿着那条长长的过道走进去。只有两个小胖包子店的大妈在切韭菜，我抬头看看，不知道何时上面就会掠过一只发疯的猫。

碎格子也慢慢踅进来。

我想说，如果不是你这么咄咄逼人，小哥怎么会受伤。我还想说，你不是不认识我吗。

但终于、终于还是忍住了。

两分钟之后小哥从另一间平房走出来，伤口不需要刻意展示也非常明显：五六个很深的血道，指甲盖里都是发紫发污的瘀血。看上去猫抓得非常深。这几乎是我见过的，最骇人听闻的猫抓效果。大概有一小块肉整个被撕掉了，血流不止。

我不敢再看：保护动物组织的人来了。

他没什么表情地看了我们一眼。

碎格子在一旁插嘴道：现在只能带他去医院了。你们要不要一起去？

声音里似乎有笑意。猫毕竟平安无事地跑了。横尸街头的惨案终究没发生。

我们一行人鱼贯而出了院子。外面是五月下午三点多钟的太阳，正是一天中温度最高的时刻。小哥跟着碎格子，神情木然。李佳跟着我，我提着笼子。碎格子开始亲密起来：快点，一起走吧！

李佳陡然停下来，不再跟着往前走。我看她一眼，也停下来。

我得把笼子还回去了。本来答应老太太五点钟还回去，还发愁。她笑道。好多在公园里照顾流浪猫狗的大妈和姑娘都这样，觉得别人都不理解自己，净添乱。其实这笼子还是我们给她的，再借出来就得费半天唇舌，否则也能早点赶到。

我轻声说：哪怕早到五分钟呢。——老太太五点钟要做什么？

嗐。赶着去公园捉一只怀孕的母猫。说已经快生了，再不抓来不及了。趁天还亮，得，我这就走了啊。

我等她快走远了才想起来道歉：对不起，让你白跑一趟！

没关系。回头咱们再约。

再约。

李佳走后没多久，警察和我打了个电话：猫走了？人还是被咬伤了？去打疫苗了？好，好，好。刚来了逃犯，得去抓捕。哈哈哈哈，不是杀人犯。是逃债的。

我不知道是哪个警察，是那个年轻的，还是那个年纪大一点的，只好再次谢谢大哥。

逃犯和笼子，是这个故事里唯一旁逸斜出的因素，却也起到了重大的决定性作用。这个下午，所有相关的人都曾在不同时间段站在那个院子里。为了一只掉进卤鸡店的猫展开博弈。

而这个故事即便有那么多非虚构成分，我却倾向于叫它小说，虽然每一个情节都是真的，可是如果换一个人来说，估计就很不一样。想想看，换成那个老板。他也许会说，那个神经病女的；或者说，那俩神经病女的。小哥的说法则更不一样了。他也许会说，那神经病老板，和那俩神经病女的。此外警察又会怎么说呢？而动物保护组织的李佳呢？这真是一个过分漫长、燠热闷恹的夏日下午。

所有人都在尽自己的最大努力改变进程，最坏的结果还是发生了——也许最坏的是猫被当场血肉模糊打死。那么，小哥被抓伤至少也是次坏的。感觉尤为糟糕的，是我一开始就指出了这可能性。

这个不太有趣的故事还有一点残余的尾声。

当天我送走李佳之后，并没有和那个姑娘一起陪小哥去医院——我实在不愿意再和她一起做任何事情了——而是重新回到了那个小院。光头老板关店走人，干活的小哥去医院了，一切皆殊途同归，而隔壁包子铺的两个大妈还在剁韭菜馅。有节奏的剁菜声让我不禁想起刚才钢管敲击架子的噪声，才不过半个小时，一切混乱癫狂的痕迹都已消失，生活重新回归正常秩序。蒸包子的香味传来，直到此刻我才想起还没有吃中饭，也差不多三小时没喝水。我感到渴与饿。一个大妈突然发现了我，说：你不就是刚才一直在这的姑娘吗？我都听半天了，你说的都对，可他们不听你的。另一个大妈说：那个女的真有问题，老板也不大好，就是小伙子太可怜了。

小哥的确伤得太重了。我说：大姐，如果我想给小哥一千块钱，你们能帮我给他吗？

两个大妈异口同声道：转交太麻烦了。你还是当面给吧。

而等我回到单位和家中，几乎所有人都反对我这样做。你为什么给钱？你是觉得自己比小哥有钱所以有优越感吗？你这样人家只会更难受，莫名其妙就被北京人同情了——两千块钱又顶什么用？你凭什么同情他？就为目睹一切而没能阻止就觉得不安？可你到底做错了什么？

就像那个本来只是哭哭穷的诗人最后意想不到地收到了红包。我突然觉得没办法再责怪我那个心软的朋友。每个人，某一刻都会想当一个比实际更好的人，这不切实际的虚妄压倒了一切理智。一个独一无二的，比其他普通人都更好、更纯粹的好人。我那个朋友一定是这样想的，碎格子也一定是这样想的。

三天之后，我买了一个很大的台湾凤梨切成小块装进一个塑料盒里，又去那家店外看了一眼。窗口没什么人，他们家生意一直就不怎么好。远远地观望，能看见小哥的右手用白纱布厚厚地包裹了几层，碎格子女士终究还是负了最后的责任，做了她认为对的事情。趁他转身去院子的当儿，我把那盒凤梨从那个方形的小孔里轻轻扔下去。希望小哥不要以为是什么人的恶作剧转头扔掉，那凤梨据说比一般水果要甜得多，也贵得多，但是他也许仅仅以为这只是普通菠萝。我不知道自己为什么要这样做，也许我只是希望他知道，初来大城的他和流浪猫一样值得他人关心。我希望他不要以为北京的女的都是神经病。

又过了几个月。有一天我无意中又经过那条街，才发现那家紫燕百味鸡已经消失了，连同旁边的包子店一起，连同小哥、光头老板和那俩胖大姐一起。当然更包括那只仍然随时可能掉落店中的猫咪。我这才想起北京这段时间到处都在拆除违章建筑。很多生意红火或冷清的包子店、卤肉店和其他什么小店都凭空消失，再也没有人记得这些店里曾经发生的一切，而那些人去往何处同样无人知晓。一切至此仿佛画上了一个真正的句号，同样讲不出来原因，我站在路边发了很久的呆。然后去旁边还没来得及拆掉的朝内南小街菜市场买了一个台湾凤梨。我自己从来没吃过这种凤梨，并没有想象中甜。

2017 年 5 月 10 日初稿

2018 年 1 月 7 日二稿

安翔路 1 号

背上竹剑去龙塘

林　森[①]

乒乒乓乓噼里啪啦……每条街都响着刀剑的砍伐声，每条街都有一个浩大的江湖。这江湖装在电视机里。当蚊虫登场，准备肆虐小镇，也是每条街巷的茶馆把桌椅摆出来的时候，店家要开始夜市了，电视机被抱到店门口处，开始播放录像带。香港传过来的武打片，是最受欢迎的。店家之间也有竞争，谁能播放一部新剧，意味着他店里的顾客要多一些——而要抢到出租店的新片，也难免要给那眼睛往上扬的店老板丢两根好烟。录像带出租店里，好几面墙都堆满了录像带，盒子花花绿绿，直达屋顶，只有老板知道哪个片子藏在哪个角落，只有老板知道哪盒录像带里隐藏着哪个世界。

我跟那店老板也很熟——那是我爸还在镇上的时候。当时我爸抱回了一个录像机，摆在我们家的二楼上，时常派遣我到那店老板处拿带子。我爸闷在房间里看着那些录像，也并不阻止我们家的小孩看，在邻居小朋友的羡慕中，我看了很多热门或冷僻的片子。他们家没有录像机，他们得讨好我，我才带着他们到家里，给播放上一集两集。我曾觉得那种优越感能长久保持，但当有一天爸爸出远门再没回来，妈妈和奶奶在一场哭泣中接近崩溃以后，

① 林　森　《天涯》杂志副主编，现就读于鲁院和北师大联办作家研究生班。作品见《人民文学》《诗刊》《钟山》《十月》《中国作家》《山花》《作家》《长江文艺》《小说选刊》《小说月报》《中篇小说选刊》《中华文学选刊》等。出版作品有中短篇小说集《小镇》《捧一个冰椰子度过漫长夏日》《海风今岁寒》，长篇小说《关关雎鸠》《暖若春风》，诗集《海岛的忧郁》、《月落星归》。

那个录像机再没开过。我不会告诉店老板，我家里还藏着他的三盒录像带，我爸出门前嘱咐我拿去还，我一直没还。我觉得只要没还，我把录像带塞进录像机里，就能看到画面出现，就能返回我和爸爸一起看录像的日子——还了，另一个世界就消失了。要知道，爸爸不在，我没机会再去取回新的带子了。每租出一盒带子，店老板会在一个本子上写下：某某，某月某日，某某片（某集—某集），租金某元。还回后，他会在那行字上画一道横线。但店老板从不催我还那三盒带子，也许他忘了。也许，他的本子里，隐藏着一些等待画线却没有被他发现的地方？一行文字在本子上，孤独地等着笔尖的划过，却永远等不到。

店老板非但从不催我还录像带，有时看到我走过，还叫我："过来，过来，你吃不吃粽子？"我不知道他言下之意。他只好拿起一个录像带的盒子，敲打着店里的桌子，喊道："小马，你下来。小马你下来！"他儿子小马便从隔层爬下来，甩着沾满灰尘和蜘蛛网的头发："干吗？"店老板丢出两块钱："带你弟去吃个粽子，剩下的，给你了。"小马便伸手过来拉我。小马大我四五岁，在镇中学读初三，他带着我到电线杆下买粽子。卖粽子的剥开粽叶，用袋子套住，塞进我手心，小马用力拍了拍我的肩膀："阿龙，你也得学我，以后不要留在这个镇上。在这里，有个屁出息。"我不顾粽子滚烫，咬了一口，满口油光地说："可你，也是在镇上啊！"

小马说："你笨啊？我初三了，很快要考学了，要考到外面去读书了，还会留在这？迟早的事，懂吗？迟早的事！"我掐手指算了算："那我还有好几年才能出去了，我才五年级。"小马说："我是说，你得学我，懂吗？不要跟其他人小孩一样，没出息。我们要出去看看外面。知道我刚刚在隔层上面看什么吗？不是看录像，我在研究一张地图，我想去香港。懂吗，香港，你看那些香港电影，里面多……哎呀，不去一趟香港，我死不瞑目。我研究过地图了，离我们海南岛不远，隔着一条海峡，游过去，不远。"我说："你吹牛，你能游过海峡？"小马笑了："你看过我们镇的南渡江吧，发大水的时候多宽啊，我能游五个来回，五个，懂吗？我想，我再练练，隔着海峡，我也能游过去。"我把粽子吞完了，开始舔手指上的油。小马又问我了："你呢？如果能出去，你想去哪？"我把手指从嘴巴里抽出来，沾了口水的手指一阵发凉："哪也不想去。"小马长叹一声，他肯定觉得我没出息。

其实，我有想去的地方，但没告诉他。

街上的小伙伴，经常会相约到小镇北边的木桥边上比拼武功。每人在武侠剧上学来功夫后，经过各自修炼，定好在桥头切磋。我不太喜欢练习拳脚功夫，也不喜欢练内功，我喜欢射箭。爸爸还在家里的时候，我在录像带上看过那部《箭侠恩仇》，我喜欢主人公乔三那造型，挽弓拉起，一箭射出，潇洒极了。家里播放这部电视剧的时候，爸爸心不在焉——他好像永远都心不在焉——他在画他的画。爸爸画很多的画，一楼那个小隔间，是他自己的小房间，不经过他同意，我也不能进去。爸爸还给我画过那位箭侠乔三，我忘了放哪了。但和小伙伴的切磋，可不能比拼射箭，箭一射出，射中就死了，我的拳脚功夫，老是在切磋中落入下风。小伙伴都笑我落后太多，要跟他们一起行走江湖，肯定拖后腿。

有人一拳挥出，说是少林拳；有人一掌挡住，顺势一翻，喊一声“见龙在田”，他是在耍《降龙十八掌》。也有两人四掌相对，比拼内力，一人把另一人一直顶向前，终于把那人推倒，站着的长舒一口气：“也不枉我昨天吃了一份炒粉，长了三十年功力。”……这种切磋当然是以武会友、以和为贵，但也常常因为切磋过度，引发争斗，甚至有鼻青脸肿的情况出现。当然，这种情况是不敢回家里说的，既然是一同切磋，算是同属一个“门派”，有矛盾也是内部问题，大家的精力要留着一致对外的。而我由于更多时候只是站着看，他们对要不要收我进这个门派也很犹豫，一直没有明确的说法。当然，我的兴趣并不在动拳脚，我只是爱看他们打闹，那样不孤独。看打闹久了，又有点想安静，我就走到木桥上，看着江水朝下流奔去。

爸爸有一次带我过桥喝喜酒，在桥上停下自行车，问我：“你知道水一直流向哪里吗？”我不知道。他告诉我一直流向大海，他还说，在一直流一直流的下游，有一个地方叫“龙塘”，是个打铁镇，那里的人都打铁，每天乒乒乓乓，一批批刀就诞生了。爸爸还说，那里现在只打菜刀、钩刀、大头刀，不是切菜、干农活就是劈柴用的。我没跟爸爸说，但我很想去龙塘镇，找到一个打铁师傅，给我打一把宝剑——我是很喜欢弓箭，但想到要是背着弓箭行走江湖，三下两下箭就射完了，还是一把随身携带的宝剑更可靠。

爸爸在一年多以前离开后，再未回来。那之前，爸爸有时候会出去大半个月，然后带回一些小镇上没有过的东西。有一回，他带回很多毛料大衣，男式女式都有，很多人都围到我们家里面来，悄悄问着价格，悄悄买。那年天还不凉，很多人已经憋不住，争着把那些大衣穿出来，捂出一阵阵臭汗。

他们都很满意，称赞我爸爸带回的衣服，质量比镇上衣服店里卖的好得多。爸爸甚至带回过几个传呼机，家里围聚过来很多年轻人，一边看一边赞叹，却苦于价格的高昂和买了以后怎么交费等问题，没人入手，爸爸后来还得去县城把传呼机出手。爸爸总是带回一些新鲜的东西，我们都习惯了他的消失，也期待着他每次的回来。他带回的这些东西，转化成钱后，交一部分给奶奶和妈妈，因此即使他没有跟别人一样工作固定，奶奶和妈妈也不好说什么。

在家的那些时间，爸爸除了看各种武侠剧，就是窝在一楼那小隔间里面，忙着自己的东西。我曾悄悄进去过，在他的抽屉里，翻出一张张他的画，都是画的一些人。也有例外，有一次，我竟然看到一张白纸上，画着一支手枪的图。那张图很奇怪，不是画手枪的外部，而是画了里面各个零件，精细、精准，像是印出来的。多年后，我才明白，那可能是一把手枪的剖面设计图。我悄悄地把一切东西放回原位，装作从没进去的样子。后来爸爸和妈妈吵了一架，说她搞乱了他的房间。妈妈几乎要把一碗热水泼到爸爸身上，才结束了战争。

奶奶和妈妈对爸爸的消失讳莫如深，那是家里不能踩的地雷，每次说起这件事，她们都得七闪八闪语言绕弯。也有避不开的时候，两个女人就开始恒久而无趣的战争。奶奶埋怨妈妈没管好家，让她儿子出了这种事；妈妈则冷笑奶奶不管好自己儿子，她被骗了婚，嫁给这么个人，现在还得帮他养全家。这样的战争没有赢家，我时常被波及，被妈妈打得嗷嗷叫。我也不恨妈妈，她老憋着也不好，需要有一个出气口。她哪有多少岁啊，白发已经爬满了半个头。更多时候，奶奶和妈妈是合作状态，两人毕竟有家要养。爸爸和几个叔叔早就分家，奶奶跟了爸爸，爸爸现在不回来了，奶奶和妈妈得养我跟我小妹——奶奶和妈妈，当然也要吃的呀。妈妈每天很早起来，把泡了一夜的大米磨成浆，在圆形铝盘里蒸成一张张半透明的米粉，堆叠一起；她还要把蒜头切碎，在香油里榨得焦酥。一切完成后，白天由奶奶推着三轮车在镇上卖。在米粉上撒上焦酥的蒜头渣、芝麻、椰蓉，再涂一点酱油，卷起来，能让人把舌头都吞下去。我常常吃，也吃不够，尤其是油炸过的蒜头渣，微苦却奇香，咬到的时候，头皮都一麻一麻的。

奶奶和妈妈没说，但我也隐隐从邻居的口中知道，爸爸在外头犯了事，被抓了，得蹲十年八年的牢。他们还列举了很多证据，比如说，我爸爸带回镇上的那些东西，都是稀罕之物，哪里来的？他真的去进货来的？没有的事，都是他跟团伙的一起偷来的。有些小伙伴嘲笑我爸爸是小偷，我没啥意见，我绕道走，不理他们就是。但我也发过火，有一次几个六年级的男生围着我六岁的妹妹，轮流嘲笑我爸爸，妹妹哭得脸都花了。我当时刚放学，从地上捡起一块砖头，冲上去就朝一个人头上砸去，他们哗然而散。那天夜里，被砸头那人的父母围着我们家诅咒。奶奶和妈妈当然不能认输，奋力否认。我冲出去，狠狠地说："就是我砸的，怎么了？"喊着"别说不是你家小孩砸的"的那小孩父母，反有些愣住了，很久才挤出一句："我要去派出所报警。"我不认输，喊："告诉你儿子，下次我见他一次，砸一次。"奶奶和妈妈趁机猛烈诅咒，终于击退强敌。奶奶后来让我在外面不要太逞强，妈妈却没说过，她知道我是在保护妹妹。那天夜里，被子也盖不住的妈妈的哭声，还是让我有所收敛了。但一次挥砖已经足够了，被我砸过的那家伙，虽然比我大，但后来看到我都是绕道走的。我装作要追上去，他就边跑边哭。

家里的录像机没再用上，妈妈把那机器塞进纸箱，藏到了爸爸那小隔间里，用一个大锁头锁上了。我时常还是能看到各种录像的，不仅仅是武侠片，还有各种黑帮片，机枪扫射突突突，火花四溅，过瘾极了。我不是在镇上那些小茶馆看的，是在小马家的店铺里。镇上有录像机的人家就那么些，再加上那些茶馆也没多少，新片拿回来，没多久，就所有人都看过了，就得去省城进货，买回新的录像带。店老板出门的时候，店里有时就交给小马看着，我便和他在店里，爱看什么片就看什么片——店里那台试放用的录像机，被我们看得只差没有冒烟起火。断定无人来店里的时候，小马还会故作神秘地从隐蔽的角落里，拿出一些"珍藏版"的录像带，压低声音说："这个最好看，租金最贵，今天给你开开眼。"他的神秘兮兮，让我无比好奇。然后我就看到电视机上出现了赤身裸体男女大战的场面。我不太敢看，时不时要扭头，小马则一直吞咽口水，额头上汗水都冒出来了。那些画面让人想闪开，又诱惑着我的眼睛，连眨眼的频率都变慢了，喉咙焦渴难耐，甚至下身也不舒服了。

这是有着奇特魔力的录像带，怪不得小马说租金最贵。小马会在我忘了眨眼的时候，伸手抓住我下身，笑起来："你小子，也鼓起来了。"我才注意到，下身不舒服的原因，是裤裆鼓起来了。我脸上估计比录像机还烫，小马却不再嘲笑我，他说："我也鼓，懂吗，我们是正常人，正常人都要鼓的，不鼓就完蛋了。"他的话，我半懂不懂。小马又说："告诉你啊，你小，不懂。这世上有两样东西，是让人迷得摆脱不了的，一个是吸白粉，一个就是这事。懂吗？不过，白粉那东西，不能沾的，谁近谁就死。你得学我，知道不，不要抽烟，连烟都不要抽。你知道吗，镇上有些家伙，把白粉撒在烟里面，丢给你，你一抽，那完蛋了。上瘾了，得死才能摆脱。”白粉的事，我识得的，这些年，镇上出了很多吸毒仔，把自己家搞得鸡飞狗跳，不死不罢休，奶奶和妈妈忙着生计，对我其实没有多大要求，唯一的死命令，是远离那些吸毒的。按照小马的理论，白粉不能靠近，剩下的唯一让人着迷的事，就是录像带上裸身男女的战争了。

更多时候，那些录像带都是我在看，小马熟得很，他几乎都看过。他更多地盯着手中的武侠小说，从镇上租书店租来的。他爱看各种武侠小说，能找到的，他都看了。他最痛恨的，是看着看着，中间被撕掉好多页精彩的场面，气得他直拍桌子。我有时也会看他租来的武侠小说，有的看得懂，有的看不懂。有些小说，是拍过武侠片的，对着书看，是一种奇异的感觉——那是另外一个世界，我可以在脑中变成书里的人。小马有一次还神秘兮兮地掏出一册笔记本，递给我，说那是他写的武侠小说，很精彩，还没人看过，可以给我看看。我接过去，还没翻开，他又反悔，抢夺了回去。他里面的故事，我就没看过。小马说得最多的，是立誓要离开小镇。他说等他在繁华的香港立足之后，我可以过去投靠他。在他眼中，香港是世界的中心，他还说，他想去看看那些武侠片怎么拍的？人怎么就会轻功，飞起来了呢？

他写的小说不愿给我看，但他忍不住说过一些情节。他说，有一个女人在一个空巷子里等人，有一天，巷子里响起脚步声，有来客，却并非她等的人。那人带回来她等的那人的死讯。来的当然是一个男人，而随着他的带来，那个边陲小镇聚集了很多三教九流的人，所有人都只为了一件事而来，一场恶战一触即发……小马说得口沫横飞，我就问：“他们都为什么而来？”小马说：“我也不知道，我也没想好！”我就觉得他的故事很差。他说：“这个故事是写失意的人的。失意，你懂不？很高级的东西，你懂不？”我说：“不懂。”他只好说：“你当然不懂。我打个比方，你就懂了。你老等你爸爸回来，他不回来，你是不是很失望？”我说：“是。”他说：“那就对了，你爸爸只是暂时不回来，那女人不一样，等来的，是自己男人的死讯，你说，失望不？”我说：“是很失望。”他说：“失望到顶点，就是失意，懂了吗？”我说：“懂了。”

懂了并不是什么好事。懂了之后，我就常常想到，我爸爸还会回来吗？什么时候回呢？在之前，我也会想起爸爸，但不像“懂了”之后那么频繁。

小马在练习画素描，他说，他想考高中，以后考大学。但他爸爸不想让他念高中，说学个中师、中专就算了，早点出来赚钱才是，读那么多东西做什么？何况，大学是容易考的吗？小马就开始学素描，唰唰唰拉线条，他说考中师也行，反正先出去再说，不能再在镇上呆了，这世界变化太快了，不出去就迟了。先出去再说，不管以什么方式。他还说："你爸爸画画很厉害。"我说："你也知道？"他说："我跟你爸学过几天画的。他有点歪才，没正经学过画画，却画得那么好。我现在跟镇中学的美术老师学画，他也说你爸爸要认真画，比他画得还好。可惜了，你爸。"小马编故事的才能也迸发了，他说若是有别的机会，我爸爸在省城、在更大的城市、在北京上海那样的城市，可能早就成了大画家，卖一幅画，够全家人吃两三年。我笑大城市人又不是傻子，花那么多买幅画做什么？他摸摸我的头："你才傻子，不懂的。"

他总是说我不懂某些事，最后又想办法让我懂。而我懂了以后，并没有变得更开心。有时我会在小马家的店里待到天色变暗。当灯光亮起，我走出那间烟尘四溢的店面，穿过小镇曲曲折折的小巷，回到我们家的那条街。奶奶和妈妈顾不上，只有妹妹发现我回来了，她总会第一个喊起来："哥哥回来了，哥哥回来了。"奶奶和妈妈不理她的话。她开始变成我身上的尾巴，我去哪，她都跟着。我在家妹妹也在家，她就是我的一条尾巴。

小马跟我讲了他的一个计划，他准备把镇上最横的龙虎帮给瓦解掉。龙虎帮是镇中学十来个人组成的小团伙，在镇上横行霸道，时常勒索一些小学生的钱物。他们倒是没来勒索过我，可能是我那一砖头砸了人，他们也有些忌惮？更可能的理由是，他们根本看不上我，我爸爸没在镇上，我是一个没爸的小孩，浑身肯定没一分零钱，哪有什么给他们勒索？镇上中学、小学各种小帮派很多，龙虎帮却是风头最劲的。所谓风头最劲，倒也不是说他们最狠，而是他们的老大，是一位初二的女生，在所有帮派中是特例。那老大长得很好看，但怎么也不像能打架的人，她是怎么把那些膀大腰圆的家伙都收入麾下的，我不得而知。小马说："他们太嚣张了，最近欺负了很多人，我得把这事解决掉。不然等我出去上学了，他们更加祸害了。这事不管不行了。"

我说："你准备怎么做？"

小马沉思了好一会："我有计划了，但不能告诉你，以免走漏风声。这事很复杂，等我把龙虎帮解散了，你就知道了。"他对此事信心十足，他还让我几天内不要找他，他要准备行动的东西。他有一个袋子，专门装着他的

“武器”，能帮他瓦解龙虎帮。我有点为他担心，怕他势单力薄，会被龙虎帮的人给废掉。小马成竹在胸，好像一切都会按照他的计划发展，一切都会有一个光明的未来。在那一刻，他就像武侠片里的侠客，他的剑终于要出鞘了，一剑光寒，龙虎帮哇哇逃窜——他决定要做我们镇上第一个侠客。电视上的侠客我们都见得多了，现实里却第一次看到。小马把这事看得很淡然，好像不过是举手之劳。我总觉得他应该要慷慨悲歌一番，在我面前说出一句句让人热血沸腾的话，那些话，都是会给他的形象加分的。他没说那种话，他好像不过是画画累了，顺手把这帮派除掉，歇歇气而已。

我期待着即将发生的一切。

我问过妈妈关于爸爸的事，只有一次。那次后，我便不再问了。我说：“妈妈，爸爸做什么的？”妈妈说：“你问这个干吗？”我说：“问这个！”妈妈说：“什么都做。”什么都做？什么都做是做什么呢？我说：“爸爸什么时候回来呢？”妈妈不说话了。我又说：“爸爸什么时候回来呢？”妈妈的眼睛红了，接着就在抽泣。我有点吓到了，趁着妈妈扭头抹脸的时候，我悄悄地跑了。我没再问，妹妹却多次问过，妈妈只能笑笑，伸出手摸摸她微卷的头发。我跟妹妹讲：“以后你别问妈妈了？”妹妹说：“为什么？”我说：“你再问，我就不带你去玩了。”妹妹说：“不行，哥哥你要带着我。”我说：“你……只要不问妈妈，我给你刻一把剑，你不是想要一把剑吗？我给你刻一把！”妹妹很高兴：“我不问了。”说是这样说，她很快又会把说过的话抛在脑后，仍问妈妈。妈妈还是笑了笑，摸摸她微卷的头发。

爸爸在家时，时常带着我和妹妹，妹妹坐在他的肩头，我跑在前头。他爱带我们去小镇北面的江边玩，江岸边是一大片沙地，长满了根部很浅的草，他给我们挖坡马。镇上有人收购坡马，但爸爸从来不卖，他给我们玩。妹妹不敢摸，我则拿着一根细细的红线绑住最凶猛那只的左后腿，把坡马放出去，跑到红线拉直了，我把红线一收，坡马回到手心内。再放出去、再收。我玩腻了，爸爸会把坡马装到家里那个大玻璃罐里，那里是米酒，用坡马泡酒，会把带点米白色的酒泡出深褐色。爸爸说：“这是好东西，你长大了，陪爸爸喝两口，现在你还不会喝。”其实，爸爸倒那酒的时候，给我尝过，我在矛盾和犹疑中压制着那奇怪气味的诱惑，伸出舌尖沾了两滴。辛辣的怪味让我哇哇狂叫，骂爸爸骗人。奶奶听到声音，责骂爸爸怎么能让小孩子喝酒？爸爸哈哈大笑。爸爸带着我和妹妹去江边玩回来，我当晚总会梦到一只坡马爬呀爬，爬到我的肚皮上，那根红线还绑在它的左腿，它的四肢踩得我的肚皮很痒，我想要伸手把它抓住，却浑身动不了。坡马张开嘴巴，我以为它要咬我，更想扭动一下身子，还是动不了。它张开的嘴巴并没有咬向我，而是那根绑在左腿的红线。线断了，一道光闪过，它跑了。它虽然已经被爸爸泡到玻璃酒罐里，可它从我的梦里跑开了。

我没想到，小马所谓的击垮龙虎帮的方法，是把龙虎帮的女老大变成了他女朋友。我好多次看到他们手牵手在江边走，感觉很怪。他们胆子还有点小，不敢在目光聚焦的街巷上游弋，只好去江边，去江边的木桥上，那里人少——也是怪，情侣们总是愿意往人少的地方钻。老实讲，我不知道该鄙视小马还是佩服他，他的瓦解龙虎帮的伟大理想是真的，还是他想追那女老大的一个借口？但小马忙着和那女老大谈恋爱，已经没有时间让我在他们家的店里看录像，更没心情跟我解释这个了。我想，感觉奇怪的不仅仅是我，女老大的那群跟班，或许更加奇怪，他们要怎么面对小马呢，小马跟他们的老大那么亲热……但有一点不可否认，就是小马跟女老大谈恋爱的时候，龙虎帮确实没有再在镇上横行，少了核心，他们成了一盘散沙。

事情却很快起了变化。一个星期后，在一场争执中，小马被龙虎帮几个人围攻，打断了右臂，当时女老大喊破了喉咙，那群她的跟班都没有再听她的话。小马绑着绷带，挂在胸口，我去他店里看他时，他爸爸说："阿龙，你别学他，你小马哥笨得要死。以为自己多聪明，你看，手也赔进去了。"小马喊起来："爸，你还笑话我？"他爸爸说："你自找的，你自己承受吧。"小马的爸爸那么开明，小马碰到多严重的事，他都说得很轻很淡，没有跟别的父母一样，动不动就要打要杀。

小马神情沮丧，电视机里一直播放着喜剧片，也没能把他的嘴角拉开一丝笑意。我说："你……"小马说："我完了。"我说："什么完了？"小马说："她离开我了，还有，你看看我这手，要是好不起来，中考怎么考？完蛋了，我要窝死在这镇上了。"我说："你怎么……"小马说："你想问我怎么去追她是吧？我本来就是要追她啊，我哪管帮派不帮派的，我就是想追她。阿龙，你说她好看不？"我说："好看。"小马说："你也觉得好看，那值了。那没白追。"我问："你怎么追到的？"小马说："你小小年纪，还要学这个啊？"我说："不是，我就是觉得她那种眼睛朝天上长的人，怎么被你追到了？你真有本事。"小马说："多简单啊。我不是在学画画嘛，我给她画了一幅画，送给她，后来，约她吃夜宵。后来，说我这里有很多别处没有的录像带——别处没有的，你也看过的那种，对，那不穿衣服的录像带。我带她看了两回，她就主动来找我了。她比我好奇多了，我们就试了。”我说：“试了？试了什么？”小马说：“你不懂这个，唉。她原来那些跟班，看我把他们老大给追到了，理都不理他们，就发怒了，和她也闹掰了，当着她的面打我。还专门挑我右手打，说我不是会画嘛，那就把画画的这只手给折断了，看还能不能画。”

小马的手折了，但他也确实把龙虎帮给击垮了。那群人打伤了小马，那女老大威信尽失，龙虎帮顿时瓦解了。只不过那群人在缺少了女老大的情况下，重新推选一人，成立了另外一个帮派，叫“神龙教”，从一本武侠小说得来的名字。我不明白的是，既然那女老大都和自己的跟班闹掰了，为什么还那么坚决地和小马分手呢，分手了她也不可能再回去当老大了。小马说他也不明白，他还说，这事闹不明白才是正常的，男女的事，是最难搞明白的。小马当然也为女老大的离开感到沮丧，但他更大的担忧，还在于他害怕受伤的手好不起来。中考还剩下一个多月了，若是手好不起来，或者好起来了，却因为长时期的休养导致画技生疏，去参加美术类中师考试，肯定是考不上的。他希望尽快离开小镇，越快越好，要是因为这事，得留级、耽搁一年，对他来讲，将会无比折磨。我觉得他一直在后悔，因为去追那个女孩而让计划受挫，会不会得不偿失？我问他：“你后悔不？”他摇摇头：“后悔啥？我试过了，懂吗？有些事要多去试。这事真是让人上瘾的啊。”

我去木桥边的竹丛里砍回了一小节毛竹。我用家里的菜刀，劈了一条长片出来，竹剑才刚开始制作，就有两个手指被割破了，只得暂停。过了几天，手指好得差不多了，我又接着做竹剑。把竹子劈成长条，是很容易的，但在竹节那里刻好剑柄，却不简单。我想把剑柄刻得漂亮一些，想刻上花纹，但我知道，我是做不到那么漂亮的。我想，要是爸爸在的话，以他的本事，肯定是能做好一把竹剑的。当然，要是爸爸在家，妹妹就不会追问妈妈，我也就不会许诺给她做剑了，也就是说，爸爸在家，就不需要一把竹剑了。小马肯定也是能把竹剑做得很好的，他看过那么多武侠片里的剑，懂得那么多武侠小说里的剑，他还跟我爸爸一样会画画，他肯定能做好。我想找他做，但他的手不是被人家打伤了嘛，还挂着绷带，哪还能帮我刻剑？

我找了几块破布条，捆绑在剑柄的位置，手握着倒挺舒服，软软的，但并不好看。这是我第一次做一把剑，能做成这样已经很不错了。但是，就目前这个样子，我是不好意思拿给妹妹的。还好妹妹并不着急这事，她从不追着我问竹剑的事，也许，她根本不喜欢剑，我许诺要给她做，她就听着，却根本没记在心里。放学之后，我取出这把剑，跑到街道尽头或者江边，开始练一种剑法。这种剑法，是我从各种武侠片里学来的。我觉得我已经练得很好了，可惜的是，我不懂内功，导致剑法威力太小。武侠片上也没人教内功怎么练，虽然时不时会有人念几句内功口诀，但那些话全听不懂，要是我懂内功的话，我也许可以一剑从江里刺中一条鱼。我问过小马："真的有内功吗？"小马眼角一歪："骗人的，别信。"我不太信小马，他又没练过，怎么说骗人？

虽然没练到内功，但我的剑却很快就派上用场了。

以前龙虎帮、现在神龙教的那几个人，在奶奶的三轮自行车前要了三份米粉卷，却不付钱，撒腿就跑的消息被我听说后，我已经铁定了心，要让我的宝剑出鞘。我没有亲眼看到他们拿着米粉卷就跑，是奶奶回来说的。一天劳累的奶奶在家里唉声叹气，劝我不要学坏，不要像那几个死路头的烂仔一样，竟然来抢东西。我不哼声，把这事记在心里，我已经从武侠片和小马那里学会了，真正的男人、真正的高手，都不是话多的——小马没开始行动就跟我宣扬能把龙虎帮击垮，最后付出了手折的代价，我得悄悄来。我还悄悄去打听那天的场景。其实不用打听，一看到我走过去，目睹了情形的大人，会招招手把我叫过去，绘声绘色地把看到的告诉我。比如说，那天要米粉卷的有两人，却点了三份；比如他们还让我奶奶多放了点芝麻；比如，他们对视一下眼睛后，朝两个不同方向跑，分散我奶奶的注意力；比如说，他们分开逃散后，还停下来做鬼脸，嘲笑我奶奶拿他们没办法；比如说，他们还高喊："下次再来吃，下次点四份。"……这些话我都听着，但不出声，那些大人还会摸摸我的头，叹息"如果你爸在就好了"之类的话，有时甚至会在茶馆里点一个包子，塞到我手中。

我不断打磨那把竹剑。这把竹剑原来是没开刃的，我怕切得太锋利了，会割到手；剑尖原来也不尖，有一个圆弧。现在不一样了，我反复用菜刀把竹剑削边，它开刃了，虽是竹子，也像是闪着精钢的光芒。那剑尖，已经被我削得锐不可当，一剑击出，若是薄一点的木板，也会被我刺进去的。经过我对这把剑的精细打磨，它已经越来越短，甚至可以藏在我的挎肩书包里了。竹剑躺在书包里，我常常伸手进去握住，我很有耐心，并不急于出手。我还是时时去看小马，听他讲他的理想。他的手恢复得很快，参加中考问题不大，他觉得他是最优秀的，只要他去考，什么难题都会迎刃而解。他肯定是那个按照既定规划走出小镇，去看看香港、看看整个世界的人。

我的剑是在电子游戏厅门前出击的。那天，下午放学了，在十字路口那，我遇见了奶奶的三轮自行车，她的摊点前围聚着要买米粉卷的人。我本想跟奶奶打个招呼，看到人太多，她的手没歇过，我就往前走。离奶奶的摊点不远处，是电子游戏厅，门口挂着一张厚厚的红色布帘，门口三三两两站着一些小青年。我是在那时看到神龙帮那个人的，他就是抢我奶奶米粉卷的两个人之一，他仰着头，手臂挥舞，说着什么话，话没落地，他就把头钻进那红色布帘里，留了下半节身体在布帘外。机会转瞬即逝，我等待已久的时刻到了。我的手伸进书包，包了布条的剑柄握起来很适手。这个时候不能有任何犹豫，我整个身子朝前俯冲，手中的竹剑，往那个露在布帘外面的屁股狠狠扎去。一声惨叫，我不知道竹剑扎有多深，只感觉那身体一阵猛烈甩动，我摔倒到墙边，手中的竹剑也折断了，我只握着那节剑柄。惨叫声一旦响起，就再也停不下来。周围的人都围过去看，那中剑的家伙，在布帘下滚动。有人跑上来伸脚踢我，我顾不上看他是不是神龙教的人，伸出左手就是一挡。

一阵剧痛传来，我听到了咔嚓一声，是手折了吗？我是跟小马一样了吗？我不知道，我没时间想，趁着场面混乱，我一个翻身，滚了几滚，爬起来，朝北边飞奔而去，把那惨叫声丢在远远的身后，也把奶奶的尖叫声丢在远远的身后。是的，我听到了奶奶的尖叫，我出剑的地方离奶奶的摊点本来就很近，她肯定看到了眼前这场我的复仇。她的尖叫带着哭声，但我也顾不了，我只能飞奔，只能跑，朝北边跑、朝江边跑。那一刻，我觉得自己会了轻功，只要我愿意，就能腾空而起。我跑得比所有人都快，镇上所有的房子和人，在我眼前连贯成一阵模糊的墙，风在耳边哗哗哗吹过。

我躲在砍竹制剑的那竹丛里。我试着活动了一下挡住人家那只脚的左手，一阵剧痛过后，还是能活动，没有折，没有折，虽然手很痛，也肿起来了，但没折。我斜靠在那丛竹子那，内心无比充盈，这是爸爸消失以后，我最为酣畅淋漓的时刻。风从江面吹过，摇曳着竹子，发出某种曲调。那是难以说清却无比动人的曲调。我躺着，缓缓地呼出一口气。我一直躺着，天色慢慢变黑。变黑的过程挺长的，我看到江水不断改变着颜色和形状，原来，江水的颜色和形状有这么多。我陆陆续续听到各种找我的声音，奶奶的、妈妈的、妹妹的、邻居的，还有跟爸爸关系不好的叔叔的，甚至有很多我听不出是谁的声音。

都在喊我。

“阿龙，你在哪？”

“阿龙……”

……

我还听到了小马的。小马的声音很平和，轻轻地喊着我的名字，他可能离我已经不到十米了，但还是没发现我。我藏在竹丛深处，外面看来，可能只有一团绿得深黑的颜色。老实讲，他也来找我，我有些感动，我甚至都想走出来看看他了，跟他打个招呼告个别。但我还是忍住了，男人、侠客，是不能轻易暴露的。天黑之后，各种找我的声音还是此起彼伏，却好像离我越来越远了。眼前的江水，闪耀着一种奇特的颜色，这种颜色，夜色压不住，它在缓缓流动，在夜里也能清晰辨认。那是一条流淌的微光之水。我摸到了扔在竹丛边的那截短剑——只剩下剑柄了。我摸着剑柄上的布条，仍旧是软软的，很适手，我不舍得扔。我把剑柄插到我的后颈的衣领那里，剑柄那有个结，刚好卡住，没往我的衣服里面掉。

我站起身来，那把断了的竹剑就被我背在了身后。

竹剑断了的那一刻，我就想好了我要去哪了。

——我要去龙塘。

爸爸说过，龙塘镇满大街的铁匠铺，就在这条江的下游。我不知道龙塘在哪，但爸爸既然那么说，只要我顺着江水往下走，肯定能走到龙塘去。我想带着我的断剑去龙塘，找一个师傅给我打一把真正的铁剑。我要把真正的剑给妹妹——我不能给她一把会折断的竹剑。我甚至还想，我会不会在龙塘遇到爸爸呢？他那么久没回家，会不会正躲在龙塘，打造他那把画了图的手枪呢？一想到爸爸，去龙塘的激情就更加强烈了，这激情淹没了饥饿和左手的疼痛。我决定出发了，顺着江水往下。跨出第一步的时候，我又想起了小马，他瓦解了龙虎帮，我这一剑应该也会把神龙教给灭了吧？我比他要厉害多了，看看，我连手都没有折呢。还有，就是小马一直想着离开小镇，他肯定没想到，我竟然比他离开得更早。毕竟，他是小马，我是“阿龙”，龙总是要比马快一些的吧？

我背着竹剑，和江水同向，第一次一个人跨出了小镇的地界。

附 录

紫竹提盒 …………………… 肖克凡（载《收获》2018 年第 5 期）
曹万德出门去找爱情………… 裘山山（载《人民文学》2018 年第 5 期）
赵日天终于逮到鸡了………… 陈应松（载《上海文学》2018 年第 5 期）
拐弯的夏天 ………………… 温亚军（载《青年作家》2018 年 9 期）
午时三刻 …………………… 朱 辉（载《作家》2018 年第 1 期）
小姐妹……………………… 黄咏梅（载《人民文学》2018 年第 10 期）
发小们的病 ………………… 李延青（载《长城》2018 年第 6 期）
深山来客 ………………… 朱山坡（载《芙蓉》杂志 2018 年第 5 期）
审判日……………………… 胡学文（载《雨花》2018 年 8 期）
心 火……………………… 刘玉栋（载《南方文学》2018 年第 1 期）
相见不难 …………………… 刘建东（载《芙蓉》2018 年第 6 期）
鸽子的忧伤 ………………… 胡性能（载《大家》2018 年第 4 期）
南山寺香客 ………………… 李约热（载《青年作家》2018 年第 1 期）
拾月光的小女孩 …………… 张世勤（载《光明日报》2018 年第 7 期）
禁 指………………………… 斯继东（载《十月》2018 年 5 期）
天上的街市 ………………… 曹军庆（载《天涯》2018 年 3 期）
“杭州鲁迅”先生二三事 …………… 房 伟（载《收获》2018 年 3 期）
文殊坊夜遇 ………………… 卢一萍（载《大益文学》2018 年第 7 卷）
猫的故事 …………………… 文 珍（载《天津文学》2018 年第 7 期）
背上竹剑去龙塘 …………… 林 森（载《十月》2018 年 6 期）